CHRISTIAN JACQ

Die Königin von Theben

Buch

1690 vor Christus: Ägypten gibt es nicht mehr. Eine Horde von Barbaren aus Vorderasien hat das einst blühende Land der Pharaonen überfallen und mit überwältigender Grausamkeit eingenommen. Die Eindringlinge werden »Hyksos« – Herrscher fremder Länder – genannt. Vierzig Jahre später sind die Ägypter in Agonie verfallen. Die Hyksos haben ihnen alles genommen, ihre politische und religiöse Selbständigkeit und auch den Willen, sich zur Wehr zu setzen. Das Volk ächzt unter der Last immer höherer Steuern, unter einem zum Himmel schreienden Unrechtsregime und unter der Sklaverei. König der Hyksos ist Apophis. Er residiert in der Stadt Auaris in Oberägypten, wo er seine Militärbasis eingerichtet hat. Um sich die Ägypter gefügig zu machen, ersinnt er immer neue Grausamkeiten: So errichtet er ein Labyrinth mit eingebauten Messern, durch das Gefangene getrieben werden. Wenn sich trotz Repressionen im Land Aufständische zusammenfinden, ist Khamudi, Apophis' Mann fürs Grobe, zur Stelle, um jede auch noch so geringe Erhebung niederzuschlagen. Die einzige unbesetzte Provinz ist Theben. Hier regiert die zusehends entmachtete Königin Titi die Kleine. Sie spürt, dass ihre Untertanen nicht mehr lange den Unterdrückern trotzen werden. Wäre da nicht Ahotep, Tetis 18jährige Tochter. Sie ist eine glühende Anhängerin der alten pharaonischen Traditionen und von maßloser Freiheitsliebe beseelt. Sie ist schön, stark, mutig und absolut furchtlos. Und sie entschließt sich, den Widerstand anzuführen, um Ägypten von den Hyksos zu befreien…

Autor

Christian Jacq, 1947 in der Nähe von Paris geboren, promovierte an der Sorbonne in Ägyptologie. Weltberühmt wurde er mit seinem Romanzyklus »Ramses«, der die internationalen Bestsellerlisten im Sturm eroberte. In seinen Romanen erzählt er auf der Basis historischer Fakten fesselnde Geschichten, die sich so oder ähnlich tatsächlich ereignet haben. Auch die Heldin seines Romanzyklus', Ahotep, ist eine historisch verbürgte Figur. Ohne diese leidenschaftliche junge Herrscherin gäbe es das Tal der Könige nicht, wäre die glanzvolle Periode des »Neuen Reichs« niemals angebrochen, hätte es die ruhmreichsten ägyptischen Pharaonen niemals gegeben.

Als Blanvalet Taschenbuch lieferbar:

Stein des Lichts: Nefer der Schweigsame. (35695) –
Die Weise Frau (35599) – Paneb der Feurige (35799) –
Die Stätte der Wahrheit (35891)

Christian Jacq

Die Königin von Theben

Roman

Aus dem Französischen
von Anne Spielmann

BLANVALET

Die französische Originalausgabe erschien 2001 unter dem Titel
»La Reine Liberté, L'Empire des Ténèbres«
bei XO Editions, Paris.

Umwelthinweis:
Alle bedruckten Materialien dieses Taschenbuches
sind chlorfrei und umweltschonend.

Blanvalet Taschenbücher erscheinen im
Goldmann Verlag, einem Unternehmen
der Verlagsgruppe Random House GmbH.

1. Auflage
Taschenbuchausgabe Juli 2004

Umschlaggestaltung: Design Team München
Satz: Uhl + Massopust, Aalen
Druck: GGP Media, Pößneck
Verlagsnummer: 35767
LW · Herstellung: Heidrun Nawrot
Made in Germany
ISBN 3-442-35767-5
www.blanvalet-verlag.de

Ich widme dieses Buch all jenen,
die ihr Leben der Freiheit und dem Kampf
gegen Besatzungen,
totalitäre Regime und Inquisitionen aller Art
geweiht haben.

Gott ließ einen starken Wind gegen uns wehen, und plötzlich setzten sich, aus den östlichen Regionen kommend, Eroberer einer unbestimmten Rasse entschlossen gegen unser Land in Marsch und nahmen es mühelos und ohne Gegenwehr gewaltsam in Besitz; sie setzten unsere Herrscher ab und legten die Städte in Schutt und Asche, zerstörten erbarmungslos die Tempel der Götter und waren äußerst grausam gegen das Volk; sie metzelten die Männer nieder und führten die Frauen und ihre Kinder als ihre Sklaven hinweg.

Text des berühmten ägyptischen Priesters und
Geschichtsschreibers Manetho
(3. Jahrhundert v. Chr.)
über die Invasion der Hyksos,
zitiert in Flavius Josephus,
Contra Apionem.

Theben, das letzte freie Gebiet auf dem Boden Ägyptens, im Jahre 1690 vor Christi Geburt

1

Ahotep sah die letzte Wache, die gerade am Haupttor des Palasts vorbeiging. Die hübsche, dunkelhaarige junge Frau von achtzehn Jahren hatte sich die kleine Pause vor der Wachablösung zunutze gemacht, war in ein Tamariskengebüsch gesprungen und hatte sich eine halbe Stunde nicht mehr bewegt, bis die Dämmerung hereinbrach.

Sie war die Tochter von Königin Teti der Kleinen, und man hatte ihr einen seltsamen Namen gegeben, der sich auf verschiedene Weise übersetzen ließ: »Der Mond erscheint in seiner vollen Gestalt«, »Der Mond ist besänftigt«, oder: »Krieg und Frieden« – denn der Mond war nach Meinung der Priester und Weisen ein Kriegsgott, der das Geheimnis von Tod und Auferstehung in sich barg.

Der Krieg... Gab es eine andere Lösung, um sich aus der Umklammerung der Eindringlinge zu befreien? Die Hyksos kontrollierten das ganze Land, mit Ausnahme von Theben, der heiligen Stadt Amuns. Dank Amuns Hilfe waren der Tempel von Karnak und die benachbarte Stadt von den Eroberern verschont worden, doch wie lange würde dieser Zustand noch dauern?

Die Hyksos hatten das Land vom Delta her eingenommen, heute vor vierzig Jahren, und sie waren zahlreicher als ein

Heuschreckenschwarm! Aus Asien kamen sie, aus Arabien, aus Kanaan, Syrien, dem Kaukasus, es gab Minoer unter ihnen, Zyprioten, Perser, Anatolier und Angehörige anderer Stämme, und ihre Körper waren gepanzert! Sonderbare Geschöpfe auf vier Beinen mit großen Köpfen zogen mit ihnen, größer und schneller als Esel. Man nannte sie Pferde, und sie zogen Wagen auf Rädern und kamen mit einer unglaublichen Geschwindigkeit vorwärts, wodurch die Feinde den Soldaten des Pharaos überlegen waren.

Ahotep wetterte gegen die Laschheit und Feigheit der armseligen thebanischen Armee. Natürlich konnte sie sich mit den gewaltigen Heeren des Feindes nicht messen, die noch dazu neue und schreckliche Waffen besaßen; aber die Untätigkeit würde geradewegs zur Vernichtung führen!

Wenn Apophis, der König der Hyksos, sich dazu entschließen sollte, Theben zu zerstören, würden die ägyptischen Soldaten die Flucht ergreifen und die Bevölkerung würde niedergemetzelt – mit Ausnahme der hübschen Frauen, mit denen sich die brutalen Eindringlinge vergnügen würden, und der kräftigsten Kinder, die man dann wohl als Sklaven aus der Stadt führte.

Die letzten freien Männer des Landes der Pharaonen würden sich mit gesenkten Köpfen in ihr Los fügen, unfähig, sich zu widersetzen.

Was war von dem herrlichen Reich der Erbauer der Pyramiden geblieben? Eine isolierte Provinz, in die Zange genommen vom Feind im Norden und seinen nubischen Verbündeten im Süden, ein halb verfallener Tempel, erbaut von Sesostris I., und ein Palast, der nichts Königliches mehr besaß!

Wenn Teti die Kleine nicht gewesen wäre, die sich gegen die Beseitigung des Hauses der Königin gewehrt hatte, wären die Thebaner wie die übrigen Ägypter Diener der Hyksos geworden.

Doch Ahoteps Mutter befand sich in fast vollständiger Isolation, und ihre Kräfte begannen nachzulassen; zudem nahm die Zahl derjenigen, die sich für die Unabhängigkeit Thebens stark machten, von Tag zu Tag ab.

Wenn es noch jemanden unter ihnen gab, der den Widerstand wollte, so war es Ahotep. Die junge Frau fürchtete weder Leid noch Kampf, noch den eigenen Tod. Selbst wenn man ihr das Messer an die Kehle setzte, würde sie sich noch weigern, sich den Hyksos zu unterwerfen.

Die Hofdamen machten sich über sie lustig und hielten sie für verrückt – doch eher für amüsant als gefährlich.

Sie täuschten sich.

Mit dem heutigen Tag begann der Befreiungskrieg.

Als einziger Soldat nahm eine Aufständische von achtzehn Jahren daran teil, und ihre einzige Waffe war ein gut geschärftes Messer aus Feuerstein.

Die Wachablösung hatte stattgefunden, Theben rüstete sich zur Nacht. Seit langem fand man sich nicht mehr zu Festmahlen zusammen, im Empfangssaal waren die Wandmalereien verblasst, und man spielte keine Musik mehr.

Und kein Pharao bestieg mehr diesen hoffnungslos leeren Thron.

Ahotep wollte diese Vorstellung vergessen, die ihr das Herz zerriss, und lief in Richtung des Anlegeplatzes.

Am Kai lag ein Boot mit unbrauchbarer Fracht, eine Schute, die einst zum Transport von Steinblöcken aus den von den Eroberern geschlossenen Sandsteinbrüchen gedient hatte, und einige kleine Kähne.

Darunter war ein Kahn für zwei Ruderer, das Transportmittel, das Ahotep benutzen wollte, um das eng umgrenzte thebanische Gebiet zu verlassen.

Flink stieg die junge Frau in den Kahn und ergriff die Ruder. Da sie gen Norden steuerte, konnte sie die Strömung nutzen.

Niemand befuhr nachts den Fluss, denn es gab zahlreiche Gefahren: Flusspferde, Krokodile, Stromschnellen... Doch Ahotep hatte keine Wahl. »Und wenn man keine Wahl hat«, pflegte sie zu sagen, »ist man frei!«

Entschlossen begann die Prinzessin zu rudern.

Da ihr niemand genau hatte sagen können, wo das freie Gebiet endete und das besetzte Land anfing, musste sie es eben selbst herausfinden. Die ängstlichsten Berater nahmen an, dass die Hyksos nach der vor kurzem erfolgten Machtergreifung Apophis', der einen noch grausameren Ruf als seine Vorgänger genoss, schon sehr weit vorgedrungen waren. Und sie bedrängten Teti die Kleine, Theben unverzüglich zu verlassen.

Doch wo konnte man noch sicher leben?

Ahotep war davon überzeugt, dass die einzige Lösung darin bestand, die Hyksos anzugreifen. Das erste Gefecht würde an der Grenze stattfinden, und wenn es nötig sein sollte, würde die Prinzessin selbst die zerlumpten ägyptischen Regimenter anführen!

Seit der Invasion vor vierzig Jahren waren Tausende ihrer Landsleute erschlagen worden. Die Hyksos glaubten, sie könnten völlig straffrei handeln und ihre Schreckensherrschaft im großen Land der Zwei Reiche weiterhin aufrechterhalten. Doch Ahotep würde ihnen beweisen, dass auch ihre Macht beschränkt war.

Nie zuvor hatte sich eine an den höfischen Prunk gewöhnte ägyptische Prinzessin dazu gezwungen gesehen, mit schweren Rudern zu hantieren, auf die Gefahr hin, sich ihre zarten Hände zu ruinieren. Doch das Überleben des Landes stand auf dem Spiel, und die hübsche Frau dachte an nichts anderes als an das Ziel, das sie erreichen wollte.

Der Kahn stieß an irgendetwas und schlingerte wild hin und her, doch glücklicherweise ohne zu kentern. Ahotep sah undeutlich eine dunkle Masse, die sich entfernte und dabei mit einem wilden Schlag ihres Schwanzes das Wasser aufpeitschte.

Ein zudringliches Krokodil.

Ohne sich einschüchtern zu lassen, ruderte Ahotep weiter. Dank ihrer scharfen Augen und dank des leuchtenden Vollmonds am Himmel konnte sie die Überreste eines Bootes und eine überwucherte und von schlafenden Pelikanen bevölkerte Insel im Strom umschiffen.

An den Ufern machte sie verlassene Häuser aus. Die Bauern waren aus Furcht vor den Eroberern nach Theben geflohen.

In der Ferne stieg eine Rauchsäule empor.

Ahotep verlangsamte ihre Fahrt, steuerte das Ufer an und versteckte den Kahn in einem Papyrusdickicht, aus dem aufgeschreckte Silberreiher flogen.

Sie befürchtete, dass die Schreie der Vögel den Feind auf sie aufmerksam machen könnten, und wartete eine Weile, bevor sie die Böschung hinaufstieg, um sich in einem verlassenen Kornfeld wiederzufinden.

Kam der Rauch von einem in Brand gesteckten Bauernhaus oder von einem Feldlager der Hyksos? So oder so, der Feind war ganz in der Nähe.

»He, Mädchen«, sagte eine drohende Stimme, »was machst du hier mitten in der Nacht?«

Ohne einen Augenblick zu zögern, drehte Ahotep sich um und stürzte sich, den Feuersteindolch in der Hand, auf ihren Gegner.

2

Tötet ihn!«, befahl Apophis, der König der Hyksos.

Der junge Esel sah sein Ende kommen. In seinen großen unschuldigen Augen stand völliges Unverständnis. Warum brachten sie ihn um, ihn, der seit dem Alter von sechs Monaten Lasten trug, so schwer, dass sie ihm das Rückgrat verbogen, ihn, der seine unglücklichen Gefährten auf so vielen Wegen geführt hatte, ohne sich je zu irren, ihn, der stets ohne Murren gehorcht hatte?

Doch sein Herr, ein Kaufmann von der arabischen Halbinsel im Dienst der Hyksos, hatte gerade einen Hirnschlag erlitten und war gestorben, und bei den Eroberern opferte man stets die besten Esel einer Karawane und warf ihre Eingeweide in ein Massengrab.

Ohne sich im Geringsten um den Todeskampf des Esels zu kümmern, stieg Apophis langsam die Stufen hoch, die zu seinem Palast im Herzen der Zitadelle führten. Das Kernstück der Festung überragte die Hauptstadt Auaris, die die Hyksos in der fruchtbaren Region des nordöstlichen Deltas errichtet hatten.

Apophis war etwa fünfzig Jahre alt und ein eiskalter Machtmensch. Er war ein großer, beleibter Mann mit stämmigen Beinen und einem feisten Gesicht, das von einer riesigen, vorspringenden Nase beherrscht wurde. Seine Stimme war rau. Sein bloßer Anblick flößte Furcht ein. Für den Moment konnte man seine Hässlichkeit vergessen, wenn man sich auf seinen unergründlichen Blick konzentrierte, der sich von unten auf den Gesprächspartner richtete und in ihn eindrang wie die scharfe Klinge eines Dolchs. Es war unmöglich zu wissen, was der Herrscher der Hyksos dachte, der Ägypten jetzt schon seit zwanzig Jahren tyrannisierte.

Wie schwellte diesem Mann der Stolz die Brust, wenn er an die Invasion dachte! Hatte sie nicht Schluss gemacht mit dreizehn Jahrhunderten ägyptischer Unabhängigkeit? Die Wagen und die Pferde aus Asien, denen die Soldaten des Pharaos nie zuvor begegnet waren, hatten unter den einfachen Menschen des Landes Panik gesät, und so war der Einmarsch rasch und reibungslos vor sich gegangen. Außerdem hatte es zahlreiche Kollaborateure gegeben, etwa die Kanaanäer, die den Verrat nicht gescheut hatten, um das Wohlwollen der Eroberer zu gewinnen.

Als ägyptische Söldner waren sie keineswegs schlecht bezahlt, und doch hatten sie die Waffen gegen ihre eigenen Truppen gerichtet, die damit nicht nur den äußeren Angriff, sondern auch noch den inneren Feind abzuwehren hatten. Und die kleinen Festungen des Deltas waren nicht zahlreich genug, um die Flut der Eindringlinge aufzuhalten.

»Ich wünsche einen schönen Tag, Herr!«, rief der oberste Aufseher Khamudi und verbeugte sich.

Mit seinen vollen Wangen, seinem rabenschwarzen, am runden Schädel eng anliegenden Haar, den leicht schrägen Augen, den dicklichen Händen und Füßen und dem schweren Knochenbau wirkte der dreißigjährige Khamudi viel älter, als er tatsächlich war. Er verbarg seine Angriffslust gern hinter salbungsvollen Worten, aber alle wussten, dass er nicht zögern würde, jeden zu töten, der es wagen würde, sich ihm in den Weg zu stellen.

»Sind die Zwischenfälle beendet?«

»Aber ja, Herr!«, bestätigte Khamudi mit einem breiten Lächeln. »Kein einziger Bauer wird mehr an Aufstand denken, dessen könnt Ihr gewiss sein!«

Apophis, Seine Majestät, lächelte nie. Seine Miene hellte sich einzig dann auf, wenn er den Todeskampf eines Feindes mit ansah, der verrückt genug gewesen war, sich den Hyksos entgegenzustellen.

Vor kurzem war eben dies Unglaubliche geschehen: Ein kleines Dorf in der Nähe der neuen Hauptstadt hatte gegen die unerträgliche Last der Abgaben protestiert. Sofort hatte Khamudi seine schärfsten Hunde von der Leine gelassen, zypriotische Piraten, die die Hyksos aus ägyptischen Gefängnissen befreit hatten.

Es hatte Berater gegeben, die zur Mäßigung rieten, doch die Zyprioten hatten nicht einmal die Kinder am Leben gelassen. Sie waren in das Dorf eingefallen und hatten es dem Erdboden gleichgemacht.

»Und die Ernte?«

Khamudi setzte eine bekümmerte Miene auf. »Nach den ersten Berichten wird sie nicht gerade großartig sein…«

Kalte Wut zeigte sich in Apophis' Blick. »Weniger als im letzten Jahr?«

»Das steht zu befürchten, Herr.«

»Die Bauern halten uns zum Narren!«

»Ich werde ein paar Dörfer niederbrennen lassen. Dann werden sie verstehen, dass…«

»Nein, Khamudi. Es ist nicht gut, sich gegen Sklaven zu wenden, deren Arme wir noch brauchen. Wir sollten eine andere Lösung finden.«

»Glaubt mir, es wird sie mit Furcht und Schrecken erfüllen!«

»Vielleicht im Übermaß.«

Khamudi war außer sich.

Der König setzte seinen Aufstieg fort, gefolgt vom obersten Aufseher, der stets bemüht war, einen Schritt hinter seinem Herrn zu bleiben.

»Die Furcht ist eine gute Ratgeberin«, fuhr Apophis fort, »doch der Schrecken kann lähmen. Wir brauchen aber mehr Weizen und Gerste, um unsere Beamten und Soldaten ernähren zu können.«

»Weder die einen noch die anderen werden dazu bereit sein,

Feldarbeit zu verrichten. Wir sollten wirklich ein paar Dörfer niederbrennen lassen. Am besten im Gebiet von Theben.«

»Wir haben Ägypten erobert«, rief ihm Apophis ins Gedächtnis, »und es ist bestimmt nicht die erbärmliche, von Feiglingen und Greisen bevölkerte Enklave Theben, von der uns irgendeine Gefahr droht. Theben zu zerstören wäre ein Fehler, mein Lieber, ein schwerer Fehler.«

»Ich … ich verstehe nicht recht …«

Mit Lanzen bewaffnete Soldaten verbeugten sich ehrfürchtig vor den beiden Männern. Sie gingen einen engen, niedrigen, von Fackeln erleuchteten Korridor entlang und gelangten in einen kleinen möblierten Raum.

Hier war Apophis sicher, dass niemand ihrer Unterhaltung lauschte.

Er setzte sich auf einen niedrigen, gänzlich unverzierten Sessel aus Sykomorenholz. Khamudi blieb stehen.

»Wir können uns auf keinen unserer Verbündeten wirklich verlassen. Ich rechne auf dich, mein treuer und hilfreicher Freund. Wir müssen in unserem eigenen Haus Ordnung schaffen.«

»Rechnet jederzeit mit mir, Herr!«

»Jedes Mittel ist recht … Verstehst du, ich sagte: jedes. Um was es sich auch immer handelt, ich werde deine Vorgehensweise gutheißen. Nur das Ergebnis zählt: Ich wünsche keinen einzigen Misston mehr in der Koalition der Hyksos.«

Khamudi erfüllten diese Worte mit Befriedigung. All die, die es gewagt hatten, ihn zu kritisieren, und sei es nur in Gedanken, waren zum Tode verurteilt.

»Es bleibt uns noch ein schönes Stück Arbeit, um alle Spuren des überkommenen Reichs der Pharaonen auszulöschen«, fuhr Apophis fort. »Es darf nicht die geringste Hoffnung der Rückkehr zum Alten mehr geben, die neue Ordnung der Hyksos muss total und allumfassend sein.«

»Also muss Theben verschwinden!«

»Selbstverständlich. Doch vorher muss es mir und meinen Plänen dienen, ohne selbst etwas davon zu merken. Der Schlüssel zum totalen Sieg ist die Kollaboration. Verräter haben uns geholfen, als wir Ägypten einnahmen, andere Verräter werden uns helfen, das Land endgültig zu unterwerfen. Lassen wir die letzten Patrioten glauben, dass Theben ihre Hoffnung darstellt, während wir dafür sorgen, dass der Wurm in ihre süße Frucht kommt und ihnen den Geschmack daran gründlich verdirbt.«

»Die Bauern ...«

»Wenn sie die Freiheit wittern, und sei sie noch so weit entfernt, werden sie mit erneuerten Kräften an die Arbeit gehen, ohne zu ahnen, dass den Aufständischen nicht ein einziges Weizenkorn bleiben wird. Jetzt kannst du beweisen, wie gut du dich auf die Kunst der Lüge verstehst, mein lieber Freund; organisiere falsche Netze des Widerstands, verhafte ein paar Leute von ihnen, damit sie keinen Verdacht schöpfen, und entfache den Arbeitseifer der Mistbauern!«

»Ich werde aber nicht umhin können, einige unserer eigenen Leute mundtot zu machen ...«

»Such dir vor allem Kanaanäer dazu aus, sie sind ein bisschen zu feurig für meinen Geschmack.«

»Wie Ihr befehlt, Herr.«

»Khamudi ...«

Der Ton seines Vorgesetzten ließ den obersten Aufseher erschauern.

»... Du bist der Einzige, der meine wahren Absichten kennt. Vergiss das nicht.«

»Herr, ich werde versuchen, mich dieser großen Ehre würdig zu erweisen.«

3

Teti die Kleine war fast wahnsinnig vor Sorge, aber sie konnte es nicht länger leugnen: Ihre Tochter Ahotep war schlicht und einfach verschwunden. Das wilde Mädchen fand sich weder in ihrem Zimmer, wo sie manchmal lange Nachmittage damit zugebracht hatte, Papyri aus der glorreichen Epoche des Mittleren Reichs zu lesen, noch im Garten, wo sie so gern mit ihrem großen Hund gespielt hatte, einem echten Raubtier, das nur der jungen Frau gehorchte. Wenn sie nicht da war, banden die Wachen das Furcht erweckende Tier an den Stamm einer Sykomore.

»Aber du, Qaris, du musst doch wissen, wohin sie gegangen ist!«

Qaris war die Sanftmut in Person, ein wenig dick, mit vollen, blühenden Wangen und schweigsam, auch wenn alles um ihn herum sich in heller Aufregung befand. Seine schwierige, wenn nicht unmögliche Aufgabe bestand darin, im rasch verfallenden königlichen Palast von Theben einen letzten Rest von Sicherheit und Ordnung aufrechtzuerhalten.

»Leider weiß ich es auch nicht, Majestät.«

»Ich bin überzeugt davon, dass sie dir irgendetwas gesagt hat, du willst sie nur nicht verraten.«

»Ich weiß wirklich nichts, Majestät. Die Ordnungshüter sind schon alarmiert worden.«

»Die Ordnungshüter… Ein paar Angsthasen, die sich in die Hosen machen, bevor die Hyksos überhaupt zu sehen sind!«

Der Haushofmeister konnte der Königin nicht widersprechen. »Ich habe auch das Heer davon in Kenntnis gesetzt…«

Teti die Kleine seufzte. »Gibt es noch ein Heer?«

»Majestät…«

»Befasse dich lieber mit dem Frühstück, Qaris; wir wollen doch so tun, als lebten wir an einem ganz normalen königlichen Hof.«

Mit eingezogenen Schultern ging der Haushofmeister davon, um sich seinen eigentlichen Aufgaben zu widmen. Seit langem unternahm er keine Versuche mehr, die Königin mit guten Worten zu trösten, weil er selbst an diese guten Worte nicht mehr glauben konnte.

Ermattet begab sich die Königin in den Thronsaal, den man vor vierzig Jahren in aller Eile eingerichtet hatte, als der Hof sich aus der Gegend um Memphis zurückgezogen und in der kleinen und wirtschaftlich unbedeutenden Stadt Theben, dem »Heliopolis des Südens«, Zuflucht gefunden hatte.

Nach dem Tod ihres Gatten, eines machtlosen Pharaos, hatte Teti sich geweigert, die Königskrone anzunehmen und ihm auf dem Thron zu folgen. Wozu sich mit hochtönenden Titeln schmücken, die bestimmt den Zorn der Hyksos erregen würden? Wozu die Aufmerksamkeit der Feinde auf sich ziehen, die gerade damit beschäftigt waren, das Land nach Strich und Faden auszuplündern und nur noch keine Zeit gefunden hatten, die arme Provinz Theben mit dem Absatz zu zermalmen?

Die Strategie der Königin hatte ihren Zweck erfüllt. Die Eroberer hatten die heilige Stadt Amuns vergessen; sie glaubten, dass dort nur alte, harmlose Priester lebten, die irgendwelche altmodischen Rituale ausführten. Und genau das war die Botschaft, die Teti die Kleine der neuen Hauptstadt Auaris gern übermitteln wollte, in der Hoffnung, dass die Hyksos dann die letzten freien Ägypter in Frieden sterben lassen würden.

Welche Politik hätte sie sonst betreiben können? Die thebanische Armee war ein zusammengewürfelter Haufen unfähiger Männer, lachhaft bewaffnet. Die Ausbildung der Soldaten bestand aus einer Abfolge von grotesken Paraden, die nicht einmal mehr die Kinder unterhaltsam fanden; die Berufsoffiziere hatten jede Hoffnung verloren und begnügten sich damit, die Kasernen, in denen sie wohnten, instand zu halten.

Bei einem Angriff der Hyksos würden Soldaten und Ordnungskräfte die Waffen strecken und sich als Zivilisten ausgeben, um dem Massaker zu entgehen. Und der Oberkommandierende, ein alter Mann, mit dessen Gesundheit es nicht zum Besten stand, würde es nicht fertig bringen, seine Truppen auch nur dem Anschein nach zusammenzuhalten.

Von Zeit zu Zeit rief Teti die Kleine einen geisterhaften Thronrat zusammen. Dort war allen Ernstes von einem »thebanischen Königreich« die Rede, zu dem – rein theoretisch – ein paar ruinierte Provinzen gehörten, denen nicht nur das politische Oberhaupt fehlte, sondern auch der Herold, der die Aufgabe hatte, die Dekrete des Pharaos zu verkünden. Niemand glaubte mehr an diesen Mummenschanz. Auf den kleinsten drohenden Wink der Eroberer hin würden die Gemeindevorsteher versichern, dass sie Theben in keiner Weise unterstützten und dass ihre Königin eine Abtrünnige sei, die die schlimmsten Strafen verdiente.

Teti die Kleine war umringt von farblosen, unfähigen und korrupten Leuten. Sie hatte nicht einmal einen Wesir ernannt, weil sie wusste, dass dieses Amt unter den obwaltenden Umständen völlig bedeutungslos war. Nur die Ministerien für Landwirtschaft und für Wirtschaft gab es noch, sie waren von Höflingen in vorgerücktem Alter besetzt, die sich lustlos und träge einer kaum noch vorhandenen Verwaltung widmeten.

Loyalität gab es nicht mehr, jeder dachte nur noch an sich selbst. Wundersamerweise standen die Thebaner noch zur königlichen Familie, die allerdings auf ein absolutes Minimum geschrumpft war, und unterhielten die Gebäude und den Haushalt, als weigerten sie sich, die Vergangenheit zu vergessen. Dank des unermüdlichen Qaris brauchten Teti die Kleine, ihre Tochter Ahotep und ihre nächsten Angehörigen nicht zu hungern, wenn sie auch wussten, dass ihre frugale Kost den Monarchen der glorreichen Epochen als reiner Hohn erschienen wäre.

Die Königin weinte jeden Tag. Eingeschlossen in ihrem armseligen Palast, der immer mehr einem Gefängnis ähnelte, lebte sie in Erinnerungen und Träumen, in denen die Zukunft keinen Platz hatte.

Teti die Kleine verbeugte sich vor dem leeren Thron, den kein Pharao mehr als Sitz beanspruchte. Horus, der kosmische Falke, hatte sich von der Erde entfernt und flog nicht mehr von seinem himmlischen Paradies herab. Das Glück der Zwei Reiche, symbolisiert durch die Einheit der Pflanzen des Nordens und des Südens, war nur noch eine Schimäre.

Schon viele Male hatte die hübsche kleine Frau, die sich immer noch sorgfältig schminkte, obwohl die Farben und Salben für die Schönheitspflege immer knapper wurden, daran gedacht, ihrem Leben ein Ende zu setzen. Wozu sollte eine Königin ohne Krone gut sein, eine Königin, die sich angesichts eines barbarischen Umsturzes als ohnmächtig erwies?

Nur wenn sie nachts die Sterne betrachtete, kehrte ihr Lebensmut zurück. Dort, am unermesslichen nächtlichen Firmament, glitzerten die unsterblichen Seelen der zu neuem Leben erweckten Könige, die immer und ewig den Pfad des rechten Lebens wiesen, jenseits aller Zweifel und aller Hoffnungslosigkeit. Auch Teti die Kleine würde ihren dunklen Weg weitergehen, als letzte Königin Ägyptens.

»Majestät …«

»Was gibt es, Qaris?«

Die Stimme des Haushofmeisters bebte. »Die Ordnungshüter fragen nach Euch.«

»Kümmere dich darum.«

»Der Kommandeur wünscht, mit Euch persönlich zu sprechen.«

»Führe ihn in den Audienzsaal.«

Qaris starrte den leeren Thron an. »Majestät… Denkt Ihr vielleicht daran…«

Teti die Kleine lächelte traurig. »Natürlich nicht.«

»Wenn wir wieder einen Pharao hätten…«

»Denk nicht daran, Qaris.«

Die Königin schloss langsam die Tür des Saals, in dem wieder lastende Stille einzog.

»Wenn Ihr wünscht, dass ich die Böden säubern und die Wandmalereien erneuern lasse…«, schlug der Haushofmeister vor.

»Das wird nicht nötig sein.«

Die Witwe begab sich zunächst in ihr eigenes Zimmer, wo sie in einem Bronzespiegel ihr Aussehen prüfte. Sie schmückte ihr Haar mit einem schmalen goldenen Diadem, das vor ihr andere große Königsgemahlinnen getragen hatten. Als ihre letzte Kammerzofe versucht hatte, das wertvolle Schmuckstück zu stehlen, hatte Teti die Kleine sich damit begnügt, sie zu entlassen.

Die Herrscherin über die thebanische Enklave musste auch jetzt auf ein elegantes Äußeres achten. Glücklicherweise waren ihr einige Gewänder geblieben, die ihres hohen Ranges würdig waren und die sie mit größter Sorgfalt behandelte. Jetzt wählte sie ein Kleid aus dünnem, rosafarbenem Leinenstoff, dazu trug sie vergoldete Sandalen.

Nur ein gewisser Anstand, eine gewisse Haltung, vermochte die Angehörigen der Wachtruppen noch zu beeindrucken und sie an die Existenz einer Autorität glauben lassen, auch wenn diese noch so begrenzt war.

Einen Moment lang stellte sich die Königin vor, dass ihre Provinz ein eigenständiges Land sei und dass sie im Begriff stehe, sich an einen wirklichen Repräsentanten der öffentlichen Ordnung zu richten.

Von der Achtung gebietenden Erscheinung Tetis überrascht, blieb der oberste Ordnungshüter einige Sekunden stumm.

»Majestät...«

»Was willst du?«

»Es handelt sich um eine wirklich ernste Angelegenheit, Eure Majestät, sehr ernst.«

»Steht die Sicherheit Thebens auf dem Spiel?«

»Ich fürchte, ja. Eure Tochter...«

Die Königin erbleichte. »Hast du sie gefunden?«

»Ich nicht, es war ein Soldat der Grenztruppen.«

»Und... lebt sie?«

»Seid ganz beruhigt, Majestät, was das betrifft. Sie könnte nicht lebendiger sein! Der Soldat hat eine Wunde am Arm davongetragen, von dem Messer, das die Prinzessin hatte.«

»Ein Messer... Du redest irre!«

»Es gibt einen formellen Bericht. Prinzessin Ahotep hat versucht, meinen Untergebenen zu töten, als er versuchte, sie festzunehmen. Sie hat so wild um sich geschlagen, dass er Verstärkung anfordern musste, um mit ihr fertig zu werden.«

Der Königin wurde angst und bange. »Ist Ahotep misshandelt worden?«

»Nein, Majestät, denn sie hat sofort gesagt, wer sie ist! Am Anfang haben ihr die Soldaten nicht geglaubt, aber Ahoteps Leidenschaft hat sie unsicher werden lassen. Aus Angst, einen Fehler zu machen, haben sie sie nur gefesselt und zu mir gebracht.«

»So ist dies das Ende dieser lächerlichen Angelegenheit?«

»Ich fürchte, nein, Majestät.«

»Was willst du noch?«

»Man kann diesen schlimmen Zwischenfall nicht einfach als kleine Eskapade der Prinzessin zu den Akten legen.«

»Und warum nicht?«

»Weil offensichtlich ist, dass Eure Tochter das thebanische

Gebiet verlassen hat, um sich den Hyksos anzuschließen. Die Grenztruppe und ich selbst klagen Prinzessin Ahotep des Hochverrats an. Angesichts ihres hohen Ranges muss sofort ein Sondergericht einberufen werden.«

»Bist du dir darüber im Klaren, dass …«

»Sie wird zum Tode verurteilt werden«, präzisierte der oberste Ordnungshüter mit heiterem Blick. »Was sonst? Wenn wir jetzt kein Exempel statuieren, gerät noch alles außer Rand und Band.«

Teti die Kleine wurde fast ohnmächtig vor Schwäche. »Nein, das ist unmöglich … Du musst dich irren!«

»Tatsachen sind Tatsachen, Majestät.«

»Ich wünsche meine Tochter zu sehen!«

»Das Verhör ist ganz nach den Regeln verlaufen, das versichere ich Euch.«

»Hat Ahotep gestanden?«

»Wir werden sehr bald ein ausführliches Geständnis haben.«

Teti die Kleine richtete sich auf. »Ich bin die Königin von Theben, und ich verlange, meine Tochter unverzüglich zu sehen!«

4

Der Gegensatz zwischen den beiden Frauen sprang sofort ins Auge.

Teti die Kleine, schlank, zierlich und zerbrechlich wie eine kostbare Figurine; Ahotep, groß, majestätisch, mit offenem Haar, ein angriffslustiges Funkeln in den grünen Augen.

Beide von erstaunlicher Schönheit, doch ohne Gemeinsamkeit, wenn man von der Zugehörigkeit zur königlichen Familie absah. Der oberste Ordnungshüter richtete einen amüsierten und grausamen Blick auf die beiden. Vier seiner Schergen hielten die Prinzessin. Sie war gefesselt, und ihr Mund war mit einem Tuch aus grobem Leinen geknebelt.

»Lasst meine Tochter los!«, befahl die Königin.

»Sie ist gefährlich, Majestät. Wir wollen kein Risiko eingehen.«

Teti wusste, dass dies eine entscheidende Auseinandersetzung war. Wenn sie sie verlor, würden die Befürworter der Kollaboration mit den Hyksos sie ihrer letzten Privilegien berauben und die Stadt Amuns den Besatzern ausliefern.

»Ich habe dir einen Befehl gegeben«, entgegnete die Königin lakonisch.

Der oberste Ordnungshüter zögerte. Mit einer einzigen Handbewegung konnte er diese schmächtige Person hinwegfegen, sie hatte keinerlei Möglichkeit, sich zu verteidigen, und die letzten Reichtümer des Palasts würden ihm gehören. Doch ein Putsch würde die ihm feindlich gesinnten Militärs und Priester auf den Plan rufen, und den Kampf mit diesen beiden Mächten konnte niemand gewinnen.

»Wir müssen vorsichtig sein, Majestät. Vielleicht sollten wir vorerst nur den Knebel entfernen.«

Zwei Schergen banden das Tuch los.

»Bist du verletzt, Ahotep?«, fragte die Mutter.

»Nur durch die Dummheit dieser Unfähigen! Fünf, um mich zu fesseln... Was für eine Kräftevergeudung!«

»Sie sagen, du hättest versucht zu fliehen, sie beschuldigen dich des Verrats.«

Alle erwarteten einen Zornesausbruch, doch die junge Frau blieb sonderbarerweise still.

Sie richtete ihren Blick auf die Schergen, und der Ausdruck darin war so kraftvoll, dass die Männer, einer nach dem anderen, einen Schritt zurückwichen.

»Wer wagt es, eine solche unverschämte Lüge auszusprechen?«

»Ihr könnt nicht leugnen, dass Ihr versucht habt zu fliehen«, brachte der oberste Ordnungshüter etwas kleinlaut hervor.

»Diese Männer hier gehören zur Grenztruppe?«

»Ja, aber...«

»Und ich bin auf dem Wachtelhügel festgenommen worden?«

»Gewiss, aber...«

»Sollte die Grenze so nah bei Theben verlaufen?«

»Selbstverständlich nicht!«

»Dann erkläre mir die Anwesenheit dieser Männer an jenem Ort. Und warum haben sie Feuer gemacht?«

Einer der Schergen konnte seine Zunge nicht mehr im Zaum halten.

»Wir waren auf Befehl des Oberkommandierenden dort... Wir können nichts dafür...«

»Wie lautete der Befehl?«, verlangte Ahotep mit glühendem Blick zu wissen.

»Schweigt, ihr Narren!«, rief der oberste Ordnungshüter.

»Ihr habt einen Bauernhof niedergebrannt und geplündert, nicht wahr? Statt eure Pflicht zu erfüllen und die Grenze zu bewachen, macht ihr euch eure Uniform zunutze, überfallt die Unglücklichen, die sich in das freie Gebiet geflüchtet haben, und raubt sie aus!«

Die Schergen traten näher zusammen, als suchten sie beieinander Schutz, während ihr Kommandant ein kurzes Schwert aus der Scheide zog.

»Ihr werdet doch vor zwei Frauen nicht den Schwanz einziehen!«

»Du bist des Hochverrats schuldig«, verkündete Ahotep, »und die Königin verlangt, dass du dich vor ihr verneigst!«

Teti die Kleine warf dem Beschuldigten einen verächtlichen Blick zu. »Steck dein Schwert wieder ein und berühre mit der Stirn den Staub des Bodens, auf dem meine Füße stehen!«

Diese Forderung beantwortete der oberste Ordnungshüter mit schallendem Lachen.

»Ihr seid nichts mehr, Majestät, und Eurer Tochter sind die Hände gebunden! Dankt mir dafür, dass ich Euch einen raschen Tod gewähre!«

Ein leises Grollen erschreckte den skrupellosen Mann. Er fuhr herum und erkannte Ahoteps Hund.

Er hob seine Waffe, doch die Attacke ging so blitzschnell vor sich, dass er die Bewegung nicht mehr vollenden konnte. Der Hund grub seine scharfen Fangzähne in den Unterarm seines Opfers, das vor Schmerz aufheulte.

»Nehmt mir augenblicklich die Fesseln ab«, befahl Ahotep.

Die Schergen gehorchten.

Die Prinzessin streichelte ihren Hund, der sie mit einem unendlich zärtlichen Blick und einem deutlich zu sehenden zufriedenen Lächeln betrachtete; er war sehr stolz auf seine Heldentat.

»Wie hat diese Bestie sich losmachen können?«, jammerte der Verletzte.

»Ein Sondergericht wird einberufen werden«, verkündete ihm die Prinzessin, »um das Urteil über dich zu sprechen. Du bist ein Verräter, der es gewagt hat, die Hand gegen seine Königin zu erheben und sie mit dem Tod zu bedrohen.«

Der oberste Ordnungshüter schluchzte. »Ihr müsst mir vergeben… Ich wollte Eurer Majestät nichts Böses tun!«

»Ein Verräter, der noch dazu ein Feigling ist… Werft diesen Nichtswürdigen ins Gefängnis!«

Die Schergen waren froh, so glimpflich davonzukommen, und ließen sich nicht zweimal bitten.

Mit hängender Zunge postierte der Hund, der auf den Namen Lächler hörte, seine riesigen Pfoten behutsam auf den Schultern der Prinzessin.

»Also haben sie dich festgebunden, und du hast es doch geschafft zu fliehen!«

Da der Hund nicht die Gewohnheit hatte zu lügen, las Ahotep in seinem Blick, dass ihm geholfen worden war.

»Ich werde dieses Rätsel lösen«, versprach sie.

»Ahotep...«, murmelte Teti die Kleine.

Die Prinzessin sah, dass ihre Mutter im Begriff stand, ohnmächtig zu werden. Mit einem Schritt war sie bei ihr und half ihr, sich hinzusetzen.

»So viel Gewalt, hier, in meinem Palast... Ich habe keine Kraft mehr, um all diese Schrecken zu ertragen.«

»Doch, natürlich. Sei ganz ruhig. Du solltest dich sogar freuen.«

»Mich freuen... Weshalb?«

»Darüber, dass der Leiter deiner Ordnungskräfte sich selbst entlarvt hat! Dieser nutzlose Schwächling hat endlich gezeigt, wozu er fähig ist. Du musst ihn so schnell wie möglich durch einen Fähigeren ersetzen!«

Teti entdeckte plötzlich die Veränderung an ihrer Tochter.

Sie war tatsächlich schon eine Frau, und eine äußerst verführerische dazu, während sie bis jetzt nur ein unbekümmertes Kind in ihr gesehen hatte, das an nichts anderes dachte als an Kinderspiele und Zerstreuung, um sich von dem traurigen Zustand des Landes abzulenken.

»Ahotep... Ich bin so müde.«

»Majestät, dazu habt Ihr weder das Recht noch die Zeit! Ägypten überlebt nur durch Euch... Wenn Ihr jetzt aufgebt, wird dem Feind der endgültige Sieg kampflos in den Schoß fallen.«

Wie angenehm wäre es, wenn man für immer die Augen schließen könnte, dachte die Königin.

Doch ihre Tochter hatte Recht.

»Glaubst du wirklich, dass wir es mit einem so mächtigen Feind wie den Hyksos immer noch aufnehmen können?«

»Wenn wir nur wollen, können wir es auch!«

»Was hattest du so weit vom Palast entfernt zu suchen, Ahotep?«

»Ich musste herausfinden, wo sich die genaue Grenze dessen befindet, was wir immer noch das ›Königreich Theben‹ nennen. Da es mir nicht gelungen ist, werde ich mich noch einmal auf den Weg machen.«

»Es ist viel zu gefährlich!«

»Und doch ist es unabdingbar, Majestät. Es ist unmöglich, den Widerstand zu organisieren, wenn wir den genauen Standort des Gegners nicht kennen.«

Teti die Kleine nahm ihr Diadem ab und hielt es zwischen ihren Händen auf den Knien.

»Die Situation ist verzweifelt, Ahotep. Wir haben weder einen Pharao noch eine Armee, und unsere einzige Überlebenschance besteht darin, dass wir die Hyksos glauben machen, Theben sei nur ein abgelegener Flecken, bewohnt von harmlosen Alten, die ihre Zeit damit verbringen, tote Götter anzubeten.«

»Ausgezeichnet«, urteilte die junge Frau. »So lange uns die Eroberer für unbedeutend halten, greifen sie uns nicht an.«

»Aber wir sind tatsächlich unbedeutend! Alles, was wir wünschen können, ist, dass die Himmelsgöttin es uns erlaubt, hier zu sterben, auf unserer Erde und mit der Illusion, frei zu sein.«

»Ich weigere mich.«

Die Königin warf ihrer Tochter einen erstaunten Blick zu.

»Ich weigere mich, ein solches Schicksal zu akzeptieren«, fuhr Ahotep leidenschaftlich fort. »Wenn Amun die Unabhängigkeit Thebens bis heute gewährleistet hat, liegt darin nicht auch eine Aufgabe für uns, der wir uns stellen müssen? Wenn wir uns vor Angst zitternd zusammenkrümmen, verschließen wir unsere Ohren, und seine Stimme dringt nicht mehr zu uns.«

»Keiner unserer Männer hat den Mut, gegen die Hyksos zu kämpfen«, sagte Teti entschieden.

»Dann werden es eben die Frauen sein!«

»Ich glaube, du verlierst ein wenig den Verstand.«

»Du, meine Mutter, bist du nicht die Repräsentantin der Maat auf Erden?«

Die Königin lächelte schwach.

Maat, die Göttin der Harmonie, des rechten Weges und der Gerechtigkeit; Maat, verkörpert durch eine Frau, die die Steuerfeder eines Vogels auf dem Kopf trägt, Symbol der Orientierung; Maat, der Sockel, auf dem die Pharaonen ihre Zivilisation errichtet hatten und auf dem die Statuen der auferweckten Toten standen, denen die Priester Augen, Mund und Ohren geöffnet hatten.

»Selbst Theben ist kein Ort mehr, wo Maat empfangen werden könnte, wie es sich geziemt«, klagte Teti die Kleine.

»O doch, denn du bist die Königin, und Maat verkörpert sich in deinem Amt!«

»Sie ist nur noch ein Traum, Ahotep, ein sehr ferner Traum, der fast nicht mehr existiert…«

»Maat lebt nicht von Träumen, sondern von der Wirklichkeit! Deshalb müssen wir unser Land wiedererobern, um es ihr darzubringen.«

Die Prinzessin kniete vor der Königin nieder. »Majestät, ich habe mich bewaffnet. Ich besitze zwar nur ein Feuersteinmesser, aber das ist kein so schlechter Anfang. Wenn man es gut einsetzt, wird es seine Wirkung tun.«

»Ahotep! Du denkst doch nicht etwa daran, in den Kampf zu ziehen?«

»Ich habe den Kampf bereits begonnen, Majestät, und ich werde ihn wieder aufnehmen.«

»Du bist eine junge Frau, kein Soldat!«

»Wo sind sie denn, unsere ach so tapferen Soldaten? Wenn niemand sie aus ihrem Tiefschlaf aufweckt, werden sie bis in alle Ewigkeit tatenlos vor sich hin dämmern! *Wir* müssen sie aufwecken!«

Teti die Kleine schloss die Augen. »Das ist unerhört, meine liebe Tochter, unerhört... Wir sollten all diese Hirngespinste vergessen.«

Die Prinzessin stand auf. »Das, was du Hirngespinste nennst, ist der ganze Inhalt meines Lebens.«

»Du bist zu allem entschlossen?«

»Zu allem. Und mein Entschluss ist so fest wie Granit.«

Die Königin seufzte. »Wenn es so ist, Ahotep, werde ich dich mit all meinen Kräften unterstützen.«

5

Etwa zehn Bauern mit langem Haar und schlecht rasierten Wangen, bekleidet mit Schurzen aus Wollgras, bewegten sich langsam durch ein Sumpfgebiet nicht weit von der neuen Hauptstadt der Hyksos entfernt. Sie führten vier große Ochsen in Richtung einer kleinen Insel, auf der schmackhaftes Zyperngras wuchs.

»Beeil dich ein bisschen«, knurrte ihr Anführer, ein großer, schnauzbärtiger Mann, an die Adresse eines Nachzüglers.

»Musst du dauernd den Aufseher spielen?«

»Schaut lieber auf das, was vor euch ist«, riet ein Dritter, der sich von Kopf bis Fuß mit Schlamm beschmiert hatte, um sich vor den Stechmücken zu schützen. »Was regt ihr euch auf, wo wir einen so schönen Tag haben, mit blauem Himmel und sogar ein bisschen Wind?«

»Wie soll man sich nicht aufregen, wenn einem die Besatzer das Feld beschlagnahmen?«, antwortete der Schnauzbart.

»Man gewöhnt sich doch am Ende an alles... Wir haben noch das Vieh, um das wir uns kümmern können.«

»Ohne Freiheit ist alles nutzlos.«

Der Schnauzbart dachte an die langen Stunden, die er damit zugebracht hatte, sein Feld zu wässern, seine Werkzeuge in Ordnung zu halten, zu säen, zu ernten und mit den Schreibern der Schatzmeisterei zu streiten, um eine kleine Senkung der Abgaben zu erreichen... Was für eine Plackerei und was für ein Kräfteverschleiß im Kampf mit der Natur, die gleichzeitig so großzügig schenkte und so erbarmungslos raubte! Ohne Unterlass beklagte er sein Los, ohne zu wissen, was die Zukunft ihm bringen würde. War er nicht ein freier Mann gewesen, bevor die Eroberer das Land in Besitz genommen hatten?

Nicht zufrieden damit, ihn ausgeraubt zu haben, zwangen die Hyksos ihn, dieses armselige Grüppchen von Bauern anzuführen, die sich daran gewöhnt hatten, ihr Vieh in dieser oft überschwemmten Gegend grasen zu lassen. Es gab häufig Streit unter ihnen, die Atmosphäre war erstickend.

»Wir werden zum Mittagessen einen Fisch grillen«, verkündete ein pausbäckiger jüngerer Mann, indem er sich mit der Zunge über die Lippen strich. »Ich habe ihn ganz früh heute Morgen gefangen. Und diesmal werde ich den Fang nicht melden!«

Jeden Morgen und jeden Abend wurden die Hirten von den Soldaten der Hyksos kontrolliert. Als Lohn für ihre Arbeit stand ihnen nur ein runder Dinkelfladen mit Zwiebeln zu und einmal in der Woche getrockneter Fisch, der meist ungenießbar war.

»Wenn sie den Rauch sehen, werden wir Prügel bekommen!«

»Wir sind schon zu weit im Sumpf, sie werden nichts bemerken.«

Wenn sie an den frischen Fisch dachten, wurde ihnen allen der Mund wässrig.

»Achtung, Leute! Es ist jemand auf der Insel!«

Ein seltsamer Mann mit einem Turban auf dem Kopf und einem schwarzen Bart, der sein Gesicht verschattete, saß in einem Papyrusnachen und briet eine Biberratte.

»Jetzt schaut euch den an«, sagte der Schnauzbart.

»Das ist ein Sumpfgeist, vor denen muss man sich in Acht nehmen... Lasst uns abhauen!«, sagte einer der Bauern ängstlich.

»Sein Feuerchen könnte uns gute Dienste leisten«, riet der Pausbäckige. »Gegen uns alle zusammen ist er machtlos.«

Die Bauern kamen der Insel immer näher.

Der Mann stand auf und sah den Ankömmlingen entgegen.

»Wir sollten uns aus dem Staub machen, das sage ich euch... Das ist kein Mensch!«

Der ängstliche Bauer blieb stehen und deutete auf die Schleuder, die der Fremde drohend schwang. Als der Bauer sich voller Panik umdrehte und Fersengeld gab, wurde die Waffe mit unglaublicher Geschwindigkeit durch die Luft gewirbelt, ein Stein flog heraus und traf den Flüchtenden im Nacken.

Der Verletzte brach im graublauen Wasser zusammen. Wenn der Schnauzbart ihn nicht an den Haaren gepackt und hochgerissen hätte, wäre er ertrunken.

»Kommt nur her, Freunde... Ihr habt nichts zu befürchten.«

Halbtot vor Angst, konnten die Bauern kaum glauben, was sie hörten.

Der Pausbäckige gehorchte schließlich, und die anderen folgten ihm zögernd.

»Vergesst eure Ochsen nicht«, empfahl ihnen ihr Gastgeber mit einem ironischen Lächeln.

Einer der Vierbeiner ließ ein müdes Muhen hören und weigerte sich weiterzugehen. Erst nach ein paar Stockschlägen auf den Rücken änderte er seine Meinung.

Einer nach dem anderen kletterten die Bauern die kleine Anhöhe hinauf. Die Tiere schüttelten sich und begannen zu grasen.

»Wer ist euer Anführer?«, fragte der Mann mit dem schwarzen Vollbart.

»Er!«, antwortete der jüngere Bauer und zeigte auf den Schnauzbart. »Und wer bist du, wenn ich fragen darf?«

»Nennt mich den Afghanen.«

Die Bauern warfen einander fragende Blicke zu. Keiner von ihnen wusste mit diesem Wort etwas anzufangen.

»Was ist das, ein Afghane?«

Der Fremde wühlte in der Tasche seiner braunen Tunika und förderte einen blauen Stein zutage, der offenbar Einschlüsse von Gold enthielt.

Ein Wunder!

»Das ist ein Vermögen wert, bestimmt!«, sagte der Pausbäckige völlig verblüfft. »Vielleicht… Lapislazuli!«

»Es gibt keinen schöneren Stein«, bestätigte der Afghane. »Wo hast du so etwas schon einmal gesehen?«

»Mein Cousin war Priester des Gottes Ptah… Als er starb, haben ihm seine Kollegen einen Herzskarabäus aus Lapislazuli geopfert, und ich bekam die Erlaubnis, ihn zu bewundern, bevor er der Mumie mitgegeben wurde. Er war unvergesslich, das versichere ich dir.«

»Der Lapislazuli kommt aus meinem Land, aus Afghanistan. Als über Ägypten noch ein Pharao herrschte, haben ihm meine Landsleute viele dieser Steine geliefert, und er gab ihnen Gold dafür. Nur die Tempel waren befugt, den blauen Stein zu bearbeiten. Heute ist alles ganz anders… Die Hyksos kümmern sich nicht um Rituale und nicht um Symbole, sie sind nicht mehr daran interessiert, Lapislazuli zu kaufen. Sie wollen ihn geschenkt haben, wie alles andere! So haben sie die Afghanen ihrer Haupteinnahmequelle beraubt.«

»Du bist also ein Feind der Hyksos?«

»Ich bin der Feind von allen, die mir meinen Besitz wegnehmen. Meiner Familie gehört die wichtigste Lagerstätte des Lapislazuli. Wir haben in einem prachtvollen Haus gewohnt, geboten über zahlreiche Diener und Dienerinnen, besaßen so viel Vieh, dass wir die genaue Zahl nicht mehr kannten... Seit der Handel mit Ägypten nicht mehr existiert, sind wir arm. Im letzten Monat ist meine Mutter gestorben, die Verzweiflung hat ihre Lebenskraft zerrüttet, und ich habe mir geschworen, mich an denen zu rächen, die für ihren Tod verantwortlich sind.«

»Damit meinst du... die Hyksos?«

»Sie haben mich ruiniert und die meinen dem Elend ausgeliefert. Ich gehöre einem Volk von Kriegern an, die solche Beleidigungen nicht hinnehmen.«

»Es wäre besser, du würdest wieder in dein Land zurückkehren«, riet der Pausbäckige. »Die Armee des Pharaos ist vernichtend geschlagen, es gibt keinen Widerstand mehr gegen die Besatzer.«

»Du vergisst Theben«, sagte der Schnauzbart.

»Theben... ist nur noch ein Traum.«

»Ist das nicht die heilige Stadt des Amun?«, wollte der Afghane wissen.

»Ja, das ist sie... Aber heute beherbergt sie nur noch eine Königin ohne Machtbefugnisse und eine Hand voll bigotter Priester. Wenigstens heißt es so...«

»Stimmt es vielleicht nicht?«

»Ich hoffe es!«

»Gibt es organisierten Widerstand?«

»Wenn es so etwas gäbe«, meldete sich der Pausbäckige wieder zu Wort, »so wüssten wir es! Und warum interessiert dich das überhaupt, Fremder?«

»Du hast immer noch nichts verstanden, Ägypter … Ich will mein Lapislazuli verkaufen, reich werden und das Ansehen meiner Sippe wiederherstellen. Das ist mein einziges Ziel, für das ich mein Leben einsetze, trotz aller Gefahr. Wenn die Hyksos ehrliche Kaufleute wären, so würde ich mich mit ihnen verständigen. Aber nichts liegt ihnen ferner, als Handelsvereinbarungen zu schließen, es sind Räuber, denen nichts heilig ist. Es gibt nur eine einzige Lösung: Man muss sie verjagen und dafür sorgen, dass wieder ein Pharao den Thron besteigt, der nicht ständig alle Regeln über den Haufen wirft und einfach tut, was ihm passt.«

Der Pausbäckige begann zu lachen. »Du bist wirklich ein komischer Mensch, Afghane! In deinem Land muss es lustig zugehen!«

»Mein Vater hat Lapislazuli nach Theben geliefert, und er hat reichen Lohn dafür erhalten. Ich habe gehört, dass Amun nicht der einzige Gott dieses Gebiets ist, dass er einen Verbündeten namens Montu hat, der die Gestalt eines Stiers besitzt. Er ist so stark, dass er all seine Feinde, wer es auch sei, unweigerlich zerschmettert.«

»Die Götter haben die Zwei Reiche verlassen«, sagte der Schnauzbart.

»Warum kommen sie nicht zurück?«

»Weil es bald niemanden mehr geben wird, der sie willkommen heißen kann, wie es sich geziemt.«

»Nicht einmal der Fürst von Theben?«

»Es ist eine Königin, die über die Stadt herrscht, aber ob sie überhaupt noch lebt, das weiß keiner.«

»Also wird der Aufstand hier beginnen, in diesem Sumpf.«

»Mit wem denn?«, fragte der Pausbäckige beunruhigt.

»Mit all jenen von euch, die bereit sein werden, mir zu helfen.«

»Aber … Du bist ja wahnsinnig!«

»Kein Feind ist unbesiegbar, vor allem, wenn er sich allmächtig wähnt. Ist eine kleine Wespe nicht fähig, einem Riesen die schrecklichsten Schmerzen zuzufügen, wenn sie ihn sticht?«

Der Schnauzbart wurde stutzig. »Was hast du vor?«

»Einen Schwarm zu bilden. Aber setzt euch doch. Und lasst uns ein wenig rauchen. Das ist eine Pflanze aus meiner Heimat, die den Geist besänftigt und Klarsichtigkeit schenkt …«

Damit überließ der Afghane die durchgebratene Biberratte dem Pausbäckigen, der zum großen Missfallen seiner Gefährten kaum einen Bissen davon aß, entzündete einige mit Haschisch gefüllte Blattröllchen und verteilte sie.

»Atmet den Rauch langsam ein, lasst ihn durch Nase und Mund entweichen … Ganz langsam werdet ihr die Angst vergessen.«

Alle begannen zu husten, doch bald hatten sie heraus, wie man das merkwürdige Zeug am besten rauchte.

»Das hier ist eigentlich kein Sumpf, sondern ein friedlicher Garten«, stellte der Pausbäckige fest.

Die Bauern nickten zustimmend. Nur der Schnauzbart schien nicht ganz einverstanden.

»Wenn man dieses Kraut raucht, werden nicht nur die Tore des Traums geöffnet«, erklärte der Afghane. »Es hat noch eine andere Eigenschaft, die uns sehr nützlich sein wird.«

»Welche denn?«, fragte der Pausbäckige, dessen Pupillen groß und glänzend geworden waren.

»Es zwingt einen Verräter, sein wahres Gesicht zu zeigen.«

»Aha … und wie?«

»Er verliert die Fassung, fängt an, Blut und Wasser zu schwitzen, murmelt unverständliche Dinge und bekennt sich am Ende zu seinen Taten… bekennt, dass er seine Gefährten für die Hyksos ausspioniert. Wie du, zum Beispiel.«

»Ich? Wie… was soll das… du sagst… das ist ja blanker Unsinn!«

»Ich habe dich gesehen, gestern, mit einem Offizier. Ihr habt mich für einen Bettler gehalten und habt euch nicht vor mir in Acht genommen. Du hast ihm versprochen, diese Leute hier einen nach dem anderen zu verpfeifen, weil sie angeblich Aufständische sind, und dafür hat er dir eine Prämie versprochen.«

Den Pausbäckigen trafen hasserfüllte Blicke.

»Nein, das ist nicht wahr… jedenfalls nicht so, wie du es gesagt hast… Ihr müsst mich verstehen… Ich habe diesen Offizier doch angelogen… Ich würde nie auf die Idee kommen, so etwas zu tun…«

Die Fäuste der Rächer packten ihn am Schopf und warfen ihn in den Sumpf.

Der Pausbäckige hielt sich nur ein paar Augenblicke strampelnd an der Oberfläche, dann versank er im Schlamm.

»Jetzt sind wir sicher«, sagte der Afghane, »und können ganz offen von der Zukunft reden. Wir alle hier gehören jetzt zum geheimen Widerstand. Wenn man uns fasst, stehen uns Folter und Tod bevor. Doch wenn wir siegen, werden wir reich sein wie nie zuvor!«

6

Ich habe das getan!«, erklärte stolz ein junger Mann, der sich der Königin und Prinzessin Ahotep in den Weg stellte, als sie unter dem Schutz von Lächler, ihrem großen Hund, den Palast verließen.

Zur Überraschung seiner Herrin fletschte Lächler nicht die Zähne.

»Ich heiße Seqen, Prinzessin. Ich bin es gewesen, der Euren Hund losgebunden hat, sodass er Euch zu Hilfe eilen konnte. Ich hatte keine Ahnung, was eigentlich los war, aber als ich sah, wie hilflos dieser Hund war, begriff ich sofort, dass Ihr in Gefahr sein musstet. Also habe ich gehandelt.«

Seqen wirkte schüchtern und beinahe ängstlich, als er diese Sätze hastig vorbrachte. Er war mager und kaum älter als Ahotep, und das Einnehmendste an ihm war sein tiefer, seelenvoller Blick, der sein ungefälliges Gesicht, seine allzu hohe Stirn vergessen ließ.

»Ich beglückwünsche dich... Du hast das Leben Ihrer Majestät gerettet.«

»Und das Eure, Prinzessin!«

»Solltest du dich vor der Königin von Ägypten nicht verneigen?«

Der junge Mann kam linkisch seiner Pflicht nach.

»Erhebe dich«, sagte Teti die Kleine sanft. »Ich habe dich nie hier im Palast gesehen, mein Junge. Wo wohnst du?«

»In der südlichen Vorstadt... Ich bin vom Land gekommen, weil ich lernen will zu kämpfen.«

»Hat man dir in der Kaserne Einlass gewährt?«, fragte Ahotep mit plötzlichem Ungestüm.

»Leider nicht... Ich bin nicht kräftig genug, wie es scheint.

So verdinge ich mich eben als Hilfsgärtner. Mein Herr macht mir das Leben schwer, aber gerade das gefällt mir! Nicht mehr lange, und meine Muskeln werden hart genug sein.«

»Woher wusstest du, dass der Hund mir gehörte?«

»Mein Herr hat es mir gesagt. Er hat mir den Rat gegeben, ich solle nach Hause gehen und vergessen, dass ich gesehen habe, wie der oberste Ordnungshüter ihn selbst an einen Baum gebunden hat.«

Der Hund legte Seqen eine seiner riesigen Pfoten auf die Brust und warf ihn fast um. Offensichtlich vergaß Lächler nicht so schnell, was geschehen war.

»Deine Unterkunft hier ist sicher nicht sehr komfortabel.«

»Ich kann mich nicht beklagen, Prinzessin ... Die Witwe, die mir ein kleines Zimmer überlassen hat, ist eine sehr freundliche alte Dame, und ich liebe es, ihr zuzuhören, wenn sie von glücklichen Tagen erzählt.«

»Wenn Ihre Majestät damit einverstanden ist«, schlug Ahotep vor, »wirst du von heute an in einem Flügel des Palasts wohnen, und du wirst dich um das Vogelhaus, die Katzen, die Esel der Verwaltung und natürlich um meinen Hund kümmern.«

Seqen sah sie völlig entgeistert an. »Prinzessin, ich ...«

»Genehmigt«, entschied Teti die Kleine.

»Du fängst sofort an«, sagte Ahotep. »Lächler muss endlich einmal wieder zu einem langen Spaziergang ausgeführt werden.«

Der junge Mann stand immer noch unter Schock, weshalb er kaum merkte, dass ihm eine dicke, lange, rosige Zunge zärtlich die Hand leckte.

»Er mag es nicht, an der Leine zu laufen«, fügte die Prinzessin hinzu, »aber nimm vorsichtshalber eine mit, im Fall, dass ihr auf jemanden stoßt, den er nicht leiden kann. Es ist ein ziemlich offenherziger Hund, er ist es nicht gewöhnt, seine Gefühle zu verstecken.«

Ahotep genoss das Wohlwollen ihrer Mutter.

Die Königin hatte ihr nicht nur gnädig ihr Ohr geliehen, sie hatte sich auch entschlossen, ihr bei der Reform der Regierung Thebens und der Vorbereitung der Wiedereroberung Ägyptens ihre ganze Erfahrung zur Verfügung zu stellen. Wie recht hatte die Prinzessin daran getan, sich vom Palast zu entfernen und ins Abenteuer zu stürzen! Durch ihre mutige Haltung hatte sie die schlafenden Kräfte geweckt und den Willen Tetis wieder lebendig werden lassen.

»Womit beginnen wir, Majestät?«

»Mit dem Wichtigsten.«

»Werden wir jetzt endlich einen richtigen Oberbefehlshaber ernennen?«

»Ich spreche von dem, was wirklich wichtig ist, Ahotep.«

»Was gibt es jetzt Wichtigeres als einen guten Anführer und eine gute Armee?«

»Heute wie in der Vergangenheit und in der Zukunft ist das Wichtigste der Tempel. Wenn du weiterhin darauf bestehst, dich auf diesen sinnlosen Kampf einzulassen, musst du das innerste Heiligtum besuchen. Aber das wird nicht ungefährlich sein.«

»Ich bin bereit, mich auf jede Gefahr einzulassen!«

»Die alten Pharaonen bauten Wohnstätten für die Götter, und sie wussten, wie man mit den Göttern spricht. Neben diesen Großen sind wir nur kümmerliche Zwerge.«

Ahotep hielt sich zurück. Sie wusste, dass ihre Mutter auf etwas Bestimmtes anspielte, und sie spürte eine vage Furcht in sich aufsteigen.

»Es ist nicht feige zu verzichten«, sagte Teti die Kleine.

»Wie soll ich mich darauf vorbereiten?«

»In früheren Zeiten hättest du Muße genug gehabt, um dich mit den Weisen unseres Volkes zu beraten … Aber heute drängt die Zeit.«

Ahotep hatte ihre Mutter noch nie so entschieden erlebt. »Ich werde tun, was Ihr verlangt, Majestät.«

Seit dem goldenen Zeitalter der großen Pyramiden wurde Theben als heiliger Boden betrachtet; doch erst seit der Herrschaft von Sesostris I. wurde Karnak* zu einem Tempel, der seinen Namen verdiente, obwohl er noch weit weniger imposant war als die Bauten von Heliopolis, Memphis oder Elephantine.

Als die Hyksos das Land eroberten, erlahmte die Energie der Tempelbauer. Da kein Pharao mehr auf dem Thron saß, wurden die Arbeiten auf den Baustellen unterbrochen; gleich den anderen, weit großartigeren heiligen Stätten sank auch das bescheidene Karnak in einen langen Dornröschenschlaf.

Die Weisen sagten freilich, jedes Bauwerk sei ein lebendiges Wesen, dessen Wachstum nicht aufgehalten werden könne; deshalb musste jeder König das Werk seiner Vorgänger vergrößern und erweitern, und deshalb wurde ein Heiligtum nie als vollendet angesehen.

Doch der Klang der Werkzeuge war verstummt, und kein einziger Steinmetz war mehr am Werk. In Karnak lebten nur noch vier »Diener Gottes«, vier Ritualpriester, und zehn »reine« Priester, die ihren praktischen Pflichten nachkamen; sie waren alt und kümmerten sich so wenig um die äußere Welt, dass sie seit etlichen Jahren den mit einer Mauer aus ungebrannten Ziegeln umgebenen heiligen Ort nicht mehr verlassen hatten.

* Karnak wurde von den Pharaonen des Mittleren Reichs, der Dynastie der Mentuhotep, gegründet. Auf gleichem Boden befand sich jedoch wahrscheinlich ein noch älteres Heiligtum. Amenemhet I. (1991–1962 v. Chr.) baute dort einen Tempel, dann errichtete Sesostris I. (1962–1928 v. Chr.) bedeutende Bauwerke, die wir noch beschreiben werden. Ein Überrest ist die berühmte wunderbare »weiße Kapelle«, die man mit Hilfe von wiederaufgefundenen Blöcken der dritten Säule von Karnak rekonstruieren konnte.

Teti blieb reglos vor der Tür aus Zedernholz stehen.

»Wie lange ist es jetzt her, dass sich diese Tür zum letzten Mal öffnete, um die göttliche Statue hinauszulassen«, sagte sie voller Wehmut, »wie lange ist es her, dass der Pharao im Morgengrauen hier die Wiedergeburt der göttlichen Lebenskraft feierte... Und doch bleibt Amun gegenwärtig, weil es noch ein paar Getreue gibt, die ihn verehren!«

»Was kann mir hier, an diesem Ort des Friedens und der Stille, zustoßen?«, fragte sich Ahotep verwundert.

»Kennst du den Namen der Gemahlin des Amun?«

»Die Göttin Mut, die große Herrscherin und Mutter...«

»Ihr Name bedeutet auch ›Tod‹«, sagte die Königin. »Und sie wird auch als Löwin dargestellt, mit Furcht erregenden Zornesausbrüchen. In ihrem Kultbild konzentrieren sich die zerstörerischen Kräfte, weil wir seit der Invasion die Reinigungszeremonien nicht mehr vollzogen haben.«

»Warum können wir diese Kräfte nicht gegen die Hyksos benutzen?«

»Weil sie, einmal losgelassen, alles vernichten würden, einschließlich Thebens.«

»Und doch ist es Mut, der ich begegnen soll?«

»Nur wenn du es wirklich wünschst, Ahotep. Welche andere Macht wäre fähig, einen Feind zu schlagen, gegen den du allein nie gewinnen kannst? Ach! Dieser Feind ist zu grausam, als dass ihn irgendjemand bezwingen könnte!«

So hatte die Königin ihre Tochter zur Schwelle des Tempels gebracht, um ihr die Nichtigkeit ihres Vorhabens vor Augen zu führen.

»Du wolltest mir eine Lehre erteilen, nicht wahr?«

»Bist du nicht selbst klug genug, um einzusehen, dass das Ergebnis deines Aufstands nur eine blutige Niederlage sein kann?«

Ahotep betrachtete lange die Tempelmauer. »Ist es mir verboten, der Göttin Mut gegenüberzutreten?«

Teti verzog das Gesicht. »Meine Warnungen sind also nutzlos …«

»Ich will kämpfen! Und wenn ich den Beistand einer Gottheit gewinnen kann, warum sollte ich ihn zurückweisen?«

»Du bist wahnsinnig, meine Tochter! Mut wird dich vernichten.«

»Ist es nicht ein gutes Los, durch die Hand einer Göttin zu sterben?«

Resigniert führte die Königin Ahotep zu einer kleinen Pforte, die von einem reinen Priester bewacht wurde.

»Geleite die Prinzessin zur Göttin Mut«, befahl ihm die Königin.

»Majestät … Das sagt Ihr nicht im Ernst?«

»Gehorche!«

»Aber Ihr wisst doch …«

»Es ist der Wille der Prinzessin Ahotep, und niemand wird sie dazu bewegen, ihre Meinung zu ändern.«

Völlig verblüfft ließ der Priester die Prinzessin ihre Schuhe ausziehen, dann wusch er ihr Füße und Hände mit Wasser aus dem heiligen See.

»Ich muss dem Hohepriester Bescheid sagen … Wartet hier auf mich.«

Ahotep sah sich neugierig um. Dass sie das Innere des geheimnisvollen Tempels von Karnak endlich einmal zu Gesicht bekam, gefiel ihr, aber gleichzeitig schnürte ihr die Angst vor der Begegnung mit Mut die Kehle zu.

»Leb wohl, meine Tochter«, sagte Teti die Kleine betrübt. »Wenigstens wirst du unsere letzte Demütigung, die nächste Angriffswelle der Hyksos, nicht erleben. Sie wird Theben überfluten.«

»Gibst du mir wirklich gar keine Chance?«

»Leb wohl, Ahotep. Möge die Ewigkeit sanft sein.« Zärtlich umarmte Teti ihre Tochter.

Als die Königin sich zurückgezogen hatte, näherte sich ein alter Mann Ahotep, der sich auf einen Stock stützte.

»Bist du die Prinzessin, die es wagt, die Göttin mit den Feueraugen herauszufordern?«

»Ich fordere sie nicht heraus... Ich bitte sie um ihre Kraft.«

»Hast du den Verstand verloren?«

»Im Gegenteil! Es gibt keine vernünftigere Lösung, damit Theben seine Würde und seine Tapferkeit wiedererlangt.«

»Dir fehlt es jedenfalls nicht daran... Wenigstens weißt du, was du tust!«

»Sind Priester immer so geschwätzig?«

Die Hand des alten Mannes schloss sich fester um den Griff seines Stocks. »Wie du willst, Prinzessin... So lerne denn die blutrünstige Löwin kennen, da du es einmal entschieden hast. Und blicke zum letzten Mal zum Licht des Himmels empor.«

7

Eben noch war Ahotep nur ein ängstliches junges Mädchen gewesen, das fürchtete, in einem verrückten Abenteuer sein Leben zu verlieren. Doch als sie das ironische Lächeln sah, das auf dem Gesicht des alten Priesters erschien, vergaß sie ihre Angst.

»Sagen uns die Hymnen nicht, dass die Sonne für die Gerechten jeden Morgen wieder aufersteht?«

»Meinst du, dass du zu den Gerechten gehörst, Prinzessin?«

»Ja, denn mein einziges Begehren ist es, mein Land zu befreien!«

»Gut, dann folge mir.«

Der Diener Gottes ging, seinen Stock rhythmisch auf den

Boden stoßend, an einer herrlichen Kapelle aus Kalkstein entlang. Die Flachreliefs an der Wand, die die Wiedergeburt von Sesostris I. feierten, waren von betörender Schönheit. Man sah den Pharao in enger Gemeinschaft mit den Göttern, die ihm die Macht gaben, das ungeteilte Eine in die Vielheit umzuwandeln und dadurch die Provinzen Ägyptens zu schaffen, die zu gleicher Zeit verschieden waren und unteilbar.

»Ich würde hier gern ein paar Augenblicke stehen bleiben …«

»Keine Zeit, Prinzessin.«

Zu ihrem Bedauern musste Ahotep weiter hinter dem Priester hergehen, bis sie einen Garten vor dem Pylon des Haupttempels von Karnak erreichten, den zwei von Sesostris I. errichtete Säulenhallen dominierten. Eine Halle bestand nur aus quadratischen Stützpfeilern, die Säulen der anderen trugen riesige Standbilder des Gottes Osiris mit vor der Brust gekreuzten Armen, in den Händen das Zepter der Auferstehung.

Vor der Invasion der Hyksos hatte der König hier als »oberster Ritualmeister« die notwendigen Opfer und Reinigungshandlungen durchgeführt, um bei Anbruch des Morgens den verborgenen Gott Amun mit Re, dem schöpferischen Licht des Ursprungs, zu vereinigen.

»Bedenke den ewigen Morgen auf dieser Erde, Prinzessin, die Insel des Feuers, wo Maat, menschlicher Gegenwart enthoben, noch immer über die Ungerechtigkeit, das Böse und das Chaos siegt.«

»Also ist nichts verloren!«

»Kein einziger Pharao wurde gekrönt, seit die Zwei Reiche überwältigt wurden von der Macht der Finsternis. Deshalb haben wir diesen Tempel nicht mehr in der Hand, er wirkt für sich selbst, als ob wir nicht mehr da wären. Heute gibt es keinen Menschen, der die magische Kraft der Götter bezwingen kann.«

»Warum soll man es nicht versuchen?«

»Weil Mut unüberschreitbare Grenzen errichtet hat. Wegen unserer Feigheit, wegen unseres Ungenügens, ist die Göttin, die unsere Mutter war, unser Tod geworden.«

»Und ihr akzeptiert dieses Verhängnis, ohne einzuschreiten?«

»Wir können nur Rituale und Zeremonien ins Werk setzen, Prinzessin, wir können das Schicksal nicht beeinflussen. Wenn du es wagst, in dieses Heiligtum einzutreten, wirst du nicht mehr herauskommen. Muts Zorn wird dich verbrennen, und es wird nichts als Asche von dir bleiben.«

Ahotep war fasziniert von der Erhabenheit der riesigen Osirisstatuen, dem in Stein gehauenen Triumph des Lebens über das Nichts. Die göttliche Macht selbst hatte die Hand der Künstler geführt.

Die junge Frau ging langsam auf die Tür aus rosa Granit zu, die sich genau in der Mitte der Säulenhalle befand.

»Geh nicht zu weit, Prinzessin!«, bat der Priester.

»Meine Mutter hat mir Lebewohl gesagt. In ihren Augen bin ich schon tot – was sollte ich also noch fürchten?«

Als Ahotep in den Tempel eintrat, drehte sich der Priester um und ging zu seinem Posten in der Nähe des heiligen Sees zurück. Der Gedanke an die geopferte Jugend und Schönheit brach ihm fast das Herz, doch er konnte nichts tun, um die Prinzessin zu retten.

Diese Stille.

Die wahre Stille, ohne das leiseste Geräusch. Kein Atemzug war zu hören.

Beklommen fand sich Ahotep in einem unbekannten Universum, beherrscht von Kalkstein und Granit. Sie entdeckte Szenen der Krönung des Pharaos, dessen Name über dem Baum des Lebens stand, und das ermutigte sie, ihren Weg fortzusetzen.

Wirklich, die Opfertische waren leer; doch die in Stein gehauenen Speisen nährten noch immer das, was unsichtbar blieb. Und die goldene Barke auf ihrem Sockel zog schwankend durch Räume jenseits der Menschenwelt.

Ja, dieser Tempel war, fern von Unglück und Niedertracht, von intensivem Leben erfüllt. Es strahlte und verströmte sich ganz für sich in diesem engen Kreis, und Ahotep konnte sich des Eindrucks nicht erwehren, zu Unrecht hier eingedrungen zu sein und von den Steinen selbst zurückgewiesen zu werden.

Dennoch blieb sie standhaft. Sie dachte nicht an Rückzug.

Brach sie nicht allein durch ihre Anwesenheit an diesem Ort ein Tabu, das Theben dazu verurteilte, sein Los klaglos hinzunehmen?

Sie durchschritt eine weitere Tür aus Granit, die sie in einen teilweise offenen, säulengeschmückten Saal führte. Hier herrschte ein diffuses, dämmriges, fast irreales Licht, das zur Andacht einlud.

Der Raum strahlte etwas so Sanftes und Friedliches aus, dass die junge Frau sich bald nicht mehr vorstellen konnte, ihn je wieder zu verlassen. Sollte man hier, im Herzen dieser so lebendigen Steine, nicht das Glück finden? Es genügte, sich niederzulassen; man vergaß die äußere Wirklichkeit, und die Zeit löste sich nach und nach von selbst auf.

Die erste Falle!

Ahotep erhob sich, und Zorn erfüllte sie, weil sie so schläfrig geworden war. Vielleicht hätte ein weiser alter Mann am Ende seines Lebens das Recht, einen Augenblick wie diesen genüsslich auszukosten, aber nicht sie!

Sie riss sich gewaltsam aus der Benommenheit, die sie überwältigt hatte, und stieß die Tür auf, die zu einem neuen Raum führte. Darin herrschte Dunkelheit.

Sie fühlte, dass sie eine andere Welt mit unbekannten Gesetzen betrat, und verharrte auf der Schwelle.

Aus einem uralten Instinkt heraus verneigte sie sich vor dem Unsichtbaren.

»Mein Vater Amun, ich weiß, dass du uns nicht verlassen hast! Doch warum hat deine Stimme ihren kraftvollen Klang verloren?«

Nur Schweigen antwortete ihr.

Doch dieses Schweigen war kein endgültiges Verstummen, denn jetzt nahm Ahotep etwas wahr, was einer Landschaft glich, die die Seele gefangen nahm und Worte aussprach – Worte, die nur ein liebendes Herz zu vernehmen fähig war.

Das Heiligtum gewöhnte sich an sie, es verjagte sie nicht.

In diesem Moment wankte die Prinzessin.

Sie kannte die Worte der Kraft nicht, die es ihr erlaubt hätten, die Türen der drei Kapellen zu öffnen und die in ihren Statuen inkarnierten Gottheiten zu erblicken. War es nicht ruchlos, sich ohne ein genau vorgeschriebenes Ritual in diesem Raum zu befinden?

Wer diese letzten Türen öffnete, lief Gefahr, ein Feuer zu entfachen, das mit mehr Zerstörungskraft als jegliche Invasion über Theben herziehen und es in Schutt und Asche legen würde. Doch zum Eingang zurückzukehren wäre eine unverzeihliche Niederlage, und Ahotep würde nie erfahren, ob die göttlichen Kräfte sich dazu bereit fänden, ihre Verbündeten zu werden.

Der zentrale Kultraum, das Allerheiligste ... Er musste Amun geweiht sein, der so lange im Verborgenen bleiben würde, bis seine Stadt den Sieg errang.

Die Prinzessin wählte die Tür, die sich zur Rechten des verborgenen Gottes befand. Sie brach das Siegel auf dem Riegel und zog ihn langsam zurück.

Doch plötzlich zögerte sie.

Erzählten die Legenden nicht von schrecklichen Wächtern mit Krokodils- oder Schlangengesichtern, die mit einem einzigen Messerhieb die Köpfe der Neugierigen abtrennten?

Sie waren nicht grausamer als die fremden Eroberer … Und wenigstens würde sie im Inneren eines noch unzerstörten Tempels ihr Ende finden, an einer Stätte, die von den Hyksos noch nicht entweiht worden war!

Entschlossen öffnete Ahotep die Tür.

In maßlosem Schrecken sah sie sich einer Löwin gegenüber. Die Muskeln spielten unter der Haut – sie schien bereit zu springen und sie zu verschlingen!

Doch die Augen der großen Raubkatze, die mit unglaublichem Realismus gestaltet waren, begnügten sich damit, sie mit flammender Wildheit anzustarren.

»Ich komme in friedlicher Absicht, Mut! Verleihe mir deine Kraft, damit Theben sich endlich gegen das Reich der Finsternis erheben kann!«

Durch eine Luke im Dachgebälk fiel ein Lichtstrahl auf die überlebensgroße Statue aus Granit. Auf dem Gewand der Mut funkelten fünfzackige Sterne in einem Kreis. Die Göttin trug ein goldenes, am unteren Ende gegabeltes Zepter in der Hand, dessen Spitze den Kopf des Gottes Seth darstellte.

Es war das Zepter *ouas*, »Macht«, das der Stadt Theben, *Ouaset*, der »Machtvollen«, ihren Namen gegeben hatte!

»Mut, erlaubst du mir, dieses Zepter zu führen?«

Die Augen der Löwin röteten sich.

»Ich schwöre dir, dass ich guten Gebrauch davon machen werde!«

In dem Augenblick jedoch, als Ahotep versuchte, das göttliche Zeichen aus Muts Hand zu nehmen, zwang eine furchtbare Hitze sie dazu, ihren Arm zurückzuziehen.

Und das Maul der Bestie öffnete sich, um die Unvorsichtige zu verschlingen.

»Ihr solltet etwas essen, Majestät«, sagte Qaris, der Haushofmeister.

»Meine Tochter hat sich umgebracht, und du verlangst, dass ich Hunger habe!«

»Vielleicht hat die Göttin Mitleid gehabt mit ihrer Jugend und ihrer Schönheit ...«

»Glaubst du wirklich, dass Muts Feuer zu solch einem Gefühl in der Lage ist?«

Der Haushofmeister senkte den Kopf. Ahotep war der letzte Strohhalm einer Hoffnung gewesen an einem Königshof, der im Sterben lag ... Ohne sie würde Teti die Kleine bald nicht mehr zögern, ihr Diadem abzulegen, und die Parteigänger der Hyksos könnten Theben den Eroberern zu Füßen legen.

Da Qaris keine Möglichkeit sah, der Königin zu helfen, zog er es vor zu schweigen.

Als er die herrschaftlichen Räume verließ, traf er Seqen, der mit dem Hund Wache hielt.

»Ein Priester aus Karnak wünscht, Ihre Majestät zu sprechen.«

»Ich werde es melden.«

Bald darauf empfing Teti die Kleine den Alten mit dem verschlossenen Gesicht. »So sprecht, rasch!«

»Die Götter sind die Götter, Majestät, und niemand darf ihre Gesetze brechen.«

»Meine Tochter ...«

»Wusste sie nicht um die Gefahr ihres unverständigen Unternehmens?«

Die Königin musste all ihre Kräfte aufbieten, um nicht in wildes Schluchzen auszubrechen; sie dachte an die Würde, die sie ihrem Amt schuldig war, und beherrschte sich.

»Wie auch immer ihr Leichnam aussieht, ich will ihn sehen. Und ich selbst werde die Bestattungsfeierlichkeiten leiten.«

8

Apophis konnte stolz sein auf Auaris*, die Hauptstadt des Hyksosreichs. Sie nahm eine Fläche von über zweihundertfünfzig Hektar ein und war damit die größte Stadt Ägyptens und des Vorderen Orients. Der bloße Anblick der uneinnehmbaren Zitadelle, die sie überragte, schlug potenzielle Angreifer in die Flucht, und durch ihre strategisch günstige Lage hatte man von hier aus das ganze nordöstliche Delta in der Hand. Am Westufer des »Wassers des Re« gelegen, jenem Nilarm, der Pelusium zuströmte, befand sie sich am Kreuzungspunkt von Land- und Wasserwegen, über die das östliche Mittelmeer (und damit der syrisch-palästinische Raum) und Unterägypten gleichermaßen gut erreichbar waren. Im Norden gab es in einem riesigen alten Bewässerungssystem im Herzen eines Seengebiets einen Kanal, der Auaris mit dem nach Sinai führenden Weg des Horus verband.

Wer Auaris kontrollierte, beherrschte die Welt.

Die Pharaonen des Mittleren Reichs hatten den Ort keineswegs vernachlässigt, Amenemhet I. hatte einen Tempel erbaut. Aber sie waren von der Invasion der Hyksos hinweggefegt worden, und die ursprüngliche Bevölkerung des Marktfleckens hatte die Eroberer begeistert begrüßt. Die neuen Herren des Landes hatten die Monumente und das ganze ägyptische Viertel den »Sandläufern«, eingeschworenen Feinden der Pharaonenmacht, überlassen, und diese ließen jetzt ihr Vieh dort weiden.

Der neue Haupttempel war Seth geweiht, der Gottheit des

* Der ägyptische Name der Stadt lautet hout-ouaret, »Burg in Hügeln« oder »königliche Gründung des Bezirks«.

Blitzes, Ausdruck einer absoluten Gewalt, die von niemandem überwunden werden kann. Die Hyksos hatten verstanden, dass Gewalt die beste Politik ist, und hatten damit eine mehrere tausend Jahre alte Kultur zerstört. Im Wüten Seths lag für Apophis das Recht, sich auf jedweden Feind zu stürzen, um ihn endgültig auszulöschen.

Von der Höhe seiner Zitadelle aus betrachtete er das regelmäßige Muster der Straßen seiner Stadt. Sie waren rechtwinklig angelegt, damit man die Häuserblöcke besser überwachen konnte. Unter den wenig ansprechenden Gebäuden stachen einige besser ausgestattete ins Auge, die von hohen Militärs bewohnt wurden.

Der Binnenhafen der Stadt war der bedeutendste Ägyptens. Dank der Kriegsschiffe, die dort ankerten, und des unaufhörlichen Ankommens und Abfahrens der Handelsschiffe war die geschäftige Stadt das Handelszentrum des Reichs geworden.

Für Apophis gab es allerdings nichts Schöneres als die trutzige Zitadelle, deren befestigte Außenmauern an der Basis neun Meter breit waren! Er liebte es, bis zu den Zinnen des Wachturms hinaufzusteigen, der den nördlichen Zugang der Festung überwachte, und von dort den Blick über das Gebiet schweifen zu lassen, das ihm gehörte. Ihm, einem Emporkömmling aus Asien, der weder eine berühmte Ahnenreihe noch ein großes Vermögen besessen hatte, bevor er der Herr Ägyptens geworden war! Und sein Einflussgebiet vergrößerte sich von Tag zu Tag.

Ein kleines Lächeln erhellte sein unansehnliches Gesicht mit der vorspringenden Nase, und sein Blick fiel auf den kleinen Garten mit Obstbäumen, der in einem Innenhof im Schutz der Festungsmauern angelegt worden war. Seiner Gemahlin, einer Ägypterin aus dem Delta und verdienstvollen Verräterin (zum Schaden ihrer Landsleute, die sie verachtete), lag viel an dem schattigen Gehege.

Binnen kurzem würde Apophis die Gesandten empfangen, die aus allen Gegenden des Reiches kamen, um ihm Reverenz zu erweisen. In Anerkennung seiner unbezweifelbaren Überlegenheit und seiner herausragenden militärischen Erfolge würden sie sich vor ihm niederwerfen. Diese erfreuliche Zeremonie würde Anlass sein für die Verkündigung einer spektakulären Entscheidung, die den höchsten Herrn der Eroberer zum Gipfel seines Ruhmes führen würde.

Glücklicherweise war die Nacht dunkel. Wolken verdeckten die Sichel des zunehmenden Monds, und man musste den Bezirk der Kornspeicher in der Nähe des Stadttors von Auaris gut kennen, wenn man sich nicht verirren wollte.

Der Bucklige war dort geboren, er kannte jeden Winkel des Viertels, wo der Schwarzhandel gang und gäbe war. Die Abgesandten der Steuerbehörde waren überall gefürchtet. Schon mit der pharaonischen Schatzmeisterei war nicht zu spaßen gewesen, doch die der Hyksos erwies sich als schlichtweg zügellos! Die Arbeiter wurden nach Strich und Faden ausgenommen, sie lebten oft im nackten Elend.

Als ausgezeichneter Kaufmann hatte der Bucklige ein Handelsnetz aufgebaut, von dessen Existenz die Besatzer nichts ahnten. Auch wussten sie nicht, dass die Stoffe, die Sandalen, die Salböle – gewiss immer in ungenügenden Mengen – für die letzte freie Stadt bestimmt waren: Theben.

Obwohl die Mutter des Buckligen aus Syrien stammte, hatte er Ägypten schon immer verehrt und hasste die Invasoren. Er betrachtete sie als eine Bande von Rohlingen, die keinen anderen Gedanken im Kopf hatten, als das Volk auszubeuten und ihre Militärdiktatur zu festigen.

Das Leben in Auaris war zu einem Albtraum geworden. Deshalb hatte der Bucklige begeistert zugestimmt, als ein Bewohner von Edfu, im Süden Thebens, mit ihm in Verbindung getreten war und ihn bei einem geplanten Versuch, den Widerstandsgruppen Getreide zukommen zu lassen, um Hilfe gebeten hatte.

Und an diesem Abend würde die erste Lieferung abgehen, auf einem alten Schiff, das, den Frachtpapieren nach, Töpferwaren transportierte. Die Mannschaft war zuverlässig, mit Ausnahme eines Ruderers aus Kanaan, dessen man sich auf dem Weg entledigen würde.

Seit vielen Jahren hatte der Bucklige keine so aufregenden Stunden mehr durchlebt! Endlich begannen ein paar Ägypter, sich zu erheben. Zugegeben, es war eine lächerlich kleine Minderheit, doch nach den ersten Erfolgen würde sich die Sache notwendigerweise ausweiten.

Die erste große Tat lag vor ihnen: Die Tore einiger Speicher in abgelegeneren Gebieten mussten geöffnet, Getreide musste daraus entnommen und nach Theben befördert werden, wo Mangel an allem herrschte. Und später musste die Operation so oft wie möglich wiederholt werden.

Eine Eule ließ ein lang gezogenes *Huuhuu* ertönen.

Oder genauer, jemand machte das lang gezogene *Huuhuu* einer Eule nach.

Der Bucklige antwortete auf die gleiche Weise, nur etwas schriller.

Der andere blieb bei seinem tiefen Ton.

So orteten sie sich, während sie langsam aufeinander zugingen.

»Hast du die Schlüssel?«, fragte der Mann aus Edfu.

»Die Schlüssel und die Frachtpapyri' für das Schiff. Es wird keinerlei Probleme geben, weder bei den militärischen Sperren noch beim Zoll von Hermopolis.«

»Die Mannschaft ist bereit. Verlieren wir keine Zeit mehr.«

Sie nahmen eine Gasse, die zum Kai führte.

»Das verstehe ich nicht«, sagte der Mann aus Edfu erstaunt. »Das Schiff ist da, aber wo sind die Matrosen?«

»Vielleicht sind sie an Bord geblieben«, meinte der Bucklige.

»Das entspricht nicht meinem Befehl!«

Ein dritter, langsam gehender Mann tauchte in der Gasse auf. Der Ruderer aus Kanaan.

»Willkommen, Freunde... Es ist ziemlich spät für einen Verdauungsspaziergang, nicht? Sag mal, Buckliger, was für einen Schlüsselbund hast du denn da?«

Der Angesprochene brachte vor Schreck keinen Laut hervor.

»Es sind doch nicht etwa die Schlüssel für die Getreidespeicher? Ein ziemlich dreistes Verbrechen, weißt du... Und du bist doch nicht etwa der Komplize aus Edfu, der all diese armen Teufel um sich schart und ihnen thebanische Verrücktheiten in den Kopf setzt? Ach so, ihr denkt an die Matrosen von diesem alten Kahn! Sie sind alle verhaftet worden und werden am frühen Morgen vor der Zitadelle hingerichtet.«

Der Bucklige und sein Gefährte versuchten zu fliehen, doch etwa fünfzig Hyksossoldaten versperrten ihnen den Weg.

Ein Offizier legte ihnen hölzerne Handfesseln an und spuckte ihnen ins Gesicht.

»Was seid ihr bloß für Dummköpfe!«, rief der Matrose aus Kanaan. »Wie habt ihr auch nur einen Augenblick glauben können, der Wachsamkeit Apophis' zu entkommen?«

»Andere werden uns folgen«, entgegnete der Bucklige.

»Glaub das nicht, du Jammergestalt! Wir haben alle Gruppen ausfindig gemacht, die einen Umsturz planten. Bei Tagesanbruch wird keine davon mehr existieren.«

Mit offensichtlichem Vergnügen schnitt der Kanaanäer dem Mann aus Edfu die Kehle durch; für ihn war er ein besonders aktiver Unruhestifter, der ihm schon seit drei Jahren das Leben schwer gemacht hatte.

»Warum tötest du mich nicht auch, du Feigling!«, rief der Bucklige.

Der Matrose hatte erneut seinen Dolch gezogen, als die Soldaten sich teilten, um Khamudi durchzulassen, Apophis' rechte Hand.

»Herr... Welch freudige Überraschung! Wie Ihr seht, ist mein Vorhaben von Erfolg gekrönt!«

»Nehmt diesen Verräter fest!«, befahl Khamudi.

»Herr... Aber warum?«

»Weil du zu den Widerständlern gehörst.«

Der Kanaanäer protestierte. »Als ich mich mit ihnen gemein machte, habe ich nur meinen Befehl befolgt!«

»Du bist ein Freund dieser Leute geworden und hast mit ihnen Schwarzhandel getrieben... Du hast diesen Mann getötet, weil du wusstest, dass er dich verpfeifen kann.«

»Ihr täuscht Euch, Herr!«

»Ich soll mich täuschen?«

»Nein, ich wollte sagen, dass...«

»Du hast mich beleidigt, das verschlechtert deine Lage«, sagte Khamudi kalt.

»Ich schwöre Euch, dass ich unserem großen König Apophis treu bin, dass ich nur seine Befehle ausgeführt habe, dass ich...«

»Führt ihn ab.«

Ohne sich um die Schreie des Matrosen zu kümmern, fesselten ihn die Hyksos und stießen ihn mit Fußtritten vorwärts.

»Was für eine schöne Nacht«, bemerkte Khamudi, während er mit der Hand über sein glattes, von Leinöl triefendes schwarzes Haar fuhr. »Ich hatte ein wirklich ausgezeichnetes Abendessen, und zum Nachtisch genehmige ich mir die Ausschaltung einer thebenfreundlichen Widerstandsgruppe. Freust du dich denn gar nicht, Buckliger?«

»Dieser Wurm aus Kanaan hatte Recht: Du täuschst dich.«

Khamudi schlug ihn ins Gesicht. »Nimm dir nicht zu viel heraus, ich warne dich!«

»Niemals werden wir den Kampf aufgeben!«

»Der Widerstand ist mit Sicherheit gebrochen, und jeder weiß, dass es jetzt nur noch gemeinsame Sache mit uns oder Flucht geben kann.«

»Jeder weiß vor allem, dass ihr Spione in unsere Gruppen einschleust, und das wird uns lehren, vorsichtig zu sein. Bald habt ihr keine Augen und Ohren mehr!«

Khamudi hatte nicht übel Lust, den Kopf des Buckligen an der nächsten Mauer zu zerschmettern, doch dieser hartnäckige Widersacher verdiente Besseres.

»Glaubst du wirklich an das, was du sagst?«

»Amuns Hauch wird die Hyksos hinwegfegen!«

»Du hast umsonst gekämpft, und du wirst vergeblich sterben! Doch vorher wirst du mir die Namen deiner Komplizen verraten. Der Palast verfügt über einige bemerkenswerte Foltermeister... Wenn ich dir einen Rat geben darf, so sprich, bevor du in ihre Hände gerätst!«

9

Eure Tochter lebt, Majestät«, verkündete der Leibarzt. »Der Ton des Herzens ist tief und regelmäßig. Ich kann kein Zeichen irgendeiner Krankheit erkennen.«

»Aber warum bewegt sie sich nicht, warum sieht sie mich nicht an?«, fragte Teti die Kleine.

»Ich bin außerstande, das zu erklären.«

»Es muss doch ein Mittel geben, das sie aufweckt!«

»Ich werde in den alten Schriften nachschlagen.«

»Beeil dich!«

Ahotep lag ausgestreckt auf ihrem Bett, mit offenen Augen und starrem Blick. Ein Ritualpriester von Karnak hatte sie auf der Schwelle des Kultraums der Mut gefunden, man hatte sie aufgehoben und zur königlichen Residenz getragen.

Die erstaunliche Diagnose des Leibarztes konnte Tetis Ängste nicht besänftigen. Wenn Ahotep nicht aus dieser fürchterlichen Starre erwachte, konnte man kaum behaupten, dass sie lebendig sei.

Dumpfer Lärm erschreckte sie. Gleich dem regelmäßigen Geräusch eines Rammbocks warf sich etwas von außen gegen die Zimmertür.

Die Königin öffnete, und sie hatte kaum Zeit, zur Seite zu springen: Lächler, der Hund, sprang mit großen Sätzen durch den Raum und legte sich knurrend zu Füßen des Bettes.

Von da an gelang es niemandem mehr, sich der Prinzessin zu nähern.

Auf dem großen Platz vor der Allee, die zum Tempel des Seth führte, waren einige hundert Soldaten in dichten Reihen postiert. Ihre Harnische und die Spitzen ihrer Lanzen glitzerten in der Sonne. Mit stolzgeschwellter Brust repräsentierten diese Männer die Macht der Hyksos, und ohne Zögern kamen sie ihrer Aufgabe nach, die Menge in Schach zu halten, die von den Herolden aus ihren Häusern gerufen worden war. Ein großer Teil der Bewohner von Auaris hatte sich versammelt und wartete auf das versprochene Schauspiel – die Hinrichtung der Mitglieder der letzten Widerstandsgruppe.

Als Apophis erschien, gekleidet in ein granatfarbenes Gewand und gefolgt von seinem getreuen Khamudi, erhob sich Beifall. Obwohl sonst eher von düsterem Wesen und von Festlichkeiten wenig angetan, verachtete der Herrscher bei Gelegenheiten wie dieser durchaus nicht das Bad in der Menge.

Die Zeremonie wurde zum richtigen Zeitpunkt abgehalten. Seinen hochfliegenden Plänen stand nichts mehr im Weg, und es würde jedem Ägypter noch einmal mit aller Eindringlichkeit vor Augen geführt, dass die höchste Macht mit einem Höchstmaß an Strenge ausgeübt wurde.

»Wie viele Kanaanäer hast du festgenommen, Khamudi?«

»Vier. Gute Agenten, durch die wir einige hundert Aufständische haben identifizieren können.«

»Werden sie im Augenblick des Todes nicht gefährliche Dinge herausschreien?«

»Keine Sorge, Herr. Ich habe ihnen die Zunge herausschneiden lassen.«

Apophis warf Khamudi einen anerkennenden Blick zu. Er schätzte das harte Durchgreifen seiner rechten Hand, die zu handeln wusste, ohne seinen Herrn mit Kleinigkeiten zu behelligen.

»Hat der Bucklige gesungen?«

»Eine halbe Stunde Folter hat genügt.«

»Interessante Enthüllungen?«

»Nichts, das wir nicht schon wussten... Er hat es uns nur bestätigt.«

»Ist der Widerstand also vernichtet?«

»Es gibt keine einzige organisierte Gruppe mehr, weder in Auaris noch im Delta. Vielleicht versuchen irgendwelche einzelnen Leute hier und da noch, ihre Verbindungen wieder aufzubauen, aber ich habe meine Vorkehrungen getroffen, und der Verrat wird das Seine tun... Über kurz oder lang werden wir sie alle kriegen.«

Apophis und Khamudi hassten beide die Sonne, der erste, weil Hitze seine Beine anschwellen ließ, der zweite, weil er ein schwaches Herz hatte. So hielt der Herrscher des Reichs nur eine kurze Rede.

»Ihr Leute von Auaris! Infame Verbrecher haben versucht, unsere Ordnung umzustürzen. Sie werden vor euren Augen ihr armseliges Leben aushauchen, und das gleiche Schicksal werden all jene erleben, die es wagen, ihrem schändlichen Beispiel zu folgen. Gehorcht mir, und ihr habt nichts zu befürchten!«

Auf ein Signal der Offiziere hin klatschte das Volk von neuem Beifall, und Apophis zog sich zurück. Eine Kohorte von Scharfrichtern mit frisch geschärften Äxten trat auf den Plan.

Es war der Bucklige, der zuerst enthauptet wurde. Sein mit verstümmeltem Mund ausgestoßener Schrei »Theben!« war weithin zu hören.

Die Scharfrichter sammelten Köpfe und Leichen ein, um sie den Geiern zu überlassen. Kein Ägypter hatte mehr das Recht auf Mumifizierung, und sei sie noch so schlicht.

»Hast du das gesehen?«, sagte der Schnauzbart, der seine Tränen kaum zurückhalten konnte. »Die Hyksos sind noch wilder als die Raubtiere der Wüste … Keinem wird es gelingen, sie zu besiegen.«

»Lass dich nicht von deiner Verzweiflung überwältigen«, riet der Afghane, der mit seiner kleinen Gruppe die Schlächterei mitangesehen hatte. »Für den Moment sind sie die Stärksten; aber sie haben notwendigerweise auch ihre Schwachpunkte.«

»Hast du nicht gesehen …«

»Es war notwendig, dem Schrecklichen zuzusehen. Wir müssen härter werden und dürfen nie vergessen, dass wir selbst jede Sekunde bedroht sind.«

»Das sagst du, Afghane, aber ich bin kein Krieger!«

»Ich schon. Und du wirst auch einer werden. Ich will reich werden; du willst die Deinen rächen und die Invasoren aus dem Land jagen. Wir haben die gleichen Interessen, das ist das, was zählt.«

Ohne jede Gemütsbewegung säuberten die Diener des Sethtempels mit Eimern voll Wasser den blutbefleckten Vorhof.

Die verdrossene Miene des Leibarztes verriet der Königin sofort, dass er sich immer noch nicht zu helfen wusste.

»Ich bin untröstlich, Majestät … Aber der Fall der Prinzessin fällt nicht in mein Ressort.«

»Hast du die Priester von Karnak zu Rate gezogen?«

»Sie wiederholen nur immer wieder, dass Eure Tochter äußerst unvorsichtig gewesen sei.«

»Gibt es denn kein Heilmittel gegen die Zauberkraft der Göttin?«

»Ich kenne keines.«

»Wenn Ahotep keine Nahrung zu sich nimmt, wird sie sterben!«

»Die Konstitution der Prinzessin ist von außerordentlicher Robustheit …«

»Vielleicht kann ein Magier diese Lethargie durchbrechen!«

»Lasst Euch bloß nicht mit Scharlatanen ein, Majestät. Ihr müsst Euch der Tatsache beugen, dass unsere Wissenschaft nicht in der Lage ist, die Prinzessin zu heilen.«

»Verlasse sofort den Palast, du bist unfähig!«

Der Gekränkte verneigte sich steif und tat, wie ihm geheißen.

Lächler, der Hund, verweigerte ebenfalls jede Nahrung. Er blieb auf seinem Posten und ließ niemanden, nicht einmal Teti die Kleine, zu der wie leblos daliegenden jungen Frau.

»Euer Schlafgemach ist bereit«, verkündete Qaris, der Haushofmeister.

»Ich bleibe hier.«

»Majestät, Ihr müsst Euch ausruhen.«

»Ahotep könnte mich brauchen.«

»Soll ich ein Bett bringen lassen?«

»Ein Sessel genügt mir.«

»Majestät …«

Das Gesicht des Haushofmeisters zeigte verhaltene Erschütterung.

»Was ist los, Qaris?«

»Unter den Matrosen zirkulieren Gerüchte, dass sich in Auaris fürchterliche Dinge zugetragen haben sollen. Aber vielleicht wünscht Ihr, lieber nichts davon zu erfahren…«

»Sprich!«

10

Immer, wenn Verzweiflung sie zu überwältigen drohte, griff Teti die Kleine zu ihren Schminkutensilien. Wenn sie ihre Tochter verlor, hatte sie nicht den geringsten Grund mehr, einen Kampf fortzusetzen, der völlig aussichtslos war – das bewies Qaris' Bericht.

Während sie sich zwang, an die seltenen Momente des Glücks zu denken, die ihr das Leben geschenkt hatte, entnahm die Königin einem ovalen Körbchen einen Kamm aus Holz, eine Frisiernadel aus Alabaster, ein Schminktüchlein und eine Muschel aus schillerndem Perlmutt, in der sie verschiedene Salben mischte. Heute gab es nur noch wenige erstklassige Schönheitsprodukte, für deren Herstellung die Tempelwerkstätten einst einen ganzen Monat brauchten.

Die von Teti bevorzugte Salbe bestand aus einer Mischung auf der Basis von zerstoßenem Bleiglanz; sie reinigte ihre Haut und schützte sie vor dem aggressiven Sonnenlicht, hielt außerdem Insekten fern und unterstrich die feinen Züge ihres ebenmäßigen Gesichts.

Früher hatten ihr bei der Körperpflege mehrere Zofen respektvoll und kenntnisreich zur Seite gestanden, eine war nur für das Schminken zuständig gewesen, zwei hatten sich um Maniküre und Pediküre gekümmert, eine weitere war für die

Frisur verantwortlich gewesen. Heute aber musste sich Teti mit eigener Hand die Lippen mit rotem Ocker färben.

»Majestät... Kommt schnell!«

»Qaris! Wie kannst du es wagen...«

»Vergebt mir, dass ich hier eindringe, aber es handelt sich um die Prinzessin...«

Die Königin sprang auf.

»Ahotep... Nein, sie darf nicht sterben, sie ist zu jung!«

»Die Prinzessin ist soeben erwacht, Majestät!«

Die Königin erstarrte.

»Belüg mich nicht, Qaris... Es wäre zu grausam.«

»Kommt, ich bitte Euch, macht schnell!«

Wie eine Schlafwandlerin folgte Teti die Kleine ihrem Haushofmeister.

Auf ihrem Bett sitzend, streichelte Ahotep den Kopf des Hundes, der sich gründlich die Pfoten leckte.

»Wo ist das Zepter der Göttin?«, fragte sie mit sonderbarer Stimme.

»Ahotep... Du lebst!«

Die Prinzessin sah ihre Mutter mit großen Augen an. »Aber natürlich lebe ich! Doch du siehst ziemlich erschöpft aus.«

»Die Göttin Mut...«

»Sie hat mich nicht geschont, aber ich habe das Zepter ihrer Macht berühren dürfen!«

»Die Priester von Karnak sagen, die Göttin hat sich ihr Eigentum zurückgeholt«, ergänzte Qaris mit ruhiger Stimme. »Es ist wirklich ein Wunder, dass Ihr aus Eurem tiefen Koma erwacht seid.«

»Wir brauchen dieses Zepter, damit wir kämpfen können, dessen bin ich gewiss!«

Die Prinzessin erhob sich, und der Haushofmeister wandte diskret die Augen ab. Teti die Kleine bedeckte den schönen

Körper ihrer Tochter mit einem Gewand aus Leinen und bot ihr etwas zu trinken an.

»Fühlst du dich nicht schwindlig?«

»Ich bin völlig gesund, Mutter! Die Flamme der Göttin Mut hat mich nicht verbrannt, sie hat mir den Weg zur wahren Macht gezeigt, und sie hat mich mit einer Mission betraut.«

»Sei nicht so überschwänglich, Ahotep.«

»Und warum nicht?«

»Weil unsere Lage uns keinerlei Anlass zur Hoffnung gibt.«

Ahotep fasste die Königin bei den Schultern. »Ich will alles wissen!«

»Bist du ganz sicher?«

»Ich habe mein Leben riskiert, und ich werde es wieder riskieren … Du darfst mir nichts mehr verheimlichen!«

»Wie du willst … Du kannst reden, Qaris.«

»Qaris? Warum er?«

»Weil ich ihn damit beauftragt habe, Informationen über unsere letzten Gefolgsleute im besetzten Gebiet zu beschaffen.«

Ahotep war verblüfft. »Du, Qaris, hast dich solchen Gefahren ausgesetzt?!«

»Ich stehe im Dienst der Königin und unseres Vaterlandes«, erklärte der Haushofmeister stolz.

»Also glaubst du auch, dass der Sieg noch immer möglich ist!«

Traurigkeit verschleierte Qaris' Blick.

»Sei ehrlich!«, forderte Teti die Kleine.

»Die Worte der Weisen sind verklungen«, sagte der Haushofmeister seufzend, »die Götter erkennen Ägypten nicht wieder. Die Barken von Tag und Nacht sind nicht mehr auf ihrem Weg, der Lauf der Sonne ist gestört, sie wird sich unweigerlich von der Erde entfernen und uns im Stich lassen. Maat herrscht nicht mehr über die Zwei Reiche, in allen Provinzen regieren Jammer und Betrübnis, das Böse ist allmächtig.«

»Das sind nur Worte – Worte der Verzweiflung!«, widersprach Ahotep. »Was zählt, sind Tatsachen.«

»Unsere traditionelle Wirtschaft liegt darnieder, Prinzessin. Die Tempel erhalten keine Lebensmittel mehr, und die Verteilung der Nahrung ist nicht gesichert. Die Menschen, die etwas produzieren, verdienen nichts, nur die Zwischenhändler im Dienst der Hyksos bereichern sich. Die Webstühle stehen still, es werden keine Leinenstoffe mehr hergestellt, es fehlt an Perücken und selbst an Sandalen; gegen Schmutz und Staub wird nichts mehr getan, die Wäscher weigern sich, die Wäsche zu waschen, die Bäcker wollen kein Brot mehr backen, die Brauer kein Bier mehr brauen. Der Dieb ist reich geworden, die Ungerechtigkeit triumphiert.«

»Die Not wird eines Tages vorbei sein … Und wir haben immer noch Theben!«

»Unsere Stadt ist isoliert, Prinzessin!«

»Wie kannst du dir da so sicher sein?«

»Ich werde es Euch zeigen.«

Der Haushofmeister ging vor der Königin und ihrer Tochter her und führte sie zu einem kleinen, karg möblierten Zimmer, das an ihr Gemach angrenzte. Er zog einen Vorhang weg und brachte ein dahinter verborgenes hölzernes Modell zum Vorschein, das auf einem niedrigen Tisch stand.

»Wunderbar!«, rief Ahotep. »Diese Lotosblüte ist das Delta, Unterägypten … Und dieser sich windende Schaft, das ist das Niltal, Oberägypten … Und dort, Nubien, im Süden von Assuan.«

»Man kann jede Provinz mit ihrer Hauptstadt und ihren Tempeln unterscheiden«, bemerkte Teti die Kleine. »Landvermesser und Geographen haben ausgezeichnete Arbeit geleistet. Dank unserer Informationen können wir den Weg des Feindes genau verfolgen.«

»Theben ist frei, das ist das Wichtigste!«

»Theben ist nur noch eine kleine Insel der Freiheit«, verbesserte Qaris. »Die Hyksos kontrollieren alle Provinzen des Nordens, sie haben Memphis besetzt, das wirtschaftliche Zentrum des Landes, und sie haben bei Hermopolis eine Zollstation errichtet.«

»Ist die heilige Stadt Abydos in ihre Hände gefallen?«

»Das ist anzunehmen, Prinzessin. Und noch schlimmer: Die Stadt Koptos, vierzig Kilometer nördlich von Theben, ist nicht mehr sicher. In Gebelein, dreißig Kilometer im Süden, haben die Hyksos eine neue Festung gebaut.«

»Anders gesagt«, stellte Ahotep fest, »wir sind umzingelt. Aber ist Edfu, weiter im Süden, nicht ein treuer Verbündeter?«

»Fürst Emheb ist tatsächlich ein Mann, der sein Wort hält; aber ist er noch am Leben? Was Elephantine betrifft, Hauptstadt der ersten Provinz Oberägyptens und direkt an der Grenze zu Nubien gelegen, so steht sie bereits unter der Kuratel des Feindes.«

»Die Nubier sind bedingungslose Anhänger der Hyksos«, fügte Teti die Kleine hinzu, »und so weiten unsere Feinde ihr Gebiet immer mehr aus. Wir erhalten kein Gold mehr aus Nubien, keine Zedern und kein Pinienholz mehr aus dem Libanon, wir sind nicht mehr in der Lage, Handelsexpeditionen auszurüsten, und wir haben keinen Zugang mehr zu den Steinbrüchen, weil der gesamte Verkehr und alle Straßen sich in der Hand der Hyksos befinden.«

»Es gibt also überhaupt keine Provinz mehr, die zu Theben steht?«, fragte Ahotep.

»Die Theben treuen Provinzen sind in kleine Fürstentümer zersplittert«, erklärte Qaris, »und jeder örtliche Machthaber untersteht dem Befehl eines Hyksosoffiziers mit seiner Miliz. Apophis ist es gelungen, ein Spinnennetz zu weben, in dem noch die kleinste Ortschaft gefangen ist.«

»Theben ist zum Tode verurteilt«, schloss die Königin. »Die

Stadt wird ersticken ... falls Apophis es nicht doch vorzieht, sie mit seinem Absatz zu zermalmen.«

»Besitzen wir nicht immerhin noch eine intakte Landwirtschaft?«

»Verwaltung und Verteilung sind in einem so erbärmlichen Zustand, dass wir bald hungers sterben werden... Und niemand ist fähig, diesem immer schneller werdenden Abstieg Einhalt zu gebieten.«

Die Königin und ihre Tochter hörten diesen Worten schweigend zu.

»Bis heute habe ich noch eine kleine Hoffnung gehabt«, begann Qaris von neuem. »Doch gerade ist unsere letzte Widerstandsgruppe vernichtet worden, und wir verfügen jetzt über keinerlei Informationen mehr. Wie kann man kämpfen, wenn man taub und blind ist?«

»Das ist das Ende«, sagte Teti die Kleine, und der Haushofmeister bestätigte ihr Urteil mit einem Kopfnicken.

Ahotep ging langsam um das Modell herum.

»Es ist das Ende unserer Untätigkeit«, sagte sie. »Nur weil wir noch nichts versucht haben, sind wir in Gefahr zu verschwinden.«

»Die Realität, Prinzessin ...«

»Die Realität, Qaris – wir kennen sie nicht! Wenigstens nicht jeden ihrer Aspekte ... Unsere Informationen sind unvollständig, und ich kann nicht glauben, dass wirklich jeder Widerstand ausgelöscht ist. Vielleicht gibt es doch irgendwo noch eine Gruppe. Mit ihr müssen wir Kontakt aufnehmen. Aber vor allem brauchen wir jetzt das Zepter der Macht.«

11

Teti die Kleine wurde aschfahl. »Ahotep … du willst die Göttin Mut doch nicht noch einmal herausfordern?«

»Ich habe keine Wahl, Mutter.«

»Sie wird dir ihr Zepter niemals geben! Diesmal wird ihr Feuer dich vernichten, sei dessen gewiss!«

»Besser so zu sterben, als untätig und feige auf das Ende zu warten.«

»Vielleicht gibt es noch eine Möglichkeit«, meldete sich Qaris zu Wort.

Ahoteps Miene hellte sich auf. »Woran denkst du?«

»Nur Götter können das Zepter der Macht handhaben … Aber es gibt eine Ausnahme: den blinden Landvermesser, der nach dem alljährlichen Hochwasser die Grenzsteine wieder an ihren richtigen Platz setzt. Da er als Ausleger des göttlichen Rechts handelt und keinen Menschen bevorzugen oder benachteiligen darf, hat er das Recht, einen Stab in Form des heiligen Zepters mit sich zu führen … Doch ob dieser auch dessen heilige Eigenschaften besitzt …?«

»Wo ist dieser Mann zu finden?«

»Ich weiß es nicht, Prinzessin. Seit einigen Jahren schon versieht er sein Amt nicht mehr. Deshalb häufen sich auch die Grenzstreitigkeiten. Heutzutage siegt der Starke über den Schwachen und die Lüge triumphiert im ganzen Land.«

»Hör auf zu jammern, Qaris! Welcher Verwaltungseinheit unterstand er?«

»Dem Katasteramt.«

»Gut. Gehen wir also dorthin.«

Die Gebäude des Katasteramts, nicht weit vom Tempel von Karnak entfernt, boten einen traurigen Anblick. Die Mauern aus ungebrannten, weiß gekalkten Ziegeln drohten einzustürzen, die meisten Häuser waren baufällig. Es gab nirgendwo Wachen, nur streunende Hunde, die sich beim Herannahen von Ahotep und Qaris verzogen.

»Ist hier jemand?«, rief Qaris laut.

Ein Windstoß antwortete ihm. Ein so kräftiger Windstoß, dass ein paar Äste einer alten Tamariske mit einem unheimlichen Krachen brachen, was den Haushofmeister zusammenfahren ließ.

»Gehen wir lieber wieder, Prinzessin.«

»Aber… Wer ist jetzt für den Kataster zuständig?«

»Niemand, Ihr seht es ja… Die Klagen häufen sich, aber sie bleiben folgenlos.«

»Warum schreitet der Minister für Landwirtschaft nicht ein?«

»Wie die meisten anderen Würdenträger denkt er vor allem an seine letzten Privilegien und wie er sie behalten kann.«

Ahotep ballte die Fäuste. »Man muss ihn unverzüglich ins Gefängnis werfen!«

»Vorher muss er aber abgeurteilt werden«, widersprach Qaris, »und man muss ihm seine Inkompetenz nachweisen. Und da der Minister die Richter kaufen wird, ist das aussichtslos.«

Plötzlich sammelten sich die streunenden Hunde und begannen zu bellen. Sie bildeten einen Kreis um die Prinzessin und ihren Begleiter. Als Qaris versuchte, ihn zu durchbrechen, fletschte einer der Zerberusse drohend die Zähne, und er musste zurückweichen.

»Was sollen wir machen, wenn sie angreifen?«

»Bis jetzt begnügen sie sich damit, uns Angst einzujagen«, sagte Ahotep. »Wir sollten uns vor allem nicht bewegen.«

Ein bejahrter Mann trat aus dem Hauptgebäude und kam

mit sehr langsamen Schritten auf die Eindringlinge zu. Er war fast kahl, hatte ein kantiges Gesicht und trug einen langen Schurz, einst ein prachtvolles Kleidungsstück. In der rechten Hand hielt er einen knotigen Stock.

»Wer seid Ihr?«, fragte er in ernstem und feierlichem Ton.

»Ich bin Prinzessin Ahotep, und das ist Haushofmeister Qaris, der mich begleitet.«

»Ahotep... Die Tochter von Königin Teti?«

»So ist es. Und du, wer bist du?«

»Der Herr der Hunde, der diesen Ort bewacht, damit die Akten des thebanischen Katasteramts nicht von Dieben weggeschleppt werden.«

»Würdest du es wagen, uns als Diebe zu bezeichnen?«

»Geht in Euren Palast zurück, Prinzessin. Dieser Ort beherbergt nur alte Archive.«

»Aber du setzt dein Leben aufs Spiel, um sie zu beschützen!«

Der Mann lächelte. »Mein Leben hat keinen Wert mehr, Prinzessin, da es mir nicht mehr möglich ist, meines Amtes zu walten.«

Ahotep betrachtete ihr Gegenüber eindringlicher. »Aber... du bist blind!«

»Ja, von Geburt an.«

»Bist du auch... Landvermesser?«

»Der letzte blinde Landvermesser von Theben, ja. Einige Jahre lang habe ich die Grenzsteine, die das Hochwasser wegriss, wieder an ihren Platz gesetzt. Doch in jener Zeit herrschte Gerechtigkeit... Heute habe ich keinen Platz mehr.«

Ahotep ging zwischen zwei argwöhnisch knurrenden Hunden hindurch und berührte die Hand des Blinden.

»Hast du das Zepter des Schreckens noch, das nur du in Händen halten durftest?«

»Es ist mein wertvollster Besitz.«

»Würdest du es mir anvertrauen?«

»Ich vermag Euch nicht zu sehen, Prinzessin, aber ich weiß, dass Ihr schön seid, überaus schön... Warum wollt Ihr diese Schönheit aufs Spiel setzen?«

»Weil ich Ägypten befreien will.«

»Ägypten befreien... Wartet hier auf mich.«

Ohne Zögern begab sich der Blinde zu einem Schuppen, dessen Dach von Säulen in Form von Papyrusstengeln getragen wurde.

Als er nach ein paar Minuten wieder herauskam, schwenkte er ein seltsames hölzernes Zepter.

Bei seinem Anblick liefen die Hunde davon.

»Setzen wir uns dort auf die Bank«, schlug der Landvermesser vor.

Ahotep betrachtete das Zepter fasziniert.

»Der Kopf dieses heiligen Stabes stellt den Gott Seth mit feurigen Augen dar«, erklärte der Blinde. »Er weist den rechten Weg, räumt Hindernisse aus und vernichtet die Lüge. Doch Seth lässt sich seine Dienste sehr teuer bezahlen! Der Vermessene, der glaubt, Herr über seine Kräfte zu sein, wird vom Zorn des Himmels zerschmettert. Niemand darf eine Gottheit zu seinem eigenen Nutzen missbrauchen, doch das gilt für Seth noch mehr als für die anderen Götter, denn er steht über den Mächten des Himmels und der Erde.«

»Ich brauche ihn«, bekräftigte Ahotep. »Wenn sein Zepter meine Armee anführt, wird sie siegreich sein!«

»Seths Handeln ist unvorhersehbar, Prinzessin. Er ist an meine Hand gewöhnt, nicht an die Eure.«

»Das muss ich riskieren.«

»Ist das nicht Irrsinn?«

»Der einzige Irrsinn ist es, vor dem Feind zu kapitulieren.«

Der Blinde erhob sich, und Ahotep tat es ihm gleich.

»Dreht Euch um, Prinzessin.«

Der alte Mann verband der jungen Frau mit einem Stück Leinen die Augen, nahm sie an der Hand und führte sie zu einem verlassenen Feld.

»Der Besitzer dieses Grundstücks ist vor einem Monat gestorben. Die Flut hat die Grenzsteine mitgerissen, die Erben werden einander die Augen auskratzen. Ich hatte nicht die Absicht einzuschreiten, denn es gibt keinen mehr im königlichen Palast, der meine Weisung aufzeichnet. Heute ist alles anders. Ihr seid bereit, das Abenteuer zu wagen, und der Haushofmeister wird unser offizieller Zeuge sein. Aber seid Ihr wirklich entschlossen?«

»Verzichtet darauf, Prinzessin«, empfahl Qaris. »Seths Stab besitzt eine solche Kraft, dass er Euch vernichten kann.«

»Bin ich durch dieses Band um die Augen nicht vor jedem äußeren Angriff geschützt? Gib mir das Zepter, Landvermesser!«

»Wenn er Euch duldet, Prinzessin, lasst Euch von ihm führen!«

Ahotep zitterte nicht. Ihre Finger schlossen sich um den Stab, dessen feurige Energie ihr einen Schmerzensschrei entlockte. Doch sie ließ ihn nicht los, und mit einem Mal erblickte sie einen nächtlichen Himmel, an dem ein Stern heller leuchtete als alle anderen. Ahotep ging auf ihn zu, und das helle Licht schwächte sich ab. Dreimal wiederholte sich das sonderbare Phänomen. Und bei jedem Mal machte die Prinzessin einige Schritte. Dann verschwand beides, Himmel und feuriger Stab, und die Augenbinde löste sich von selbst.

»Die Vermessung der Erde wurde gemäß den himmlischen Gesetzen vorgenommen«, erklärte der alte Blinde. »Die Grenzsteine des Feldes stehen wieder dort, wo sie rechtmäßig hingehören. Möge Prinzessin Ahotep das Zepter des Seth bewahren und ganz Ägypten vermessen nach Recht und Gesetz.«

12

Über dem Sethtempel in Auaris war der Himmel schwarz. Von Norden kommend, hatten sich in dicht gedrängten Reihen Wolken gebildet, die die Hauptstadt der Hyksos bedrohten.

Ihr Hauptheiligtum besaß längst nicht die Pracht der ägyptischen Bauwerke. Es bestand nicht aus Stein, sondern aus Ziegeln, und war nicht nur dem ägyptischen Gott des Blitzes geweiht, sondern auch Hadad, der syrischen Gottheit des Gewitters. Vor dem Tempel stand ein rechteckiger Altar, umgeben von Eichen und von Gräben, in denen die verkohlten Knochen geopferter Tiere lagen.

Diesen Ort hatte sich eine Gruppe von etwa zehn Verschwörern als Treffpunkt ausersehen, zu deren hervorragendsten Mitgliedern ein Asiate zählte, der Leiter von Apophis' Leibgarde. Nach langen und umsichtig geführten Palavern war es ihm endlich gelungen, mehrere Männer und eine Frau für seine Sache zu interessieren: einen General aus Kanaan, einige aus Anatolien stammende Offiziere und die vornehme Aberia, Tochter eines Zyprioten und einer Griechin, die von dem Tyrannen damit beauftragt worden war, aus wohlhabenden Ägypterinnen brauchbare Sklavinnen zu machen.

Alle bekleideten hohe Ämter und hatten im Dienst des neuen Herrn Ägyptens Reichtümer angehäuft, ohne einen einzigen seiner Befehle je in Zweifel zu ziehen. Doch seit einigen Monaten hatte sich ihre Situation durch den Aufstieg Khamudis immer mehr verschlechtert. Dieser setzte alles daran, seinen Machtbereich zu vergrößern, und die hohen Würdenträger des Hofes verloren in dem Maß an Einfluss, in dem die rechte Hand des höchsten Herrschers immer unabkömmlicher schien.

Gewiss, Khamudi hatte sich bei der Vernichtung der letzten Widerstandsgruppe als außerordentlich wirkungsvoll erwiesen; doch flüsterte man sich nicht hinter vorgehaltener Hand zu, dass er den Feldzug gegen die Aufständischen dazu benutzt hatte, auch treue Anhänger Apophis' unschädlich zu machen, weil ihr Ehrgeiz seine Stellung bedrohte?

So hatte der Leiter der königlichen Leibgarde eine einzige beunruhigende Frage gestellt: »Wer wird der Nächste sein?« Und seine Frage war schließlich bei einigen auf Interesse gestoßen. Bereiteten Apophis und Khamudi nicht eine groß angelegte Fahndung vor, die das Ziel hatte, sie von lästig gewordenen Gefolgsleuten zu befreien? Als Ersatz kamen jede Menge Emporkömmlinge in Frage, die die unappetitlichsten Aufgaben erfüllen würden, ohne mit der Wimper zu zucken.

Der anatolische Offizier, dem die Ausbildung der Bogenschützen oblag, versicherte sich, dass die Luft rein war. Während der Nacht wohnten die Tempeldiener in weit entfernten, von Ordnungshütern bewachten Hütten; diese Wachmänner unterstanden einem der Verschwörer. Es konnte wirklich keinen besseren Ort geben, wo sie in aller Ruhe ihre Pläne schmieden konnten.

»Sollten wir nicht besser in den Tempel gehen?«, schlug der General aus Kanaan vor.

»Wir sollten vermeiden, dass Seths Blick auf uns fällt«, riet der Asiate. »Setzen wir uns lieber neben den Altar, dort haben wir den Schutz der Bäume.«

Die Verschwörer bildeten einen Kreis.

»Ich verfüge über sichere Informationen«, erklärte der Kanaanäer, »dass Khamudi auf Befehl Apophis' unsere eigenen Agenten hinrichten ließ, die in eine der Widerstandsgruppen eingeschleust wurden.«

»Aber warum?«, fragte Aberia, sich zu der ganzen beeindruckenden Größe ihrer vornehmen Gestalt aufrichtend und mit einer Hand gestikulierend, die größer war als die eines Mannes.

»Ich weiß es nicht… Aber ich weiß außerdem, dass einige Würdenträger bei Hofe in den letzten Wochen eines plötzlichen Todes starben und durch treue Anhänger Khamudis ersetzt wurden, ein paar Libyer und zypriotische und anatolische Piraten – kaltblütige Mörder, wie man annehmen darf. Und ich wiederhole: Es handelt sich hier um Fakten, nicht um Gerüchte.«

Betroffenes Schweigen folgte dieser Erklärung.

»Werden sie als Nächstes *uns* aufs Korn nehmen?«, fragte Aberia sichtlich beunruhigt.

»Ich glaube, ja«, entgegnete der General. »Keiner unter uns gehört zu den Vertrauten Khamudis, und das ist ein unverzeihlicher Fehler.«

»Warum beseitigen wir ihn nicht einfach?«, schlug einer der Offiziere vor.

»Wenn wir Khamudi auch nur ein Haar krümmen, stellen wir Apophis selbst in Frage.«

»Also müssen wir beide beseitigen!«

»Daran denkst du nicht im Ernst!«, widersprach einer der Verschwörer. »Es genügt, wenn wir unserem Vorgesetzten über die Machenschaften Khamudis Bericht erstatten.«

»Du vergisst wohl, dass er Apophis' Befehle ausführt? Die Wahrheit ist, dass wir alle früher oder später verschwinden werden!«

»Apophis ist unantastbar…«

»Denk daran, dass ich der Leiter seiner Leibgarde bin«, unterbrach ihn der Asiate. »Khamudi mag mich nicht, aber ich genieße immer noch das Vertrauen des Königs.«

»Was schlägst du also vor?«, fragte der General.

»Ich kümmere mich um Apophis; du bist für Khamudi zuständig. Ihr anderen sorgt euch um die Ordnungshüter, die sich, wie üblich, dem Willen des Stärkeren beugen werden. Wir müssen rasch handeln und vor allem auf eine perfekte Koordination achten, nichts darf dem Zufall überlassen bleiben.«

»Und wenn wir scheitern …«, ließ sich zaghaft und mit halb erstickter Stimme ein Offizier hören.

»Wenn wir nicht offensiv vorgehen«, rief ihm der General ins Gedächtnis, »sind wir dem Untergang geweiht. Es ist unbedingt erforderlich, dass wir selbst die Initiative ergreifen.«

»Wer wird Apophis' Nachfolger werden?«, fragte Aberia.

Die Frage war beunruhigend. Der Asiate und der Kanaanäer wechselten argwöhnische Blicke.

»Wir werden genug Zeit haben, um darüber nachzudenken«, sagte einer der Offiziere.

»Das ganz bestimmt nicht!«, entgegnete ihm der General schroff. »Jedes Handeln aus dem Stegreif wäre fatal … Wir sollten schon jetzt einen Führer wählen, der den Tyrannen Apophis ablösen wird.«

»Je größer die Gefahr, desto schöner der Lohn«, sagte der Asiate. »Ist die Gefahr für mich als Leiter der Leibgarde nicht am größten, da ich versuchen werde, Apophis zu töten?«

»Niemand wird bestreiten, dass das eine glanzvolle Tat ist«, sagte der General, »aber wer über das Hyksosreich herrschen will, muss andere Qualitäten besitzen, angefangen damit, dass er die Armee in der Hand hat.«

Etliche Offiziere nickten bestätigend.

»Einzig die Soldaten aus Kanaan werden dir gehorchen«, widersprach der Asiate, »und sie sind nur eine Minderheit. Der Held, der Apophis tötet, muss jedoch in der Lage sein, alle Nationalitäten unter seinem Befehl zu versammeln.«

»Warum sollen wir zwischen euch beiden eine Wahl treffen?«, meldete sich ein anatolischer Offizier zu Wort. »Die Krieger aus unseren Bergen sind unvergleichlich! Und es ist äußerst fraglich, ob einer von euch ihr Vertrauen gewinnt.«

»Warum nicht gleich einen Piraten wählen?«, rief der General zornig. »Wenn wir den Kopf verlieren, bevor wir mit dieser heiklen Operation überhaupt angefangen haben, ist sie mit Sicherheit zum Scheitern verurteilt! Jeder soll tun, was er kann, dann werden wir erfolgreich sein.«

»Ihr habt Recht«, sagte der Asiate anerkennend, »und vor allem dürfen wir nicht uneins werden.«

Ein anatolischer Offizier fuhr zusammen. »Ich habe ein Geräusch gehört...«

Die Verschwörer erstarrten.

»Geh nachsehen«, befahl der General und zog seinen Dolch.

Der Soldat schien eine Ewigkeit wegzubleiben. Selbst der Kanaanäer konnte vor Furcht kaum noch atmen.

Schließlich kam der Späher zurück: »Nichts zu sehen.«

Die allgemeine Erleichterung war spürbar.

»Wenn wir es nicht schaffen, uns zu einigen«, nahm der General seinen Faden wieder auf, »sollten wir gleich auseinander gehen.«

»Kommt nicht in Frage«, sagte der Asiate. »Wir sind schon zu weit gegangen. Jetzt sollten wir die Entscheidung nicht länger aufschieben. Ich werde Apophis töten, die anatolischen Offiziere kümmern sich um Khamudi, und der General setzt sich an die Spitze der Armee der Hyksos. Danach versammeln wir die höchsten Würdenträger und wählen unseren Anführer.«

»Einverstanden«, sagte der Kanaanäer, und die anderen Verschwörer bestätigten ihre Zustimmung reihum.

Als Aberia sich erhob und sich dem General näherte, fiel ein Lichtstrahl des Mondes auf sie, der gerade zwischen zwei Wolken erschien.

»Ich gratuliere Euch«, sagte sie. »Es ist Euch gelungen, uns zu diesem verwegenen Abenteuer zu überreden, und Ihr habt unseren Zwist beigelegt. Ihr verdient eine Belohnung.«

Aberia legte ihre Hände auf die Schultern des Kanaanäers,

der glaubte, dass diese Frau von makelloser Schönheit im Begriff stehe, ihn zu umarmen.

Wie groß war seine Überraschung, als er merkte, dass Aberias kraftvolle Daumen sich in das Fleisch seiner Kehle bohrten!

»Stirb, du räudiger Hund!«

Der General versuchte mit seiner ganzen Kraft, der wutentbrannten Furie zu entkommen, doch er wehrte sich vergebens.

Sie erwürgte ihn.

Mit dem Schwert in der Hand stürzte sich der Asiate auf Aberia.

Doch ein Hagel von Pfeilen durchlöcherte den Rücken des Leiters der königlichen Leibgarde, als etwa zwanzig zypriotische Piraten aus dem Dunkel hervorbrachen, über die Verschwörer herfielen und sie mit ihren scharfen Dolchen töteten. Trotz ihrer Wachsamkeit erlagen die anatolischen Offiziere der Überzahl ihrer Feinde.

Als der kanaanäische General seinen Geist aushauchte, tauchte Khamudi auf.

»Gute Arbeit«, stellte er erfreut fest. »Dieses Komplott haben wir im Keim erstickt.«

Aberia spuckte auf den Leichnam und rieb sich die Hände. »Unser großer König Apophis wird zufrieden sein … Und was mich betrifft – es war mir ein Vergnügen.«

13

Von der Spitze der Zitadelle aus betrachtete Apophis den Hafen von Auaris. Dort lagen zahllose Schiffe vor Anker, die von Tausenden von Seeleuten mit Fleiß und Schwung entladen wurden. Die Speicher waren übervoll mit Wein, Öl, Erz, wertvollen Hölzern und vielen anderen Waren; die Hyksoshauptstadt war eine schwerreiche Metropole, wo man alles kaufen und verkaufen konnte, was das Herz begehrte. Der Handel explodierte, und jedermann dachte nur noch daran, sich zu bereichern – ohne das Katzbuckeln vor dem neuen Herrscher des Landes zu vergessen.

Die alte, auf gleichmäßiger Verteilung und Solidarität gegründete Wirtschaftsweise der Pharaonen war abgeschafft worden. Bald sah man in allen Provinzen Ägyptens die großen, aus Zypern importierten Tonkrüge, erkennbar an der glänzenden schwarzen Politur mit eingeschnittenen weißen Verzierungen. Ihre Verbreitung, die ihm wesentliche Vorteile brachte, hatte Apophis erzwungen, indem er die herkömmlichen Töpferwerkstätten schließen ließ und die Handwerker seinen Offizieren als Sklaven zuwies.

Khamudi verneigte sich. »Herr, die Stunde ist nah. Hier sind die zwei Dinge, um die Ihr mich gebeten habt.«

Er reichte Apophis einen langen Dolch und eine kleine Flasche.

Der Dolch, von einem mykenischen Handwerker gefertigt, hatte einen goldenen Knauf mit eingeschnittenen silbernen Lotosblüten und eine dreieckige Bronzeklinge mit scharfer Spitze.

Auf dem Bauch der blauen Porzellanflasche mit zwei kleinen Henkeln befand sich eine Karte von Ägypten.

Der Miniaturenmaler hatte ausgezeichnete Arbeit geleistet. Auf der Karte war sogar die Hauptstadt jeder Provinz vermerkt.

»Dieser Dolch macht mich unverletzlich«, erklärte Apophis. »Seine Kraft kann von keinem Gegner gebrochen werden. Erinnere dich immer daran, Khamudi, und verbreite es überall. Und diese Flasche... Soll ich dir sagen, wozu sie mir dienen wird?«

Der Angesprochene fürchtete sich plötzlich.

»Es wird vielleicht nicht nötig sein, Herr…«

»Bist du nicht mein treuer Diener, der mich niemals verraten wird? Also pass auf…«

Apophis berührte mit dem Zeigefinger das Wort »Auaris« auf der Flasche, und es begann, in einem beunruhigenden Rot zu leuchten.

Erschrocken wich Khamudi einen Schritt zurück.

»Sei ganz beruhigt, mein alter Freund… Du merkst, dass ich nur einen Finger brauche, um jeden Teil dieses Landes zu dirigieren, wie es mir passt. Und sie glauben, die Götter beschützen sie… Nicht der kleinste Teil der pharaonischen Erde wird mir entgehen.«

»Nicht einmal Theben?«

Apophis lächelte. »Die Verrücktheiten Thebens amüsieren mich, und sie nützen mir… im Augenblick. Alles, was dort vorgeht, ist mir bekannt, und keine dieser – im Übrigen völlig lächerlichen – Unternehmungen wird ihr Ziel erreichen.«

Khamudi begriff, dass der König der Hyksos kein Tyrann wie alle anderen war. Er hatte nicht nur eine große und schlagkräftige Armee zu seiner Verfügung, sondern auch gewisse übernatürliche Kräfte, gegen die die besten Krieger nichts ausrichten konnten.

»Der heutige Tag ist ebenso wichtig wie der Tag der Invasion«, erklärte Apophis mit seiner rauen, wie von Blutglanz überzogenen Stimme. »Die Ägypter werden endlich begreifen, dass ich ihr König bin und dass sie sich ohne die geringste Hoffnung auf Freiheit mir unterwerfen müssen. Und wie jedes Volk von Sklaven werden sie mich am Ende anbeten. Lass uns jetzt zu den Vasallen gehen, um ihre Huldigung entgegenzunehmen!«

Angetan mit einem langen roten Mantel, der in der Taille von einem geometrisch gemusterten Gürtel zusammengehalten wurde, betrat Apophis gemessenen Schrittes die Empfangshalle mit ihren sechs Säulen, wo die Botschafter aus allen Gegenden des Hyksosreiches zusammengekommen waren.

Jeder von ihnen wurde von einem von Khamudis Schergen bewacht, und niemand hätte auch nur eine drohende Geste machen können, ohne sofort niedergeworfen zu werden.

Apophis ließ sich auf seinem Thron nieder, einem bescheidenen Sessel aus Holz.

Einfachheit und Strenge – darauf achtete der König, wenn er sich als besorgter Verwalter des öffentlichen Wohls gab.

Es begann nun der Aufmarsch der Gesandten.

Der Reihe nach legten sie Apophis Dinge zu Füßen, die zu den charakteristischen Reichtümern ihrer Länder gehörten, Berge von kostbaren Edelsteinen, Tiegel mit Salbölen, lederne Armbänder für Bogenschützen, Schilde, Dolche … Doch an alldem zeigte Apophis keinerlei Interesse, weil er mit solcher Ungeduld auf die Geschenke des kretischen Botschafters wartete. Die Insel Kreta hatte endlich einem Bündnisvertrag mit den Hyksos zugestimmt, doch was galt ihr Wort? Einzig die Großzügigkeit ihrer Geschenke würde zeigen, dass sie ihr Engagement ernst nahmen.

Der Gesandte trat vor, gefolgt von einem Dutzend Landsmännern mit schwarzem Haar und gerader Nase. Sie trugen mit Fransen und Tressen besetzte und mit auffälligen Rautenmustern verzierte Schurze.

Der Diplomat entbot Apophis seinen Gruß. »Unser aller Herrscher möge das Ehrengeschenk Kretas gnädig in Empfang nehmen. Ihr seid König über ein Gebiet, wie es nie zuvor von einem Monarchen regiert wurde. Möge Eure Regierung glanzvoll sein!«

Die Kreter brachten Goldbarren und Goldringe, schön gearbeitete Schwerter, Becher und Vasen aus Silber, einige davon in Form von Löwen- und Stierköpfen.

Bei den Umstehenden gab es bewunderndes Gemurmel. Die Gabe war überwältigend.

»Ich nehme die Ehrung an«, erklärte Apophis. »Von nun an hat die Insel Kreta von unserer Armee nichts mehr zu befürchten. Wird der Tribut regelmäßig entrichtet, werde ich der beste Verteidiger meiner kretischen Vasallen sein.«

Die Pharaonen hatten nur zehn Prozent der Tributzahlungen für ihren Hof behalten und den Rest wieder in den Handelskreislauf eingespeist.

Apophis tat genau das Gegenteil. Er sorgte dafür, dass die Kaste der Herrschenden sich bereichern konnte, um sich ihrer Ergebenheit zu versichern. Natürlich war diese Tatsache eines der bestgehütetsten Geheimnisse, und Khamudi hörte nicht auf, die Großherzigkeit seines Meisters zu preisen, seinen unerschütterlichen Willen, die einfachen Leute vor Not und Elend zu schützen.

In diesem Moment dachte Apophis nicht an den Gewinn, der ihm durch seine Stellung zufiel, sondern an das riesige Reich, das er besaß.

Er herrschte über Ägypten, Nubien, Palästina, den Libanon, Syrien, Zypern, die Kykladen, Kreta, Anatolien und einen Teil Asiens. In all diesen Regionen zirkulierten die eiförmigen, etwa dreißig Liter fassenden Tonkrüge des kanaanäischen Typs, die die wirtschaftliche Überlegenheit der Hyksos anzeigte. Wer sie irgendwo sah, wusste, dass Apophis hier die Macht hatte und keinerlei Ungehorsam duldete.

»Ich werde regieren ohne Maat, die Göttin der Unterworfenen«, verkündete er, »und ich werde überall die Zeichen Seths errichten, dessen Kraft nur ich zu bändigen weiß. Wir, die Hyksos, haben die Ägypter zerschmettert, und ich, Apophis, bin der neue Pharao, Begründer einer Ahnenreihe, die alle vorhergehenden in den Schatten stellt. Meine Thronnamen sind ›Günstling Seths‹, ›Groß ist die Macht des Re‹, ›Groß ist seine siegreiche Tapferkeit‹, denn einzig die Sonne ist meinem Begehren angemessen. Mithin bin ich jetzt der König von Ober- und Unterägypten und jedes Mal, wenn man meinen Namen spricht oder schreibt, soll er von dem dreifachen Wunsch gefolgt sein: »Leben, Entfaltung, Zusammenhalt.«*

Während er darauf achtete, den Blick nicht auf seinen Herrn zu richten, übergab ihm Khamudi ein Amulett in Form des Lebenszeichens *Anch*, das Apophis an die goldene Kette um seinen Hals hängte.

»Dieses Amulett aus Lapislazuli enthüllt mir die Geheimnisse des Himmels und der Erde«, sagte der König, »und mit ihm halte ich das Recht über Leben und Tod meiner Untertanen in Händen.«

Bestürzung malte sich auf den Gesichtern der Umstehenden. Wer hätte gedacht, dass Apophis sich zum Pharao erklären würde, indem er die traditionellen Namen und Titel für sich in Anspruch nahm und so der ägyptischen Seele eine besonders schwere Kränkung zufügte?

Doch jeder im Raum begriff, dass dieser Mann ein grausamer und unerbittlicher Kriegsherr war, entschlossen, die uralte ägyptische Kultur erst ausbluten zu lassen und sie dann endgültig auszulöschen.

Die Armee der Hyksos wurde immer stärker aufgerüstet, sowohl in materieller wie in personeller Hinsicht. Es war also offensichtlich klüger, sich zu unterwerfen, statt den Zorn dieses Mannes herauszufordern.

Es begann eine neue Ära, in der militärische und wirtschaftliche Macht den Vorrang hatten vor jedem Recht. Und da Apophis der absolute Herr dieser Macht war, blieb nichts anderes übrig, als ihm zu gehorchen.

* Anch, udja, seneb. Oft auch als »Leben, Gesundheit, Kraft« übersetzt.

Nur der alte Gesandte von Nubien wagte einen kleinen Einwand. »Um wirklich ein Pharao zu sein, Majestät, genügt es nicht, die Thronnamen anzunehmen. Man muss sie von den Göttern beglaubigen lassen, indem man sie im Baum des Wissens in Heliopolis einritzt.«

Khamudi hätte dem Unverschämten gern die Zunge herausgeschnitten, doch die Nubier waren leicht gekränkt, und Apophis hatte Weisung gegeben, sie – zumindest für die nächste Zeit – mit Respekt zu behandeln.

Der König der Hyksos blieb ganz ruhig. »Du hast Recht, mein Freund. So ist es Sitte.«

»Nun also, Majestät... Werdet Ihr tun, was die Sitte verlangt?«

»Meine Herrschaft beginnt glanzvoll, und sie wird alles überstrahlen, was ihr vorausging, weil die Götter mich beschützen. Morgen schon werde ich mich nach Heliopolis begeben, um meinen Namen unsterblich zu machen.«

14

Nachdem alle zweifelhaften Elemente ausgeschaltet worden waren, lag der Befehl über die eindrucksvolle Leibgarde des Pharaos Apophis nun in den Händen von Khamudi persönlich. Der Herrscher fuhr in seinem von einem Sonnenschirm überwölbten Wagen spazieren und war sicher, dass kein Pfeil und kein Stein aus einer Schleuder ihn treffen konnte.

Am Eingang der heiligen Stadt Heliopolis hatten Soldaten der Hyksos dafür gesorgt, dass eine Versammlung von einigen hundert ägyptischen Bauern ihren Herrscher mit Beifallsrufen willkommen hieß. Diejenigen, die nicht laut genug schrien, konnten gewiss sein, in die Kupferminen des Sinai geschickt zu werden.

Hier, in dieser Stadt der alles erschaffenden göttlichen Sonne, hatte der Geist der ägyptischen Religion Gestalt angenommen. Hier hatten die Weisen die Texte verfasst, die im Innern der Pyramiden von Sakkara in Stein gemeißelt wurden, damit die königliche Seele auferstehen und ihren Weg der unendlichen Verwandlungen antreten konnte.

Apophis hatte die Bibliothek von Heliopolis nicht zerstören lassen, weil er aus dem Wissen des besiegten Volkes Gewinn ziehen wollte, um seine Eroberungen noch weiter ausdehnen zu können. Die Ägypter aber, zu sehr mit ihrer großen Suche nach Weisheit und sozialer Harmonie beschäftigt, hatten etwas Wesentliches vergessen: dass nur Stärke und Gewalt zum Sieg führen.

Im Vorhof des Haupttempels von Heliopolis stand der Hohepriester allein unter der Sonne. Sein Kopf war rasiert, und als Gewand trug er ein mit Goldsternen verziertes Pantherfell. In der rechten Hand das Zepter seiner höchsten Weihe.

Apophis stieg aus seinem Wagen.

»Was wissen wir von diesem Unverschämten?«, fragte er Khamudi.

»Er ist ein gelehrter Mann, der dem alten Glauben anhängt, und wird als Hüter der Tradition angesehen.«

»Er soll sich vor mir verbeugen!«

Khamudi übermittelte den Befehl, doch der alte Priester blieb aufrecht wie ein Standbild des Alten Reichs.

Nur mühsam seine Wut bezwingend, trat Apophis näher. »Weißt du nicht, welche Strafe dich erwartet?«

»Ich verbeuge mich nur vor einem Pharao«, erwiderte der Hohepriester.

»Ich bin ein Pharao! Und ich bin gekommen, um meine Thronnamen in den Baum des Wissens einzuritzen.«

»Wenn Ihr das seid, was Ihr zu sein vorgebt, so ist eben das Eure Pflicht. Folgt mir.«

»Ich und meine Leute werden Euch begleiten«, schaltete Khamudi sich ein.

»Das kommt nicht in Frage«, widersprach der Hohepriester. »Nur der Pharao darf sich dem heiligen Baum nähern.«

»Wie kannst du es wagen…«

»Lass ihn, Khamudi! Ich, Apophis, werde tun, was hier Sitte ist.«

»Es ist zu gefährlich, Herr!«

»Wenn irgendjemand mir auch nur ein Haar krümmt, dann weiß der Hohepriester von Heliopolis, dass alle Tempel vernichtet und alle Priester hingerichtet werden.«

Der alte Mann neigte den Kopf.

»Ich folge dir, Hohepriester.«

Apophis empfand nicht das Geringste, als er das großartige Heiligtum betrat, in dem alle Pharaonen des Alten und des Mittleren Reichs zu Gast gewesen waren.

Nur einen Moment lang ließ die andächtige Stille dieser Räume, wo noch immer Maat, die Göttin der Rechtschaffenheit, verehrt wurde, eine leichte Unruhe in ihm aufsteigen; um sie nicht noch stärker werden zu lassen, vermied der König der Hyksos den Blick auf die Reliefs und die Hieroglyphenkolonnen, die auch hier, weit entfernt von menschlicher Präsenz, die göttliche Schöpferkraft bekräftigten und das Ritual feierten.

Der Hohepriester betrat einen riesigen offenen Hof, in dessen Mitte ein dichtbelaubter Lorbeerbaum stand.

»Dieser Baum wurde zu Beginn der Regentschaft des Pharaos Djoser, des Erbauers der Stufenpyramide, gepflanzt«, erklärte der Hohepriester, »seine Langlebigkeit ist ein Triumph über die Zeit. Auf den Blättern eines seiner Hauptäste sind die Namen der Pharaonen eingeritzt, deren Herrschaft von den Göttern beglaubigt wurde.«

»Genug geschwätzt! Gib mir etwas, womit ich meinen eigenen Namen einschreiben kann.«

»Es handelt sich um eine Zeremonie mit genau vorgeschriebenen Regeln: Ihr müsst die alte Perücke tragen, auf Eurer Stirn muss die goldene Uräusschlange ihr Haupt erheben, Ihr müsst einen kurzen Schurz tragen und Euch niederwerfen…«

»Hör auf mit diesem dummen Zeug, Alter! Der König der Hyksos wird sich diesen überholten Ritualen nicht unterwerfen. Gib mir etwas zu schreiben, das genügt.«

»Damit der Schaft der Millionen Jahre weiterwächst, müsst Ihr das Schreibrohr des Gottes Thoth benutzen. Wollt Ihr das tun?«

Apophis zuckte die Achsel.

Der alte Priester entfernte sich.

»Wohin gehst du?«

»Ich hole dieses Schreibrohr aus dem Tempelschatz.«

»Versuch bloß nicht, mich zu hintergehen, sonst…«

Apophis bereute schon, dass er jede Schutzmaßnahme abgelehnt hatte. War dies nicht die beste Gelegenheit für einen Hinterhalt? Doch die Diener der alten Religion lehnten das Verbrechen ab. Sie lebten in ihrem Wolkenkuckucksheim und träumten immer noch von der alten Göttin Maat!

Der alte Mann kam mit einer Truhe aus Akazienholz zurück.

Darin befand sich das Handwerkszeug des Schreibers: eine Palette mit Löchern für die rote und die schwarze Tusche, Schälchen mit Wasser und ein Schreibrohr.

»Zerreibt die schwarze Tuschenpaste mit ein wenig Wasser, taucht das Schreibrohr hinein und schreibt!«

»Mit diesen niedrigen Pflichten könnt Ihr Euch selbst belustigen!«

»Ich kann das Schreibrohr für Euch vorbereiten, doch Ihr selbst müsst es führen.«

Apophis nahm das Schreibrohr und versuchte, auf ein großes Blatt seinen ersten Namen, »Günstling des Seth«, zu schreiben.

Doch es erschien kein einziges Zeichen.

»Deine Tusche taugt nichts!«

»Ich garantiere Euch, dass sie von bester Qualität ist.«

»Zerreib die rote Paste.«

Der Hohepriester tat, wie ihm geheißen, doch das Ergebnis war das Gleiche.

»Du hältst mich zum Narren, Alter!«

»Was sich hier zeigt ist, dass der Baum des Wissens Eure Namen verweigert, denn die Götter nehmen Euch nicht in die Ahnenreihe der Pharaonen auf.«

»Hol mir sofort neue Tusche!«

»Wie Ihr wünscht...«

Apophis stampfte ein paarmal vor Wut mit dem Fuß auf. Dann bekam er die neue, noch nie gebrauchte Tusche.

»Versuch nie wieder, mich mit fehlerhaftem Material hinters Licht zu führen, Alter! An diesem für uns Hyksos so glorreichen Tag vergebe ich dir deine Böswilligkeit, doch rechne kein zweites Mal mit meiner Milde!«

Der zweite Versuch, Zeichen auf das Baumblatt zu schreiben, führte ebenso wenig zum Ziel wie der erste.

»An der Tusche liegt es nicht«, bemerkte der Hohepriester. »Ihr seid kein Pharao und werdet es auch nie werden.«

Apophis betrachtete den Ägypter mit eiskaltem Hass. »Du machst irgendeinen bösen Zauber mit deinem Zepter... Ja, das ist es!«

Er entriss dem alten Mann den heiligen Stab und zerbrach ihn.

»Damit du siehst, was ich mit deinen armseligen Hexenkünsten mache! Jetzt hat der Baum bestimmt nichts mehr gegen mich.«

Doch das Schreibrohr glitt über das Blatt, ohne irgendeine Spur zu hinterlassen.

Apophis warf es zu Boden und zertrat es mit dem Fuß. »Wem ist es erlaubt, in diesen Hof zu kommen und die Namen der Pharaonen zu lesen?«

»Nur dem Hohepriester von Heliopolis.«

»Wirst du meinen Namen in die Archive des Tempels aufnehmen?«

»Niemals.«

»Ist dir dein Leben nichts wert, Alter?«

»Es ist besser, aufrecht zu sterben, als ungetreu zu leben.«

»Du bist der einzige Zeuge, dass der Baum sich meinem Namen verweigerte … Also musst du verschwinden.«

Apophis zog sein Schwert und stieß es dem Hohepriester mit aller Kraft ins Herz. Dieser machte keinen Versuch, sich zu verteidigen.

»Ich bin schon unruhig geworden, Herr … Ist alles gut gegangen?«

»Bestens, Khamudi. Von jetzt an ist mein Name in alle Ewigkeit auf dem Baum des Wissens verzeichnet, und die Zeichen, die ihn bilden, sind besser lesbar als die von allen meinen Vorgängern. Die Götter haben sich vor mir in den Staub geworfen, und von den Hexenkünsten der Ägypter haben wir nichts mehr zu befürchten. Ich befehle ein großes Fest, auf dass das Volk seinem neuen Pharao huldige!«

»Ich werde mich sofort darum kümmern. Weitere Befehle, Herr?«

»Lass alle Priester dieses Tempels verschwinden und die Tore verschließen, damit niemand mehr hier eindringt. Meine Thronnamen sollen nicht beschmutzt werden von menschlichen Blicken.«

15

Ahotep wickelte ein grünes Band um ihr schwarzes Haar – es war so grün wie ihre Augen und mit zarten Lotosblüten verziert; ihre Mutter hatte es ihr am Tag ihrer ersten Regel geschenkt.

Gekleidet wie eine Bäuerin, machte sie sich auf den Weg zur Anlegestelle.

»Prinzessin…«

»Was willst du, Seqen?«

»Wenn Ihr verreisen wollt, tätet Ihr besser daran, den Nil zu meiden. Er verhält sich ziemlich wild in letzter Zeit. Nehmt besser die Wege über Land. Für das Gepäck habe ich hier das beste Lasttier, das es in der Gegend gibt.«

Er zeigte auf einen schönen grauen Esel mit weißem Maul und weißem Bauch. Seine Nüstern waren groß, seine Ohren lang und lebhaft, seine Augen klug.

»Nordwind ist ein echter Riese. Er wiegt fast dreihundert Kilo, kann fast hundert Kilo tragen, ohne müde zu werden, und wird mindestens vierzig Jahre alt. Er findet immer den besten Weg und merkt sofort, wenn irgendwo Feinde lauern. In den zwei Körben habe ich Matten, Decken, Sandalen, Brot, getrockneten Fisch, Zwiebeln und Schläuche mit Wasser verstaut.«

»Willst du mir deinen Esel ausleihen?«

»Er gehorcht nur mir, Prinzessin.«

»Ich gehe nach Koptos, und dann nach Gebelein. Es ist gefährlich, Seqen.«

»Ich habe Euch bereits gesagt, dass ich kämpfen will, und ich habe meine Meinung nicht geändert, im Gegenteil. Man wird uns für ein Bauernpaar halten, das ist wesentlich weniger verdächtig als eine Frau allein. Und wenn uns irgendetwas zustößt, werde ich Euch verteidigen.«

Wie soll dieser magere und schüchterne Junge mich verteidigen?, fragte sich Ahotep.

Aber das Argument mit dem unauffälligen Bauernpaar war nicht von der Hand zu weisen.

»Der Hund wird Eure Mutter beschützen, während wir fort sind«, fügte Seqen hinzu. »Solange er da ist, wird ihr nichts geschehen.«

»Also los«, entschied Ahotep.

Die Ohren des Esels namens Nordwind stellten sich auf, und er verharrte bewegungslos.

In der Ferne, am rechten Ufer, dort, wo der Fluss eine weite Ostkurve beschrieb, lag die Stadt Koptos, beschützt von Min, dem Patron der Wüstenreisenden und Garanten der Fruchtbarkeit der Felder.

Zweihundert Kilometer vom Roten Meer entfernt, dem Durchlass zwischen Ostafrika und der arabischen Halbinsel, war Koptos der zentrale Umschlagplatz für edle Steine. Hier fand man Quarze, schwarzen und roten Jaspis, Smaragde und Obsidiane, es gab Kunststeine, Porphyr, Malachit; man handelte aber auch mit Gewürzen, wohlriechenden Harzen und selbst mit Elfenbein.

»Warum will Nordwind nicht weitergehen?«, fragte Ahotep.

Seqen streichelte den Kopf seines Esels, aber der ließ sich nicht zum Weitergehen bewegen.

»Irgendwo hier in der Nähe versteckt sich etwas Gefährliches; wir nehmen besser einen anderen Weg.«

»Ich will wissen, ob Koptos in den Händen der Hyksos ist.«

»Gut, dann wartet hier auf mich.«

»Sollten wir nicht als Paar auftreten, Seqen?«

»Ich werde mit Nordwind sprechen.«

Nach einem langen Palaver ließ sich der Esel endlich zum Vorrücken bewegen, aber er ging äußerst langsam.

Am Ausgang eines Tamariskenwäldchens stand eine Gruppe bewaffneter Männer. Ägyptische Polizisten.

»Zollstation von Koptos«, erklärte ein Offizier. »Wenn ihr nach Norden weiterreisen wollt, müsst ihr zahlen, wie alle, Männer, Frauen, Kinder und Esel. Nur die Soldaten des Königs nicht.«

»Wir wollen in die Stadt«, sagte Seqen unterwürfig.

»Was wollt ihr dort?«

»Wir haben Matten geflochten, die wir vielleicht gegen Gemüse eintauschen können.«

»Wenn ihr glaubt, dem Zoll zu entkommen, indem ihr den Weg durch die Stadt nehmt, dann habt ihr euch gründlich getäuscht! An allen Stadttoren werdet ihr vom Zoll kontrolliert. Und ihr zahlt hier genauso viel wie dort.«

»Wie kommt man von hier nach Koptos?«

»Kehrt um und nehmt den ersten Pfad, der nach rechts abgeht. Er führt zu der großen Landstraße, die am Haupttor der Stadt endet.«

Ohne Eile entfernte sich das Bauernpärchen, zur Enttäuschung des Zolloffiziers, der den Körper der hübschen Brünetten zu gern nach verbotenen Waren abgetastet hätte.

Ahotep stellte sich eine Stadt vor, in der es von Händlern und Edelsteinexperten wimmelte, in der es Märkte gab und geschäftiges Treiben und Karawanen, die in die Wüste aufbrachen … Doch Koptos war nahezu ausgestorben, und die Mehrzahl seiner berühmten Tavernen hatte geschlossen.

In den Gassen gingen die Menschen schnell aneinander vorbei und vermieden jedes Gespräch. Hie und da kleine Gruppen ägyptischer Soldaten. Doch kein einziger Hyksos.

»Ich glaube, hier erwartet uns nichts Gutes, Prinzessin. Ich habe so ein Gefühl … Wir sollten nicht hier bleiben.«

»Wir haben ja noch gar nichts erfahren! Irgendwo muss es doch eine Herberge geben.«

Im Norden der Stadt erhob sich der große, Min und Isis geweihte Tempel, umgeben von einer Mauer aus ungebrannten Ziegeln, doch das Viertel rundherum schien ebenfalls in einem Dämmerschlaf zu liegen. Obwohl eine der Seitentüren des Gebäudes offen stand, sah man weder Priester noch Handwerker dort ein- oder ausgehen.

»Dort!«, sagte Ahotep. »Wo der Händler seine Tonkrüge abliefert!«

Es handelte sich um eine ärmliche Bierschenke mit schmutzigen Wänden und rußgeschwärzter Decke. In einer Ecke waren zwei wenig verlockende Mädchen dabei, sich Eidechsen auf die Schenkel zu tätowieren.

Ein dicker Mann mit schlechtem Atem baute sich vor den Neuankömmlingen auf.

»Was wollt ihr?«

»Bier«, antwortete Seqen.

»Habt ihr etwas, womit ihr zahlen könnt?«

»Eine ganz neue Strohmatte.«

»Zeig sie her.«

Als Seqen sie aus dem Korb holte, klopfte er Nordwind beruhigend auf den Hals, denn es schien, dass der Esel den Wirt nicht besonders gut leiden konnte.

»Nicht schlecht, deine Matte, alter Freund... Und erst der Esel! Verflucht schönes Tier... Du verkaufst ihn nicht?«

»Ich brauche ihn dringend.«

»Zu schade... Und dieses allerliebste junge Mädchen – du suchst nicht zufällig Arbeit für sie? Ich hätte da etwas... Und ich kann dir versichern, dass wir zusammen ein Vermögen machen werden! Wenn ihr Körper genauso erstklassig ist wie ihr Gesicht, wird sie die besten Kunden von Koptos bekommen.«

»Wir wollen einfach einen Krug Bier trinken.«

»Wie du willst … Aber denk darüber nach.«

Das Paar setzte sich an einen Tisch nah am Eingang. Die Prostituierten bedachten Ahotep mit neidischen Blicken, während der Dicke zwei Krüge mit einer zweifelhaften Flüssigkeit füllte.

»Ich wusste nicht, dass Koptos eine so ruhige Stadt ist«, sagte die Prinzessin mit einem Lächeln.

»Alles hat sich hier verändert … Früher waren so viele Leute da, dass man Mühe hatte, sein eigenes Wort zu verstehen! Karawanen machten sich auf den Weg, Karawanen kamen an, man hatte nicht einmal Zeit, sich einen Urlaubstag zu gönnen. Aber so war es gerade recht, und man hatte ein gutes Leben. Heute ist überall Flaute … Es gibt nur noch drei Tavernen und immer weniger Kundschaft. Woher kommt ihr beiden?«

»Aus der Gegend von Theben.«

Der Wirt brachte plötzlich kein Wort mehr heraus.

»Sprecht nie das Wort ›Theben‹ aus«, empfahl er ihnen flüsternd. »Die Spione der Hyksos sind überall!«

»Wer herrscht über diese Stadt?«, fragte Ahotep.

»Titi, der Stadtvorsteher.«

»Steht er im Dienst der Hyksos?«

Die Miene des Dicken versteinerte.

»Wer seid ihr, dass ihr euch traut, solche Fragen zu stellen? Ich weiß von nichts, und ich kann euch nichts sagen! Gehört ihr etwa zum thebanischen Widerstand? Verlasst sofort meine Schenke! Hier hat es nie jemanden gegeben, der an Widerstand dachte, und so wird es bleiben, das sage ich vor aller Welt! Los, raus mit euch!«

Ein lautes *Iah* ließ Seqen zusammenfahren.

»Nordwind!«

Er sprang auf und erreichte mit einem Schritt die Schwelle, doch im gleichen Moment traf ihn ein Stockschlag in den Magen. Er schnappte nach Luft und brach zusammen.

Ahotep eilte zu ihm, um ihm zu helfen. Vor ihr stand eine Gruppe sichtlich nervöser Soldaten.

»Wem gehört dieser Esel?«, fragte einer von ihnen.

»Uns«, entgegnete die Prinzessin.

»Er hat ausgeschlagen und einem Unteroffizier den Arm gebrochen! Kommt mit auf die Wache!«

Der Schankwirt schob Ahotep zur Seite und verneigte sich tief vor dem Soldaten.

»Es handelt sich um zwei Aufständische aus Theben. Sie haben mich bedroht und gesagt, dass sie es auf Titi, unseren Herrn, abgesehen haben!«

Seqen rappelte sich mühsam hoch.

»Ein hübscher Fang«, sagte der Soldat mit einem grausamen Lächeln. »Wir bringen euch in den Palast.«

Der Schankwirt hielt den Soldaten am Ärmel seiner Tunika zurück.

»Und meine Belohnung?«

Mit einem Stockhieb wurde er niedergeschlagen.

»Dein widerliches Bier ist mir zu teuer, du Dummkopf!«

16

Zwei thebanische Aufständische in meiner schönen Stadt... Das finde ich hochinteressant«, sagte Titi, der Stadtvorsteher von Koptos.

Es war ein bärtiger Mann mit rundem Schmerbauch und scharfer Stimme, der in dem alten, jetzt als Kaserne genutzten Palast lebte und seine Zeit damit verbrachte, Soldaten, Ordnungshüter und Diener mit Flüchen zu überhäufen.

Mit auf dem Rücken gekreuzten Händen ging er um Ahotep und Seqen herum, deren Arme in hölzernen Fesseln steckten.

»Wer seid ihr ... wirklich?«

»Wir sind Bauern«, erwiderte Seqen.

»Du, vielleicht, aber sie bestimmt nicht! Mit diesem Gesicht, diesen gepflegten Händen ... nein, sie ist von guter Familie, von sehr guter Familie!«

»Ich werde Euch Rede und Antwort stehen«, sagte Ahotep, »aber nur unter vier Augen. Und unter der Bedingung, dass man meinem Gefährten nichts antut.«

»Interessant ... Eine Aufständische, die Bedingungen stellt, hochinteressant. Du machst mir Spaß, Kleine. Verlasst alle den Raum und werft diesen Burschen ins Gefängnis!«

Der Raum, in dem das Verhör stattfand, war finster. Von den Mauern bröckelte der Putz, am Holz der Pritschen erkannte man dunkle Flecken von angetrocknetem Blut, Peitschen hingen an der Decke ... Doch Ahotep bezwang ihre Angst. Sie hatte sich der Göttin Mut nicht genähert, um an einem solchen Ort die Folter zu erleiden, es war genug, dass sie in ihrem eigenen Land eine Gefangene war.

»Lasst mich unverzüglich frei!«

Der Stadtvorsteher von Koptos tätschelte sein Kinn.

»Weshalb sollte ich das tun, mein Fräulein?«

»Weil ich Prinzessin Ahotep bin, Tochter von Königin Teti der Kleinen, deiner Herrin.«

Verblüfft und staunend betrachtete Titi sehr lange die schöne junge Frau.

»Wenn du wirklich die bist, die zu sein du behauptest, dann musst du mir den Palast von Theben beschreiben können, und du musst den Anfang der *Erzählung des Sinuhe* schreiben können, die du sicher mit deinem Hofmeister gelesen hast.«

»Löse meine Fesseln, und ich werde das alles tun.«

»Ich muss dich zuerst durchsuchen.«

»Wenn du es wagst, mich zu berühren, wirst du es bereuen!« Überwältigt von Ahoteps Kühnheit und Selbstsicherheit, nahm sich Titi ihre Warnung zu Herzen.

»Gut, beschreib mir den Palast.«

Die Prinzessin fügte sich.

»Wie heißt der Haushofmeister?«

»Qaris.«

Der Stadtvorsteher machte die Fesseln los, gab der jungen Frau dann ein Papyrusblatt und ein Schreibrohr.

Mit feinen, schnellen und präzisen Zügen zeichnete Ahotep die Hieroglyphen, die den Beginn des berühmten *Sinuhe* bildeten. Dieser Abenteuerroman erzählte die Flucht eines Hofbeamten, der fürchtete, zu Unrecht der Mittäterschaft an einer Verschwörung gegen seinen König angeklagt zu werden.

»Wir sollten uns an einen angenehmeren Ort begeben«, schlug Titi vor, als er Ahoteps Zeichen gelesen hatte.

»Lass sofort meinen Gefährten frei!«, forderte die Prinzessin vorab.

»Die Soldaten werden seine Zelle aufschließen und ihm zu essen geben.«

Der alte Palast von Koptos war verfallen. Seit langem hatte sich kein Pharao mehr in der Stadt aufgehalten, und man hatte es nicht für nötig befunden, die leeren Zimmer instand zu setzen.

Der Stadtvorsteher begnügte sich mit einem kleinen Audienzsaal mit zwei Säulen, einem Amtszimmer und einem Schlafraum, dessen Fenster auf den Hof gingen, wo die Wachen biwakierten. Das geschmackvolle Mobiliar stammte noch aus der glücklichen und wohlhabenden 12. Dynastie – Stühle und Sessel in strengen Formen, elegante niedrige Tische, raffinierte Lampenständer.

»Ich bin tief bewegt, dass ich die Ehre habe, unserer letzten Prinzessin leibhaftig zu begegnen«, erklärte Titi, während er frisches Bier in zwei Becher goss. »Tatsächlich habe ich zwar gehört, dass man Euren Namen nannte, aber ich habe immer daran gezweifelt, dass Ihr wirklich existiert. Vergebt mir die miserable Qualität dieses Gebräus. Die besten Brauer der Stadt müssen für die Eroberer arbeiten.«

»Ist Koptos von den Hyksos besetzt?«

»Sie geben sich mit regelmäßigen Inspektionstouren zufrieden, weil es mir gelungen ist, sie glauben zu lassen, dass ich in größter Treue zu ihnen stehe. Aber sie sind nicht so dumm, dass sie mir unbedingtes Vertrauen entgegenbringen. Deshalb organisieren sie selbst die Reisen in die Wüste, ohne mich an der Ausbeute der Unternehmungen teilhaben zu lassen. Ich darf nicht einmal einen Blick auf die gesammelten Steine werfen! Und ich fürchte, dass Koptos wie die meisten wichtigen Städte des Landes bald zur Garnisonsstadt herabsinken wird. Die Märkte sterben, und die Leute haben kaum genug zu essen. Dank meiner guten Verbindungen zum Hyksosreich erhalte ich noch in ausreichendem Maße Getreide – doch wie lange wird das noch dauern?«

»Hast du dafür gesorgt, dass sich Widerstandsgruppen bilden können?«

»Unmöglich, Prinzessin. Überall sind Spitzel, selbst in diesem Palast. Letzten Monat sind zehn Bauern, denen man prothebanische Umtriebe zur Last legte, enthauptet worden. Die Barbarei hat die Menschen entsetzt und erschreckt, und keiner hat mehr Lust, den Helden zu spielen. Alles was ich tun kann, ist, Freundschaft mit den Eroberern zu heucheln und damit dem Volk noch Schlimmeres zu ersparen. Im letzten Jahr konnten wir so noch einmal das große Fest des Min feiern, doch nur im Geheimen, im Inneren des Tempels und mit nur wenigen Priestern, die Stillschweigen bewahren können. Diese kurzen Stunden haben uns die Hoffnung zurückgegeben, eines Tages unsere Traditionen wiederaufleben zu sehen, auch wenn der Tag noch in weiter Ferne liegt – und doch ist die Hoffnung so schnell wieder enttäuscht worden… Jeden Tag wird die Besatzung drückender.«

»Gerade deshalb darf man nicht untätig bleiben«, sagte Ahotep mit Entschiedenheit.

»Was schlagt Ihr vor, Prinzessin?«

»Theben wird sein Haupt erheben, und die anderen Städte werden folgen.«

»Theben… Aber über welche militärischen Mittel verfügt Ihr?«

»Es scheinen wirklich lächerlich geringe Mittel zu sein, denn unsere Truppen haben keinen Kampfgeist… Doch die Lage wird sich ändern, dessen sei gewiss! Ich bin davon überzeugt, dass es uns nicht an tapferen Männern fehlt, man muss sie nur dazu bringen, dass sie sich mit ihrem ganzen Feuer in den Kampf werfen!«

»Besteht darin die Absicht der Königin?«

»Ich werde sie davon überzeugen.«

»Das ist ein kühnes Unterfangen, Prinzessin… ich würde sogar sagen: Es ist tollkühn. Die schwachen thebanischen Kräfte würden in kürzester Frist von der Hyksosarmee zermalmt.«

»Ich habe keinen direkten Zusammenstoß im Auge! Man muss zunächst das Gerücht in Umlauf setzen, dass Theben kämpfen wird und der Widerstand sich ausweitet. Bist du bereit, mir zu helfen, Titi?«

»Ich sage noch einmal: Es ist tollkühn. Aber wer kann sich Eurer Begeisterung verschließen? Wenn ich Euch zuhöre, habe ich den Eindruck, wieder jung zu werden!«

Ahoteps Lächeln schien tatsächlich auch das Zögern des überzeugtesten Skeptikers überwinden zu können.

»Spiele weiterhin den Hyksos vor, dass du ihr treuester Verbündeter bist«, riet sie, »und umgib dich mit Patrioten, die bereit sind, für die Freiheit Ägyptens ihr Leben zu geben.«

»Das wird nicht leicht sein…«

»Bis zum Fall der Tyrannen wird nichts leicht sein! Aber wir müssen weitermachen, egal, was es kostet. Könntest du nicht versuchen, die Dörfer rund um Koptos auf unsere Seite zu bringen?«

»Riskant, sehr riskant…«

»Wenn ich zurückkomme, werden wir unsere Anhänger im Tempel versammeln und den Vormarsch nach Norden organisieren.«

»Die Götter mögen Euch beschützen, Prinzessin.«

Am Ende schien Titi etwas bedrückt zu sein. »Wenn Ihr diesen Palast mit ungefesselten Armen verlasst, Ihr und Euer Diener«, sagte er, »wird unweigerlich ein Hyksosspitzel seine Vorgesetzten davon in Kenntnis setzen. Ich werde gezwungen sein, Euch durch meine Soldaten aus der Stadt werfen zu lassen wie irgendwelche unerwünschten Kaufleute. Vor allem, Prinzessin… Kommt unbedingt wieder!«

Sie waren zu viert.

Vier große, schlechtrasierte Burschen mit kurzen Schwertern, die Ahotep, Seqen und den Esel Nordwind umringten.

Als sie auftauchten, schlossen die Bewohner von Koptos ihre Türen. Zu Tode erschrocken, rannte eine Frau mit ihrem Kind davon.

»Wohin bringt ihr uns?«, fragte Seqen.

»Zum südlichen Ausgang der Stadt. Dort kann man sicher sein vor den Spähern der Hyksos. Wir zeigen euch den Weg nach Theben, und ihr kehrt ganz ruhig nach Hause zurück… falls euch nicht etwas zustößt!«

Die vier Kumpane brachen in ein raues Lachen aus.

»Ihr könnt froh sein, dass ihr Begleitung habt, denn die Ecke hier ist nicht sehr sicher. Mit all diesen ägyptischen Feiglingen, die nichts anderes im Sinn haben, als friedliche Reisende zu überfallen …«

Seqen war empört. »Was hast du da gesagt?«

»Hast du keine Ohren, mein Freund?«

»Woher kommst du, Soldat?«

Der Angesprochene lächelte ironisch. »Na ja … Genau wie meine Kameraden von einer Kaserne in Auaris, wo man uns beigebracht hat, dass ein guter Ägypter ein toter Ägypter ist.«

Mit gesenktem Kopf versetzte Nordwind dem ersten Hyksossoldaten einen wilden Stoß, der ihm die Eingeweide zerriss. Dann schlug er aus und zielte mit seinem schweren Huf genau auf den Bauch des zweiten. Überrascht drehten sich die beiden anderen Soldaten zu dem Esel um, und Seqen hatte genug Zeit, um dem am Boden Liegenden den Dolch zu entreißen und dem dritten die Kehle durchzuschneiden.

Der vierte versuchte zu fliehen, doch Seqen stürzte sich auf ihn. Obwohl er viel kleiner und leichter war, gelang es ihm, den Soldaten zu Boden zu werfen und ihm die Klinge des Dolchs in den Nacken zu stoßen.

17

Seqen erhob sich. Er war ganz ruhig.

Ahotep umarmte ihn stürmisch. »Du bist ein Held!«

»Wenn Nordwind nicht eingegriffen hätte, wären wir jetzt tot.«

Die Prinzessin löste sich von ihm und sah den jungen Mann plötzlich mit anderen Augen. »Das ist dein erster Sieg, Seqen.«

»Ich hatte gar keine Zeit, Angst zu haben, so wütend war ich auf diesen Schurken Titi! Er ist es gewesen, der uns an diese Hyksosschergen verkauft hat. Wir sollten nach Koptos zurückkehren und ihn töten.«

»Und wenn er gar keine Schuld daran hat?«

»Ihr habt es doch selbst gesehen, Prinzessin!«

»Er schien mir ehrlich zu sein und entschlossen, unseren Plan in die Tat umzusetzen … Kann er nicht von seinen eigenen Leuten verraten worden sein, die er für zuverlässig hielt? Die Hyksos haben alles unterwandert, und Titi hat mir selbst gesagt, dass Koptos voller Spione sei.«

Seqen dachte nach. »Dann wäre nicht er es gewesen, der uns diese Falle gestellt hat?«

»Vielleicht …«

»Ihr seid Euch also nicht ganz sicher!«

»Ich habe nicht das Recht, alles für bare Münze zu nehmen, Seqen. Das wäre naiv.«

Mit tiefem Ernst betrachtete die Prinzessin die vier Leichname. »Die erste Schlacht, die wir gewonnen haben … Ist das nicht ein ganz besonderer Augenblick? Diese Hyksos haben uns als leichte Beute angesehen, Leute, die man einfach so niedermetzeln kann, und jetzt liegen sie selbst hier, tot … Möge ihr verfluchter König sich genauso irren!«

»Unsere Armee besteht bis jetzt nur aus einer Prinzessin, einem Esel und einem frisch gebackenen Krieger«, sagte Seqen.

Ahotep legte dem jungen Mann sanft die Hand auf die Schulter. »Verstehst du denn nicht, dass der gute Zauber jetzt auf uns übergegangen ist? Wir lassen uns nicht länger unterjochen, wir kämpfen und wir siegen!«

Eine seltsame Erregung überkam Seqen. »Prinzessin, ich …«

»Aber du zitterst ja! Das ist die Reaktion auf den Kampf … Es geht vorbei.«

»Prinzessin, ich wollte Euch sagen …«

»Wir sollten die Leichen nicht hier liegen lassen. Komm, wir ziehen sie ins Schilf, ans Nilufer. Geier, Krokodile und Ratten sorgen schon dafür, dass sie verschwinden.«

Ahotep und Seqen wanderten, immer hinter Nordwind her, in einem großen Bogen östlich von Theben an der Grenze zwischen Wüste und bebautem Land entlang, dann wandten sie sich wieder zum Fluss in der Hoffnung, ein Schiff besteigen zu können, das sie etwa dreißig Kilometer nach Süden bringen würde, nach Gebelein.

Ahotep war erstaunt, dass sie nur so wenige Bauern sah, die ihre Felder bestellten. Sehr viele Felder waren verwahrlost, und man hörte auch nicht den Ton der Flötenspieler, die einst den Rhythmus der Arbeit angegeben hatten. Offensichtlich hatten die Menschen den Antrieb verloren, sich um ihre Feldfrüchte zu kümmern, und begnügten sich mit dem Allernotwendigsten.

Die Reisenden trafen weder auf Soldaten noch auf Ordnungshüter. Die Gegend um Theben war sich selbst überlassen, ohne irgendeinen Schutz. Wenn die Hyksos sich zu einem Angriff auf die Stadt Amuns entschließen sollten, würden sie nirgends mehr auf Widerstand stoßen.

Entsetzt und voller Zorn wurde sich Ahotep der ganzen Schwere der Lage bewusst. Die letzte freie Provinz Ägyptens lag am Boden und schien nur noch auf das Vordringen der Eroberer zu warten.

Nordwind verließ einen Pfad, auf dem sie allzu gut sichtbar waren, und suchte sich einen Weg zwischen dichten Büscheln von Papyrus. In einiger Entfernung vom Flussufer blieb er, hinter einer hohen Böschung gut versteckt, plötzlich stehen.

Ahotep und Seqen verstanden bald die Gründe für sein vorsichtiges Verhalten: Mitten auf dem Nil schaukelte ein Kriegsschiff der Hyksos! Und an Bug und Heck standen Männer, die mit scharfen Augen das Ufer absuchten.

Völlig ungehindert bewegte sich die Flotte der Eroberer also in Richtung Nubien, und mit spöttischem Blick der Soldaten glitt sie an dem ohnmächtigen Theben vorüber!

»Gehen wir lieber durch die Wüste«, schlug Seqen vor. »Sonst entdeckten sie uns zu schnell.«

Im Schutz eines über zehn Meter hohen, dichtbelaubten Johannisbrotbaums beobachteten die beiden Thebaner von fern die Hyksosfestung Gebelein.

Ahotep und Seqen lagen Seite an Seite im Gras, und die Verblüffung verschlug ihnen die Sprache.

Wer hätte gedacht, dass so etwas Monströses in nächster Nähe von Theben existierte?

Dicke Mauern, ein Wehrgang, Vierkanttürme, Gräben ... Es war ein eindrucksvolles Bauwerk aus Ziegelstein, vor dem einige Soldaten sich im Lanzenwerfen übten.

Nie zuvor hatte es in Ägypten solch massive Festungsbauten gegeben.

»Und es ist nicht nur Gebelein«, flüsterte Seqen. »Könnt Ihr Euch Auaris vorstellen, Prinzessin?«

»Wenigstens wissen wir jetzt, wogegen wir anrennen.«

»Diese Festung ist uneinnehmbar ... Und wie viele ihrer Art gibt es, im ganzen Land?«

»Wir werden eine nach der anderen zerstören.«

Zwei der asiatischen Soldaten hörten auf mit dem Lanzenwerfen und sahen in Richtung des Johannisbrotbaums.

»Sie haben uns entdeckt!«

»Das Laub verdeckt uns«, widersprach Ahotep. »Rühr dich nicht!«

Die beiden Soldaten kamen auf den Baum zu.

»Wenn wir zu fliehen versuchen«, flüsterte Seqen, »werden sie uns das Rückgrat brechen, und wenn wir hier bleiben, spießen sie uns mit ihren Lanzen auf.«

»Du nimmst den Großen, ich den Kleineren.«

»Sobald es losgeht, werden ihre Kameraden auf uns aufmerksam, wir haben nicht die kleinste Chance. Aber ich werde Euch verteidigen bis zum bitteren Ende, wie ich es versprochen habe, weil … weil ich Euch liebe.«

Ein gelb-orangefarbener Schmetterling mit schwarzem, weiß gepunktetem Kopf ließ sich auf Ahoteps Stirn nieder.

Die Soldaten waren nur noch ein paar Schritte weit entfernt.

Ahotep nahm zärtlich Seqens Hand, und er fühlte sich plötzlich wie entrückt. Er vergaß die drohende Gefahr und schloss die Augen, um sich ganz diesem unerhofften Moment hinzugeben.

Nach einem kurzen Wortwechsel drehten sich die beiden Hyksos um und machten kehrt.

»So ein Schmetterling heißt ›Monarch‹«, sagte Ahotep. »Die Vögel lassen ihn in Ruhe und fressen ihn nicht. Als er sich auf mir niederließ, hat er mich vor der Entdeckung bewahrt!«

Nachdem sie einer so großen Gefahr entgangen waren, küssten sich die beiden jungen Leute der Sitte entsprechend viermal den Handrücken. Sie blieben nebeneinander sitzen, bis die Sonne sank und alle Hyksossoldaten in die Festung zurückkehrten.

»Weißt du eigentlich, was du da gesagt hast, Seqen?«

Mit einem Mut, den er selbst nicht für möglich gehalten hatte, nahm der junge Mann noch einmal die Hand der Prinzessin.

»Was ich für Euch empfinde, ist stärker als alle Sonnen. Es ist ein Gefühl, das aufregend und überschäumend ist wie der frühe Morgen, feurig heiß wie der Mittag und sanft wie der Abend. Schon vom ersten Moment an, da ich Euch sah, habe ich Euch geliebt.«

»Liebe … Ist es denn möglich zu lieben, wenn Ägypten tausend Tode stirbt?«

»Werden wir ohne Liebe die Kraft haben, bis zum Tod zu kämpfen? Ich kämpfe für mein Land, aber auch für Euch.«

»Lass uns von hier fortgehen«, sagte die Prinzessin entschieden.

Nordwind setzte seine Hufe so behutsam auf, dass sie keinen Lärm machten.

Ahotep und Seqen wanderten mit geschärften Sinnen weiter. Sie waren sich bewusst, dass sie jeden Augenblick einer Hyksospatrouille oder einer Gruppe von Bauern begegnen konnten, die sich von ihnen bedroht fühlen und sie angreifen konnten, ohne sich darum zu kümmern, um wen es sich bei den Angegriffenen handelte. Aber sie mussten sich auch vor Schlangen fürchten, die ihnen zu nahe kamen.

Immer wieder blieb der Esel lauschend und witternd stehen.

Seqens Nerven lagen blank, aber er fühlte sich fähig, gegen Riesen zu kämpfen, um das Leben der Prinzessin zu retten. Und er gab sich selbst das Versprechen, unermüdlich seine Kräfte zu stählen und der beste Soldat Ägyptens zu werden – falls er mit heiler Haut nach Theben zurückkam.

Endlich sahen sie die ersten Hütten der Amunstadt vor sich.

Trotz seiner Angst bedauerte es Seqen, dass die Reise nicht noch länger dauerte. Er hatte mit Ahotep gelebt und war ihr sehr nah gekommen, und er durfte nicht hoffen, dass ihm dieses Privileg je wieder gewährt wurde. Was für eine Verrücktheit war es gewesen, dass er, ein einfacher Mann aus dem Volk, einer Prinzessin seine Gefühle gestanden hatte! Diese Unverschämtheit würde zweifellos damit bestraft werden, dass sie ihn aus dem Palast jagte!

Im fließenden Licht des Mondes war Ahotep von einer geradezu göttlichen Schönheit.

Die Wachen der königlichen Residenz salutierten vor ihr.

»Füttere Nordwind und geh schlafen«, sagte sie zu Seqen. »Ich muss mich zurückziehen, um nachzudenken.«

18

Der Afghane und seine rechte Hand, der Schnauzbart, warfen die Trauben in den Bottich und schwangen sich dann hinein, um sie zu treten. Aus einer seitlichen Öffnung begann Saft herauszufließen, und ein Weinbauer, Mitglied ihrer Gruppe, fing ihn in einem Tonkrug auf.

Die kleine Widerstandsgruppe hatte Auaris verlassen, weil die Kontrollen so streng geworden waren, dass es unmöglich geworden war, ein Treffen zu organisieren, ohne möglicherweise verraten und sofort festgenommen zu werden. Der Afghane hatte dennoch in jedem Viertel einige Informanten zurückgelassen, mit denen er – in unregelmäßigen Abständen, um nicht die Aufmerksamkeit der Ordnungshüter auf sich zu ziehen – Kontakt aufnahm.

Khamudi und seine Schergen hielten die Hauptstadt in eisernem Griff, und fast alle Ägypter, die zu einem Sklavendasein verurteilt waren, hatten die Hoffnung auf Veränderung aufgegeben. Doch es gab noch ein paar wenige, die nicht kapitulieren wollten.

Auf den Feldern des Deltas war die Grausamkeit der Besatzung nicht minder deutlich spürbar, doch die Bauern erwiesen sich als schwerer zu unterwerfen als die Stadtbewohner. Der Afghane staunte über ihre trotzige Beharrlichkeit, ihren unerschütterlichen Willen, sich der Tyrannei zu widersetzen. Leider waren sie keine Soldaten und stellten gegenüber den gut ausgerüsteten Hyksos nur eine recht armselige Streitmacht dar.

Den Mitgliedern seiner Widerstandsgruppe sagte er immer wieder, die einzig vernünftige Strategie sei Geduld, gepaart mit nie nachlassender Wachsamkeit. Nach und nach musste man bei den Dorfvorstehern und den Kleinbauern Überzeugungsarbeit leisten, man musste jeden Kandidaten für den Widerstand auf Herz und Nieren prüfen und höllisch aufpassen, dass es sich nicht um einen Hyksosspion handelte, der vorhatte, ihre Gruppe zu unterwandern.

Der Afghane gab kleinen, wendig operierenden Gruppen mit festem Zusammenhalt den Vorzug.

Vor allem galt es, so viele Hyksosinformanten wie möglich auszuschalten, damit der König allmählich taub und blind wurde.

»Der Wein wird ausgezeichnet werden«, prophezeite der Schnauzbart. »Wie schade! Fast die ganze Produktion wird an die Besatzer und die Exporteure gehen. Die Ägypter werden zu Zwangsarbeit verurteilt, müssen jeden Tag mehr produzieren und bleiben selbst hungrig!«

»Beklag dich nicht, mein Freund.«

»Apophis hat sich zum Pharao gekrönt, er ist nie mächtiger gewesen! Sein Reich wächst, und seine Armee wird immer stärker.«

»Daran ist nicht zu rütteln.«

»Wie kannst du angesichts dieser Tatsachen deine unerschütterliche Haltung bewahren?«

»Wenn ich meinen Reichtum wiedergewinnen und zwischen meinem Land und Ägypten normale Handelsbeziehungen wieder aufbauen will, gibt es keinen anderen Weg als zu versuchen, die Hyksos zu schlagen. Und ich bin störrischer als jeder Esel.«

»Im tiefsten Innern weißt du, dass wir nicht die geringste Chance haben.«

»Das ist eine Frage, die ich mir nicht stelle, und du solltest es genauso halten. Ist unser Mann eingetroffen?«

»Er hat gerade die Säcke gebracht.«

»Könnte ein brauchbares neues Mitglied werden, oder?«

»Und ob! Er ist Eigentümer von drei Booten, zweihundert

Rindern und einem Palmenhain, und über hundertfünfzig Bauern arbeiten für ihn und gehorchen ihm aufs Wort. Er bietet uns einen sicheren Unterschlupf und eine Schmiede, wo wir Waffen herstellen können.«

Der Afghane und der Schnauzbart stiegen aus der Kelter. Der Ägypter konnte sich das Vergnügen nicht versagen, von dem Traubensaft zu kosten, während sein Gefährte sich säuberte.

Nicht weit davon stand ein Bottich bereit, der den nach einer traditionellen Technik in Säcken gepressten Most aufnehmen sollte.

Das zukünftige Mitglied ihrer Gruppe war ein etwa sechzigjähriger Mann mit weißem Haar und Ehrfurcht einflößendem Gesicht.

»Bist du der Afghane?«

»Ja, der bin ich.«

»Du bist fremd hier und bist der Anführer einer Widerstandsgruppe!«

»Hast du etwas dagegen?«

»Ich bedaure es, dass von uns keiner den Mut dazu aufbringt... Weißt du, was du aufs Spiel setzt?«

»Es gibt nichts Schlimmeres als Armut und Entwürdigung. In meinem Land war ich ein reicher und angesehener Mann. Wegen der Hyksos habe ich alles verloren. Ich werde mir das Verlorene mit Zins und Zinseszins zurückholen.«

»Ist der Gegner nicht zu stark für dich?«

»Man merkt, dass du die Afghanen nicht kennst! Niemand hat sie je besiegt, und niemand wird sie je unterjochen. Also... Wir sollten weiterarbeiten. Der Ort ist anscheinend sicher, aber ich bin vorsichtig.«

Der Schnauzbart hängte einen mit Trauben gefüllten Sack zwischen zwei Stangen auf.

»Was machen wir jetzt?«, fragte der Afghane.

»Wir legen die Stangen überkreuz und drehen sie über dem Bottich.«

»Wir müssen darauf achten, sie immer im richtigen Abstand zueinander zu halten«, präzisierte der weißhaarige Mann. »Ich habe mich mit diesen Sachen schon lange nicht mehr vergnügt... Wir werden aussehen wie drei richtige Weinbauern.«

Geschickt kletterte er die Stangen hoch, die von den beiden anderen Männern gehalten wurden, und schob ihre Spitzen auseinander, während er sich mit seinen kräftigen Füßen im Gleichgewicht hielt.

»Jetzt könnt ihr anfangen, sie zu drehen! Der Sack wird ausgepresst und filtert den Most, der herausfließt.«

Der Afghane war noch ein wenig ungeschickt, aber er lernte von seinem Gefährten.

»Und du«, fragte er den Ägypter, »weißt du, wie groß das Risiko ist, das du auf dich nimmst? Du gehörst zu den angesehenen Persönlichkeiten des Landes, die Besatzer dulden dich, und doch willst du dich auf ein Abenteuer einlassen, bei dem es mehr Aussichten gibt, alles zu verlieren, als den Sieg davonzutragen?«

»Bis heute habe ich mich arrangiert. Es reicht mir. Ich habe begriffen, dass diese Besatzung Ägypten in den Ruin getrieben hat und dass ich wie alle anderen von den Hyksos kaputt gemacht werde. Achtung! Dreht nicht zu schnell! Ich verliere sonst das Gleichgewicht...«

»Bist du dir deiner Bauern wirklich sicher?«

»Ihre Familien dienen der meinen seit mehreren Generationen, und alle hassen die Hyksos. Die Ägypter sind keine Krieger, das gebe ich zu, aber wenn sie zu viel leiden, wird ihnen das die Kraft verleihen, an der es ihnen bis jetzt noch mangelte.«

»Deine Schmiede... Können wir sie benutzen?«

»Man muss listig vorgehen. Die Miliz der Hyksos, die meine

Ländereien überwacht, repariert ihre Waffen dort, aber es wird uns trotzdem gelingen, sie für unsere Zwecke zu nutzen.«

»Hast du das nötige Metall?«

»Einen kleinen Vorrat.«

»Wie hast du ihn dir beschafft?«

Der Ägypter zögerte.

»Wenn wir nicht alles sagen und einander nicht absolut vertrauen«, sagte der Afghane, »hat es keinen Sinn weiterzumachen. Ich bin bereit, dir das Kommando der Gruppe zu überlassen, aber du musst beweisen, dass du auch dazu fähig bist.«

Währenddessen drehten sich die Stangen in regelmäßigem Rhythmus, und der Most floss stetig in den Bottich.

»Ich hatte eine Quelle in Auaris«, gestand der Ägypter. »Ein Cousin, der in der großen Schmiede der Hauptstadt arbeitete und immer wieder ein wenig Kupfer abzweigen konnte. Bei einer unverhofften Kontrolle ist er festgenommen worden.«

»Wie können wir sonst an Metall kommen?«, fragte sich der Schnauzbart besorgt.

»Wir werden eine Lösung finden«, versprach sein Landsmann. »Zum Beispiel, indem wir die Frachtpapyri der Lieferungen für die Hyksos fälschen.«

Der Afghane wurde bissig. »Hattest du nicht kürzlich Besuch von einem hohen Würdenträger?«

»Ja, doch… Aber woher weißt du das?«

»Potenzielle neue Gruppenmitglieder werden überwacht. Zur Sicherheit…«

»Natürlich, ich verstehe…«

»Ich hingegen verstehe ganz und gar nicht«, sagte der Afghane, »was du mit Khamudi zu tun hast, Apophis' bösem Geist.«

»Das ist ganz einfach«, sagte der Ägypter ein wenig erregt. »Khamudi hat alle Schmieden der Region besucht, weil er die Produktion von Waffen strengstens überwacht.«

»Falsch! Er hat nur deine Schmiede besucht und sich lang und breit mit dir unterhalten.«

Der Afghane ließ plötzlich seine Stange los, und der Angesprochene fiel herunter.

»Mein Rücken...«, stöhnte er. »Es tut so weh... Aber warum...«

»Weil du ein Verräter bist.«

»Du irrst dich... Ich schwöre, dass du dich irrst!«

»Aber nein«, gab der Afghane zurück. Er nahm seine Stange und setzte sie dem Verletzten auf die Kehle. »Von der Freundschaft zwischen dir und Khamudi hast du wohlweislich nicht gesprochen... Er ist es nämlich, der dir den Befehl gab, dich bei uns einzuschleichen! Du bist einer seiner treuesten Informanten! Aber die Verstellung war nicht gut genug, du Mistkerl... Dein Vorgesetzter denkt, wir sind ein paar naive Idioten – er täuscht sich!«

»Ich schwöre dir...«

»Was soll man auf das Wort eines Verräters geben?«

Der Schnauzbart stieß dem Hyksosspion mit seiner ganzen Kraft die Stange in den Hals, und er starb nach wenigen Sekunden mit zerquetschtem Kehlkopf.

»Wenn er auf unserer Seite gewesen wäre... Zu schön, um wahr zu sein«, bemerkte der Afghane. »Aber wenigstens hat unsere Sicherheitsüberprüfung funktioniert. Wir dürfen nie aufhören, wachsam zu sein!«

19

Die lange Zunge des Hundes leckte Seqens Gesicht. Er schlief neben seinem Esel.

»Ach, du bist es, Lächler…«

Der Hund versuchte, sich auf den Bauch des jungen Mannes zu setzen. Seqen fürchtete, keine Luft mehr zu bekommen, rollte sich auf die Seite und sprang auf.

Die Sonne stand schon hoch am Himmel.

Seqen war ratlos. Er wusste nicht mehr, ob er sich im Palast melden oder die Stadt verlassen sollte, um dem Zorn der königlichen Familie zu entgehen. Wenn er Ahotep anflehte, ihm zu verzeihen, würde sie vielleicht ein Einsehen haben… Aber sollte er sich wirklich so demütigen? Wenn auch wahnsinnig, so war seine Liebe doch schuldlos! Und er gehörte nicht zu denen, die feige vor irgendetwas das Weite suchten.

»Komm, mein Kleiner, wir gehen zu deiner Herrin.«

Wenig geschminkt und in einem langen, blassgrünen Gewand war die Prinzessin dabei, Hymnen zu lesen, die von weisen Männern verfasst waren. Die königlichen Insignien darin wurden als lebendige Wesen betrachtet, deren inneres Feuer in der Lage war, die Kräfte der Finsternis zu besiegen.

»Ich bringe Euch Lächler zurück«, erklärte Seqen mit düsterer Miene. »Gebt Ihr mir die Erlaubnis, in Theben zu bleiben?«

Ahoteps Blick blieb auf den Papyrus geheftet.

»Haben sich deine Gefühle geändert?«

»Meine Gefühle…«

»Hast du in dieser langen Nacht deine absurden Erklärungen vergessen?«

»Nein, bestimmt nicht!«

»Du hättest nachdenken und erkennen sollen, dass du von einem Trugbild genarrt wurdest.«

»Ihr seid kein Trugbild, Prinzessin, sondern die Frau, die ich liebe.«

»Bist du dessen sicher?«

»Ich schwöre es beim Leben des Pharaos!«

»Es gibt keinen Pharao mehr, Seqen.«

»Die ewigen Bewohner des Himmels sind Zeugen meiner Aufrichtigkeit.«

Ahotep legte den Papyrus auf ein niedriges Tischchen und sah dem jungen Mann in die Augen. »Heute Nacht habe ich nicht geschlafen, weil ich unaufhörlich an dich denken musste«, bekannte sie. »Du hast mir gefehlt.«

Seqens Herz klopfte so heftig, dass es zu zerspringen drohte.

»Aber dann... Es ist möglich, dass ich dich liebe... Aber eine Heirat ist eine viel ernstere Sache. Hast du schon einmal ein Mädchen gekannt?«

»Nein, Ahotep.«

»Und ich habe noch nie einen Mann berührt. Bist du in der Lage, einer Prinzessin das Jungfrauengeschenk darzubringen, das heißt Betten, Stühle, Truhen, Schmuckdosen und Schminkbüchsen, Armbänder und Ringe, wertvolle Vasen und erstklassige Stoffe, die ihr bei ihrem Tod als Leichentücher dienen?«

Seqen war bestürzt. »Ihr wisst sehr wohl, dass ich das nicht kann.«

»Dann eben nicht. Ich komme auch ohne das alles aus. Meine Mutter wird protestieren, aber ich werde sie schon überzeugen. Was ich von meinem zukünftigen Gatten erwarte, ist Folgendes: Er soll nicht habgierig sein und nicht eitel, nicht dumm, nicht falsch, nicht kleinlich, er soll es sich im Leben nicht zu bequem machen, und er soll sich der Stimme der Götter nicht verschließen.«

»Ich werde bestimmt mein Möglichstes tun, aber ich weiß nicht, ob ...«

»Du bemühst dich, das zählt. Kommen wir jetzt zum Wichtigeren: Ich will zwei Söhne, so schnell wie möglich. Der Kampf gegen die Hyksos wird lange dauern, und ich werde die Liebe zu ihrem Land und den Wunsch, es zu befreien, in ihre Herzen pflanzen. Wenn wir nicht mehr da sind, du und ich, werden sie unseren Kampf fortsetzen.«

Seqen lächelte. »Ich akzeptiere alle Eure Bedingungen.«

Ihre Lippen näherten sich.

»Ich bin keine Frau wie alle anderen, Seqen, und es ist mir untersagt, ein gewöhnlicher Mensch zu sein ... Selbst wenn wir miteinander glücklich sind, werden wir immer ein stürmisches Leben haben.«

»Ihr habt mir schon beigebracht, ein Mann zu sein, der nicht ist wie alle anderen. Ich bin zu jedem Opfer bereit, um mit Euch zusammen zu leben.«

Sie küssten sich zum ersten Mal, zögernd zunächst, dann immer feuriger.

Seqens zitternde Hände glitten unter dem Gewand über Ahoteps makellosen Körper, wagten es, ihre duftende Haut zu berühren und zu streicheln, was sie aus ihrem tiefsten Inneren heraus erschauern ließ.

Sie, die stolze und hochfahrende Kämpferin, ergab sich mit vollem Herzen diesem Liebenden, der die Gesten der Leidenschaft neu erfand.

Und sie gaben sich einander hin und vergaßen alles, was ihrem Begehren nicht genügte.

Trotz eines leichten Unwohlseins empfing Teti die Kleine ihre Tochter im Beisein von Qaris, dem Haushofmeister.

»Du hast noch nie so strahlend ausgesehen, Ahotep ... Bringst du gute Nachrichten mit?«

»Leider nein, Majestät. In Gebelein ist eine Festung gebaut worden, die uneinnehmbar scheint, auf dem Nil fahren die Kriegsschiffe der Hyksos, ohne von irgendjemandem daran gehindert zu werden, und die Felder der Thebais genießen keinerlei militärischen Schutz.«

»Wart Ihr in Koptos?«, fragte Qaris.

»Ich habe den Stadtvorsteher getroffen.«

»Titi?«

»Ja. Ein merkwürdiger Mann, ziemlich desillusioniert, aber ich hoffe, ich habe ihm die Lust zu kämpfen wiedergegeben.«

»Er ist einer unserer treuesten Verbündeten«, erklärte der Haushofmeister, »aber seine Widerstandsgruppen sind zerstört worden, und Titi ist der Todesstrafe nur dadurch entgangen, dass er sich zum treuen Vasallen des Hyksoskönigs erklärte.«

»Glaubst du, er ist fähig, mich von Hyksosschergen umbringen zu lassen?«

»Bestimmt nicht, Prinzessin!«

»Koptos wird bald eine tote Stadt sein«, prophezeite Ahotep, »und die Hyksos werden auch dort eine Festung bauen wie in Gebelein. Titi hat nur noch eine kleine Leibwache zur Verfügung, und er kann das Fest des Min nur im Geheimen feiern.«

Qaris war bedrückt. »Wie ich es mir dachte – wir sind umzingelt. Die Enklave Theben wird fallen.«

»Ich bin vom Gegenteil überzeugt: Wir müssen die Menschen aufrütteln, den Widerstand organisieren und uns Schritt für Schritt aus der Umklammerung befreien.«

»Ich habe Neuigkeiten aus Auaris«, sagte Qaris. »Apophis hat sich selbst zum Pharao ernannt, und seine Thronnamen sind dem heiligen Baum von Heliopolis eingeschrieben.«

»Das hat er nicht gewagt…«, stammelte Teti die Kleine, erschüttert bis ins Mark.

»Sehr bald werden wir seine Herrschaft anerkennen müssen,

Majestät, und ihm Treue geloben. Gehört Theben denn nicht zu den Zwei Reichen, Ober- und Unterägypten?«

Die Königin war den Tränen nah. »Lasst mich allein!«

»Komm mit mir, Mutter. Ich werde dir beweisen, dass es noch Hoffnung gibt.«

Ahotep nahm die Königin am Arm und führte sie in ihr Zimmer, dessen Tür sie geräuschvoll aufstieß.

Seqen lag auf ihrem Bett, den Blick zur Decke gerichtet, und war so überrascht, dass er kaum noch Zeit hatte, sich zu bedecken.

»Ahotep! Das heißt doch nicht etwa…«

»Doch, Mutter. Seqen und ich haben uns das erste Mal geliebt. Von nun an werden wir unter einem Dach zusammenleben und sind somit verheiratet. Mein Gemahl wird dir selbst erzählen, wie er mit Hilfe seines Esels vier Hyksosschergen erledigt hat, die uns umbringen wollten. Unser erster Sieg, Majestät!«

»Ahotep, du…«

Die Prinzessin ahnte, was ihre Mutter sagen wollte und winkte ab. »Seqen gehört nicht zu einer ruhmvollen Familie, aber ist das wirklich wichtig? Ägyptische Prinzessinnen heiraten die, die sie lieben, und es ist ihnen egal, von wem ihre Männer abstammen. Er besitzt nichts und kann sich daher auch kein Jungfrauengeschenk leisten… Aber befinden wir uns nicht im Krieg? Unsere Seelen und unsere Körper sind in Harmonie vereint, und wir sind entschlossen, bis zu unserem Tod zu kämpfen. Ist das nicht das Wichtigste?«

»Wollt ihr… Kinder?«

»Wir werden zwei Söhne haben, und sie werden ebenso tapfere Krieger sein wie ihr Vater.«

»Na gut, dann…«

»Gibst du uns deine Einwilligung, Mutter?«

»Das heißt, also…«

Mit jugendlichem Ungestüm küsste Ahotep die Königin auf beide Wangen.

20

Aus Wut nahm Tani, die Gattin des Hyksoskönigs, ihren Spiegel und warf ihn gegen die Wand, um ihn zu zerbrechen. Doch die herrliche Scheibe aus Kupfer hielt dem Aufprall stand, und Tani musste sich damit begnügen, ihn mit ihren Füßen zu zertrampeln.

Geboren im Delta, unweit von Auaris, hatte Tani das Glück gehabt, dem König zu gefallen, dessen Hässlichkeit sie fasziniert hatte. Doch sie ertrug es nicht, an ihre eigene Hässlichkeit erinnert zu werden, und es regte sie auf, wenn man sich in den Fluren des Palasts über sie lustig machte. Klein und stämmig, wie sie war, hatte sie schon alles versucht: Abmagerungspillen, Schönheitswässerchen, Schlammkuren... Allesamt Niederlagen, eine schmählicher als die andere.

Nichts schmeckte ihr besser als die fetten, schweren Gerichte, die sie gewohnt war, Fleisch mit reichhaltigen Soßen und Kuchen aller Art, und sie weigerte sich, darauf zu verzichten und hielt die Ärzte des Palasts, die ihr davon abrieten, für Scharlatane.

Ihr mächtiger Gatte war zu sehr mit seiner Macht beschäftigt, um sich mit Frauen abzugeben. Das eisige Blut, das in seinen Adern floss, reizte ihn nicht zu Liebesspielen, und wenn ihn von Zeit zu Zeit die Lust ankam, eine zur Sklavin gewordene vornehme junge Ägypterin zu vergewaltigen, so geschah dies einzig zum Zweck der Demonstration der absoluten Macht über seine Untertanen.

Von bescheidener Herkunft, gefiel es Tani außerordentlich, in ihren Diensten stehende adelige Damen zu schikanieren, denen sie, wenn die Hyksos nicht gekommen wären, hätte dienen müssen. Sie ließ keine Gelegenheit aus, sie zu demütigen und zu erniedrigen. Keine dieser Frauen durfte es wagen, sich ungehorsam zu zeigen oder sich gar zu widersetzen, denn auf ein einziges Wort der Gattin des Königs hin würde die Unverschämtheit mit Auspeitschung und anschließender Enthauptung geahndet. Es verging keine Woche, in der Tani sich nicht ihrem Vergnügen an einem solchen Schauspiel hätte hingeben können.

Es gab aber einen Wermutstropfen in dieser Herrlichkeit – der Einzug der Gattin Khamudis in den Palast, einer opulenten Blonden, die nicht aufhörte, die Brust kokett vorzuschieben und mit dem Kopf zu wackeln wie eine Gans, vor allem, wenn der König selbst zugegen war. Aber diese Hexe wusste, dass ihr Mann nicht den geringsten Verstoß gegen die Ordnung dulden würde. Hatte Khamudi nicht seine letzte Gemahlin, die er in ihrem gemeinsamen Schlafzimmer in den Armen eines Liebhabers ertappt hatte, mit eigenen Händen erdrosselt?

Tani, der Apophis den Titel Königin und Herrscherin über Ägypten beharrlich verweigerte, schätzte Khamudi. Er war brutal, ehrgeizig, mitleidlos, berechnend und verlogen … kurz, er besaß alle notwendigen Eigenschaften eines Hyksos von vornehmem Geblüt. Selbstverständlich würde er seinem Meister Apophis nie das Wasser reichen können, und er würde nach seinem eigenen Willen immer der Zweite bleiben … Andernfalls würde Tani selbst sich der Aufgabe widmen, seine brillante Laufbahn zu Ende zu bringen.

»Dass du mir ja genug Lidschatten aufträgst«, befahl sie in knappem und strengem Ton einer Dienerin, deren Familie zu den reichsten der Stadt Sais gehörte.

Trotz der Geschicklichkeit der Schminkzofe war das Ergebnis katastrophal. Die Unglückliche hatte die Grobheit und die charakteristische Härte der Züge verwischen wollen und hatte sie stattdessen nur noch mehr hervorgehoben.

»Du machst dich über mich lustig!«, schrie Tani, indem sie ihrer Zofe mit dem Spiegel ins Gesicht schlug.

Das Mädchen war verletzt und tief betrübt.

»Schafft sie mir vom Hals«, sagte Tani zu den anderen, die stumm vor Entsetzen danebenstanden, »und wascht mir das Gesicht! Ich muss zum König.«

»Beeil dich und beschränk dich auf das Wesentliche, Tani. Ich werde im Großen Rat erwartet.«

»In die Politik will ich mich nicht einmischen, aber ich habe eine Information, die dich interessieren wird.«

»Na gut, dann lass hören.«

»Eine meiner Dienerinnen hat es unter der Folter gestanden: Die Ägypter machen einander immer noch Geschenke, ohne dafür Steuern zu bezahlen. Ich habe eine Liste von Namen, die Khamudi entzücken werden.«

»Gute Arbeit, Tani.«

Der König verließ sein Arbeitszimmer und ließ sich, von seiner Leibwache umgeben, in einer Sänfte zum Sethtempel tragen. Unter dem Schutz des Gewittergottes würde er den Verwaltungsbeamten der Hyksos die wirtschaftlichen Vorgaben verkünden, die unverzüglich und ohne Ausnahmegenehmigungen in die Tat umzusetzen waren.

Dank seiner Gattin hatte er feststellen können, dass die Regeln der alten ägyptischen Wirtschaftsweise noch immer lebendig waren und dass man noch mehr Zeit brauchte, um sie völlig zum Verschwinden zu bringen. Je reicher man ist, desto mehr soll man opfern, hatten die Pharaonen festgelegt, und sie hatten dieses Gesetz auch auf sich selbst angewandt. Großzügigkeit galt als soziale Pflicht, und Profit war kein erstrebenswertes Ziel. Ein Würdenträger, der sich nicht als großzügig erwies, verlor seinen guten Ruf, fiel aus dem Schutzbereich der Maat und sank zu einem gewöhnlichen Menschen herab, der alles verlor, was er erworben zu haben glaubte.

Die Qualität der Dinge wurde als wichtiger angesehen als ihr Handelswert, und es gehörte zu den Aufgaben der Tempel, sie sicherzustellen, wie sie auch für den Umlauf der Opfergaben zu sorgen hatten. Sie trugen somit dazu bei, eines der ersten Ziele des Pharaonenreichs zu verwirklichen: die soziale Zusammengehörigkeit, verbunden mit dem Wohl jedes Einzelnen.

Jeder Einzelne besaß die Freiheit, das herzustellen, was er zum Leben brauchte, nach Maßgabe seiner handwerklichen Fähigkeiten, und wenn er mehr brauchte, so konnte er es sich durch Tausch erwerben, auch wenn es sich um Dienstleistungen handelte. Wenn sich etwa ein Schreiber ein Haus bauen wollte, schrieb er die Briefe des Maurers im Tausch gegen dessen Arbeitsstunden.

So war in der ägyptischen Gemeinschaft der Zwei Reiche jedes Individuum gleichzeitig Schuldner und Gläubiger mehrerer anderer wirtschaftlich Handelnder. Der Pharao wachte über das Gleichgewicht des Gabentauschs und darüber, dass überall Großherzigkeit geübt wurde. Wer empfing, musste geben, selbst wenn es sich nur um kleine Mengen handelte oder wenn in diesem Hin und Her Verzögerungen auftraten. Und der König, der so viel von den Göttern erhalten hatte, musste seinem Volk geistiges und materielles Wohlergehen schenken.

Dieses Gesetz der Maat, die Solidarität, die irdische und überirdische Wesen verband, wurde von Apophis mit Abscheu betrachtet. Denn die Hyksos hatten begriffen, dass sie die schrankenlose Ausübung der Macht und die Bereicherung der herrschenden Kaste behinderte.

Im Vorhof des Sethtempels erwartete Khamudi Apophis.

»Herr, alle notwendigen Sicherheitsmaßnahmen sind getroffen worden.«

Im Inneren des Gebäudes herrschte lastendes Schweigen. Kein General, kein Provinzfürst, kein Verwaltungsleiter fehlte. Sie standen dicht an dicht, und die Furcht vor dem, was ihnen der König verkünden würde, konnte man in ihren Gesichtern lesen.

Apophis ließ sich Zeit, genoss den Anblick der Angst, die er seinen Untergebenen einflößte. Dann gab er ihnen seine Entscheidungen bekannt.

»Das Gesetz der Maat ist endgültig außer Kraft gesetzt«, erklärte er. »Daher benötigen wir keinen Haushofmeister und keine hohen Räte mehr. Ich selbst und meine Minister werden für Gerechtigkeit sorgen. Der ranghöchste Minister wird den Titel Großschatzmeister von Unterägypten führen, den ich hiermit meinem treuen Khamudi verleihe, der auch mein Sprecher sein wird. Er wird dafür sorgen, dass meine Verlautbarungen auf Papyrus geschrieben und im ganzen Reich verbreitet werden, damit jeder sie liest.«

Auf Khamudis Miene zeigte sich ein erleichtertes Lächeln. Er würde offiziell der zweite Mann im Reich werden und stellte sich schon die Reichtümer vor, die ihm durch die Kontrolle der Papyrusherstellung zufließen würden. Die Maßgaben seines Herrn in schriftlicher Form zu verbreiten, war das nicht eine aufregende neue politische Aufgabe? Morgen würden alle Untertanen des Reichs so denken, wie sie zu denken hatten, und diejenigen, die anderer Meinung waren, hatten kein Recht mehr, den Mund aufzumachen.

»Wir sind bis jetzt viel zu tolerant gewesen«, fuhr der König fort, »mit dieser Trägheit muss Schluss sein. Das neue Gesetz ist einfach: Wenn sie nicht mit uns zusammenarbeiten, machen wir sie zu Sklaven oder schicken sie in die Minen. Was die reichen Grundbesitzer angeht, die Handwerker und die Kaufleute, so werden sie dem Großschatzmeister gegenüber offen legen müssen, was sie besitzen, und zwar bis in die kleinste

Einzelheit. Nach ihrem Vermögen wird dann die Steuer festgesetzt, und diejenigen, die gelogen haben, werden mit aller Härte bestraft. Khamudis Brigaden werden häufige und gründliche Kontrollen durchführen. Selbstverständlich werden die Mitglieder der herrschenden Familien dieser Abgabepflicht nicht unterliegen.«

Jeder der Würdenträger unterdrückte einen Seufzer der Erleichterung.

»Ich wünsche das Wort ›Freiheit‹ in meinem Reich nicht mehr zu hören«, verkündete Apophis. »Es werden Gesetze erlassen, die das soziale und individuelle Verhalten regeln. Jeder Einzelne muss sich an die neuen Vorschriften halten, als deren Garanten ich euch einsetzen werde. Ich fordere detaillierte Berichte über jede Person, die irgendeine verantwortliche Tätigkeit ausübt, und sofortige Aufklärung über unbotmäßiges Verhalten. Ihr, die höchsten Beamten des Hyksosreiches, werdet mir unbedingten Gehorsam leisten, dann werdet ihr reich und mächtig sein.«

Ein Kanaanäer meldete sich zu Wort. »Majestät, können wir in jeder Provinz die Steuern erhöhen?«

»Das wird unumgänglich sein, in der Tat. Ich lege sie hiermit fest auf zwanzig Prozent für jedes Einkommen.«

»Verzeiht, Majestät… Aber ist das nicht sehr viel?«

»Wir werden noch viel weiter gehen, glaub mir. Und das Volk wird zahlen, wenn es Repressalien fürchtet. Außerdem wird jedes Schiff zehn Prozent seiner Fracht an den Palast liefern. Das wird der Preis sein für das Recht, den Nil und unsere Kanäle zu befahren.«

Khamudi leckte sich die Lippen.

»Keine weiteren Fragen?«

»Doch, Majestät«, sagte ein syrischer General. »Was ist vom Widerstand übrig geblieben?«

»Er ist so gut wie nicht mehr vorhanden. Natürlich gibt es

hier und da noch ein paar Unbelehrbare, aber wir haben alle erforderlichen Maßnahmen getroffen, um sie endgültig zu erledigen.«

»Warum wird Theben nicht vernichtet?«

»Theben haben wir im Griff«, erwiderte Apophis. »Ich bediene mich der Stadt als Falle. Sie wird die letzten Aufständischen, die vielleicht noch übrig sind, an sich ziehen, und es bleibt den Ägyptern ein allerletzter falscher Hoffnungsschimmer, den ich ihnen gern lasse. Der Sklave, der keine Hoffnung mehr hat, ist weniger produktiv als derjenige, der an eine Zukunft glaubt, und sei sie noch so fern. Ich füge hinzu, dass Einwanderung und erzwungene Heiraten die Bevölkerung von Grund auf verändern werden. In ein paar Jahrzehnten wird die alte Zivilisation erloschen sein, und Ägypten wird endgültig das Land der Hyksos.«

21

Der Hohepriester von Karnak konnte nicht schlafen. Daher entschloss er sich aufzustehen, sein kleines Haus am Ufer des heiligen Sees zu verlassen und im Bezirk des Gottes Amun ein wenig spazieren zu gehen.

Wie gern hätte er es gesehen, wenn wieder einmal große Bauvorhaben verwirklicht würden, wie hätte er sich am Anblick eines in die Höhe wachsenden Tempels erfreut! Doch Theben war ausgeblutet, und es gab keinen Pharao mehr. Karnak lag in einem tödlichen Dämmerschlaf.

Die Nacht war herrlich.

Der vierzehnte Tag des zunehmenden Mondes, das linke Horusauge vollendete sich; wieder einmal hatte Seth vergeblich versucht, es zu zerstückeln. Thoth, der Gott des Wissens und der Weisheit, hatte das Auge mit einem Netz aus dem Ozean der Kraft gefischt, damit es erneut seine Strahlen aussenden konnte und Steine und Pflanzen gedeihen ließ. War der wiederhergestellte Mond nicht das Bild der belebenden Energie und das Symbol des glücklichen Ägypten im Kreis all seiner Provinzen?

Der Hohepriester rieb sich die Augen.

Was er sah, konnte nur ein Trugbild sein. Und doch war er hellwach, und seine Augen sahen so gut wie am helllichten Tag.

Um Gewissheit zu erlangen, dass er sich nicht täuschte, betrachtete er noch einige Minuten den vollen Mond.

Seiner Sache sicher, machte er sich dann, so schnell ihn seine alten Beine trugen, zum Palast auf.

»Verzeiht, dass ich Euch aus dem Schlaf reiße, Haushofmeister, aber es ist wirklich wichtig!«

»Ich habe nicht geschlafen, Hohepriester.«

»Ihr müsst Ihre Majestät wecken.«

»Sie ist sehr müde«, sagte Qaris, »und sie bedarf der Ruhe.«

»Seht Euch den Mond an, schaut genau hin!«

Von einem Fenster des Palasts aus sah Qaris das Unglaubliche.

Erschüttert lief er zum Zimmer der Königin und weckte sie auf möglichst schonungsvolle Weise.

»Was gibt es, Qaris?«

»Ein außerordentliches Ereignis, Majestät! Der Hohepriester und ich selbst sind Zeugen, aber Ihr selbst sollt entscheiden, ob unsere Augen uns täuschen oder nicht. Betrachtet nur einmal den vollen Mond.«

Teti die Kleine sah nun auch die Botschaft des Himmels.

»Ahotep«, murmelte sie betroffen, »es ist Ahoteps Gesicht!«

Die Königin und ihr Haushofmeister begaben sich zum Hohepriester.

»Das Orakel spricht, Majestät; auch die Prinzessin soll es sehen, und dann werden wir wissen, wie es zu deuten ist.«

»Der Hund bewacht ihre Gemächer«, gab Qaris zu bedenken. »Er wird niemanden einlassen.«

»Es ist zu wichtig … Ich riskiere es, bleibt hinter mir.«

Als der Hohepriester sich näherte, öffnete der riesige Hund die Augen und hob den schweren Kopf, der auf einem bequemen Kissen gelegen hatte.

»Der Himmel hat gesprochen. Deine Herrin muss die Botschaft vernehmen.«

Der Hund gab einen klagenden Laut von sich, den die Prinzessin sofort hörte. Sie gab Seqen einen zärtlichen Kuss auf die Stirn, warf sich eine Tunika über und öffnete die Tür.

»Hohepriester … Was macht Ihr hier?«

»Ihr müsst Euch den vollen Mond ansehen, Prinzessin.«

Ahotep trat ans Fenster und blickte zum Himmel. »Er ist wunderschön, das Horusauge ist wieder ganz, die Sonne der Nacht vertreibt die Finsternis …«

»Sonst nichts?«

»Ist er nicht das Zeichen der Hoffnung, das uns dazu bewegen soll, den Kampf fortzuführen?«

Teti die Kleine und Qaris erschienen.

»Schau ihn dir genau an«, sagte die Königin mit Nachdruck.

»Was meinst du?«

»Das Orakel ist verkündet«, wiederholte der Hohepriester, »und jetzt wissen wir den Willen des Himmels. Es ist an uns, die Konsequenzen daraus zu ziehen.«

»Ich weigere mich«, erklärte Ahotep. »Du bist die legitime Königin, und du musst es bleiben.«

»Drei von uns haben dein Gesicht im vollen Mond gesehen«, sagte Teti die Kleine, »und du hast dich nicht erkannt. Die Bedeutung eines so außerordentlichen Zeichens steht außer

Zweifel: Deine Aufgabe ist es, die regenerierende Macht auf Erden zu verkörpern. Die Zeit ist gekommen, ich werde mich zurückziehen, Ahotep; ich fühle mich alt und matt. Nur eine junge Königin, die über die magische Kraft ihres Amtes verfügt, kann Theben die Kraft zurückgeben, die ihm fehlt.«

»Ich habe keine Lust, deinen Platz einzunehmen, Mutter!«

»Das spielt keine Rolle. Das Unsichtbare hat sich ausgedrückt, der Hohepriester hat das Orakel beglaubigt. Willst du dich gegen das Wort des Himmels empören, der die Seelen der von dir verehrten Pharaonen aufgenommen hat?«

»Ich werde den Rat der Göttin Mut einholen.«

Auge des göttlichen Lichts, Trägerin der Doppelkrone, Gemahlin des Ursprungs, genährt von Maat, gleichzeitig männlich und weiblich – so erschien Mut vor Ahotep am Ort der Stille.

Ahotep wagte es, das Standbild zu betrachten. Es wurde von einem schwachen Lichtstrahl aus einer in der Decke der Kapelle angebrachten Öffnung beleuchtet.

»Du hast mir erlaubt, dein Zepter zu berühren, und du hast mich deine Macht kosten lassen. Weil ich dir vertraute, habe ich meine ersten Kämpfe führen können, und ich bin bereit weiterzukämpfen, trotz aller Gefahr. Aber die Sonne der Nacht fordert noch mehr: dass ich Königin Ägyptens werde. Dieses Amt begehre ich nicht. Es ist zu schwer für meine schwachen Schultern. Wenn ich jedoch das Orakel ignoriere und dem Willen der Götter entgegenhandle, wird meine Weigerung Thebens Not vergrößern, und diejenigen, die Widerstand leisten, werden jede Hoffnung verlieren. Ohne dich bin ich verloren. Ich brauche dich, damit du mir den richtigen Weg zeigst. Also antworte auf meine Frage: Soll ich den Beschluss des vollen Mondes akzeptieren?«

Die Augen des Standbilds röteten sich, das Lächeln der Löwin zeigte sich deutlicher. Und der granitene Kopf neigte sich nach vorn und nach hinten, sehr langsam, dreimal.

Von der Palastterrasse aus betrachteten Teti die Kleine und Ahotep das Westufer, wo die Sonne sich nun zur Erde senkte, um in das Reich des Todes einzugehen und ihre Wiedergeburt vorzubereiten. Der Mond war schon aufgegangen. Er strahlte in ungewöhnlichem Glanz.

»Was ist eine Königin Ägyptens, meine Tochter? Die schöngesichtige Herrscherin der Zwei Reiche, voller Anmut; die Freundin der Liebe, die die Gottheit besänftigt, voll magischer Ausstrahlung, wenn sie mit einnehmender Stimme beim Opfer die Hymnen singt und mit reinen Händen das Sistrum spielt; die Zauberin, die den ganzen Palast mit dem Duft ihres Parfüms erfüllt und kein unnötiges Wort ausspricht... Sie ist die Einzige, die fähig ist, Horus zu erblicken und gleichzeitig Seth, der sich in ihrer Nähe beruhigt, sie kennt die Geheimnisse des kosmischen Kampfes der beiden Brüder, der in Ewigkeit nicht aufhören wird. Jeder wird alles tun, um die Königin zu verstehen, denn sie kann die Gegensätze vereinigen, sie lebt, um Maat und Hathor zur Macht kommen zu lassen, Gerechtigkeit und Liebe.«

»Das sind unmögliche Aufgaben, Mutter!«

»Es sind die Aufgaben, die die Weisen in der Zeit der Pyramiden einer Königin Ägyptens stellten. Viele von denen, die mir vorausgingen, haben sie erfüllen können; ich bin gescheitert. Du, die du mir folgen wirst, sollst sie nie aus den Augen verlieren. Je höher man steigt, desto schwerer die Pflichten, die man auf sich nimmt. Du, die du die Spitze erreichen wirst, wirst keine Ruhe mehr finden und keine Ausrede.«

Ahotep hatte Angst.

Dieses Gefühl war stärker und tiefer als alle Ängste, die sie bisher empfunden hatte. Sie hätte es vorgezogen, sich mit mehreren Hyksossoldaten schlagen zu müssen, als sich dieser kleinen, zerbrechlichen Frau gegenüberzusehen, deren Größe ihr jetzt klar wurde.

»Das Haus der Königin stirbt, meine Tochter. Du musst es wieder aufbauen. Umgib dich mit treuen und sachkundigen Leuten, regiere ohne Härte, sodass alles, was du berührst, sich zum Wohle unseres Volkes entwickelt. Ich bedaure es, dass der Himmel so unbarmherzig ist, dass er dir in der Stunde, in der unser Land fast schon untergegangen ist, ein so schweres Amt aufbürdet. Doch du bist unsere letzte Chance, Ahotep.«

Auf einmal hatte die schöne junge Frau Lust, wieder zum Kind zu werden, ihre Jugend zu verlängern, sich ihres wohlgestalteten Körpers zu freuen, all die herrlichen Vergnügungen, die das Leben bietet, in vollen Zügen zu genießen, bevor das düstere Verhängnis Theben erreichte.

»Zu spät«, sagte die Königin, die die Gedanken ihrer Tochter las. »Das Orakel hat gesprochen, du hast das Einverständnis der Göttin Mut erhalten, und dein Schicksal ist im Stein ihres Standbilds eingegraben. Es gibt nur einen einzigen Umstand, der verhindern würde, dass sich dieses Schicksal erfüllt.«

»Was wäre das, Mutter?«

»Dass du den Empfang deiner Weihe nicht überlebst.«

22

Als Prinzessin Ahotep sich dem heiligen See von Karnak näherte, tanzten Tausende von Schwalben am blauen Himmel. Unter ihnen befanden sich die Seelen der Auferstandenen, die von der anderen Seite des Lebens gekommen waren, um die Weihe einer Königin zu feiern.

Die junge Frau war so konzentriert, dass jedes der rituellen Worte sich in ihr Herz eingrub, und der Hohepriester war so bewegt, dass er ins Stottern geriet. Nie hätte er geglaubt, dass die Götter diesem wilden Mädchen ein so gefährliches Amt anvertrauen würden. Doch Ahoteps seelenvoller Blick bewies ihm, dass sie sich nicht in ihr getäuscht hatten.

»Bringt das Opfer dar, Prinzessin.«

Ahotep kniete sich auf den Boden, dem Osten zugewandt, wo die Sonne auf der Insel des Feuers gerade ihren siegreichen Kampf geführt hatte. Sie skandierte das uralte Gebet des Morgens, die Hymne an das Wunder des Lebens, das wieder einmal den Tod und den Drachen der Finsternis überwunden hatte.

»Die Reinigung sei vollendet.«

Zwei Sängerinnen Amuns nahmen Ahotep das weiße Gewand von den Schultern. Nackt schritt sie langsam die Treppe zum heiligen See hinab und tauchte in das friedliche Wasser ein, das irdische Ebenbild des heiligen Nun, des Ozeans der Energie, aus dem alle Formen des Lebens geboren werden.

»Das Böse und die Macht der Zerstörung entfernen sich von dir«, sagte ein Ritualpriester. »Das göttliche Wasser reinigt dich, und du wirst die Tochter des Lichts und der Sterne.«

Ahotep wünschte, die Zeit würde stillstehen. Sie fühlte sich aufgehoben und vor jeder Gefahr beschützt, in vollkommenem Einklang mit der unsichtbaren Kraft, die sie wiedergebar.

»Deine Glieder wurden gereinigt auf dem Feld der Opfergaben«, fuhr der Ritualpriester fort, »es mangelt dir an nichts, und an dir ist kein Fehl. Dein ganzes Wesen ist verjüngt, deine Seele kann zum Himmel fliegen. Jetzt bist du bereit, in die Halle der Maat einzutreten und die Gerechtigkeit deines Herzens feststellen zu lassen.«

Zu ihrem Bedauern musste die junge Frau den heiligen See wieder verlassen. Als die Sonne ihre Haut getrocknet hatte, wurde sie von den Sängerinnen Amuns mit einer makellos weißen Tunika aus feinem altem Leinen bekleidet.

Zögernd folgte sie dem Ritualpriester, der die Tür einer Kapelle für sie öffnete. Wie konnte Ahotep sicher sein, dass sie das Gesetz der Maat niemals übertreten hatte?

Auf einem Wandschirm sah man das Bild des Gottes Osiris, des obersten Richters. Der Prinzessin gegenüber stand die Königin, die in ihrer rechten Hand eine goldene Straußenfeder hielt, Symbol der himmlischen Gerechtigkeit.

Ahotep fühlte, dass es sich hier nicht mehr um ihre Mutter handelte, sondern um die irdische Repräsentantin der Göttin der Gerechtigkeit.

»Du, die du das Urteil über mich fällst«, erklärte sie, »du kennst mein Herz. In meinem Leben gab es keine böse Tat, und ich habe nur ein einziges Begehren: Ägypten, unser Volk, zu befreien, damit Maat von neuem über uns herrsche.«

»Bist du bereit, Ahotep, Ungerechtigkeit, Gewalt, Hass, Lüge und Undankbarkeit zu begegnen, ohne das Gefäß deines Herzens mit ihnen zu füllen?«

»Ja, ich bin bereit.«

»Weißt du, dass am Richttag dein Herz gewogen wird und dass es dann so leicht sein muss wie eine Straußenfeder?«

»Ja, ich weiß es.«

»Der Stein der Maat soll der Sockel sein, auf dem du deine Herrschaft baust. Nähre dich von Maat, lebe von ihr und lass sie von dir leben. Dann werden Himmel und Erde dich nicht verstoßen, die Götter werden dein Sein gestalten, wie es ihnen zukommt. Geh zum Licht, Ahotep.«

Obwohl die rituellen Handlungen sehr langsam vollzogen wurden, hatte die Prinzessin den Eindruck, dass die einzelnen Etappen ihrer Weihe sich mit atemberaubender Geschwindigkeit abspielten. Sie durchquerte den stellaren Urquell, stieg in die Tiefe hinab, wo Ptah, der göttliche Handwerker, Gliedmaßen formte, stieg in die Barke des Osiris, sah Re bei seinem Aufstieg und Atum bei seinem Niedergang, trank das Wasser der Flut und die Milch der Himmelskuh.

Nachdem man ihr das zeremonielle Gewand angelegt hatte, das die Göttin Teith gewebt hatte, wurde sie gesalbt, parfümiert und mit einer schweren Halskette und Armbändern geschmückt.

»Du hast den Raum überwunden wie der Wind«, verkündete der Hohepriester, »und du hast dich am Horizont mit dem Licht vereint. Möge Horus, der Beschützer der Könige, und Thoth, der Herr des Wissens, deinem Königtum Leben verleihen.«

Ahotep wurde eingeladen, sich aufrecht vor einen Tisch mit Opfergaben zu stellen. Zwei Priester, der eine mit einer Falkenmaske, der andere mit einer Ibismaske vor dem Gesicht, hielten Gefäße über ihren Kopf.

Aus den Gefäßen fielen zwei Strahlen und tauchten die junge Frau in ein unwirkliches Licht.

Ihr Herz öffnete sich, und ihr Blick schweifte in die Ferne wie der eines Raubtiers.

Priesterinnen bedeckten ihren Kopf mit einem Gewebe, das das Gefieder eines Geiers darstellte, Symbol der kosmischen Mutter. Darauf wurde die aus zwei hohen Federn bestehende traditionelle Krone der ägyptischen Königinnen gesetzt.

Teti die Kleine reichte ihr das Blütenzepter mit biegsamem Griff, das Zeichen der weiblichen Macht.

Qaris hatte ein bescheidenes Festmahl ausgerichtet, in einem Hof des Tempels, vor Blicken geschützt.

»Verzeiht die mangelnde Pracht der Zeremonie, Majestät«, sagte er zu Ahotep, »doch Eure Krönung muss so lange wie möglich geheim bleiben. Im Palast gibt es zu viele wissbegierige Lauscher. Wenn die Hyksos erfahren, dass Theben eine junge Königin als Herrscherin gewählt hat, könnte es einen Aufruhr geben.«

»Auch ich bedaure, dass die Krönungsfeierlichkeiten nur in aller Stille stattfinden können«, sagte Teti die Kleine mit noch größerem Nachdruck, »aber wir befinden uns im Widerstand, und es ist unumgänglich.«

Mit einem Bogen und vier Pfeilen in der Hand näherte sich der Hohepriester Ahotep.

»Wir sind an einem Ort des Friedens, Majestät, doch unser Land ist besetzt, und Ihr allein repräsentiert von nun an unsere ganze Hoffnung auf Befreiung. Ich übergebe Euch diese Waffen, auf dass Ihr die Göttin der Stadt Theben verkörpert, die so endlich den Kampf wieder aufnimmt.«

Ahotep hatte den großen Bogen nie zuvor in Händen gehabt. Und doch gab ihr das tiefe Vertrauen, das in ihr war, jene spontanen Gesten ein, die jetzt von ihr erwartet wurden. Und sie spannte den Bogen und schoss den ersten Pfeil nach Norden ab, den zweiten nach Süden, den dritten nach Osten und den vierten nach Westen.

»Mögt Ihr die vier Weltgegenden erobern, Majestät; sie wissen, wer Ihr seid und was Ihr wünscht. Möge der große Raum, den der Mond, euer Beschützer, durchmisst, Euch zu segensreichen Handlungen anregen.«

Die wenigen Gäste standen ganz im Bann des feierlichen Moments und verspürten kaum Lust, die von der Köchin des Hohepriesters zubereiteten Speisen zu probieren.

Begleitet von Lächler, dem Hund, durfte Seqen neben seiner Gemahlin Platz nehmen. Der Hund hatte keine Scheu, den gebratenen Tauben und dem Nilbarsch die Ehre zu erweisen, die sie verdienten.

»Ist im Palast alles in Ordnung?«, fragte Teti die Kleine.

»Alles ist ruhig. Ein Gerücht geht um, nach dem Ihr und

Eure Tochter nach Karnak gegangen seid, um Amun anzuflehen, die Stadt vor dem Zorn der Hyksos zu schützen.«

Der Gehilfe des Hohepriesters brachte eine Karaffe mit Wein.

»Ein großartiger Jahrgang, aus dem Jahr vor der Invasion«, sagte er. »Wenn man ihn trinkt, schmeckt man die Freiheit. Doch bevor wir trinken, möchte ich Euch einen alten Text vortragen und dazu die Harfe spielen.«

Der Ton seiner Stimme wurde lauter und etwas brüchig, doch die Worte waren deutlich zu vernehmen:

»Eine Form wird Körper und verschwindet wieder. Die Geister des Lichts werden deinen Namen leben lassen, und du wirst leben an einem guten Platz im westlichen Land. Doch das Strömen des Flusses kennt keine Unterbrechung, und jedermann muss gehen, zu seiner Zeit. Die Gräber der Edlen sind verschwunden, ihre Mauern sind zu Staub geworden, als hätte es sie nie gegeben. Du sollst einen glücklichen Tag haben, Königin von Ägypten, dich an dieser Stunde freuen, deinem Herzen folgen, so lange es lebt, dich salben und parfümieren, deinen Hals mit Lotosgirlanden schmücken, die Traurigkeit vergessen, während jene, die du liebst, an deiner Seite sind. Erinnere dich dieses Glücks bis zu dem Augenblick, da du in das Land des ewigen Schweigens eintrittst.«

Alle Anwesenden waren betroffen vom tiefen Ernst dieser Worte, und jeder Gedanke an Fröhlichkeit schien fehl am Platz. Dennoch wurde der Wein in die Pokale gegossen, und Seqen hoffte, dass der gemeinsam genossene Trank die allgemeine Melancholie vertrieb.

Da erhob sich der Hund zu seiner vollen Größe und verschüttete mit seiner Pfote den Wein, den Ahotep gerade zum Mund führte. Dann wandte er sich knurrend zu dem Harfenspieler.

Dieser trank demonstrativ seine Schale leer, ohne sich von dem Vorfall beeindruckt zu zeigen.

Die junge Königin erhob sich. »Du hast diesen Wein vergiftet, nicht wahr?«

»Ja, Majestät.«

»Stehst du im Dienst der Hyksos?«

»Nein, Majestät. Ich halte es nur für wahnsinnig, was Ihr tun wollt, denn ich bin überzeugt davon, dass dem nur Unglück und Zerstörung folgen können. Deshalb wollte ich, dass wir alle zusammen am Ende dieses Banketts sterben, um dem Land noch mehr Leiden zu ersparen. Aber Euer Hund hat anders entschieden…«

Die Lippen des Harfenspielers wurden weiß, sein Atem stockte, sein Blick erstarrte, während sein Kopf zur Seite fiel.

Ahotep sah zum Himmel. »Schaut den Mond an… Sein Name, *iâh*, steht für den Gott des Kampfes. Von nun an wird die Silberscheibe seiner Barke das Erkennungszeichen der Aufständischen sein.«

In die Fläche ihrer linken Hand zeichnete die Königin eine Hieroglyphe, die gleichzeitig den Anfang ihres Namens und das Programm ihrer Herrschaft bezeichnete:

23

Jannas, der Asiate, kenntlich an der pilzförmigen Haube, die seinen spitz zulaufenden Kopf und sein lockiges Haar umschloss, missfiel es keineswegs, auf seinem Flaggschiff nach Auaris zurückzukehren. Als Befehlshaber der Kriegsflotte der Hyksos kommandierte er mit eiserner Faust die anatolischen, phönizischen und zypriotischen Piraten, die nicht zu Unrecht für ihren Mut und ihre Grausamkeit berühmt und berüchtigt waren.

Wenn man Jannas zum ersten Mal gegenübertrat, empfand man keinerlei Furcht, ganz im Gegenteil. Von mittlerer Größe und eher zart gebaut, langsam in Wort und Tat, bot er das Bild eines friedliebenden Mannes, dem man vertrauen konnte.

Diejenigen, die an dieses trügerische Erscheinungsbild geglaubt hatten, waren jetzt tot. Wegen seiner Angriffslust, die um so schrecklicher war, als sie sich nur im Gefecht zu erkennen gab, galt Jannas als der größte Held der Hyksos. Er hatte in allen Teilen des Reiches Triumphe gefeiert und die Stufenleiter der Militärhierarchie erklettert, bevor ihn Apophis an die Spitze der Flotte berief, deren unaufhörliche Verbesserung er zu seinem Lebensziel gemacht hatte. Er kannte jeden Matrosen, inspizierte selbst jedes Schiff, forderte tägliche Manöver und duldete nicht das geringste Nachlassen der soldatischen Disziplin.

Überzeugt, dass das Reich sich immer weiter vergrößern würde, weil es sich auf die Armee gründete, der keine andere auf der Welt gleichkam, hing Jannas mit unverbrüchlicher Treue an Apophis. Hatte er nicht die Hauptstadt in eine einzige riesige Kaserne verwandelt, wo es sich wunderbar leben ließ?

Admiral Jannas gönnte sich selten Ruhe, da er sich beim geringsten Alarmzeichen überall hinbegab, wo ihm durch seine Informanten das kleinste Anzeichen eines Aufruhrs gemeldet wurde. Das Auftauchen der Kriegsflotte der Hyksos genügte, um die immer öfter aufflackernden Feuer des Widerstands zu ersticken. Die Unterwerfung Kretas war für Apophis ein entscheidender Sieg gewesen, Vorspiel weiterer Eroberungen, deren Speerspitze Jannas bildete.

Eine Woche lang – falls nichts dazwischenkam – würde der Admiral die Stille seiner Dienstvilla genießen können, und er nahm sich vor, die Gelegenheit zu nutzen, um sich ausführlich massieren zu lassen. Doch er langweilte sich rasch und konnte es nicht lassen, sich täglich im Hafen zu zeigen.

»Admiral«, sagte ihm ein zypriotischer Kapitän, als er am Kai ankam, »es geht irgendetwas Seltsames vor.«

»Wo?«

»In unserer leer stehenden Lagerhalle. Spitze Schreie, als ob Frauen gefoltert würden … Ich habe eine Sicherheitssperre angeordnet, und wir erwarten Eure Befehle.«

»Aufständische, die Hyksos gefangen genommen haben und sie zu irgendwelchen Dingen zwingen«, vermutete Jannas, den die Vorstellung entzückte, sie selbst festnehmen und sie ihr Verbrechen auf der Stelle büßen lassen zu können.

Als er sich der Lagerhalle näherte, nahm er den Geruch von gebratenem Fleisch wahr.

»Schlagt die Tür ein!«, befahl er.

Ein Balken, von zehn Matrosen gegen die Tür gestoßen, genügte.

Das Schauspiel, das Jannas entdeckte, ließ ihn mit offenem Mund erstarren.

Vier junge Mädchen, nackt und gefesselt, lagen auf dem Boden. Auf einer Kiste saß eine mollige blonde Frau, die hin und wieder in schallendes Lachen ausbrach, während ein Mann mit rot glühenden Bronzewerkzeugen die Haut seiner Opfer stempelte und offensichtlich ebenfalls immenses Vergnügen an dieser Tätigkeit fand.

Und dieser Mann war nicht irgendjemand.

»Ihr seid … der Großschatzmeister?«

Khamudi schien seelenruhig. »Derselbe. Und das ist meine Gattin, Yima.«

Die Blonde wiegte den Kopf, als ob sie den Admiral verführen wollte.

»Ihr verhört verdächtige Personen, nehme ich an?«

»Verdächtige Personen? Keineswegs, Admiral! Meine Frau und ich haben unseren ganz persönlichen Spaß mit Sklavinnen vom Land. Mein Verwalter hat alte Bronzestempel in Form von Gänsen gefunden, den heiligen Tieren Amuns, oder von Löwinnenköpfen. Ich habe einmal sehen wollen, ob sie noch wirken, und sie an diesen Bauernmädchen ausprobiert. Sie schreien ziemlich, aber das macht das Spiel ja gerade so interessant.«

»Weiß der König über diese Praktiken Bescheid?«

»Schickt Eure Männer hinaus, Admiral.«

Auf Jannas' Zeichen hin verschwanden die Matrosen.

»Unser geliebter Apophis weiß über alles Bescheid, was ich tue«, erklärte Khamudi bissig.

»Die Folter ist unumgänglich, um die Aufrührer zum Reden zu bringen«, sagte der Admiral einlenkend, »aber Ihr habt selbst gesagt, dass diese Mädchen …«

»Ich habe ganz privat ein bisschen Spaß, Jannas. Verstanden?«

»Jawohl, Großschatzmeister.«

»Ob Ihr das schockierend findet oder nicht, ist mir egal. Versucht nur nicht, das, was Ihr seht, gegen mich zu verwenden, Ihr würdet Euch die Finger daran verbrennen. Habe ich mich klar ausgedrückt?«

Jannas nickte bestätigend.

»Mach weiter, Liebling«, sagte Khamudi zu seiner Gattin. »Ich muss erst noch den Bericht des Admirals entgegennehmen.«

Yima drückte den Stempel, der geformt war wie das Haupt einer Löwin, auf das Gesäß der jüngsten Bäuerin, und die Schreie des Mädchens dröhnten in Jannas' Ohren.

»Gehen wir zum Kai«, schlug er vor.

Khamudi zog sich ohne Hast an.

»Wie steht es um unseren Stützpunkt in Palästina, Admiral?«

»Die Stadt Sharuhen ist völlig befestigt. Da sie an der Mündung von Flüssen und Wadis gelegen ist, kontrollieren wir von dort aus die ganze Region, die sich uns schon ergeben hat. Die Garnison besteht aus Elitesoldaten, und ich habe große Hafenanlagen bauen lassen, damit unsere Kriegsschiffe anlegen können, die jederzeit bereit sind zum Eingreifen. Mit Eurer Erlaubnis wird die von mir ausgerüstete Werft beginnen, weitere Kriegsschiffe zu bauen.«

»Die Erlaubnis habt Ihr. Und Eure Beziehungen zum Kommandeur der Garnison sind gut?«

»Ausgezeichnet. Es ist ein Kanaanäer mit unbezweifelbaren Fertigkeiten. Er steht treu zu uns.«

»Wen habt Ihr zum Befehlshaber der lokalen Flotte ernannt?«

»Einen meiner Stellvertreter, der nichts unternehmen wird ohne meinen … und Euren ausdrücklichen Befehl.«

»Ihr könnt also die Verlässlichkeit Sharuhens garantieren?«

»Diese Stadt ist eine unzerstörbare Säule des Reiches«, versicherte Jannas.

»Sprechen wir über Memphis.«

»Was diese alte Hauptstadt der Pharaonen betrifft – für sie kann ich meine Hand nicht ins Feuer legen.«

»Aus welchem Grund?«

»Sharuhen ist eine Stadt, die wir selbst gestaltet haben, und die Kanaanäer sind uralte Feinde der Ägypter. Der Fall Memphis liegt völlig anders.«

»Kritisiert Ihr die Maßnahmen, die ich ergriffen habe?«

»Selbstverständlich nicht, Großschatzmeister. Sie sind durchaus wirkungsvoll. Die Verwaltung arbeitet, die Ordnungshüter durchstreifen alle Viertel, das Arsenal liefert Waffen von erstklassiger Qualität, und meine Flotte kontrolliert die Bewegungen noch des allerkleinsten Schiffes.«

»Was kann man mehr verlangen?«

»Was mir Sorge bereitet, sind die Dinge, von denen uns unsere Informanten in Kenntnis setzen. Es vergeht kein Tag, an dem man nicht einen oder mehrere Aufständische festnimmt.«

»Leute aus dem Widerstand?«, fragte Khamudi.

»Nein, einfache Männer und Frauen, die sich weigern, die Tatsachen anzuerkennen und die es immer noch wagen, gegen die ›Besatzung‹, wie sie es nennen, zu protestieren.«

»Warum weigern sich diese Dummköpfe zu verstehen?«

»Nichts kann sie davon überzeugen, dass ihr Ägypten tot ist und dass sie von jetzt an Untertanen des Pharaos Apophis sind.«

»Du lässt sie hinrichten, hoffe ich.«

»Die Hinrichtungen finden öffentlich statt, und die Armee zwingt die Bewohner von Memphis, ihnen beizuwohnen. Leider haben wir dennoch das Feuer nicht austreten können.«

Khamudi nahm den Bericht des Admirals sehr ernst. Da er mit dem König schon des Öfteren Ähnliches erörtert hatte, war ihm das, was er hörte, nicht ganz neu. Memphis erwies sich als wesentlich störrischer als angenommen, und folglich bedurfte es, wie er es vorhergesehen hatte, einer radikaleren Vorgehensweise.

»Diese Situation ist unannehmbar, Admiral. In seiner Weisheit hat der König schon in Betracht gezogen, dass gewisse Ägypter verrückt genug sein würden, an ihrer glorreichen Vergangenheit festzuhalten; deshalb werdet Ihr mit folgenden Instruktionen unverzüglich nach Memphis zurückkehren.«

Als er die neuen Befehle vernahm, zeigte Jannas keine Gemütsregung. Das, was der Großschatzmeister verlangte, schien ihm ungeheuerlich. Doch ein Hyksos, noch dazu ein Admiral, hatte diese Dinge nicht zu beurteilen.

Frohgemut kehrte Khamudi in die Lagerhalle zurück, aus der noch immer Schreie schallten. Er war sicher, dass seine zärtliche Gattin ihm ein Stempelwerkzeug im Feuer übrig gelassen hatte, damit er die Arbeit eigenhändig abschließen konnte.

24

Ich bin schwanger«, erklärte Ahotep.

»Schon! Aber wie kannst du so sicher sein?«, fragte Teti die Kleine. »Du musst erst die Tests machen und …«

»Die Tests werden es bestätigen: Ich bin schwanger, und es ist ein Junge.«

»Na gut … Du musst rotes Fleisch essen, dir Ruhe gönnen, du musst …«

»Mit dem roten Fleisch bin ich einverstanden, aber nicht mit der Ruhe. Ein ungeheures Stück Arbeit wartet auf mich, das weißt du, und mein Sohn muss sich an Anstrengung gewöhnen. Es ist gar nicht so leicht, das Haus der Königin wiederherzustellen, wie du es von mir verlangt hast … Zumal wir verdeckt handeln müssen!«

»Reg dich nicht so auf, Ahotep, sei nicht so …«

»Bin ich die Königin von Ägypten oder nicht?«

Teti sah einen neuartigen, leuchtenden Glanz in den Augen ihrer Tochter.

»Meine erste Entscheidung besteht darin, die Tradition unserer Vorfahren wiederaufleben zu lassen. Also muss ich mein Amt ernst nehmen und die erste Pflicht, die mir obliegt, voll und ganz erfüllen.«

Die Königinmutter traute ihren Ohren nicht. »Du meinst doch nicht etwa…«

»Doch, genau das meine ich.«

Unter dem sanften Blick seines Esels gab sich Seqen all den militärischen Übungen hin, die in einigen Wochen einen brauchbaren Soldaten aus ihm machen würden.

Auf Grund seiner Nervosität – die ihm sein Ausbilder allerdings nach und nach abgewöhnte – war er nur ein mäßiger Bogenschütze, dafür besaß er einen untrüglichen Sinn für die Handhabung der leichten Streitaxt und der Keule. Mit äußerster Behändigkeit wich er den geschicktesten Attacken aus und überraschte seine Übungspartner durch die Schnelligkeit seiner Gegenangriffe.

Man konnte zusehen, wie sich die Muskeln des jungen, zart gebauten Mannes entwickelten. Er stemmte Gewichte, lief, schwamm… Er ersparte sich nichts und genoss nur umso mehr die köstliche Abendstunde, wenn Ahotep seinen Körper mit Salben einrieb, die magische Kräfte besaßen. Es gelang ihr nicht nur, jede Spur von Müdigkeit bei ihm zum Verschwinden zu bringen, sondern sie gab ihm auch jenes Feuer zurück, das notwendig war, um sich in immer neue Liebesduelle zu stürzen, in denen es weder Sieger noch Besiegte gab. Seqen war noch immer wie toll in Ahotep verliebt, und er dankte jeden Morgen den Göttern für das Glück, das sie ihm durch sie bescherten.

»Kannst du mir eine ganz neue Waffe machen?«, fragte er seinen Ausbilder.

»Was stellst du dir vor?«

»Eine Keule mit ovaler Spitze, länger als gewöhnlich. Am Griff soll die Schneide eines Messers angebracht sein.«

»Damit könntest du Schädel zertrümmern und Kehlen durchschneiden … gar nicht dumm. Ich mache dir ein Modell aus Holz. Du kannst es ausprobieren, wenn du auf einen Bauern stößt, der in die thebanische Miliz eintreten will. Setze ihm aber nicht zu sehr zu … Die Rekruten werden immer seltener.«

Seqen gefiel das Modell.

Ihm gegenüber, auf dem kleinen Hof der Kaserne, stand ein kräftiger Bursche mit breiten Schultern und flacher Stirn.

»Heda, mein Freund! Willst du kämpfen lernen?«

»Wenn es nötig ist … Du bist doch Prinz Seqen?«

»Ja, der bin ich.«

»Anscheinend willst du es den Hyksos zeigen …«

»Du etwa nicht?«

»Nicht unbedingt, mein Prinz.«

Der Mann zog ein kurzes Schwert.

»Bei den Übungen«, ermahnte ihn Seqen, »solltest du nur hölzerne Waffen benutzen.«

»Das hier ist keine Übung, mein Prinz, sondern dein erster und letzter Kampf.«

Seqen wandte sich zu seinem Ausbilder, um ihn um Hilfe zu bitten, aber der war verschwunden.

Um zu fliehen, hätte er eine Mauer erklettern müssen. Dazu war keine Zeit.

»Du hast Angst, mein Prinz? Ganz normal … Es ist ja nicht lustig, schon so jung zu sterben.«

Der Mörder näherte sich langsam. Seqen wich zurück.

»Wer bist du?«

»Ein guter Soldat, bezahlt, um dich zu beseitigen.«

»Wenn du mir den Namen deines Auftraggebers nennst und mich laufen lässt, wirst du reich sein.«

»Die Hyksos werden mich meinen Reichtum nicht lange genießen lassen… den du mir doch nicht geben kannst! Du hättest Bauer bleiben sollen, mein Prinz, und dich nicht in Dinge mischen, die dich nichts angehen.«

Seqen blieb stehen. »Knie vor deinem Herrn nieder, Soldat!«

Der Angreifer war verblüfft. »Du verlierst den Kopf, mein Prinz!«

»Da du der thebanischen Armee angehörst, deren Befehlshaber ich bin, schuldest du mir Gefolgschaft und Respekt. Ich bin bereit, deinen Ungehorsam zu vergessen, unter der Bedingung, dass du mir unverzüglich deine Waffe aushändigst.«

»Dieses Schwert hier werde ich dir in den Bauch stoßen!«

Der Angreifer stürzte sich auf ihn, Seqen wich aus.

Als er neben ihm war, schlug er ihm mit seiner Holzkeule auf den Nacken. Kaum hatte sich der Soldat umgedreht, zerschmetterte ihm Seqen mit einem präzisen Faustschlag wütend die Nase, bevor er ihm mit dem am Griff seiner Keule angebrachten Messer die Kehle durchschnitt.

»Du hättest auf deinen Prinzen hören sollen, du Dilettant!«

Gaffer, die sich darüber wunderten, dass ein Mann Hals über Kopf die Kaserne verließ, wiesen ihm den Weg, und da er schneller lief als der flüchtige Ausbilder, holte Seqen ihn bald ein. Durch einen Schwerthieb in den Oberschenkel ging sein Gegner zu Boden.

Angesichts des wutschäumenden Seqen, der drohte, ihn zu töten, redete der Ausbilder wie ein Wasserfall: Ja, er habe einen Mann bezahlt, um ihn umzubringen; nein, er arbeite nicht für die Hyksos, sondern für einige adelige Thebaner, die für die Kollaboration mit den Eroberern waren und jede Regung von Widerstand im Keim ersticken wollten.

Mit Billigung der Königin nahm Seqen selbst diese Verräter fest und ließ sie dann, begleitet von Soldaten, die der königlichen Familie treu ergeben waren, bei Anbruch der Nacht in die Wüste westlich von Theben bringen. Ohne Waffen und ohne Nahrung waren die Elenden dazu verurteilt, den blutdürstigen Ungeheuern zum Opfer zu fallen, die jene schreckensvollen, menschenleeren Gegenden heimsuchten.

»Dein zweiter Sieg!«, stellte Ahotep fest. »Und diesmal hat dir niemand anderes geholfen…«

»Theben ist vergiftet. Bevor wir irgendetwas unternehmen, müssen wir uns zuerst unserer engsten Umgebung versichern und herausfinden, ob wirklich jeder von diesen Leuten an unserer Seite kämpfen will.«

»Das ist der zweite Schritt.«

»Und… der erste?«

»Lass uns in den Tempel gehen.«

»In den Tempel… Willst du mir das nicht erklären?«

»Es ist nicht der richtige Moment für Erklärungen.«

Verwundert folgte Seqen der Königin nach Karnak.

In der Kapelle der Mut waren nur Teti die Kleine und der Hohepriester Amuns anwesend. Eine Lampe erhellte das Heiligtum.

»Als Herrscherin der Zwei Reiche«, erklärte Ahotep, »sehe ich Horus und Seth in ein und demselben Wesen vereint. Damit die Versöhnung sich vollendet, muss dieses Wesen sich in der Person des Pharao verkörpern. So sollst du dieses Wesen sein, *Seqen-en-Re*, ›der Beherzte im göttlichen Licht‹. Dein zweiter Name wird ›das große Brot‹ sein, Synonym für ›die große Erde‹, damit du uns Land und Nahrung wiedergibst. Du wirst gleichzeitig ›der von der Biene‹ sein, der die Geheimnisse von Feuer und Luft kennt, und ›der vom Schilfrohr‹, eingeweiht in die Mysterien des Wassers und der Erde.«

Ahotep krönte ihren Gemahl mit der *nemes*-Haube, einem

uralten Königsschmuck. Sie erlaubte es dem Geist des Pharao, den Himmel zu durchqueren und die Vereinigung von Leben und Tod zu vollziehen, vom Licht des Tages und der Nacht, von Re und Osiris.

Seqen war so verblüfft, dass er nicht einmal protestieren konnte. Offensichtlich war nicht er es, der hier in dieser Kapelle anwesend war, und er würde sehr bald aus diesem unglaublichen Traum erwachen.

»Diese Zeremonie beschränkt sich auf das Minimum, und deine Krönung bleibt geheim, so lange es notwendig ist, doch das ändert nichts an der Bedeutung deines neuen Amtes, König von Unter- und Oberägypten. Sei Baumeister, Gesetzgeber, Krieger und Befruchter der Erde in einer Person. Verbreite das schöpferische Feuer, das uns leben lässt, und das zerstörerische Feuer, das unsere Feinde vernichtet. Sei Damm und Schutzwall, sei der luftige Saal im Sommer, das warme Zimmer im Winter. Lass Maat regieren, bekämpfe Ungerechtigkeit und Tyrannei!«

Der Hohepriester entrollte den Papyrus, der, gemäß den Schriften des Gottes Thoth, eine neue Regentschaft verkündete.

Teti die Kleine und Ahotep magnetisierten den jungen Pharao durch Zaubersprüche, die ihm die Energie einflößten, die notwendig war, um das in seinem Namen enthaltene Regierungsprogramm zu erfüllen: Seqen heißt »Tapferkeit« und »Eignung zum Sieg«.

»Der Pharao ist auferstanden«, erklärte Teti die Kleine, »doch das Geheimnis muss gewahrt bleiben, bis Theben wieder sicher ist.«

»Alles hat sich geändert«, sagte der Hohepriester, zu Tränen gerührt. »Alles hat sich geändert, denn es gibt wieder ein königliches Paar in Ägypten. Und es wird uns die Kraft geben, uns endlich wieder aufzurichten, wie es unserem Land gebührt.«

25

Es gab keinen Grund, übermütig zu werden, doch die Ergebnisse der letzten Wochen gaben auch den Niedergedrücktesten die Lebensfreude zurück.

In Auaris war kein Mitglied des Widerstands festgenommen worden. Diejenigen, die in der Hauptstadt geblieben waren, um Informationen zu sammeln, mussten mit ungeheurer Umsicht vorgehen, doch das Netz, das der Schnauzbart, argwöhnischer als eine Raubkatze, geknüpft hatte, erwies sich als äußerst tragfähig. Nachdem man sich von allen zweifelhaften Elementen befreit hatte, wurden Pass- und Geheimwörter häufig geändert.

Auch in Memphis gab es bessere Aussichten. Etliche Hyksosspitzel waren identifiziert und enttarnt worden, und die kleinen Widerstandszellen erwiesen sich als sehr zuverlässig und schlagkräftig. Sie hatten keine Waffen, keine Strategie und keine Führer, doch sie sprachen von der Zukunft und waren davon überzeugt, dass die Freiheit nicht endgültig tot war.

Der Afghane verfuhr nach seiner bewährten Methode: den Hyksoskönig seiner Augen und Ohren zu berauben. Sobald ein Hyksosspion ausgemacht worden war, legte er mit zwei, drei Genossen einen Hinterhalt, und man entledigte sich des gefährlichen Eindringlings. Er war vorsichtig genug, um sich bei seinen Operationen Zeit zu lassen und beim geringsten Zweifel die Taktik zu verändern; und er ging stets mit äußerster Sorgfalt vor und hinterließ bei seinen Aktionen nicht die geringste Spur. Auch der Schnauzbart, der eher zur Ungeduld neigte, musste der mühsamen Kleinarbeit des Afghanen schließlich Anerkennung zollen.

Dank der erreichten Fortschritte hatte sich der Kopf des Widerstands im Herzen der Stadt einnisten können, in der

Nähe des großen Tempels des Gottes Ptah. Der Afghane, der Schnauzbart und ihre Offiziere bewohnten ein altes, zweistöckiges Haus, das von Schreinerwerkstätten umgeben war.

Wenn die Ordnungshüter das Viertel durchsuchten, wurden die Aufständischen sofort gewarnt – entweder von einem Posten auf der Terrasse eines Hauses an der Ecke der Gasse, oder von einem alten Mann, der gegenüber Wache hielt und ihnen das verabredete Zeichen gab, indem er seinen Stock hob. Als letzte Schutzmaßnahme gab es einen Hund, der bei Gefahr auf eine bestimmte Weise bellte.

Trotz ständiger Überwachung war es dem Widerstand gelungen, sich auszubreiten. Die Bevölkerung von Memphis, die täglich mehr litt, hasste die Hyksos. Die meisten hatten zu große Angst, um sich aufzulehnen, doch jeder war dazu bereit, denen zu helfen, die sich der Freiheit verschrieben hatten. Es gab bei Jung und Alt Angebote, sich einzusetzen; doch welche davon würden sich als wirklich verlässlich erweisen?

»Ein Ptah-Priester wünscht uns zu sprechen«, sagte der Schnauzbart.

»Wer hat ihn empfohlen?«

»Ein Bäcker vom Tempel. Sehr sicherer Kontakt.«

»Hast du diesen Priester beschatten lassen?«

»Natürlich.«

»Der Bäcker soll ihn in die erste Gasse nördlich des Tempels bestellen. Ich werde auf ihn zugehen, du versteckst dich mit zwei von unseren Männern. Bei der geringsten Ungereimtheit – töte diesen Priester. Wenn zu viele Hyksos in der Nähe sind – mach dich aus dem Staub.«

»Ich lasse dich nicht allein.«

»Wenn es ein Hinterhalt ist, musst du es tun.«

Obwohl er nichts Besonderes wahrnehmen konnte, blieb der Afghane auf der Hut. Er kehrte um, entfernte sich scheinbar und ging dann zurück zu dem Mann, der mit geschlossenen Augen auf einem Schemel saß.

»Bist du das, der Priester?«

»Dreieinig sind alle Götter. Kennst du die Wüste?«

»Ich liebe nur unsere schwarze Erde.«

Die Geheimwörter waren in der korrekten Weise ausgetauscht worden. Der Afghane setzte sich zur Linken des Ägypters, der ihm feine Zwiebeln zum Knabbern anbot.

»Was hast du uns vorzuschlagen, Priester?«

»Einen Aufstand der Nordstadt und eines Großteils der Hafenarbeiter. Wir dringen in das Arsenal ein, holen uns eine ausreichende Zahl von Waffen und entern dann mehrere Hyksosschiffe.«

»Sehr riskant… Selbst wenn es gelingt, wird es ein Blutbad geben.«

»Dessen bin ich mir bewusst.«

»Wer wird den Befehl haben?«

»Der Hohepriester des Ptah persönlich. Er braucht die Unterstützung deiner Gruppen, um die Hyksossoldaten zu beseitigen, die das Arsenal bewachen, und um in der Südstadt Unruhen zu provozieren. Die Hyksos werden sehr viele Kräfte dort bündeln, während wir den Hafen angreifen.«

»Wir laufen Gefahr, aufgerieben zu werden.«

»Das wird so oder so passieren, irgendwann… Unsere Chancen, Memphis wieder zu erobern, stehen eins zu tausend, und doch sollte man es wenigstens versuchen.«

»Du hast Recht, Priester. Zeitpunkt der Operation?«

»In drei Tagen, wenn es dämmert.«

»Ich werde schon heute Abend die wichtigsten Mitglieder unserer Gruppen zusammentrommeln. Wir treffen uns morgen, bei Tagesanbruch, hier, und ich werde dir unseren Plan mitteilen.«

Im Haus der Aufständischen war die Nacht lang gewesen

und voller Enthusiasmus. Allen Vorsichtsmahnungen des Afghanen und des Schnauzbarts zum Trotz konnten es die Männer nicht erwarten, sich mit den Hyksos zu schlagen und ihnen eine schmähliche Niederlage beizubringen. Der Entschluss des Hohepriesters war von größter Bedeutung, denn die anderen Diener der Götter würden es ihm nachtun, und so würde sich der Aufstand vielleicht schon bald über das ganze Land hin ausdehnen.

Der Schnauzbart bemühte sich, einen kühlen Kopf zu bewahren. Minutiös arbeitete er aus, wie sie vorgehen mussten, um die Wachen des Arsenals am besten abzulenken und unschädlich zu machen. Dabei musste er immer wieder jene Vorwitzigen in die Schranken weisen, die schon vor sich sahen, wie sie Apophis selbst das Schwert in den Leib rammten. Am Ende ordneten sich aber alle den strengen Befehlen unter und gingen voller Hoffnung auseinander.

»Lass uns ein bisschen auf die Terrasse gehen und ausruhen«, sagte der Afghane.

Im Osten rötete sich der Himmel, und nur ein paar Wölkchen verzögerten noch den erneuerten Triumph der auferstandenen Sonne.

»Ich sehe den Posten an der Ecke nicht«, bemerkte der Afghane.

Der Schnauzbart beugte sich nach vorn. »Der Alte ist auch nicht da… Sie sind schlafen gegangen.«

»Die beiden auf einmal? Das ist gegen die Sicherheitsvorschriften!«

Gebell zerriss die Stille.

Gleich darauf ertönte der Schmerzenslaut des Hundes, dem der Kopf zerschmettert wurde.

»Sie haben den Hund getötet und die Wachen… Hauen wir ab, Schnauzbart, wir sind verraten worden! Nein, nicht durch die Gasse… Wir können nur noch über die Dächer.«

Admiral Jannas hatte sich entschlossen, im Morgengrauen anzugreifen, wenn die Priester die ersten Kulthandlungen vollzogen, in deren Verlauf sie einen Pharao anriefen, den sie nicht mit Apophis gleichsetzten. Da der Klerus aus hartnäckigen Abtrünnigen bestand und viele dieser Priester die Umstürzler auch noch unterstützten, würde die beste Lösung darin bestehen, ihnen das Rückgrat zu brechen.

Jannas meinte, dass Festnahmen und die Schließung der Tempel genügten, aber Khamudi, Sprecher des Königs, hatte noch mehr verlangt: Tötung der Priester und Zerstörung der heiligen Standbilder der alten Hauptstadt.

Ohne zu wissen warum, hatte dieser Befehl den Admiral schockiert. War er als Hyksoskrieger nicht an die Aufgabe gewöhnt, Schrecken und Verzweiflung in die Welt zu bringen? Vielleicht hatten allzu einfache Siege und das angenehme Leben in Ägypten seine Moral untergraben. Auch das Verhalten Khamudis den weiblichen Sklaven gegenüber hätte ihn nicht so vor den Kopf stoßen sollen, wie es geschehen war.

Wenn er dem stolzen Memphis erst einmal den Kopf zurechtgerückt hätte, würden all diese merkwürdigen Gedanken verschwinden.

»Admiral, wie kann man die Hohepriester von ihren Gehilfen unterscheiden?«, fragte ihn ein Offizier.

»Wir unterscheiden sie nicht. Ihr tötet alle, die ihr in den Tempeln findet, und verbrennt die Leichen.«

»Mit anschließender Plünderung?«

»Selbstverständlich. Ich will in Memphis keinen intakten Tempel mehr vorfinden.«

»Und… die Frauen?«

»Die Soldaten sollen sich bedienen. Bei Sonnenuntergang alle Offiziere zum Rapport.«

Der Schnauzbart war in Schweiß gebadet und rang nach Atem.

Von Hyksospolizisten gejagt, hatten sie unter Lebensgefahr von Dach zu Dach springen müssen. Ein Pfeil hatte die Schläfe des Schnauzbarts gestreift, doch die beiden Aufständischen waren beweglicher gewesen als ihre Verfolger und hatten sie am Ende doch hinter sich lassen können.

»Dort drüben, schau dorthin!«, rief er dem Afghanen zu. »Diese Flammen, ein riesiges Feuer!«

»Es ist der große Tempel! Der große Tempel des Ptah steht in Flammen!«

Der Ägypter weinte. »Der große Tempel des Ptah… Das ist nicht möglich, das können sie nicht wagen!«

»Heute werden viele Ägypter sterben, und Memphis wird zerbrechen. Wenn wir die Kameraden aufgelesen haben, die dem Massaker entkommen sind, müssen wir einen neuen Schlupfwinkel finden.«

»In drei Tagen hätten wir losgeschlagen… Aber wie konnte Apophis, dieser Teufel, wissen, dass er gerade jetzt angreifen musste?«

»Weil er eben ein Teufel ist.«

»Also brauchen wir nicht weiterzumachen.«

»Selbst Teufel haben ihre Schwachpunkte, mein Freund. In den Bergen meiner Heimat ist man daran gewöhnt zu kämpfen. Glaub mir, sie werden nicht immer siegen.«

26

Gut geschützt vor der brennenden Sonne in einem luftigen Pavillon mit zwei Säulchen in Lotosform, genossen Pharao Apophis und Großschatzmeister Khamudi die Speisen, die der königliche Leibkoch zubereitet hatte. Es war ein Ägypter, der in Anwesenheit der beiden Herren jedes Gericht vorkosten musste. Apophis hatte Antilopenfleisch mit Soße verlangt, als Beilage Linsen und Trockenerbsen.

Drei Sklaven bewegten lange Fächer aus Straußenfedern, mit Griffen aus Akazienholz, auf dass der Herrscher und sein Gast weder von der Hitze noch von den Fliegen gestört würden.

»Ausgezeichnet, dieser Rotwein«, sagte Apophis, der alles, was er aß, zum Zweck der besseren Verdauung mit Kümmel bestreute.

Khamudi zog den anregenden, abführenden und harntreibenden Wacholder vor.

»Dieser Krug stammt aus dem Keller des Hohepriesters von Ptah, Majestät; die besten Jahrgänge befinden sich mittlerweile in Eurem Besitz.«

»Es scheint eine durchaus befriedigende Expedition gewesen zu sein.«

»Ein umfassender Erfolg!«, bestätigte Khamudi. »Memphis liegt voll und ganz am Boden. Die Tempel sind angezündet und niedergerissen worden, die Priester und ihre Komplizen wurden hingerichtet. Jeder weiß, welche Bestrafung die Aufständischen erwartet.«

»Admiral Jannas hat gute Arbeit geleistet... Lass die Steinquader der Tempel nach Auaris transportieren, wir werden sie beim Hafenbau verwenden. Ich will, dass Memphis nur noch eine tote Stadt ist und dass jeder Austausch von Waren sich nicht mehr dort, sondern hier, in Auaris, abspielt.«

Der Koch servierte den Nachtisch, Dattelkompott mit Honig.

»Koste!«, befahl der Herrscher.

Der Ägypter schien sich plötzlich unwohl zu fühlen.

»Ist das Kompott vielleicht ein wenig zu sauer geraten?«, sagte Apophis mit ironischem Grinsen.

»Nicht im Geringsten, Herr... Ich habe schlecht geschlafen und bin müde. Das Kompott ist ausgezeichnet, ganz bestimmt.«

Der Koch nahm wieder seine gewöhnliche Farbe an.

»Der Pharao darf nicht das geringste Risiko eingehen. Lass diesen Unfähigen hinrichten, Khamudi, und beschaffe einen anderen!«

Auf ein Zeichen des Großschatzmeisters hin führten zwei zypriotische Piraten den Unglücklichen fort, ohne auf seine Protestschreie zu achten.

»Diese Ägypter sind richtige Heulsusen«, sagte der König. »Deshalb können sie auch nicht kämpfen. Wie siehst du die Lage?«

Khamudi fuhr sich mit der Hand über sein schwarzes, mit Rizinus- und Senföl eingefettetes Haar. »Ich bin einen beträchtlichen Schritt vorwärts gekommen, Majestät! Die herkömmlichen Verkehrsmittel haben wir natürlich unter Kontrolle, aber ich habe noch etwas erfunden, was darüber hinausgeht und Euch gefallen wird. Bevor ich es Euch beschreibe, erlaubt, dass ich Euch dieses Geschenk überreiche.«

Khamudi gab Apophis einen herrlichen Skarabäus aus Amethyst auf einem Goldring, den der König auf den kleinen Finger seiner linken Hand zog.

»Hübsches Stück... Sprich weiter.«

»Für die Ägypter ist dieser Skarabäus ein Symbol des Glücks. Er steht für die unaufhörliche Verwandlung, auf Erden wie im

Jenseits. Er ist auch eine Hieroglyphe mit der Bedeutung ›zur Welt kommen, werden, sich verändern‹. Der Skarabäus an Eurer Hand gehörte einem berühmten Pharao, dessen Größe allerdings vor der Euren verblasst. Mit diesem Schmuckstück werdet Ihr Euch als der Herrscher, der seinen Untertanen das Glück bringt, zur Geltung bringen. Nicht wenige vornehme Ägypter werden beim bloßen Anblick dieses Symbols davon überzeugt sein, dass Ihr allein die Zukunft verkörpert. Und hier nun meine Idee: Wir könnten Tausende von Skarabäen herstellen und die alten als Träger unserer offiziellen Mitteilungen verwenden!«

Aus einem Beutel holte Khamudi fünf Skarabäen verschiedener Größe und aus unterschiedlichem Material, von Kalzit bis Ton.

»Auf die flache Seite werden meine Schreiber die Texte schreiben, die ich ihnen diktiere. Diese kleinen, leicht zu transportierenden Objekte werden das Reich bald mit ausgesuchten Informationen überschwemmen. Und die Ägypter betrachten die Botschaften auf den Skarabäen als Glücksverheißungen.«

»Brillant, Khamudi, wirklich brillant... Aber ich will jede dieser Botschaften lesen. Keine davon wird ohne meine ausdrückliche Zustimmung verbreitet.«

»Nicht anders hatte ich es mir vorgestellt, Majestät.«

»Die Propaganda ist eine ebenso entscheidende Waffe wie ein Streitwagen, mein Freund. Mit diesem tötet man Körper; mit jener Seelen. Lass die Fächerwedler auswechseln... Diese Nichtsnutze arbeiten nicht richtig, ich brauche bessere Luft.«

Die Sklaven, überglücklich, mit dem Leben davongekommen zu sein, traten ihre Plätze an eine neue Mannschaft ab.

Apophis streichelte seine Flasche, auf der die Karte von Ägypten eingeritzt war.

»Trotz der Zerstörung der Tempel von Memphis gibt es immer noch kleine Widerstandsgruppen, die wegen ihrer Wendigkeit eine umso größere Gefahr darstellen. Wenn sie sich in einer aussichtslosen Situation sehen, könnten sie sich zu umstürzlerischen Handlungen hinreißen lassen, die ich als außerordentlich störend empfinden würde. Da diese Leute sich nicht ergeben werden und man sie nur sehr schwer ausmachen kann, muss man sie aus ihren Schlupflöchern treiben und sie dazu bringen, dass sie sich neu organisieren.«

»Auf welche Weise könnte das geschehen, Majestät?«

»Indem wir ihnen falsche Informationen zukommen lassen, Khamudi. Wir werden sie dazu bringen, dass sie glauben, Theben sei eine echte Hoffnung und sie könnten die Stadt des Gottes Amun bald in ihre Hand bekommen. Du wirst also einen Brief mit diesem Inhalt aufsetzen und ihn einem Sonderkundschafter übergeben, der von Schenke zu Schenke zieht, den Betrunkenen spielt und verkündet, er trage eine sehr wichtige Botschaft, die Festung Gebelein betreffend, bei sich.«

»In welcher Region sollen wir damit beginnen?«

Apophis sah mit angestrengtem Blick auf seine Flasche.

»Im Süden von Memphis ... Dort verstecken sie sich! Und etwas weiter unten auf dem Weg, auf der Höhe der alten Stadt Herakleopolis, werden unsere Elitesoldaten die Aufständischen auf dem Marsch nach Theben erwarten. Ich habe das deutliche Gefühl, dass unter ihnen einer ist, der uns gefährlich werden könnte.«

Khamudi war erstaunt.

»Es gibt niemanden mehr, der fähig ist, uns zu besiegen!«

»Du solltest wissen, dass ein Einzelner manchmal mehr Schaden anrichtet als eine ganze Armee. Diesen Mann sollten wir so schnell wie möglich unschädlich machen.«

Seqen hatte durch seine Krönung und dann durch die Ankündigung seiner Vaterschaft einen solchen Schock erlitten, dass Ahotep ihm und sich selbst einige Mußestunden auf dem Land gewährt hatte. Von Lächler bewacht, gönnten sich die beiden jungen Leute einen langen Spaziergang über die Felder, der an einem von hohen Weiden gesäumten Kanal endete.

»Das hättest du nicht tun sollen, Ahotep, wirklich, du hättest nicht …«

»Doch! Soll ich etwa mein Leben mit einem Durchschnittsmenschen verbringen? Die erste Pflicht einer Königin ist es, einen Pharao hervorzubringen. Das habe ich gemacht. Und er wird der Vater meines Sohnes sein.«

»Aber du weißt ganz genau, dass …«

»Wenn du nicht fähig wärst, diese Verantwortung zu übernehmen, hätte ich auf den Thron verzichtet. Aber du bist dazu fähig, Seqen! Natürlich brauchst du noch ein wenig Zeit, um all deine Möglichkeiten zu entwickeln, aber wir gehen Schritt für Schritt vor. Jedenfalls, so lange es sich machen lässt.«

Sie küsste ihn leidenschaftlich, und sein Begehren erwachte.

»Gehen wir dorthin, unter die Weide, wo es schattig ist«, schlug sie vor.

Dieses ruhige Fleckchen Erde war ein kleines Paradies, perfekt geeignet für das, was sie vorhatten. Seqen zog seinen Schurz aus und breitete ihn auf der Böschung aus. Das improvisierte Liebeslager gefiel der jungen Frau, und mit Wonne überließ sie sich den Zärtlichkeiten ihres feurigen Liebhabers. Wie sie selbst war auch Seqen ein Mensch, der alles im Leben mit Enthusiasmus anging. Dieser Mann besaß die Eigenschaften eines echten Königs.

»Willst du nicht ein bisschen angeln?«, schlug sie einige Zeit später vor.

Aus Schilfrohr fabrizierte Seqen eine Angel und benutzte einen fetten Regenwurm als Köder.

»Meine Mutter sagt, der letzte starke Mann in Theben sei der Minister für Landwirtschaft. Er stammt aus einer alten und wohlhabenden Familie, besitzt viel Land und hat nur ein einziges Ideal: seinen Reichtum zu erhalten. Deshalb befiehlt er den Bauern, nicht zur Armee zu gehen, sondern weiter für ihn zu arbeiten. Mehrmals hat meine Mutter ihn davon zu überzeugen versucht, dass gerade diese Unbeweglichkeit Theben – und damit ihn selbst – zum Verschwinden verurteilt. Aber er glaubt ihr nicht und bleibt bei seiner Meinung. Da der gesamte Adel ihm Glauben schenkt, wird sich nichts ändern, und wir werden uns weiterhin wie treue Untertanen des Hyksoskönigs verhalten.«

»Was hast du mit ihm vor, Ahotep?«

»Entweder er gehorcht mir, oder ich enthebe ihn seines Amtes.«

»Der Bursche ist anscheinend genauso eingebildet wie dickköpfig... Er wird sich nie einer Frau unterwerfen!«

»Aber es wird unumgänglich sein, dieses Hindernis zu beseitigen. Solange dieser Minister noch da ist, sind wir ohnmächtig.«

Der Hund schien, den Kopf auf die gekreuzten Pfoten gebettet, tief zu schlafen. Doch plötzlich sammelte er seine ganze Energie und warf sich mit einem großen Satz auf Seqen.

Die Wucht des Anpralls brachte den jungen Mann aus dem Gleichgewicht, und er fand sich weit vom Ufer des Kanals, wo er eben noch gestanden hatte.

Die Kiefer des Krokodils, das aus dem Wasser aufgetaucht war, umschlossen nur noch Leere. Ohne das Eingreifen des Hundes wären die Knochen des Königs von ihm zermalmt worden.

Verärgert schien die große Echse zum Angriff übergehen zu wollen, doch Lächlers Gebell und die Steine, die Ahotep warf, brachten sie davon ab.

»Du hast den größten aller Fische gefangen«, stellte Ahotep fest.

»Niemand fühlt sich mehr für die Kanäle zuständig«, sagte Seqen, »die notwendigen Arbeiten werden vernachlässigt. Früher hätte sich kein Krokodil hierher verirrt.«

»Es gibt Schlimmeres, viel Schlimmeres... Der Angriff dieses Ungetüms beweist, dass wir unter dem Einfluss eines bösen Zaubers stehen. Wir müssen Maßnahmen ergreifen, um uns davor zu schützen.«

27

Du hast Recht, Ahotep«, sagte Teti die Kleine. »Ein böser Zauber liegt auf uns, und besonders auf unserem neuen König.«

»Wie können wir ihn davon befreien?«

»Ihr müsst euch in den Besitz des *heka* bringen, jener magischen Kraft, die die ungünstigen Wirkungen der Ereignisse abwendet. Ohne sie gibt es keinen Erfolg. Das böse Auge verwehrt ihn euch... Aber glücklicherweise verrät die Art, wie es sich manifestiert, seinen Ursprung! Die Weide ist der heilige Baum des Tempels von Dendera. Zweifellos ist er schwer beschädigt worden, und die Götter machen den Pharao dafür verantwortlich.«

»Wir müssen die Schäden wieder gutmachen«, entschied die Königin.

»Dendera liegt im besetzten Gebiet, Ahotep!«

»Ein Bauernpärchen mit seinem Esel wird die Hyksos nicht misstrauisch machen.«

Das königliche Paar schutzlos auf Straßen, die die Feinde kontrollierten! Es war Wahnsinn – doch kraft welcher Autorität hätte Teti ihnen das Vorhaben untersagen sollen?

Nordwind trabte munter weiter, als die Zollstation von Koptos in Sicht kam. Das bedeutete, dass die Zollbeamten den Reisenden keine Schwierigkeiten machen würden.

Und tatsächlich begnügten sie sich, apathisch geworden in der Mittagshitze, die Säcke, die der Esel trug, oberflächlich zu durchsuchen und zwei Paar nagelneue Sandalen aus seiner Last als Wegzoll einzubehalten.

Der Tempel von Dendera, erbaut in der Pyramidenzeit, lag versteckt in einer abgelegenen Gegend. Er war der Göttin Hathor geweiht. Der Zustand der vor dem Gebäude liegenden Gärten bewies, dass es nicht mehr genügend Priester und Hilfskräfte gab, um den Tempel angemessen zu unterhalten.

Nordwind blieb stehen und sog die Luft tief in seine Nüstern. Dann trottete er noch munterer weiter.

»Kein Hyksos weit und breit«, schloss Ahotep aus seinem Verhalten.

Eine alte Frau trat aus dem Vorhof des Heiligtums.

»Ich bin die Hohepriesterin dieses Tempels«, erklärte sie. »Heute sind wir zu arm, um Gäste aufzunehmen und zu bewirten. Deshalb bitte ich Euch, Eure Reise fortzusetzen.«

»Wir sind keine Bittsteller«, sagte Ahotep. »Wir sind wegen der heiligen Weide gekommen.«

»Sie stirbt, wie das ganze Land. Weder Ihr noch ich können irgendetwas dagegen tun.«

»Da bin ich ganz anderer Ansicht, Hohepriesterin.«

»Weshalb sagt Ihr das – wer seid Ihr?«

»Ahotep, Königin der Zwei Reiche.«

»Ist Teti die Kleine etwa tot?«

»Meine Mutter ist sehr lebendig, aber sie hat mir die Macht übertragen.«

»Die Macht, Majestät… aber welche Macht?«

»Vielleicht die Macht, die Weide von Dendera wiederzubeleben.«

»Ach! Das ist leider unmöglich. Ihr werdet ihr Euch nicht einmal nähern können.«

»Ich bestehe darauf, Hohepriesterin.«

Mit müdem Schritt führte die alte Frau die beiden Besucher zur Rückseite des Tempels.

In der Mitte eines Wasserbeckens stand eine große Weide mit welken Blättern und einem so sehr gekrümmten Stamm, dass es schien, sie würde im nächsten Augenblick umfallen.

Als Ahotep die niedrige Mauer überstieg, um sich den Baum aus der Nähe anzusehen, begann das Wasser zu schäumen, und das Maul eines Krokodils tauchte drohend vor ihr auf, sodass sie sich schleunigst zurückzog.

»Unser Schutzgeist hat sich gegen uns gewandt«, sagte die Hohepriesterin. »Wenn die Weide fällt, wird der böse Zauber endgültig die Oberhand gewinnen.«

»Ich werde sie wieder aufrichten«, sagte Seqen entschlossen. Er fühlte sich getrieben von einer Macht, die stärker war als er selbst.

»Ihr dürft Euer Leben nicht aufs Spiel setzen«, sagte die Hohepriesterin.

»Wisst Ihr noch die Worte zur Aufrichtung der Weide?«, fragte Ahotep.

»Natürlich. Aber das ist ein königliches Ritual, das seit langer Zeit nicht mehr praktiziert worden ist.«

»Rezitiert die Worte. Ich werde Seqen schützen.«

Ahotep nahm die Haltung der Göttinnen ein, von deren Händen sich belebende Strahlen wellenförmig über ihre Schützlinge ergossen, während die Hohepriesterin die Worte der alten Schriften erklingen ließ. Sie feierten den Augenblick, in dem der heilige Baum sich, angeregt von der im Zenith stehenden Sonne, zu seiner vollen Größe in den Himmel erhob.

Mit vor Angst klopfendem Herzen stieg Seqen in das Becken.

Wenn das Krokodil angriff, würde Ahotep ihm sofort zu Hilfe eilen.

Doch das Furcht erregende Tier zog sich zurück. Wütend peitschte sein Schwanz das Wasser; aber die Schläge wurden immer schwächer, und Seqen gelangte wohlbehalten zu dem Baum.

Er beugte sich nieder, tauchte die Hand ins Wasser und zog ein kleines Krokodil aus Holz heraus.

»Damit ist das Ungeheuer bezwungen!«

»Seht nur, der Baum!«, rief die Hohepriesterin.

Langsam erhob sich die Weide, die Blätter drehten sich zum Licht und zeigten ihre schöne, silbrige Innenseite.

»Der böse Zauber ist besiegt«, sagte Ahotep.

»Wie ist das möglich?«, fragte die Hohepriesterin staunend. »Nur ein legitimer Pharao kann eine solche Tat vollbringen!«

Gesammelt und schweigend sahen Ahotep und Seqen sie an.

»Ihr, die Königin Ägyptens... Und Ihr, ihr Gemahl, der König... Das ist die Wahrheit, nicht? Aber Ihr habt weder Begleitschutz noch Diener, und Ihr seht aus wie gewöhnliche Bauern!«

»Anders können wir uns im besetzten Gebiet nicht bewegen«, erwiderte Ahotep. »Doch jetzt, da der Zauber gebrochen ist, gebt uns das *heka*!«

»Um das stärkste *heka* zu erlangen, müsst Ihr nach Heliopolis gehen.«

»Diese heilige Stadt liegt viel zu nah an der Hyksoshauptstadt«, wandte Ahotep ein. »Auf dem Weg wird man uns festnehmen.«

»Wenn es so ist, Majestät, müsst Ihr Euch mit dem *heka* der Göttin Hathor begnügen. Wegen der Macht des bösen Zaubers und der Schwäche des heiligen Baumes gab es diese Energie lange nicht mehr in unserem Tempel. Hoffen wir, dass die Wiederaufrichtung des Baums die Harmonie wiederhergestellt hat.«

Das Paar folgte der Hohepriesterin ins Innere des Heiligtums, bis zur westlichen Kapelle, die einen Schrein aus rosafarbenem Granit beherbergte. Als die Türen geöffnet wurden, begann das goldene Standbild der Hathorkuh in einem sanften Licht zu schimmern.

»Lasst Euch von *heka* übergießen«, riet ihnen die Hohepriesterin. »Es ist die Macht des Lichts, geschaffen vom Urgrund alles Seins, als der Kosmos seine Ordnung erhielt. Dank dieser Kraft werdet Ihr segensreiche Handlungen vollbringen und die Angriffe des Schicksals abwehren.«

Hand in Hand standen Ahotep und Seqen vor dem Kultbild. Sie vergaßen die Zeit und tauchten ganz in die Liebe der Göttin ein.

Der Afghane, der Schnauzbart und noch etwa zehn andere Aufständische nahmen ihr einfaches Mahl aus getrocknetem Fisch und altbackenem Brot in einer Höhle auf dem Land südlich von Memphis ein. Nach dem verheerenden Vorstoß des Admirals Jannas hatten sie von neuen Truppenbewegungen der Hyksos nichts mehr gehört.

»Ein Posten meldet die Ankunft eines Freundes«, sagte der Schnauzbart.

Alle griffen zu ihren Waffen.

»Es ist der Sohn des Schankwirts.«

Als der junge Mann in ihren Kreis trat, war er in aufgeräumter Stimmung.

»Da ist ein komischer Typ bei uns«, verkündete er. »Er trinkt Bier und behauptet, Kundschafter zu sein und einen besonderen Brief bei sich zu tragen.«

»Wir kümmern uns darum, mein Junge.«

Die Aufständischen warteten, dass der Kundschafter aus der Taverne kam und sich ein Stück entfernte. Erst dann würden sie die Gewissheit haben, dass ihm keine bewaffneten Beschützer folgten.

Doch er war offensichtlich allein.

Auf dem Weg zum nächsten Dorf stürzte sich der Schnauzbart auf ihn und tötete ihn mit einem einzigen Fausthieb.

Die Durchsuchung war schnell beendet.

»Ein versiegelter Brief aus Auaris!«

Das Siegel wurde erbrochen, der Papyrus entrollt.

»Das ist umwerfend«, sagte der Schnauzbart, »eine Botschaft Khamudis zu Händen des Kommandanten der Festung Gebelein! Er teilt ihm mit, dass Theben frei bleibt und dass sich dort die Aufständischen zusammenschließen. Wunderbar! Jetzt wissen wir, was wir machen – alle Aufständischen müssen sich zur Stadt Amuns aufmachen… Zusammen werden wir noch stärker sein!«

»Keiner bewegt sich von hier fort!«, befahl der Afghane.

»Aber… Hast du nicht zugehört?«

»Doch, mit der größten Aufmerksamkeit.«

»Also, warum sollen wir noch zögern?«

»Weil es eine Falle ist. Ein Hyksoskundschafter, der allein reist, sich in einer Schenke zu erkennen gibt und keinerlei militärischen Schutz genießt… Überrascht dich das nicht?«

»So gesehen…«

»Wir haben keine Nachrichten aus Theben. Vielleicht ist dort dasselbe passiert wie in Memphis. Die Hyksos wollen uns dorthin locken, um die letzten Aufständischen zu vernichten. Auf dem Weg zur Stadt Amuns werden sie über uns herfallen.«

Wütend zerriss der Schnauzbart den Papyrus in hundert kleine Fetzen.

28

Der Arzt untersuchte die Farbe von Ahoteps Augen, dann ihre Haut, und schließlich vergewisserte er sich, dass ihre Brüste straff waren und nicht herabhingen.

»Die Schwangerschaft verläuft ausgezeichnet«, schloss er, »und das Kind wird nicht zu früh und nicht zu spät geboren werden. Lasst Euch vor allem weiterhin täglich massieren.«

»Und... was hat die Untersuchung ergeben?«, fragte die Königin.

»Euer Urin hat die Gerste vor dem Hafer zum Keimen gebracht, und den Weizen vor dem Dinkel. Somit steht außer Zweifel: Ihr werdet einen Jungen haben.«

Ahotep lief aus dem Zimmer, um sich in Seqens Arme zu werfen.

»Ein Sohn... Ein Sohn, der an deiner Seite kämpfen wird!«

»Mir wäre eine Tochter lieber gewesen, so schön wie ihre Mutter.«

»Ich habe entschieden, dass wir zwei Söhne haben werden, erinnere dich; Theben braucht zum jetzigen Zeitpunkt Krieger und Anführer. Kehre in die Kaserne zurück, ich werde auf den Markt gehen.«

»Solltest du dir nicht mehr Ruhe gönnen, Ahotep? Die Schwangerschaft...«

»Ich bin es, die dieses Kind bekommt, und glaub mir, es wird kräftig sein! Schnell, geh unsere Soldaten ausbilden!«

Auf dem Markt von Theben, der aussah wie irgendein Markt in einem Provinzflecken, waren die fröhlichen Palaver schon lange verstummt. Aus alter Gewohnheit erörterte man zwar noch die Preise, doch vor allem sorgten die Gerüchte für Aufregung, die von einem baldigen Angriff der Hyksos wissen wollten. Einige behaupteten, dass Memphis dem Erdboden gleichgemacht worden sei und dass auch die Stadt Amuns dieses Schicksal erwarte.

Nur auf den Gesichtern einiger Verkäufer von Getreidesäcken und Gemüse zeigte sich ein befriedigtes Lächeln. Waren hatten sie mehr als genug, und früher oder später würden die Kunden sie kaufen müssen, wenn sie auch die teuersten am Platze waren.

Sie wogen sie mit einer Reihe von Gewichten aus Kalkstein in Form von stumpfen Kegeln, die von fünfzig Gramm bis zu mehreren Kilo reichten.

Als er sich von Ahotep beobachtet fühlte, rief einer von ihnen, ein schwerer, rotgesichtiger Mann, sie an.

»Komm her, Mädchen! Was willst du?«

»Sehen, ob eure Gewichte stimmen.«

Der Rotgesichtige erstickte fast vor Empörung. »Nein, aber, das geht doch... Für wen hältst du dich?«

»Ihr arbeitet doch für den Minister für Landwirtschaft?«

»Hast du was dagegen?«

»Ich habe hier mehrere Eichmaße zu hundert Gramm, und ich werde eure Gewichte kontrollieren.«

»Hau bloß ab, Kleine!«

Der Hund Lächler teilte die Menge der Schaulustigen, die sich versammelt hatten, und blieb neben seiner Herrin stehen. Er zog die Lefzen zurück und bleckte die Zähne, und dabei stieß er ein so Furcht erregendes Knurren aus, dass den Rotgesichtigen ein kalter Schauer überlief.

»Keine Dummheiten, ich warne dich... Ruf sofort dieses Monstrum zurück!«

Ahotep warf flink drei Kupferbarren auf die eine Waagschale und auf die andere ein Gewicht, auf dem »270 Gramm« vermerkt war.

Zur allgemeinen Verblüffung blieb die Waage nicht im Gleichgewicht.

»Dein Gewicht ist gefälscht«, stellte Ahotep fest. »Du verkaufst weniger, als du angibst, und bestiehlst so deine Kunden. Lass uns die anderen Gewichte prüfen.«

Die Kaufleute wollten sich weigern, doch die wütende Menge zwang sie, es geschehen zu lassen.

Alle Gewichte waren gefälscht.

»Ich erkenne sie, es ist Prinzessin Ahotep, die Tochter von Königin Teti!«, rief ein Palastdiener. »Ihr haben wir es zu danken, dass wir nicht mehr bestohlen werden!«

Man jubelte ihr zu.

»Du«, sagte sie zu einer alten Bäuerin, die Lauch verkaufte, »du wirst von jetzt an die Gewichte kontrollieren, die auf diesem Markt benutzt werden. Wer zu betrügen versucht, muss einen Monat lang seine Waren gratis anbieten. Im Wiederholungsfall wird er aus dem Kreis der Marktverkäufer ausgeschlossen.«

Selbst Heray dachte ans Aufhören. Er galt als bester Bäcker Thebens und liebte seinen Beruf so sehr, dass er es fertig gebracht hatte, bis heute Brot und Kuchen von akzeptabler Qualität herzustellen, trotz des Mangels an Gehilfen und der zunehmend unregelmäßigen Bezahlung.

Doch an diesem Morgen kam der Todesstoß.

Der Minister für Landwirtschaft hatte ihm so schlechtes Mehl geliefert, dass Heray es nicht benutzen konnte.

Als letzten Ausweg hatte er den Haushofmeister alarmiert. Wie üblich würde man ihm antworten, dass die Situation sei, wie sie eben sei, und dass der Minister auf seinem Gebiet die unumschränkte Macht habe.

Heray ließ sich resigniert und müde auf einen Hocker fallen.

Heute würde er kein Feuer im Ofen anzünden.

Von der Gasse drangen ungewöhnliche Geräusche zu ihm. Er stand auf, öffnete seine Tür und stieß mit einem großen Esel zusammen.

»Du bist doch Heray?«, fragte ihn eine gut aussehende junge Frau mit bräunlicher Haut.

»Prinzessin Ahotep! Ja, das bin ich.«

»Hier ist die Antwort aus dem Palast: Nordwind liefert dir Mehl der ersten Qualität.«

»Woher … woher kommt das?«

»Aus den Speichern des Ministers für Landwirtschaft. Bald kommen weitere Esel mit Mehl, und du wirst genug haben, um den Palast und die Kaserne mit Brot zu versorgen. Nimm andere Bäcker in Dienst und sorge dafür, dass sie deine Arbeit bald übernehmen können.«

»Meine Arbeit übernehmen – aber warum?«

»Weil du Aufseher der Getreidespeicher werden wirst.«

In einem großen Zuber mischten die Brauer Gerstenbrote, Dattellikör und Wasser zu einem Brei, den sie bis zur Gärung ruhen ließen. Dann seihten sie alles ab und füllten damit Tonkrüge, in denen das Bier konserviert wurde.

Doch heute brachten die Brauer lautstark ihre Unzufriedenheit zum Ausdruck. Wie sollte man gutes Bier herstellen, wenn man so schlechte Gerste hatte? Außerdem gehörten fast alle Krüge ersetzt. Wie sollte man Vergnügen an dieser Arbeit finden, wenn das Bier keinem mehr schmeckte?

Ein Fußtritt in die Seite weckte den Braumeister.

»He, so geht das nicht! Was ist das denn? Eine Frau …«

»Ich bin Prinzessin Ahotep.«

Mit ungläubigem Staunen erhob sich der Mann. »Verzeihung, ich hatte mich ein wenig aufs Ohr gelegt, ich …«

»Du wirst demnächst viel Arbeit haben, und du solltest deine Mannschaft verdoppeln. Der neue Aufseher der Getreidespeicher, Heray, wird dir Gerste von ausgezeichneter Qualität liefern, und ab morgen wirst du neue Krüge haben. Der Palast verlangt Bier von allererster Güte.«

»Wir werden uns mit Vergnügen an die Arbeit machen, Prinzessin!«

Der Kopf des Ministers für Landwirtschaft ähnelte einem Entenei. Morgens verlängerte er seine Nacht unter einem Sonnenschirm am Rand eines Lotosbassins. Nachmittags nahm er die Berichte seiner Aufseher entgegen. Jeden Tag aufs Neue stellte er mit tiefer Befriedigung fest, dass nichts sich änderte und er immer noch der reichste der thebanischen Würdenträger war.

Sein Koch verwöhnte ihn, und er neigte zum Dickwerden. In Zukunft würde er abends nur noch ein einziges Gericht mit Soße zu sich nehmen.

Seit seiner Ernennung hatte sich seine politische Strategie nicht verändert, die darin bestand, die erworbenen Vergünstigungen zusammenzuhalten. Dank der Schwäche der Königin stieß er mit seiner Strategie auf keine Hindernisse.

Es war ungewöhnlich, dass sein Sekretär ihn noch vor dem Essen zu sprechen wünschte.

»Ich habe Euch Vorkommnisse von größter Tragweite zu berichten.«

»Auf jeden Fall sollten wir Ruhe bewahren.«

»Der Bäcker Heray wurde zum Aufseher der Getreidespeicher ernannt.«

»Na und? Von Zeit zu Zeit müssen eben Ehrentitel vergeben werden.«

»Ihr habt mich falsch verstanden... Er wird Aufseher aller Speicher, einschließlich der Eurigen!«

»Ich hoffe, du machst Scherze!«

»Leider nicht. Auf Befehl des Palasts sind Euren Speichern

große Mengen Gerste entnommen und an Bäckereien und Brauereien geliefert worden.«

Der Minister für Landwirtschaft hatte plötzlich keine Lust mehr, seinen Tag in dem gewohnten Dämmerschlaf zu beenden. »Teti die Kleine wagt es, mich zu provozieren!«

»Nein, es handelt sich um ihre Tochter, Prinzessin Ahotep.«

29

Entnervt ging der Minister für Landwirtschaft vor der Tür des Audienzsaals der Königin auf und ab. Teti die Kleine würde dieser neue Affront teuer zu stehen kommen. Sie musste ihm nicht nur seinen Besitz zurückgeben, sondern er würde sie auch zwingen, ihm gutes Ackerland als Entschädigung zukommen zu lassen. Dass ihre Tochter verrückt geworden war, ging ihn nichts an; sollte sich die offizielle Herrscherin Thebens doch besser um ihren Sprössling kümmern!

»Ihre Majestät erwartet Euch«, verkündete der Haushofmeister Qaris sehr ruhig.

»Es wird aber auch Zeit!«

Der Minister nahm wahr, dass der kleine Saal neu gestrichen worden war.

Auf einem Thron aus vergoldetem Holz mit Füßen in Form von Stierhufen saß Prinzessin Ahotep in einem weißen Gewand. An den Handgelenken trug sie goldene Armspangen.

»Ich möchte nicht Euch sehen, sondern die Königin!«

»Du siehst sie.«

»Was soll das heißen?«

»Verbeuge dich vor der Herrscherin der Zwei Reiche.«

»Der Herrscherin …«

»Verbeuge dich, oder ich lasse dich festnehmen wegen Missachtung der Königswürde!«

Der Ton der jungen Frau war so gebieterisch, dass den Minister die Angst packte.

»Ich wusste nicht, Majestät, ich…«

»Jetzt weißt du es. Und hier meine ersten Beschlüsse: Ich werde mehrere Posten abschaffen, die in Zeiten des Krieges unnötig geworden sind. Heray, der Aufseher der Getreidespeicher, wird sich um die Landwirtschaft kümmern.«

»Ihr wollt sagen… dass ich nicht mehr Minister bin?«

»Du hast mich richtig verstanden.«

»Dieser Heray ist ein Niemand, Majestät, nur ein einfacher Bäcker, der von der Verwaltung der Reichtümer unserer Provinz keine Ahnung hat!«

»Aber Heray ist ehrlich. Zur Unterstützung unseres Krieges werden deine Ländereien und deine Besitztümer beschlagnahmt. Ich lasse dir nur eine einzige Villa, die einfachste. Dort wirst du für unsere Soldaten Hühner züchten. Und du solltest dich bemühen, deine Sache gut zu machen, um nicht noch tiefer zu fallen.«

»Majestät…«

»Die Audienz ist beendet.«

Der ehemalige Minister hatte seine Vertrauten um sich versammelt, um einen Gegenschlag vorzubereiten, der es in sich hätte. Doch keiner wollte ihm Folge leisten.

»Warum diese Panik?«, ereiferte sich der Würdenträger. »Ahotep ist harmlos, sie steht auf verlorenem Posten!«

»Nicht so ganz«, widersprach sein Sekretär. »Ahotep hat die bedingungslose Unterstützung von Teti der Kleinen, die jeder Thebaner verehrt, und sie sorgt für Leben in der Kaserne, wo jetzt viele Bauern dienen, die gestern noch für Euch gearbeitet haben. Sicher, es ist nur eine Armee von Elenden, aber sie werden besser bezahlt als auf Euren Ländereien, und sie gehorchen ihr.«

»Es tut mir Leid, dass ich Euch schon verlassen muss«, sagte der Minister für Wirtschaft, »doch ich soll mich mittags im Palast einfinden, und Ahotep mag es nicht, wenn man sie warten lässt.«

Die anderen Würdenträger brachten ähnliche Entschuldigungen vor; jeder hatte irgendeine dringende Pflicht.

»Feige Bande! Zum Glück bleibst du, mein Sekretär, mir treu. Lass uns gemeinsam eine Gegenoffensive entwerfen.«

»Bedaure, aber ich bin Schreiber, und die Aufzucht von Hühnern ist gar nicht nach meinem Geschmack. Heray hat mir einen Posten versprochen, der mir mehr liegt.«

»Hinaus, du Miststück!«

Am Rand des Nervenzusammenbruchs leerte der Minister einen halben Tonkrug voll Dattellikör.

Wie hatte es diese Göre so schnell geschafft, ihn seines angestammten Besitzes zu berauben und die Gunst von erfahrenen Männern zu erlangen, die ihre Laufbahn *ihm* verdankten?

Als er wieder klar denken konnte, kam er zu einem beunruhigenden Schluss: Diese junge Königin war wirklich gefährlich und daher fähig zu weiteren Heldentaten.

Deshalb musste er so schnell wie möglich seine Freunde bei den Hyksos unterrichten, die er schon lange über alles informierte, was in Theben geschah. Theben war nicht länger seine Heimat; die Vernichtung der Stadt würde er mit dem größten Vergnügen mit ansehen.

Mit offensichtlicher Erleichterung nahm der Minister für Wirtschaft die Nachricht von der Abschaffung seines Amtes zur Kenntnis. Der alte Mann wünschte nichts mehr als einen friedlichen Ruhestand und dankte der Königin, dass sie ihm diesen gewährte.

In weniger als einer Woche war es Ahotep gelungen, die Marionettenregierung zu zerschlagen und die Macht auf den engen Kreis zu konzentrieren, der aus ihrer Mutter, ihrem Mann, Qaris und Heray bestand. Letzteren hatte sie nicht zufällig gewählt: Von Anfang an hatte er gegen die Besatzer protestiert, und Qaris hatte ihn als Assistenten angenommen.

Blieb das Problem des Oberbefehlshabers der thebanischen Armee, die ein Phantom war wie die morgendlichen Nebelbänke im Herbst, rasch aufgelöst von der höher steigenden Sonne.

Obwohl er der älteste unter den Würdenträgern war, legte der Stabsoffizier doch noch eine tadellose Haltung an den Tag.

»Zu Euren Diensten, Majestät.«

»Über wie viele Männer verfügen wir?«

»Theoretisch sind es fünfhundert. In Wirklichkeit nicht mehr als vierzig richtige Soldaten. Warum hätte ich noch mehr einziehen sollen, da Theben nicht die Absicht hatte, sich den Hyksos zu widersetzen?«

»Das ist heute anders«, sagte Ahotep.

»Umso besser, Majestät! Darf ich Euch einen Rat geben?«

»Ich höre.«

»Eine Schar von Unfähigen, die sich offiziell Armee nennt, sollte für alle Welt sichtbar bleiben. Über diesen Köder werden die Hyksos weiterhin lachen. Schafft parallel dazu eine geheime Einheit aus echten Kriegern, die alle Arten von Waffen zu führen wissen. Es wird lang dauern, aber wirkungsvoll sein. Und ich sehe kein anderes Mittel, um eine wirkliche Befreiungsarmee zu bilden.«

»Willst du diese Aufgabe übernehmen?«

»Dazu habe ich nicht mehr die Kraft, Majestät. Die Krankheit nagt an mir, und ich widerstehe ihr nur, weil ich die verwegene Hoffnung hege, dass irgendjemand Theben seinen verlorenen Stolz zurückgibt. Aber jetzt seid Ihr da, und ich kann beruhigt sterben.«

Am gleichen Abend hauchte der alte General seine Seele aus, und Seqen wurde zum obersten Befehlshaber der Armee ernannt.

Nach langem Zögern hatte sich der ehemalige Minister für Landwirtschaft dazu entschlossen, das zu tun, was geboten war: sich persönlich nach Auaris zu begeben, um den König zu unterrichten. Der lächerliche thebanische Aufstand würde sicher nicht sehr weit führen, doch Apophis würde ihm Dank zollen für den Beweis seiner uneingeschränkten Treue.

Nach seinem Fall war der vormalige Minister von all seinen Getreuen verlassen worden, und er vertraute keinem mehr. Ein Kundschafter – und wäre er noch so gut bezahlt – wäre zu gefährlich. Theben verlassen zu müssen, seine Ländereien und seine Besitztümer, erbitterte ihn, doch bald würde er mit der Hyksosarmee zurückkehren, und dann würde seine Rache so grausam sein, wie es sich die hochmütige und eingebildete Ahotep nicht einmal vorstellen konnte.

»Kontrollposten in Sicht«, meldete einer der Träger.

»Anhalten!«, befahl der Altminister. Er stieg aus seiner Sänfte und näherte sich den Soldaten allein.

So nah der Stadt Koptos musste es sich um hyksosfreundliche Kräfte handeln; andernfalls würde der Flüchtige kehrt machen und einen anderen Weg einschlagen.

»Königliche Miliz«, erklärte der mit einem Speer bewaffnete, kräftige Soldat.

»Ich bin der Minister für Landwirtschaft von Theben, und ich muss so schnell wie möglich in Auaris sein, bei unserem Herrscher.«

»Du, ein Thebaner, anerkennst die Herrschaft von Apophis?«

»Ich arbeite seit langem für ihn! Ich bin seine Augen und Ohren in Theben. Wenn Ihr mir bis zur Hauptstadt Begleitschutz gebt, werdet Ihr eine schöne Belohnung bekommen.«

»Das heißt«, ertönte die ernste Stimme Seqens, der wie aus dem Nichts hinter dem ehemaligen Minister auftauchte, »Ahotep hat Recht gehabt: Du bist wirklich ein Verräter.«

30

Der einstige Minister war der Ohnmacht nah.

»Wir sind keine Hyksospolizisten«, sagte Seqen, »sondern treue Untertanen der Königin. Wir sind dir seit deiner Abreise gefolgt, um zu erfahren, wohin du gehst, und dich abzufangen, bevor du den Feind erreichst.«

Der Verräter fiel auf die Knie.

»Ich flehe Euch an, tut mir nichts Böses! Es tut mir Leid, es tut mir furchtbar Leid ...«

»Gib mir die Namen deiner Komplizen.«

»Ich ... ich habe keine!«

»Du wagst es noch zu lügen!«

»Nein, ich schwöre dir ... Ich, ich allein habe die Hyksos unterrichtet, aber nur über kleine Dinge, ganz kleine Dinge, und im Interesse Thebens.«

Seqen und seine Männer führten den vormaligen Minister zum Ufer des Nils.

Der Pharao warf ein Krokodil aus Wachs in den Fluss, und schon kurz darauf schien das Wasser zu kochen und das klaffende Maul eines riesigen Krokodils tauchte auf.

»Wenn du nicht redest – hier ist dein Henker.«

Vor Angst zitternd gab der Verräter die Namen seiner Komplizen preis, unter ihnen ein Wäscher des Palasts und ein Offizier, der ihm als Kurier gedient hatte.

»Der Krokodilgott Sobek entscheide über dein Los!«

Die Thebaner packten den Verräter an den Knöcheln und warfen ihn in den Fluss, dessen Wasser bald gerötet war von seinem Blut.

Seqen nahm Ahotep in die Arme. »Du hast dich nicht getäuscht... Die Mitglieder des Verräterrings in Theben sind festgenommen und hingerichtet worden. Von jetzt an wird der Hyksoskönig taub und blind sein.«

»Unter einer Bedingung: dass er glaubt, der Minister sei immer noch da und spioniere für ihn. Wir müssen ihm also regelmäßig Nachrichten zukommen lassen, denen er entnimmt, dass Theben langsam und elend zugrunde geht und keinerlei Wunsch nach Widerstand sich bei uns regt.«

Teti die Kleine unterbrach ihr Gespräch. »Ein offizieller Brief aus Auaris: Apophis verlangt, dass Theben ihm eine Stele schickt, die bestätigt, dass die Stadt Amuns ihn als Pharao von Ober- und Unterägypten anerkennt.«

»Niemals!«, rief Seqen aus. »Er wird stattdessen eine Kriegserklärung von uns bekommen!«

»Wir sind noch so weit davon entfernt, es mit ihm aufnehmen zu können«, sagte Ahotep bedauernd. »Wenn er eine Stele will, soll er sie haben. Doch der Bildhauer wird die meisten Hieroglyphen so geschickt verändern, dass nur ein wachsames Auge es bemerken kann. Er wird die Flügel der Vögel brechen, die Schlangen am Boden festnageln und die Sonne nicht scheinen lassen. Niemand wird dieser Stele den Mund öffnen, niemand wird sie zum Leben erwecken. Der Hyksoskönig wird nur toten Stein bekommen.«

Apophis musterte die Stele mit geringschätziger Miene. »Die Kunst des Sesostris ist ausgestorben ... Die Bildhauer von Theben haben nicht mehr die geringste Begabung. Was meinst du, Tany?«

Die Gemahlin des Königs kaute an einem schweren, öligen Kuchen. »Ich verachte die ägyptische Kunst in allen ihren Formen! Es ist die Kunst eines Volkes von Sklaven.«

»Und doch stammst du von ihm ab«, sagte Tjarudjet, Apophis' strahlend schöne jüngere Schwester.

Groß, sehr schlank, von eurasischem Typ, war Tjarudjet damit beschäftigt, den Palast von Auaris mit Meisterstücken des Kunsthandwerks aus allen Städten des Deltas auszustatten. Vasen und Pokale aus blauem Steingut, mit Lotosblüten verziert, Räuchergefäße, Lampen in Lilienform, Betten mit geschnitzten Schutzgottheiten des Schlafes, Stühle aus Sykomorenholz von unvergleichlicher Eleganz ... Apophis, dem diese Dinge herzlich egal waren, konnte sich in seinen Räumen nun als ein echter Pharao betrachten.

»Im Moment bin ich eine Hyksos!«, widersprach Tany. »Ich habe dafür gesorgt, dass die reichen und hochnäsigen Ägypterinnen nichts anderes sind als Sklavinnen. Jetzt können sie ihren Dünkel vergessen, wenn sie sich vor mir niederwerfen!«

Tjarudjet zuckte die Achsel. Sie empfand nur Verachtung für die schreckliche Frau von Apophis.

»Die Ägypterinnen waren verdorben von ihrer Freiheit«, sagte der König. »Unser Recht fordert, dass jede Frau einem Mann untergeordnet wird, weil er allein dazu fähig ist, Entscheidungen zu treffen.«

»Ist es nicht die Löwin, die auf die Jagd geht und für Nahrung sorgt?«

»Provoziere mich nicht, liebe Schwester; du wirst dich doch nicht zur Verteidigerin unserer Sklaven aufwerfen?«

»Politik interessiert mich nicht… Ich kümmere mich nur um schöne Dinge.«

»So ist es recht.«

Mit einem verächtlichen Blick auf die dicke Tany zog sich Tjarudjet zurück. Sie hinterließ den Lotosduft ihres eleganten Parfüms, der sich im ganzen Raum ausbreitete.

»Deine Schwester kann mich nicht ausstehen«, klagte Tany. »Du solltest sie nach Asien zurückschicken.«

»Sie leistet mir gute Dienste«, erwiderte der König.

»Aha… und welche sind das?«

»Sie liebt die Liebe, und kein Mann kann ihr widerstehen. Es gefällt ihr in Ägypten, und ich habe ihr meine Bedingungen gestellt, die sie erfüllen muss, um hier zu bleiben: Sie muss mit den höchsten Würdenträgern des Reiches das Bett teilen und sie nach Kräften aushorchen. So erfahre ich ihre Laster und ihre Pläne. Wenn einer von ihnen mich kritisieren sollte, verschwindet er sofort.«

»Wird sie lange in Auaris bleiben?«

»So lange es mir nützt.«

»Die Arbeit, die ich leiste, ist auch nützlich!«

»Ja, ja, Tany, natürlich… Und du darfst nicht nachlassen!«

Die Gemahlin des Königs setzte ein grausames Lächeln auf. »Gestern hat meine gute Freundin Aberia die Witwe des Stadtvorstehers von Sais verhaften lassen, die sich unter den Lumpen einer Dienerin versteckt hatte. Seit Monaten hatten wir diese Umstürzlerin gesucht. Zum Schluss haben wir sie dank einem Hinweis von ihrer alten Dienerin doch noch fassen können.«

»Hat sie zu einer Gruppe gehört?«

»Nein. Aberia hat sie eigenhändig gefoltert, bevor sie sie erwürgte, und die Schlampe hat ihr nichts verheimlicht, glaub mir. Ich habe eine Liste aller adeligen Ägypterinnen, die sich noch vor uns verbergen und die unsinnige Hoffnung hegen, uns entkommen zu können. Aber Aberia wird sie aufspüren.«

Die Stele aus Theben wurde im Tempel des Seth aufgestellt, wo sich der Große Rat versammelte. Alle seine Mitglieder brachten ausgezeichnete Neuigkeiten mit. Die Ausweitung des Hyksosreiches vollzog sich reibungslos und sogar ohne Einsatz der Armee; die neuen Handelspraktiken machten die Habgierigen reich und hielten das Volk nieder; Khamudi ließ eine beeindruckende Menge von Skarabäen herstellen, die die Gedanken des Herrschers bis in die entferntesten Winkel des Landes brachten.

Die Welt wurde zu einer Welt der Hyksos.

Diesen Triumph verdankten die Eroberer Apophis, der in jedem seiner Gesprächspartner eine dumpfe und abgründige Furcht hervorrief. Wer ihm missfiel, wurde kurzerhand abgesetzt, oder er verlor sein Leben. Die Tapfersten unter diesen Männern begannen beim Klang der rauen Stimme des Königs zu zittern, und keiner dachte daran, die von ihm beschlossenen Maßnahmen in Zweifel zu ziehen.

Was Khamudi betraf, so sog er die Worte seines Meisters begierig ein und beeilte sich, seine Wünsche in Taten umzusetzen. Dank der Papyrus- und der Skarabäenherstellung häufte der Hyksoskönig von Tag zu Tag ein größeres Vermögen an, und seine böse Seele genoss die scheinbar unumschränkte Macht, die durch Reichtum zu erlangen war. Er konnte kaufen, wen er wollte und wann er es wollte.

»Was ist aus unserem falschen Kundschafter geworden?«, wurde Khamudi von Apophis gefragt.

»Mehrere Aufständische sind in Herakleopolis abgefangen und hingerichtet worden, Majestät. Sie befanden sich auf dem Weg nach Theben.«

»Wir halten die Sache aufrecht«, befahl der König. »Noch sind wir nicht sicher, ob uns der Gefährlichste von diesen Leuten ins Netz gegangen ist.«

»Die aus Theben geschickte Stele beweist, dass der Geist des

Widerstands endgültig ausgemerzt ist«, sagte Khamudi freudig bewegt. »Außerdem bestätigt der letzte Brief des Ministers für Landwirtschaft, dass Teti die Kleine völlig unfähig ist zu handeln.«

»Lass uns jetzt die Steuereinnahmen kontrollieren, Großschatzmeister. Ich habe das Gefühl, einige Provinzen sind saumselig geworden.«

31

Der Afghane und der Schnauzbart hatten lange Wochen damit verbracht, die Aufständischen, die dem Massaker von Memphis entkommen waren, neu zu organisieren. Alle waren demoralisiert, die meisten hatten den Wunsch, nach Hause zurückzukehren und sich den Eroberern zu unterwerfen. Der Schnauzbart hatte sie endlich davon überzeugt, dass sie damit ihr Todesurteil unterschrieben und dass sie außerdem lange Qualen durch Folter zu gewärtigen hätten.

Nach und nach war der alte kameradschaftliche Geist zurückgekehrt. Der Afghane erlaubte keine Ruhepause und unterwarf seine Gruppe einem intensiven körperlichen Übungsprogramm, bei dem der Faustkampf die wichtigste Rolle spielte. Wenn die Männer sich anstrengten, brauchten sie, um Verletzungen und Tiefschläge zu vermeiden, an nichts anderes zu denken als an die richtigen Bewegungen.

Sie verbrachten nie mehr als eine Woche auf demselben Hof. Von den Eroberern ausgebeutet und misshandelt, wie sie waren, empfingen die Bauern alle, die noch an die Freiheit glaubten, mit offenen Armen.

Der Afghane begann auch, das Netz der Verbindungen wieder zu reparieren, das in Memphis zerrissen worden war, und baute sichere Stützpunkte auf, an denen man Nahrung bekam und wo man sich ausruhen konnte. Er bestand auf einer strikten Trennung zwischen Sympathisanten und Kernmitgliedern der organisierten Gruppen. Erstere gab es nun immer zahlreicher, doch im Konfliktfall auf sie zu zählen wäre unrealistisch gewesen; und um Letztere auszubilden, waren noch etliche Monate nötig.

Der Schnauzbart, ebenso argwöhnisch wie der Afghane, unterwarf die Anwärter vielfachen Proben, bevor er sie als Gruppenmitglieder zuließ. Ihm oblag auch die Abschirmung der einzelnen Einheiten innerhalb der gesamten Gruppe. Dadurch wurde verhindert, dass durch das Eindringen eines einzelnen Hyksosspions alle aufflogen.

Und sie bekamen einen Hinweis: Auf der Höhe von Herakleopolis gebe es einen Hinterhalt der Hyksos. Jeder, der versuche, nach Theben zu gelangen, werde festgenommen.

»Und wir«, klagte der Schnauzbart, »wir sind eingekeilt zwischen den Hyksos im Norden und den Hyksos im Süden! Und werden verrecken wie ein wildes Tier in seinem Schlupfloch!«

»Bestimmt nicht, mein Freund. Wir sind doch dabei, dieses Schlupfloch zu erweitern. Und wenn wir sterben, dann im Kampf.«

»Glaubst du immer noch …«

»Du doch auch, im tiefsten Inneren. Heute ist der Gegner tausendmal stärker als wir, und es wäre Wahnsinn, ihn offen anzugreifen. Aber es wird nicht immer so bleiben … Du musst lernen, Geduld zu haben, das ist die einzige Tugend, die dir fehlt.«

Einer der Leutnants des Schnauzbarts unterbrach ihr Gespräch.

»Im Nachbardorf gehen seltsame Dinge vor: Ein paar Hyksospolizisten haben einen Reisenden verhaftet und wollen ihn anscheinend in der Schmiede foltern. Wir sollten vielleicht einschreiten ...«

»Zu riskant«, sagte der Afghane.

»Und wenn der Unglückliche zu einer Gruppe gehört, die versucht, mit uns Kontakt aufzunehmen?«

»Er hat Recht«, sagte der Schnauzbart. »Ich gehe hin.«

»Nicht ohne mich«, erwiderte der Afghane.

Die sechs Polizisten wussten, wie man Verdächtige verhört. Bei der Überwachung der Straße am Rand der Wüste, zu der man sie abgestellt hatte, war ihnen ein sonderbarer Reisender in die Hände gefallen. Er kam aus dem Süden.

Von eher schmächtiger Statur, hatte sich der Bursche als ziemlich hartnäckig erwiesen. Weder Prügel noch die schweren Verletzungen durch Peitschenhiebe hatten ihn zum Reden gebracht. Doch der Leiter des Kommandos kannte ein Verfahren, das selbst Stumme gesprächig machte.

»Siehst du das Feuer in der Schmiede dort, du elender Spion? Da gibt es eine schöne Kohlenglut ... Wenn du weiter schweigst, wirst du davon kosten! Danach hast du kein Gesicht mehr.«

Der Gefangene hob in panischer Angst den Blick zu seinem Peiniger. »Ich weiß nichts, gar nichts!«

»Umso schlimmer für dich.«

Der Geruch des verbrannten Fleisches wurde von Schreien begleitet, die so unerträglich waren, dass ein Hyksos den Schädel des Gemarterten mit einem Stein zerschmetterte.

»Du hast ihn getötet, du Idiot!«, rief der Anführer. »Wie soll er jetzt reden?«

Der Folterer hatte keine Zeit zu antworten, denn ein Pfeil bohrte sich in seinen Bauch.

Der Afghane tötete ganz allein zwei weitere Hyksos, während der Schnauzbart seinen Wurfspieß dem vierten in die

Eingeweide rammte, bevor er seiner Wut freien Lauf ließ und einen fünften erwürgte.

Der einzige Überlebende war der Anführer. Er sah sich dem Afghanen gegenüber, dessen Blick ihm panische Angst einjagte.

»Ich bin ein Polizist des Königs … Wenn du mir auch nur ein Haar krümmst, ist dein Schicksal besiegelt!«

»Überlass ihn mir«, verlangte der Schnauzbart.

Der Polizist versuchte zu fliehen, doch der Ägypter war viel schneller als er. Er holte ihn ein und zog ihn an den Haaren zur Schmiede.

»Jetzt ist es an dir, das Feuer zu kosten!«

Der Anführer des Hyksoskommandos sträubte sich vergeblich. Sein Gesicht wurde in die Glut gedrückt, und seine Zunge verbrannte, als er den Mund öffnete, um zu schreien.

Gleichgültig sah der Afghane seinem schrecklichen Todeskampf zu, um dann den Leichnam des Reisenden zu untersuchen.

»Komm her, Schnauzbart … Sie haben ihm ein Stückchen Leinwand in seine Tunika eingenäht. Und es steht ein äußerst merkwürdiges Zeichen darauf, in roter Tinte.«

»Sieht aus wie die Mondscheibe in der Barke …«

»Zweifellos eine Botschaft … Aber er kann sie leider nicht mehr für uns entziffern. Jedenfalls hat er große Gefahren auf sich genommen, um sie zu übermitteln.«

»Für wen war sie bestimmt?«

»Sicher nicht für die Hyksos.«

»Dann«, sagte der Schnauzbart, »suchte er nach Aufständischen! Und wenn es sich um einen Abgesandten aus Theben handelte?«

»Wir sollten nicht zu optimistisch sein. Aber behalten wir dieses Zeichen im Gedächtnis.«

Der Afghane zerriss das Stück Leinwand und verbrannte es.

Wenn es sich um ein Erkennungszeichen handeln sollte, musste es so lange wie möglich geheim bleiben.

»Wird ein weiterer Bote kommen?«, fragte sich der Schnauzbart beunruhigt. »Vielleicht war das der letzte Hilferuf der Stadt Amuns.«

»Würde Theben das Symbol der Mondscheibe benutzen?«

»Meines Wissens nicht.«

»Wir sollten Theben vergessen und vielmehr an eine kleine Gruppe von Aufständischen denken, die versucht, sich zu erkennen zu geben.«

»Wie sollen wir sie aufspüren?«

»Es gibt nur eine Lösung: Wir müssen weiter nach Süden gehen.«

»Dort gibt es überall Patrouillen der Hyksos!«

»So erfahren wir, wo sie sind.«

Obwohl ihr Bauch täglich dicker wurde, blieb Ahotep so aktiv wie immer. Sie hatte die traditionellen wirtschaftlichen Kreisläufe in der thebanischen Enklave wiederbelebt, die Betrüger bestraft und so das Vertrauen in ihre Herrschaft wiederhergestellt. Die Thebaner verbrachten ihre Zeit nicht mehr damit, sich gegenseitig zu bespitzeln oder sich in der Furcht vor dem nächsten Tag zusammenzukrümmen, sondern sie knüpften neue Bande der Nachbarschaft und Freundschaft, und überall wurde Ahotep gerühmt, die die Kranken besuchte und den Armen zu essen gab. Die junge Königin war sich bewusst, dass dies nicht die Zeit war, große Reden zu halten, und kümmerte sich vor allem um die alltäglichen Dinge.

»Hast du Neuigkeiten von unseren Boten?«, fragte sie ihren Haushofmeister Qaris.

Das Gesicht des Angesprochenen verdüsterte sich.

»Leider nicht, Majestät. Sicher hat keiner von ihnen überlebt. Ich fürchte, es ist unmöglich, die Straßensperren der Hyksos zu überwinden. Und wahrscheinlich gibt es keinen Aufständischen mehr nördlich von Koptos.«

»Ich bin davon überzeugt, dass das Gegenteil der Fall ist, Qaris! Dass die Feiglinge, die Ängstlichen und die Kollaborateure die Mehrheit sind, das glaube ich auch ... Aber ein paar Menschen werden sich nicht knechten lassen, trotz Unterdrückung und Verfolgung. Und zu diesen Menschen gilt es, Kontakt aufzunehmen.«

»Noch mehr Männer in den sicheren Tod zu schicken, scheint mir ausgeschlossen, Majestät.«

»Wir müssen unsere Isolation überwinden und erfahren, auf wen wir zählen können. Ohne Verbindung mit der Außenwelt wird Theben verkümmern.«

Qaris zögerte. »Vielleicht kann einer unserer letzten Verbündeten, wenn er noch in dieser Welt weilt, uns helfen ... Aber ich möchte Euch nicht zu viel Hoffnung machen.«

»An wen denkst du?«

»An Babay, den alten Weisen von Nekheb, der einst über ausgezeichnete Boten verfügte. Wenn es sie noch gibt, könnten sie uns von größtem Nutzen sein.«

»Ich reise sofort nach Nekheb.«

»Majestät, in Eurem Zustand ...«

»Was mich beschäftigt, Qaris, ist einzig und allein der Zustand meines Landes.«

32

Um nach Nekheb* zu gelangen, hatten sich Ahotep und Seqen für den Weg entschieden, der durch die Getreidefelder führte. Als Begleitschutz gingen zehn junge Soldaten mit ihnen, die bereit waren, ihr Leben zu geben, um das der Königin zu retten. Sie hatte eingewilligt, sich in einer Sänfte aus Sykomorenholz tragen zu lassen, wenn die Müdigkeit sie überwältigte.

Während des schnellen Fußmarsches gab es keine unangenehmen Überraschungen. Die kleine Gruppe begegnete nur einigen ängstlichen Bauern, die sich hüteten, irgendwelche Fragen zu stellen, und sich vor ihnen in ihre baufälligen Ziegelhütten zurückzogen.

Offensichtlich war die Provinz fast vollständig verlassen, und die Hyksos schätzten sie so gering, dass sie selbst die Wachtruppen aus ihren Stützpunkten abgezogen hatten.

Die unmittelbare Umgebung der alten Stadt Nekheb hatte nichts Einladendes: Die Bäume waren gefällt, die Felder verlassen, auf den Wegen lagen Kuhkadaver … Das Glück schien sich von diesem Ort endgültig verabschiedet zu haben.

»Lass uns umkehren«, sagte Seqen. »Diese Stadt ist nur noch ein Ruinenfeld.«

»Zuerst müssen wir dessen ganz sicher sein«, widersprach Ahotep.

»Es gibt vielleicht Räuber, die die Häuser plündern, und wir sind nicht viele.«

»Ich will wissen, ob Babay noch lebt.«

Seqen war der Erste, der durch das große offene Tor die

* Heute Elkab, achtzig Kilometer südlich von Theben.

Stadt betrat. Die Torflügel waren aus den Angeln gerissen, der Wachposten war verwaist. Mitten auf der Hauptstraße lag ein toter Hund.

»Zwei Männer gehen voran«, befahl Seqen, »einer links, der andere rechts.«

Hier und da stand ein verbranntes Haus. Überall lagen Tonscherben herum, von Axthieben zerhackte Möbelstücke, Fetzen von Kleidern.

Doch keine lebende Seele war zu sehen.

Der uralte Tempel der Göttin Nekhbet, der Mutter des Pharaos, deren Namen er trug, war nicht verschont worden. Zerbrochene Standbilder und beschädigte Säulen zeugten von ihrem Leid.

»Dort – dort ist jemand!«, rief einer der vorangehenden Soldaten plötzlich.

Auf der Schwelle des überdachten Tempels saß ein sehr alter Mann und las einen Papyrus.

Als seine Besucher herankamen, hob er nicht einmal den Kopf, so gleichgültig war ihm das Schicksal, das ihn erwartete.

»Bist du Babay, der Weise?«, fragte Ahotep.

Der Alte gab keine Antwort.

»Zieht euch zurück!«, befahl sie den Soldaten.

Als sie sich weit genug entfernt hatten, kam Ahotep ohne Umschweife zur Sache.

»Pharao Seqen und Königin Ahotep brauchen deine Hilfe zur Rettung Ägyptens.«

Mit fast unerträglich langsamen Bewegungen begann der Alte, den Papyrus zusammenzurollen.

»Das göttliche Licht hat den Pharao auf Erden eingesetzt, damit er Harmonie schaffe an Stelle der Unordnung, die Gunst der Götter gewinne, Gerechtigkeit übe und Ungerechtigkeit ausmerze«, sagte Babay. »Er stellt sich nicht über die Maat, sondern ist ihr Diener und beschützt die Gerechten. So war es einst, vor der Eroberung. Heute gibt es keinen Pharao mehr auf Ägyptens Erde.«

»Du irrst dich«, widersprach Ahotep. »Seqen ist in Karnak gekrönt worden.«

Der alte Weise bedachte das junge Paar mit einem zweifelnden Blick.

»Die Hyksos haben Karnak zerstört.«

»Ich versichere dir, dass sie das nicht getan haben, Babay! Meine Mutter, Teti die Kleine, hat die Unabhängigkeit Thebens bewahrt, der Tempel ist unversehrt. Die Hyksos glauben, wir seien endgültig unterworfen und dächten nicht mehr an Gegenwehr, während wir insgeheim an der Vorbereitung des Gegenschlags arbeiten.«

»Königin Ahotep… Der Gott des Mondes möge dich beschützen und dir Kampfgeist verleihen. Also seid Ihr das neue Königspaar, ohne Armee und ohne Land.«

»Wir werden unsere Soldaten ausbilden, Schritt für Schritt«, versprach Seqen.

Der Alte zerriss den Papyrus. »Helft mir auf.«

Trotz seines hohen Alters war Babay kräftig und schwer.

»Pharao Seqen und Königin Ahotep… Bevor ich verschwinde, träume ich meinen schönsten Traum!«

»Was ist in Nekheb vorgefallen?«, fragte Ahotep.

»Vor zwei Monaten haben drei Kriegsschiffe der Hyksos angelegt. Die Eindringlinge haben die Felder verheert und die Stadt zerstört, sie töteten die wenigen, die sich ihnen entgegenstellten, und nahmen den Rest der Bevölkerung mit in den Norden, in die Sklaverei. Mich haben sie verschont, damit ich den Bericht über die Bestrafung schreibe, die jeden erwartet, der es wagt, sich gegen ihre Herrschaft zu erheben. Diesen Bericht habe ich gerade zerrissen. Kommt mit zu mir.«

Babay führte das königliche Paar zu seiner Behausung, einem kleinen, zweistöckigen Haus in der Nähe des Tempels.

Bevor er eintrat, betrachtete der Alte die Ruinen seiner Stadt. »Wenn Ihr wirklich König und Königin seid, dürft Ihr niemals mit den Barbaren verhandeln, die diese Stadt in Schutt und Asche gelegt und ihre Bewohner grausam gequält haben.«

Die Plünderer hatten nur eine Matte und eine alte Schreibpalette im Haus übrig gelassen.

Babay setzte sich. »Ich bin müde… zu müde, um zu den Waffen zu greifen.«

»Qaris, unser Haushofmeister, ist davon überzeugt, dass Ihr uns helfen könnt«, sagte Ahotep vorsichtig. »Er sagt, Ihr verfügt über ausgezeichnete Boten.«

Babay lächelte.

»Ausgezeichnet, sehr fähig, das ist wahr… Aber sie sind wahrscheinlich nicht mehr am Leben.«

»Ihr wisst es nicht sicher?«

»Ich habe ihre Dienste schon lange nicht mehr in Anspruch genommen… Steigen wir zur Terrasse hinauf, ich werde ihren Anführer rufen.«

Der Alte pfiff eine stark rhythmisierte Melodie.

Bald darauf erschien eine hübsche Taube, weiß und braun, die sich zu Babays Füßen niederließ.

»Du lebst noch, Graukopf! Bring mir die anderen her!«

Der Vogel flog wieder zum Himmel empor. Nach kurzer Zeit kehrte er mit sechs weiteren Brieftauben zurück.

»Alle unversehrt!«, rief Babay gerührt. »Die Götter haben uns also nicht verlassen… Über ein Jahr habe ich sie dressiert, und jetzt muss ich Euch beibringen, wie man ihnen genaue Anweisungen gibt. Wenn Euer Geist mit dem ihren in Verbindung tritt, werden sie dorthin fliegen, wohin Ihr sie schickt, und dann zum Ausgangspunkt zurückkehren.«

Ahotep wurde bald klar, dass diese Vögel außerordentlich klug waren. Sie verstanden schnell, dass nicht mehr Babay, sondern Ahotep ihre Befehlshaberin war, und dass sie ihr gehorchen mussten.

»Gebt mir eine Woche, Majestät, und diese Tauben werden verlässliche Boten sein, die Euch niemals hintergehen.«

Babays Zöglinge waren fähig, eintausendzweihundert Kilometer in einem Zug zu fliegen, sie bewegten sich mit einer Geschwindigkeit von achtzig Kilometern in der Stunde und verloren auf Grund ihres angeborenen, auf dem Erdmagnetismus beruhenden Orientierungssinnes niemals die Richtung aus dem Auge. Ihre geringe Zahl stellte nur ein vorübergehendes Problem dar, denn ein Weibchen legte etwa zehn Tage nach der Paarung zwei Eier, und die Jungen brauchten nach dem Schlüpfen nicht mehr als einen Monat, um als Lehrlinge ihre Arbeit aufzunehmen.

»Was für wunderbare Rekruten!«, rief Seqen begeistert. »Dank ihrer Hilfe wird die Blockade der Hyksos bald völlig wirkungslos sein.«

»Ihr dürft nicht hier bleiben«, sagte Ahotep zu dem Alten. »Wir nehmen Euch nach Theben mit.«

»Das kommt nicht in Frage, Majestät. Ich bin hier geboren und habe mein ganzes Leben hier verbracht. Für mich gibt es keinen schöneren Ort. Eines Tages – wenn Ihr das Gesetz der Maat respektiert, und wenn Ihr stark genug seid, um alle Hindernisse zu überwinden, Niederlagen und Verrat – werdet Ihr nach Nekheb zurückkehren und meiner Stadt ihren verlorenen Glanz zurückgeben.«

»Wir können Euch nicht im Stich lassen«, bekräftigte Seqen.

»Lasst mich ein wenig Wein trinken, Majestät.«

Der weise Alte setzte sich auf eine Bank. Er nahm den Krug, trank und stellte ihn ab. Dann legte er sich hin und schob ein Kissen unter seinen Kopf.

Ruhig und gefasst hauchte er seine Seele aus.

33

Der Magere, der Dicke, der Bärtige, der Hitzkopf, der Ungeduldige und ihre Kollegen hatten alle etwas gemeinsam: Sie schimpften gern auf Ahotep, die sie aus ihrer alltäglichen Gewohnheit gerissen und ihnen Posten als Wäscher zugewiesen hatte. Sie mussten Kleidungsstücke, Tücher und verschiedene Stoffe in große Kessel tauchen, mit klarem Wasser spülen, die Wäsche auswringen, sie mit hölzernen Bleueln schlagen, sie zum Trocknen aufhängen, sie sorgfältig falten und manchmal sogar parfümieren. Die Herrinnen der thebanischen Häuser hatten ihren Sinn für Reinlichkeit wieder gefunden, und die ganze Stadt, einschließlich der ärmeren Viertel, sah allmählich wieder schmuck und sauber aus.

Die Arbeit war so mühselig, dass die Wäscher darüber die lastende Gefahr der Eroberung vergaßen und an nichts anderes mehr denken konnten als an ihre Arbeitsbedingungen, die sie durch eine Beschwerde bei ihrem Meister zu verbessern gedachten.

»Wir legen die Arbeit nieder«, entschied der Hitzkopf.

»So weit werde ich nicht gehen«, verkündete der Magere. »Der Prinzessin ist zuzutrauen, dass sie uns die Ordnungskräfte auf den Hals hetzt.«

»Wir legen die Arbeit nieder, weil wir keine Seife mehr haben. Also können wir auch nicht mehr richtig waschen.«

»Das stimmt«, bekräftigte der Dicke.

Der Ungeduldige verließ seinen Stapel mit schmutziger Frauenwäsche. Als Sprecher der Bediensteten gab er ihrem lebhaften Protest Ausdruck, während der Meister, der für die feinen Leinengewänder sorgen musste, aufmerksam zuhörte.

»Alles nach Plan«, sagte er.

»Wie … alles nach Plan … unser Protest?«

»Aber nein, dass die Seife ausgeht.«

»Wenn es so ist, werden wir die Arbeit nicht wieder aufnehmen!«

»Ihr könnt euch ausruhen, bis neue Seife kommt. Ach! Da ist sie schon!«

In gemächlichem Trab kam Nordwind heran. Er brachte den Wäschern die neue Seife, hergestellt aus Kalk und pflanzlichen Fetten.

Der Esel war nicht allein. Direkt hinter ihm erschien Ahotep, prachtvoll anzusehen in ihrem hellgelben gefältelten Gewand.

Bei ihrem Anblick stockte selbst dem Ungeduldigen der Atem.

»Bei allen Göttern, wie schön sie sein kann!«, murmelte der Hitzkopf.

Aus einem der Säcke, die der Esel trug, nahm Ahotep einen Krug.

»Hier ist gutes Bier für euer Frühstück. Da der Palast mit eurer Arbeit zufrieden ist, wird euer Lohn aufgebessert. Außerdem erhält der Meister die Erlaubnis, Lehrlinge zu beschäftigen, sodass der Umfang der Arbeit erträglich bleibt.«

Niemand hatte mehr Lust, Protest anzumelden.

»Wir trinken auf Eure Gesundheit, Majestät«, versprach der Dicke, »und auf das des Kindes, das Ihr unter dem Herzen tragt!«

Ahotep hatte dafür gesorgt, dass wieder strenge Hygieneregeln befolgt wurden. Für sie war das die Grundlage des bewaffneten Kampfes. Wenn der Schmutz gewann, würde das auch den Niedergang der Moral nach sich ziehen, Furcht und Faulheit würden in den Seelen Einzug halten. Tag für Tag musste jeder Thebaner seine Würde zurückgewinnen. Die Sauberkeit seines Körpers, seiner Kleidung und seiner Wohnung trugen viel dazu bei. Straßenreinigungstrupps, die die Stadt durchzogen, vervollständigten die Bemühungen jedes Einzelnen, und sehr schnell wurde sichtbar, dass eine Verwandlung stattgefunden hatte. Die Thebaner wohnten wieder in einer schönen Stadt.

Dieser bescheidene Sieg über die Hoffnungslosigkeit gab ihrem Leben einen neuen Sinn. Statt Trübsal zu blasen, begannen sie wieder, miteinander zu sprechen und sich gegenseitig zu helfen.

»Die Frauen machen sich wieder schön«, bemerkte Teti die Kleine.

»Sehr gut!«, sagte Ahotep. »Auch ihre Schönheit wird den Wunsch nach Freiheit anfachen.«

»Leider fehlt es uns oft an Kosmetika. Die Vorräte des Palasts sind fast erschöpft, und die Hersteller von Salben, Farben und Parfüms sind nach Edfu gezogen.«

Edfu lag etwa hundert Kilometer südlich von Theben, im besetzten Gebiet...

»Emheb war einer unserer treuesten Vasallen«, bemerkte Qaris. »Woher wissen wir, ob er noch lebt? Und wenn er noch lebt – hat er noch die Befehlsgewalt? Die Tauben können uns nur helfen, wenn wir wissen, wohin wir sie schicken sollen.«

»Da gibt es nur eins: hinfahren und nachsehen.«

»Du nicht, Ahotep!«, widersprach Teti.

»Ein armer Fischer und seine schwangere Frau werden bei niemandem Argwohn erregen.«

Der Kahn war bescheiden, das Segel geflickt, das Ruder schwer, doch der Nordwind blies stetig und ließ Seqen und Ahotep auf ihrem Weg nach Edfu schnell an Fahrt gewinnen.

Der junge Pharao hatte sich verändert.

Dank seines ausdauernden und intensiven Übens hatte der einst magere, schmächtige Junge eine geradezu athletische Statur bekommen.

»Bist du bereit, Vater zu werden?«

»Seit ich mit dir zusammen bin, bin ich bereit, jeden Kampf zu gewinnen.«

Das junge Paar verbrachte eine beglückende Nacht in dem unbequemen Kahn, versteckt in einem Papyrusdickicht. Einige Stunden waren sie ganz für sich, und sie spürten, dass ihre Liebe, leidenschaftlich tobend wie ein Gewitter und zärtlich wie das Herbstlicht, ihnen eine Kraft gab, die allen Stürmen des Lebens gewachsen war.

Als der Morgen graute, setzten sie ihre Fahrt fort.

In der Nähe von Edfu befahl ihnen ein Kriegsschiff der Hyksos anzuhalten. Seqen holte das Segel ein und krümmte sich wie ein unterwürfiger Sklave.

»Wer bist du, und woher kommst du?«, fragte ein schlitzäugiger Offizier.

»Ich bin ein Fischer aus Edfu, ich kehre nach Hause zurück.«

»Das ist deine Frau?«

»Ja, Herr, und sie erwartet unser Kind.«

»Zeig mir, was du gefangen hast.«

Seqen öffnete einen Weidenkorb, in dem drei mittelgroße Barsche lagen.

»Du musst den Wegezoll bezahlen.«

»Aber, Herr …«

»Keine Widerrede. Gib mir diese Fische.«

»Ich werde ein Kind haben, und ich muss sie verkaufen …«

»Keine Widerrede, habe ich gesagt! Bleib in Zukunft in der Nähe der Stadt.«

Der kleine Kahn legte zwischen zwei Booten an. Papyrustaue, die um Pflöcke geschlungen waren, hielten sie am Ufer.

Seqen half Ahotep an Land.

Ein Mann mit struppigem Haar rief sie an: »He, wer seid ihr?«

»Fischer.«

»Das würde mich wundern! Ich selbst bin Fischer, und ich kenne alle in der Gegend. Ihr seid nicht von hier.«

Ahotep las in den Augen dieses Mannes etwas, was sie dazu bewog, ihm einen Teil der Wahrheit zu enthüllen.

»Wir kommen aus Theben.«

»Theben ... Aber die Stadt Amuns ist völlig zerstört!«

»Die Hyksos lügen. Theben ist unversehrt und hält der Unterdrückung stand.«

»Unversehrt ... Also gibt es noch Leben!«

»Ist Edfu besetzt?«

»Jannas' Armee hat die örtliche Miliz besiegt und unseren Besitz geplündert, dann ist sie weitergezogen gen Norden. Der Admiral hat nur eine Wachtruppe hier gelassen. Schon drei Monate traue ich mich nicht in die Stadt, weil ich Angst habe, dass sie mich festnehmen.«

»Ist Emheb noch am Leben?«

»Das weiß ich nicht ... Versucht vor allem nicht, die Stadt zu betreten. Ihr werdet nie mehr herauskommen.«

»Welcher Zugang ist am schlechtesten bewacht?«

»Das Osttor ... Aber hütet euch davor, so etwas Wahnsinniges zu tun!«

»Würdest du uns helfen?«

»Ich, nein ... Mein Leben ist nicht rosig, aber ich will es behalten. Vielleicht begleitet euch mein Bruder ... Ihr könntet Fischer sein, die auf dem Markt ihre Fische verkaufen. Er besticht die Ordnungshüter, um weiter arbeiten zu können.«

Der Bruder war einverstanden.

Angesichts des Paares, das sich in Richtung der Stadt entfernte, zog der Mann mit dem struppigen Haar eine Grimasse, die von Verständnislosigkeit zeugte. Warum begab sich dieser junge Bursche mit seiner hübschen, schwangeren Frau in die Höhle des Löwen?

34

In den Vorstädten von Edfu war fast kein Geräusch zu hören. Beim Tausch der Waren wurde man schnell handelseinig, und nie verlor man die Ordnungshüter der Hyksos aus den Augen, die ohne Unterlass die Gassen und Plätze durchkämmten. Jedermann konnte wegen irgendeiner Nichtigkeit verhaftet werden, und bei den Verhören kam niemand unverletzt davon. Gut kamen jene Verdächtigen weg, denen man Arme oder Beine brach; am schlechtesten traf es jene, die als Arbeiter in die Kupferminen geschickt wurden.

In der Nähe des Horustempels hatte der Bruder des Fischers Ahotep und Seqen verlassen. Holzbalken versperrten das Tempeltor, denn der König hatte den Kult des göttlichen Falken, Beschützer des Pharao, verboten. Nur Seth von Auaris durfte als solcher noch verehrt werden.

Ein Verkäufer von Amuletten, die ebenso hässlich wie unwirksam waren, näherte sich dem Paar.

»Sie sind gar nicht teuer, und sie werden euer Kind beschützen… Ich gebe euch vier zum Preis von zweien.«

»Wir suchen Fürst Emheb«, sagte Seqen.

Der Händler entfernte sich eilig.

»Warum sollten alle sich weigern, von Emheb zu sprechen«, fragte Ahotep, »wenn er sich nicht an die Hyksos verkauft hat?«

»Das ist also die Antwort, nach der wir gesucht haben«, schloss Seqen. »Suchen wir das Weite.«

Das Paar ging an der Südmauer des Tempels entlang in Richtung der Vorstädte.

Doch diesmal standen Ordnungshüter der Hyksos mit Schwertern und Knüppeln am Osttor. Jeder Fluchtversuch war zum Scheitern verurteilt.

Einige Bauern verließen die Stadt, ohne angehalten zu werden. Seqen und Ahotep folgten ihnen auf dem Fuß.

»Ihr zwei«, fragte ein Ordnungshüter, »wohin geht ihr?«

»Zurück auf unseren Kahn«, erwiderte Seqen. »Wir sind Fischer.«

»Ihr stellt Fragen über den Fürsten ...«

»Wir hätten ihn gern gesehen«, gab Ahotep zu.

»Aus welchem Grund?«

»Um ihn zu bitten, uns ein neues Boot zu geben. Unseres ist völlig unbrauchbar.«

»Diese Geschichte klingt faul ... Folgt mir.«

Seqen allein wäre es vielleicht gelungen, sich der drei Ordnungshüter zu entledigen, die sie zum Zentrum von Edfu führten, aber er fürchtete, Ahotep könnte bei einem Handgemenge verletzt werden. Stattdessen hatte er sich eine andere Strategie zurechtgelegt: Wenn er Emheb begegnen sollte, würde er ihn als Geisel nehmen. Denn der Pharao hatte sich geschworen, dass er die Königin unversehrt aus dieser Stadt hinausbringen werde.

Der Palast ähnelte jenem von Titi in Koptos. In ihren baufälligen Amtsstuben füllten Schreiber einen Papyrusbogen nach dem anderen aus, Polizisten reinigten träge ihre Waffen, und streunende Katzen lauerten auf irgendetwas, was den Anschein von Nahrung hatte.

»Ihr geht dort hinein.«

Ein Schuppen, dunkel und schmutzig, erwartete sie.

»Wann werden wir den Fürsten sehen?«, fragte Seqen.

»Du lässt nicht locker, was? Beruhige dich, du wirst ihn schon noch treffen.«

Die Tür schloss sich hinter ihnen.

Abgetretene Sandalen und schmutzige Tücher häuften sich auf dem Boden aus gestampftem Lehm.

Seqen untersuchte den Raum und entdeckte ein Loch in der hinteren Wand.

»Ich kann es vergrößern ... Das wird unser Fluchtweg sein!«

»Kommt nicht in Frage«, gab Ahotep zurück. »Wir müssen diesem Emheb die Stirn bieten.«

»Und wenn wir hier nur herauskommen, um hingerichtet zu werden?«

»Emheb empfängt uns, dessen bin ich mir sicher. Ich werfe mich vor ihm nieder, ich hole mir sein Schwert und drohe, ihm die Kehle durchzuschneiden, wenn er kein Boot bereitstellt, das uns alle drei nach Theben bringt. Dieser Verräter weiß es noch nicht, aber er ist schon unser Gefangener.«

Seqen nahm seine Frau in die Arme und drückte sie fest an sich. Die Zartheit ihrer parfümierten Haut ließ ihn das übel riechende Gefängnis vergessen.

Als die Tür sich öffnete, hielten sie sich immer noch eng umschlungen.

»Folgt mir, ihr Turteltauben!«, befahl ein Beamter.

»Wir werden also endlich den Fürsten treffen?«, fragte Seqen mit zaghafter Stimme.

»Weiter, schnell!«

In der Mitte des Hofs stand ein Hackstock mit einem Beil.

Würde Seqen genug Zeit haben, sich dieses Beils zu bemächtigen und den Scharfrichter damit zu töten?

»Hier entlang!«

Sie verließen den Ort der Martern und wurden in einen Audienzsaal mit vier Säulen und verblassten Malereien gestoßen.

Ein Mann von erstaunlichem Leibesumfang stellte sich vor den Gefangenen auf. Alles an ihm war groß: die Augen, die Nase, die Schultern und selbst die Ohren! Sein gewölbter Bauch ließ an einen Lebemann denken, doch seine kalten Augen widerlegten diesen Eindruck.

»Ihr jungen Leute sucht mich?«

»Wenn Ihr Emheb seid, ja!«, erwiderte Seqen.

»Du, meine Tochter, zeig mir deine Hände.«

Ahotep tat, was er befohlen hatte.

»Sie sind zart und hübsch und riechen nicht nach Fisch.«

»Mein Mann geht zum Fischen, nicht ich.«

Mit einer Schnelligkeit, die bei einem so dicken Mann überraschte, riss Emheb das Oberteil von Seqens Tunika auf.

»Auch das hier riecht nicht nach Fisch! Wer seid ihr wirklich?«

Der Fürst trug keine Waffe, und die Polizisten waren zu weit entfernt, als dass Seqen sich ihrer Schwerter ohne Gegenwehr hätte bemächtigen können. Sie würden genug Zeit haben, ihre Kameraden zu alarmieren, und der Pharao würde vor der Übermacht kapitulieren müssen. Und wenn man sich Emhebs Hals ansah, war klar, dass man ihn unmöglich erwürgen konnte!

»Warum hast du dein Land verraten?«, fragte Ahotep tiefernst.

Ihr eindringlicher Blick beunruhigte Emheb. »Ihr seid Thebaner, nicht?«

»Dieser Tag wird dir unsterblichen Ruhm eintragen. Zusammen mit den Hyksos wirst du Ahotep töten, Herrscherin der Zwei Reiche. Ich bitte nur um eine Gunst: Verschone den Bauern, der gezwungen wurde, mich zu begleiten.«

Ahotep hoffte, Seqen zu retten; aber Seqen würde nicht zulassen, dass die Hyksos seine Frau berührten.

Da kniete der Fürst von Edfu nieder. »Ich bin Euer Diener, Majestät. Befehlt, und ich werde gehorchen!«

Die Ordnungshüter taten es Emheb gleich.

»Es sind keine Hyksos«, erklärte er, »sondern Ägypter. Ich habe die Schergen der Besatzer einen nach dem anderen beseitigen lassen, um sie durch meine eigenen Leuten zu ersetzen, und dabei habe ich ihrem König weisgemacht, dass die Stadt vollkommen in seiner Gewalt ist. Da er einen verlässlichen Verbündeten in mir sieht, hat er mir die Pflicht auferlegt, der ganzen Region noch höhere Abgaben als bisher aufzuzwingen und sie dann an ihn abzuführen. Meine einzige Hoffnung bestand darin, dass ich ihn irgendwann angreifen könnte. Auch wenn dieser Angriff zum Scheitern verurteilt wäre, könnten wir dann wenigstens in Würde sterben.«

»Erhebe dich!«

Emheb stand die Rührung ins Gesicht geschrieben. »Darf ich glauben, Majestät, dass Theben unversehrt ist und bereit zum Kampf?«

»Vergiss deinen selbstmörderischen Angriff. Um eine richtige Armee auszubilden, brauchen wir Geduld, und wir müssen lernen, alles im Geheimen zu tun.«

»Ihr könnt auf mich zählen, Majestät.«

»Ich bin nicht allein, Emheb. Hier ist mein Gemahl, der Pharao Seqen.«

Ahotep dachte schon, der dicke Fürst würde in Ohnmacht fallen.

»Ein König... Wir haben einen König! Majestät, Ihr wirkt Wunder!«

»Im Augenblick brauchen wir Salben, Schminke und Leute, die diese Dinge herstellen können.«

Ein breites Lächeln erstrahlte auf Emhebs Gesicht. »Trotz aller Nachforschungen haben die Hyksos nie herausgefunden, wo ich meinen Weihrauch und meinen Styrax verstecke! Ich verfüge außerdem über einen beträchtlichen Vorrat an Salben verschiedener Qualität; Ihr könnt sowohl Tempel wie Einzelhändler damit beliefern. Was die Hersteller betrifft, so befinden sich hier in Edfu die besten von ganz Ägypten. Einige werden mit Euch nach Theben zurückfahren. Kommt mit, wir schauen uns meine Schätze an... Sie haben nur auf ein neues Königspaar gewartet!«

Mit einer Begeisterung, die bald auf seine Gäste übersprang, zeigte Emheb seinen Gästen die unterirdischen Kammern des

Heiligtums, das Räucher- und Salbgefäße im Überfluss enthielt.

»Es muss alles so bleiben«, entschied Ahotep. »Die Hyksos sollen weiterhin glauben, dass Nekheb tot ist und Edfu das gleiche Schicksal blüht.«

35

Seqen ging unruhig vor dem Geburtspavillon auf und ab.

»Verstehen die Hebammen wirklich ihr Handwerk?«, fragte er Qaris, der fast genauso nervös war wie er selbst.

»Es sind die besten von Theben, Majestät. Habt keine Angst.«

»Ahotep hat sehr gelitten! In den letzten Wochen hätte sie sich ausruhen sollen... Die Reise nach Edfu hat sie erschöpft.«

»Mit Verlaub, Majestät – sie war mit so viel Erfolg gekrönt, dass die Zukunft licht geworden ist!«

»Ich weiß, Qaris, ich weiß... Aber die Königin hätte sich mehr schonen sollen.«

»Eine ägyptische Königin ist eine ägyptische Königin«, sagte Qaris fatalistisch. »Und wenn sie auch noch Ahotep heißt...«

»Eine Geburt dauert doch nicht so lange!«

»Unsere Hebammen sind den schwierigsten Situationen gewachsen.«

»In der Zeit der Pyramiden zweifellos, aber bestimmt nicht im heutigen Theben! Wenn irgendetwas passiert, werden weder Ahotep noch das Kind überleben.«

Der Haushofmeister hatte nicht den Mut, dem etwas entgegenzusetzen.

Seqen nahm sein unruhiges Hin und Her wieder auf.

In der Stunde, in der die Sonne den höchsten Punkt des Himmels erreichte, trat Teti die Kleine mit einem Säugling auf den Armen aus dem Geburtszimmer.

»Es ist ein wunderhübscher Knabe!«

Seqen wagte nicht, ihn zu berühren.

»Und Ahotep? Wie geht es ihr?«

»Sie strahlt vor Glück.«

Sie waren drei, eine Brünette, eine Rothaarige und eine Dunkelhaarige. Drei Witwen, deren Männer, Eigentümer großer Ländereien im Delta, von den Hyksos deportiert worden waren. Sie hätten sich wie so viele andere ihrem Unglück und ihrer Trauer ergeben können. Doch zu Ehren der Verschleppten hatten sie sich dazu entschlossen, wie echte Ägypterinnen zu handeln.

Zunächst hatten sie selbst das Amt von Totenpriesterinnen übernommen, damit das *ka* ihrer Ehemänner weiterlebte. Dann hatten sie sich zusammengeschlossen und sich gemeinsam um die Verwaltung ihrer Güter gekümmert. Trotz der Steuererhöhungen war es den drei Frauen gelungen, ihr gesamtes Personal zu behalten, dem sie eine einträgliche Existenz sicherten. In ganz Unterägypten sang man ihr Loblied, das endlich auch an die Ohren der Gemahlin des Königs drang.

Als die schöne Aberia, deren Hände größer waren als die eines kräftigen Bauern, sich am Tor des Hauses melden ließ, wo die drei Witwen lebten, zeigte sich der Pförtner beeindruckt.

»Sind deine Herrinnen da?«

»Natürlich. Suchst du Arbeit?«

»Arbeit? Gleich wirst du nicht mehr wissen, was das ist!«

Die Hände Aberias schlossen sich um den Hals des Pförtners, bis die Kehle knackte. Als der zappelnde Mann erstarrte, ließ sie den Leichnam liegen und ging weiter. Dabei stieß sie auf einige Pächter.

»Wir haben alles gesehen! Du bist eine Verbrecherin!«, riefen sie.

Etwa fünfzig Hyksossoldaten nahmen währenddessen den Landsitz ein und töteten jene, die zu fliehen versuchten, die anderen bestraften sie mit Peitschenhieben.

Ganz entspannt betrat Aberia kurz darauf das Schreibzimmer, wo die drei Witwen in panischer Angst die Papyri an sich pressten, die ihre gesamte Buchhaltung enthielten.

»Ihr seid also die letzten Geschäftsfrauen im Land der Besiegten… Wisst ihr nicht, dass eure Praktiken unseren Gesetzen zuwiderlaufen? Frauen wie ihr sollen sich einem Mann unterwerfen und selbst in keiner Weise am Geschäftsleben teilnehmen. Eure Ländereien und eure sonstigen Besitztümer sind beschlagnahmt!«

»Wir zahlen regelmäßig unsere Steuern«, protestierte die Rothaarige, »und wir…«

Aberia gab ihr eine so heftige Ohrfeige, dass sie bewusstlos hinstürzte.

»Hebt diese Hure auf«, befahl sie den beiden anderen Witwen, »und folgt den Soldaten. Der König hat euch eine andere Arbeit zugedacht.«

Die Idee seiner Gattin hatte Apophis amüsiert: In Auaris sollten schöne und einst reiche Ägypterinnen zusammengeführt werden; man würde sie in einem Gefängnis mit einigermaßen bequemen Zimmern einsperren und sie höheren Beamten und Würdenträgern anbieten, die Lust hatten, sich einige Minuten oder einen ganzen Tag lang mit einer Frau zu vergnügen.

In diesen königlichen Harem eingelassen zu werden, würde bald zu den am höchsten geschätzten Vergünstigungen des Hyksosreiches gehören.

Tany hatte die Selektion höchstpersönlich vorgenommen. Man hatte diejenigen ausgesondert, die schon zu alt waren, und Aberia war hocherfreut gewesen, sie erwürgen zu dürfen, bevor man ihre Leichen verbrennen ließ.

Die Haremsordnung war einfach: Die ägyptischen Aristokratinnen mussten alle Wünsche erfüllen, die die Angehörigen der herrschenden Klasse der Hyksos äußerten. Wer heulte, sich empörte oder krank wurde, endete zwischen Aberias eisernen Händen.

Und die Gemahlin des Königs, immer noch auf der Suche nach einem Mittel gegen ihre Hässlichkeit, empfand beim Anblick der gedemütigten Jugend und Schönheit dieser Frauen, deren Dienerin sie hätte sein sollen, tiefes Behagen.

Apophis überließ seine Frau ihren eigenen Belustigungen. Seine Leber schmerzte, und seine starken Fußknöchel schwollen unangenehm an. Ausgelöst hatte dieses Unwohlsein eine äußerst ärgerliche Angelegenheit, die ihm Khamudi über Nubien berichtet hatte.

Die dunkelhäutigen Krieger dieses Volkes waren Vasallen Ägyptens gewesen; die Knechtung ihres alten Feindes durch die Hyksos hatte ihnen Freude gemacht. Doch ihre Stämme hatten gerade einen jungen, kühnen und grausamen König gewählt, Nedjeh, dessen Ruf bis nach Auaris gedrungen war.

Der König hatte diese Sache ernst genommen und seinen Gesandten zu sich gerufen, der ihm regelmäßig Nachrichten über seine schwarzen Verbündeten zukommen ließ. Der Diplomat war ein erstklassiger Spion, er wusste über alles Bescheid, was sich im fernen Süden zutrug. Als ehemaliger General der Fußtruppen klebte so viel Blut an seinen Händen, dass ihm auch die brutalste Aktion nichts mehr ausmachte.

Einäugig hatte ihn kein Feind gemacht, sondern ein kleines Aas. Ein Mädchen, das er eigenhändig totgeschlagen hatte, weil es ihm nicht zu Willen sein wollte. Diese Nubierin hatte noch genug Kraft gehabt, ihm eine beinerne Haarnadel ins linke Auge zu stoßen, bevor sie verschied.

»Eine ausgezeichnete Sache, dieser Harem!«, rief der Einäugige aus, als der König den Audienzsaal betrat, wo der Gesandte bei seinem zweiten Krug Weißwein saß. »Ich bin drei Tage nicht rausgekommen, und habe mir eine hübsche Anzahl dieser herrlichen Ägypterinnen gegönnt, die so raffiniert sind, wie man es sich nicht träumen lässt... Wirklich eine schöne Abwechslung. Majestät, Ihr seid genial!«

Die Schmeichelei missfiel Apophis keineswegs, aber seine Sorgen beschäftigten ihn zu sehr, als dass er sich dabei hätte aufhalten können.

»Ist Khamudis Bericht nicht zu pessimistisch?«

»Er hat nur das wiedergegeben, was ich ihm sagte. Eure rechte Hand ist wirkungsvoll und unbarmherzig, wir verstehen uns prächtig.«

»Umso besser, Einäugiger, umso besser... Aber ich habe dich schon entschlossener gegen die Negerstämme kämpfen sehen.«

»Ich habe einen Grundsatz: Nie angreifen, wenn man nicht sicher ist zu gewinnen. Um diese wilden Tiere zu vernichten, brauche ich mehr Truppen und kampferprobtere Leute. Sonst bin ich machtlos.«

»Hast du dir etwas zuschulden kommen lassen?«

»In gewisser Weise ja, Majestät. Ich habe den Aufstieg dieses Nedjeh nicht verfolgt, der nach der Meinung meiner Informanten gar keine Zukunft hatte. Einen dieser Informanten habe ich vor den Augen seiner Mitstreiter pfählen lassen, um ihnen zu zeigen, wie unzufrieden ich bin. Als ich hierher kam, wusste ich, dass mir womöglich die Hinrichtung bevorsteht. Ihr könntet mich mit Recht zum Tode verurteilen. Deshalb habe ich mich noch einmal bis zur Erschöpfung in Eurem Harem vergnügt.«

Apophis dachte nach.

Selbstverständlich durfte man dem Gesandten einen so krassen Misserfolg nicht einfach durchgehen lassen. Doch den Einäugigen zu ersetzen würde nicht leicht sein. Außerdem würde er in Zukunft umso vorsichtiger sein, damit sich der Fehler nicht wiederholte. Und die offizielle Version würde sich eng an die Realität halten: Nedjeh sei zum Führer der Nubier ernannt worden, und zwar mit dem Segen des Königs.

»Du wirst am Leben bleiben«, verkündete Apophis. »Als Gesandter der Hyksos wirst du an meiner statt den Mann beglückwünschen, dem es gelungen ist, die Stämme um sich zu scharen.«

Der Einäugige traute seinen Ohren nicht. »Schickt Ihr mir eine Armee, um ihn zu vernichten, Majestät?«

»Die Nubier auf ihrem eigenen Territorium zu bekämpfen stellt uns vor enorme Schwierigkeiten, das weißt du besser als ich. Und bis jetzt habe ich noch keinen Grund, meinen südlichen Untertanen den Krieg zu erklären.«

»Im Norden seines Landes kontrolliert Nedjeh nur Elephantine, aber er wird weiter vorstoßen.«

»Ist er ein Dummkopf?«

»Ich glaube nicht.«

»Also weiß er, dass es ein fataler Fehler wäre, den Zorn der Hyksos herauszufordern. Zweifellos wird er versuchen, seine Macht in Nubien zu festigen. Eines Tages nutzen wir seine Talente. Wenn er stört, schreiten wir ein. Kehr zurück nach Nubien, streichle ihm den Pelz und informiere mich über seine kleinsten Taten und Pläne. Und keine Irrtümer mehr!«

Der Gesandte, verblüfft, mit heiler Haut davongekommen zu sein, freute sich auf eine weitere Nacht im Harem, bevor er auf sein Schiff gehen und die Stadt seines Herrschers verlassen würde.

36

Pharao Seqen war niedergeschlagen.

Die Steuern, die die Hyksos verlangten, waren noch drückender als die des letzten Jahres. Der König begnügte sich nicht mehr mit einer neuen Stele zu seinem Ruhm, und die Schatzmeister prüften jeden Sack Korn mit sadistischer Freude am baldigen Hungertod der Thebaner. Wer noch daran dachte, den Beginn des neuen Jahres zu feiern, musste auf Genüsse jeder Art verzichten.

Dank der Neuordnung der thebanischen Landwirtschaft, mit der sich Seqen Tag und Nacht beschäftigte, würde er die Eroberer zwar zufrieden stellen können, doch drohte trotz aller Anstrengungen eine Katastrophe, weil die Bevölkerung der letzten freien Enklave allmählich die Hoffnung verlor.

Seit über zwei Jahren litt Königin Ahotep an einer Krankheit, die die Ärzte Thebens nicht zu heilen vermochten. Die junge Frau schlief vierzehn oder fünfzehn Stunden, versuchte aufzustehen, begann zu schwanken und musste sich gleich wieder hinlegen. Im Lauf von wenigen Minuten verwirrten sich ihre Gedanken, und sie verdämmerte ihre Tage in schrecklicher Erschöpfung und tödlicher Lethargie.

Nur die staunenswerte Fröhlichkeit des kleinen Kamose war ein kleiner Lichtblick in dem Palast, der zunehmend in Hoffnungslosigkeit versank. Ahotep hatte Recht gehabt, ihm diesen Namen auszusuchen, der bedeutete »der aus der Lebenskraft Geborene«, denn der Kleine wurde wirklich von Tag zu Tag kräftiger.

Seqen dachte manchmal, dass die Gesundheit seiner Frau in den Körper seines Sohnes übergegangen war, aber konnte er ihm das vorwerfen? Die Geburt dieses Kindes, das die Zukunft bedeutete, hatte so viel Glück gebracht!

Mit Qaris zusammen brütete Seqen über dem Modell. Fast ganz Ägypten gehörte jetzt den Hyksos, und die Existenz von kleinen Widerstandsgruppen im Norden war zur Illusion geronnen.

»Vielleicht wird mein Sohn seinen nächsten Geburtstag nicht in diesem Palast feiern... Aber wohin sollen wir gehen? Nicht in den Norden, aber genauso wenig in den Süden. Nach den Informationen von Emheb lassen die Nubier alle Ägypter, die nicht mit ihnen zusammenarbeiten, foltern und hinrichten. Sie sind jetzt die Herren unserer alten Festungen, und ihr König, Nedjeh, denkt daran, wie er sein Machtgebiet immer weiter ausdehnen kann.«

»Apophis wird ihn daran hindern!«

»Heute verstehe ich, warum er unsere Stadt nicht dem Erdboden gleichmacht: Sie ist die Falle, die er Nedjeh stellen wird. Sobald die Nubier Theben angreifen, wird die Stadt von der Hyksosarmee vernichtet.«

Teti die Kleine unterbrach die beiden Männer. »Komm schnell, Seqen... Ahotep fragt nach dir.«

Der Pharao erblasste und eilte in das Zimmer seiner Gemahlin.

Ahotep schien kaum noch zu atmen.

Er drückte ihr so fest die Hand, dass in ihren Augen noch einmal ein Lichtschimmer aufglänzte.

»Es ist dieser Dämon, der mir das Leben stiehlt... Apophis, der König der Finsternis.«

»Ich greife Auaris an und töte ihn!«

»Bring mich nach Karnak... Morgen ist Neujahr, nicht?«

»Ja, aber...«

»Male das Zeichen des Mondes auf mein Herz und vertraue mich dem an, der mich retten kann.«

Der Nil kochte, die Flut stieg mit beängstigender Schnelligkeit, und die erbarmungslose Julisonne zwang Mensch und Tier, irgendwo im Schatten Schutz zu suchen.

Zur Mittagsstunde stieg Seqen, seine Frau auf den Armen tragend, langsam die Treppe hoch, die zum Dach des Tempels von Osiris führte, des Herrn über Tod und Auferstehung. Er legte den nackten Körper der Königin Ägyptens auf den Boden und setzte ihn so den Strahlen des Gottes Re aus, der einzig fähig war, die Finsternis zu überwinden.

Ahotep hatte sich völlig verausgabt. Ihr Organismus war all seiner Energie beraubt worden. Wie die Kultgegenstände, die die Priester nach zwölf Monaten der Benutzung zu Beginn des neuen Jahres wieder mit Kraft aufluden, hoffte die Königin, selbst regeneriert zu werden. Als Tochter des Mondes erflehte sie von der Sonne das Zustandekommen der unmöglichen Hochzeit, die das neue Leben möglich machte.

War es nicht Wahnsinn, seine Frau der Gewalt einer so intensiven Strahlkraft auszusetzen? Als König ohne Krone wäre Seqen nicht fähig, ohne Ahotep den Kampf fortzusetzen. Die Seele des so schwierigen und kühnen Feldzugs war sie.

Von der Sonne völlig durchdrungen, wurde der Körper der Königin selbst Licht.

Seqen, der fürchtete, geblendet zu werden, wandte sich ab. Dann fand er sich feige und lief zu ihr, um ihr das Opfer auszureden.

Ahoteps Haut brannte.

»Du darfst nicht hier bleiben«, sagte er.

»Hab Vertrauen, Seqen.«

Unerschütterlich strahlte die Sonne weiter, bis die Energiekanäle der jungen Frau sich mit Feuer füllten.

Endlich erhob sich Ahotep. »Der König der Finsternis hat mich nicht getötet. Das ist die erste Verletzung, die ich ihm zufüge.«

Apophis stieß einen kleinen Schmerzensschrei aus.

Sein Barbier hatte ihn beim Rasieren geschnitten.

In panischer Angst warf der Mann sich vor ihm nieder. »Bitte tausendmal um Entschuldigung, Majestät… Es ist nichts Schlimmes, bestimmt nicht!«

»Wer im Palast arbeitet, muss fehlerlos arbeiten!«

»Es wird sich nicht wiederholen, das schwöre ich Euch!«

»Schwüre sind Lügen«, sagte der König müde. »Ein Hund, der beißt, wird weiter beißen, und ein Unfähiger bleibt immer unfähig. Meine Kupferminen verschleißen unendlich viele Arbeitskräfte… Dort wirst du deine Tage beschließen.«

Zwei Wachen ergriffen den Barbier, dessen Schreie Apophis lästig fielen. Der Gehilfe des Unglücklichen betupfte die kleine Wunde mit Leinen und bedeckte sie mit einer Honigkompresse.

»Es wird schnell verheilen, Majestät.«

»Besorge mir rasch einen neuen Barbier!«

Dieser Tag fing schlecht an. Gereizt wartete der König auf Neuigkeiten von dem Expeditionskorps, das er nach Syrien geschickt hatte, wo ein Dorf niedergebrannt werden musste. Es hatte die Unverschämtheit besessen, sich gegen die zu hohen Steuern zu erheben. Währenddessen war die Kriegsflotte dabei, zypriotische Piraten zu jagen, die unvernünftig genug waren, Handelsschiffe der Hyksos zu überfallen.

Ein aufgekratzter Khamudi bat um Audienz.

»Totaler Sieg, Majestät! Die aufrührerischen Syrer und die zypriotischen Piraten sind vernichtet worden. Admiral Jannas hat wieder einmal gezeigt, mit welcher Schlagkraft er arbeitet. Ich habe befohlen, die Leichen der Syrer in den Nachbardörfern zur Schau zu stellen, damit unterbinden wir jedes weitere Aufbegehren.«

Der König war mit seiner rechten Hand zufrieden. Reich, verdorben und verhasst, würde Khamudi seinen allmächtigen Herrn und Meister immer verehren und ihm gehorchen, ohne mit der Wimper zu zucken. So lange er sein Amt ausfüllte, würde Apophis seine schlimmsten gewalttätigen Ausschweifungen decken.

Das Reich dehnte sich immer weiter aus, doch extreme Wachsamkeit war angebracht. Hier und da flackerte Widerstand auf, der von Khamudi stets mit größter Härte unterdrückt wurde. Überall im Land der Hyksos türmten sich Berge von Leichen getöteter Männer, Frauen, Kinder und Tiere. Auch wenn eine Provinz völlig befriedet schien, organisierte Khamudi in regelmäßigen Abständen Razzien. Der Anblick brennender Dörfer und gefolterter örtlicher Würdenträger dämpfte den Eifer möglicher Abtrünniger.

»Wir sollten nicht vergessen, die Kreter zu überwachen, Majestät. Ich habe keine Beweise, aber es ist möglich, dass sie den Angriff auf unsere Schiffe finanziert haben. Alle meine Informanten sind alarmiert.«

»Jannas' Flotte soll sich zum Auslaufen bereitmachen.«

Khamudi stellte sich die Zerstörung der großen Insel schon genüsslich vor.

»Hast du vom Einäugigen etwas gehört?«

»Der kleine König scheint sich ruhig zu verhalten, Majestät. Aber ich bin überzeugt, er wird früher oder später über Theben herfallen. Die Beute ist zu verlockend.«

»Zuerst muss er die Ordnungskräfte besiegen, die Edfu kontrollieren.«

»Genau deshalb schicke ich ihnen keine Verstärkung«, fuhr Khamudi fort. »Edfu ist der letzte Riegel vor Theben. Wenn er ihn sprengt, wird Nedjeh glauben, er sei stärker als wir, die Hyksos, und uns dann den Krieg erklären. Wir vernichten ihn in der Schlacht um Theben, das wir ausradieren. Und wenn Theben von der Karte dieses Landes verschwunden ist, werden wir Nubien kolonisieren, wie es uns beliebt.«

37

Ich habe Angst«, sagte Mausgesicht.

»Ich auch«, gab Schiefnase zu, »aber es gibt keine Gefahr. Du weißt, dass man uns an höchster Stelle deckt. Königin Teti ist verwirrt, ihre Tochter stirbt, und Theben liegt in den letzten Zügen. Wir holen uns, was zu holen ist, und machen uns aus dem Staub. Wirklich, es gibt nichts zu fürchten.«

»Ja, schon, aber trotzdem … Ein Grab ausrauben … Ich habe Angst!«

»Wir riskieren nichts, gar nichts! Hier, am Westufer von Theben, gibt es nur noch ein paar hungernde Bauern und gut versteckte Gräber, die sagenhafte Schätze enthalten. Stell dir nur vor, was wir dafür kriegen werden!«

»Und wenn wir verhaftet werden?«

»Unmöglich! Komm, wir sollten keine Zeit mehr verlieren.«

Der Spitzel erwartete sie am Fuß eines Hügels.

»Das beste Grab ist dort drüben«, sagte er und machte eine zögernde Handbewegung. »Habt ihr alles?«

»Mach dir keine Sorgen und zeig es uns.«

Die ersten Stufen der Treppe, die zur Grabstätte eines vornehmen Mannes führten, waren deutlich sichtbar.

»Ich habe sie selbst freigelegt«, erklärte der Spitzel. »Mein Vater wusste, wo das Grab ist, und hatte dem Verstorbenen versprochen, es keinem Menschen zu verraten. Aber es sind jetzt so schwere Zeiten …«

»Die Zeiten sind, wie sie sind. Gehen wir.«

Mit kupfernen Bohrstangen durchbrachen Mausgesicht und Schiefnase eine niedrige Schutzmauer, gelangten in einen Gang und entzündeten eine Fackel. Die Tür der Gruft widerstand ihnen nicht lange, und sie drangen in die Grabkammer ein.

Neben dem Sarkophag fanden sie Schemel und Truhen voller Schmuck, Kleidung, Sandalen und Toilettenartikel, die Schiefnase in Säcke stopfte.

»Lass uns schnell abhauen«, sagte Mausgesicht. »Ich bin sicher, dass die Seele des Toten uns beobachtet.«

»Wir haben noch das Wichtigste, den Sarkophag!«

»Nein, das geht nicht!«

»Sicher wird er ein goldenes Halsband enthalten und schöne Amulette… Wir werden reich sein!«

Schiefnase zertrümmerte den Deckel des Sarkophags.

Die Mumie war vollkommen erhalten. Auf ihrer Brust lag ein breiter Kragen aus getrockneten Blüten.

Schiefnase machte sich an die Bandagen.

Entsetzt wandte sich sein Komplize ab und lief wieder in den Gang hinein, um bei diesem gotteslästerlichen Akt nicht dabei sein zu müssen. Dann aber hörte er Freudenschreie und vergaß seine Gewissensbisse.

»Amulette aus Gold, ein großer Skarabäus aus Lapislazuli und ein paar Ringe! Hilf mir, den Sack zu füllen!«

Ohne dass er es gewagt hätte, einen Blick auf die gepeinigte Mumie zu werfen, ging Mausgesicht dennoch seinem Komplizen zur Hand.

Beim Verlassen des Grabes hob sich ihm plötzlich der Magen.

»Endlich kommt ihr! Habt ihr gute Beute gemacht?«, fragte der Spitzel.

»Es war rundum lohnend! Wollen wir gleich teilen?«

»Natürlich.«

Als Schiefnase ein Amulett in Form eines Beins herauszog, stieß ihm der Spitzel einen Dolch in den Bauch und versuchte, auch seinen Kameraden zu töten. Doch Mausgesicht drehte sich instinktiv weg und trug nur eine Verletzung an der Hüfte davon.

Obwohl er viel Blut verlor, gelang es ihm zu fliehen. Auf

dem Weg sah er sich mehrmals nach seinem Verfolger um, dem es nicht gelang, ihn einzuholen.

»Der Mann ist tot«, sagte Qaris. »Er nannte sich Mausgesicht. Trotz seiner schweren Verletzung ist es ihm gelungen, den Nil zu überqueren und den Palast zu erreichen. Er hat uns alles erzählt.«

»Ein Grab ausrauben!«, rief Ahotep verwundert aus. »Wie kann man so etwas Furchtbares tun … Wissen diese Verbrecher nicht, dass die Seele des Verstorbenen sie bestrafen wird?«

»Die Aussicht auf Reichtum ist so verlockend, dass nichts sie aufhält. Und das ist nicht alles …«

»Die Königin ist noch sehr schwach«, mahnte Seqen. »Wir sollten ihr Aufregungen ersparen.«

»Ihr dürft mir nichts verheimlichen!«, befahl die junge Frau.

»Gut, dann sag' ich es dir: Mausgesicht hat uns auch verraten, dass ihnen Straffreiheit garantiert wurde. Und zwar von demselben Mann, der die Hoheit über die Kaserne besitzt und in den ich unbedingtes Vertrauen setzte.«

Diese Enthüllung entsetzte die Königin.

»Schlimmer noch«, setzte Qaris hinzu. »Die Befürworter der Kollaboration geben nicht auf. Sie waren sich Eures baldigen Todes sicher, und das hat ihnen Aufwind gegeben.«

»Anders gesagt«, schloss Seqen. »All meine Bemühungen, eine echte thebanische Armee auf die Beine zu stellen, haben zu nichts geführt. Wir werden nie gegen die Hyksos kämpfen können!«

»Doch!«, widersprach Ahotep. »Wir müssen einfach nur unsere Strategie ändern. Der alte General, der jetzt im Jenseits wohnt, hat es uns geraten: Wir müssen uns eine geheime Basis schaffen!«

»In unserer kleinen Enklave muss so etwas entdeckt werden!«

»Ich fühle, dass neue Energie in meinen Adern fließt«, erklärte Ahotep, »und werde mich demonstrativ für das Wohl der Thebaner einsetzen. Die Kaserne bleibt, was sie ist, und es wohnen nur noch die Ordnungshüter darin. Die Kollaborateure werden glauben, dass wir lahm geworden sind und unsere Maßnahmen sie nicht mehr bedrohen. Seqen, du hast freie Hand, unsere zukünftigen Soldaten zu rekrutieren und auszubilden.«

»Aber – wo?«

»Am Westufer natürlich! Wir werden verkünden, dass Räuber versucht haben, die Gräber unserer Vorfahren zu plündern. Daher ist es notwendig, Wachen rund um die Nekropole aufzustellen, und wir verbieten es Unbefugten, sich dort aufzuhalten. Nur die Seelen der Toten, die durch einen Zauber geschützt sind, haben dort Wohnrecht.«

Die Königin beugte sich über Qaris' Modell.

»Um ganz sicher zu gehen, richten wir unseren geheimen Stützpunkt hier ein, in der Wüste, im Norden Thebens*. Falls es Neugierigen einfallen sollte, sich dorthin zu verirren, werden sie von unseren Wächtern unschädlich gemacht.«

»Majestät!«, wendete Qaris ein. »Das ist ein kühnes Unternehmen, das einen langen Atem braucht!«

»Wir benötigen einige Jahre, dessen bin ich mir bewusst. Aber wenn wir Erfolg haben, wird der Kampf nicht mehr unmöglich sein.«

In einem halben Tag würde die Karawane auf dem Weg von der Oase Baharija die Wüste verlassen und die sattgrünen Streifen der Oase Faijum erreichen, jenem kleinen Paradies, in dem sich Mensch und Tier zu erholen pflegten, bevor sie weiterzogen in Richtung Auaris.

Der Karawanenführer, Adafi der Dieb, hatte immer im Dienst

* Es handelt sich um das heutige Deir el-Ballas.

der Hyksos gestanden. Als eingeschworener Feind der Ägypter, die sein Volk schon vor Zeiten gedemütigt hatten, genoss er jeden Tag die Segnungen der Besatzung. Schritt für Schritt wurde dem Land der Pharaonen das Blut aus den Adern gesaugt, und es wurde immer mehr zu einer Provinz des Hyksosreiches.

Adafi der Dieb bewunderte Apophis. Wie dieser glaubte er an nichts anderes als an Gewalt. War er nicht selbst zu einem der reichsten Händler Libyens geworden, indem er drei konkurrierende Karawanenführer ermordete und sich deren Esel aneignete?

Ein zusätzliches Vergnügen hatte ihm vor kurzem die Gefangennahme eines Ägypters aus dem Süden bereitet, dem er selbst die Ohren und die Zunge abgeschnitten hatte. Es gefiel ihm, dass sein neuer Sklave ihm jetzt wie einem Aristokraten die Sandalen trug und den Fächer über ihm schwenkte, damit er immer frische Luft atmete.

Adafi lieferte Krüge guten Weins, Salz und Datteln von ausgesuchter Qualität nach Auaris. All das war für den Großschatzmeister Khamudi bestimmt, der nichts zahlte, den Libyer jedoch autorisiert hatte, einen Teil der Oasenproduktion für sich selbst abzuzweigen.

Trotz der frühen Stunde herrschte bereits drückende Hitze.

»Ich brauche mehr Luft, du Faulpelz!«

Um ihm besser fächeln zu können, näherte sich der ägyptische Sklave dem Esel, auf dem es sich sein Herr bequem gemacht hatte. Er schonte seine Kräfte nicht, in der Hoffnung, dass sein Herz bald aussetzte und der Tod seinen Qualen ein Ende machte.

Plötzlich blieb die Karawane stehen.

Adafi der Dieb sprang zu Boden. Sein Helfer kam gelaufen.

»Der Esel an der Spitze hat gescheut«, erklärte er. »Quer über dem Weg liegt eine Leiche.«

»Na und? Wir trampeln über sie hinweg und ziehen weiter!«

»Auf der Leiche liegen ein Halsband und Armreifen. Außerdem scheinen Kamm und Sandalen von guter Qualität.«

»Ich kümmere mich darum.«

Gefolgt von seinem Fächerträger, ging Adafi zur Spitze des Zuges. Mit Beute durfte man nicht spaßen. Der Anführer hatte das Recht, sich stets zuerst zu bedienen.

Der Tote lag auf dem Rücken. Er schien noch jung, trug einen schönen Schnurrbart und – vor allem – prunkvollen Schmuck.

Vor Befriedigung schmatzend, beugte sich Adafi hinunter, um das Halsband abzureißen.

Unvermittelt zum Leben erwachend, ergriff der Schnauzbart den Dolch, der im Sand versteckt neben ihm gelegen hatte, und schnitt dem Leichenschänder die Kehle durch.

»Auf sie!«, schrie er, als er sich erhob.

38

Befehlsgemäß hatten die Aufständischen nicht Quartier gemacht. Seit über zwei Jahren attackierten sie kleinere Karawanen, bald in der Wüste des Westens, bald in der des Ostens. Das war nicht einfach, weil man sichere Informationen brauchte und die Risiken so gering wie möglich halten musste. Wenn die Konvois sich als zu bedeutend erwiesen, oder wenn sie von Hyksossoldaten begleitet wurden, zogen es der Afghane und der Schnauzbart vor, auf den Angriff zu verzichten.

Nichtsdestoweniger hatten sie schon etliche Erfolge zu verzeichnen, und sie hatten Vorräte an Nahrung, Kleidung und anderen Dingen anlegen können, die ihnen im Notfall als

Tauschobjekte dienten. Diese Karawane war ihre bisher größte Eroberung.

»Der Widerstand wird reich!«, bemerkte der Schnauzbart. »Warum ziehst du so ein Gesicht, Afghane?«

»Weil wir zu weit gegangen sind. Am Körper von diesem Kerl, den du getötet hast, habe ich einen Skarabäus mit dem Zeichen Khamudis gefunden. Diese Karawane war für ihn bestimmt, und er wird eine Untersuchung einleiten.«

Die Freude des Schnauzbarts verflog.

»Vor allem darf er nichts von unserer Existenz erfahren... Vielleicht glaubt er an einen Überfall der Beduinen?«

»Die Sandläufer sind mit den Hyksos verbündet, nie würden sie sich an eine offizielle Karawane heranwagen. Im Fall eines Irrtums würden sie die Beute als Erstes nach Auaris bringen und von den Behörden Verzeihung erflehen.«

»Da haben wir uns ja was Schönes eingebrockt...«

»Es gibt nur eine Lösung«, entschied der Afghane. »Wir müssen es so aussehen lassen, als ob die Händler sich gegenseitig umgebracht hätten. Wir lassen also so viele Sachen wie möglich hier und nehmen nur ein paar Esel mit.«

Die Aufständischen legten die Leichen der Getöteten so hin, dass es nach einem wilden Handgemenge unter rivalisierenden Kaufleuten aussah.

»Schau dir mal den hier an«, sagte der Schnauzbart zum Afghanen. »Sie haben ihm die Ohren und die Zunge abgeschnitten. Aber was noch interessanter ist: Er ist auf die ägyptische Weise beschnitten, und unter der linken Achsel hat man ihm das Zeichen der Mondscheibe in der Barke eintätowiert!«

»Ein Erkennungszeichen... Dieser arme Mann wurde gefangen genommen, wir hätten ihn am Leben lassen sollen.«

»Wie hätten wir davon wissen sollen?«

»Es muss irgendwo eine weitere Widerstandsgruppe geben«, sagte der Afghane.

»Theben liegt in den letzten Zügen, Edfu ist in der Hand der Hyksos, Elephantine von Nubien unterjocht. Ob es uns gefällt oder nicht – wir sind allein.«

»Dieses Erkennungszeichen existiert aber immerhin, und wir sehen es schon zum zweiten Mal.«

Der Schnauzbart schwankte.

»Willst du etwa in den Süden gehen, die Sperre von Herakleopolis durchbrechen?«

»So weit sind wir noch nicht, obwohl unsere Erfolge bis jetzt nicht so übel sind. Monat für Monat wird die Gruppe größer, wir haben mehrere sichere Stützpunkte, die Bauern unterstützen uns und beliefern uns mit Informationen, wir haben eine Schmiede, wo wir Waffen herstellen können, und wir haben genug zu essen. Das Gebiet, in dem wir uns bewegen, ist zwar klein, aber hier haben wir nichts zu befürchten. Sobald wir bereit sind, werden wir uns um Herakleopolis kümmern, das kannst du mir glauben.«

»Komm her zu mir, mein Liebling«, flötete die Dame Yima, die ihr Haar blonder als blond gefärbt hatte.

Mit entblößten Brüsten und mit einem Schal nur notdürftig bekleidet, rekelte sie sich verführerisch auf ihrem Bett.

Khamudi gab ihr eine Ohrfeige. »Du bist eine läufige Hündin, sonst nichts … Der König erwartet mich.«

Yima jammerte. Sie wusste genau, dass ihr Mann ihren Reizen verfallen war und dass er nicht lange ohne sie leben konnte. Morgen würde sie ihm eine junge Kanaanäerin zuführen, die nach einer Nacht der Ekstase den Krokodilen zum Fraß vorgeworfen würde. Solange sie diese Lustbarkeiten in Szene setzen konnte, tat Yima alles, um ihren Mann bei Laune zu halten.

Khamudi ging mit schwerem Schritt zu dem kleinen Zimmer in der Festung, wo er mit Apophis sprechen konnte, ohne dass jemand mithörte. Es war nicht diese lachhafte Karawanengeschichte, die ihn aufregte; diese idiotischen Händler hatten sich gegenseitig niedergemetzelt, zweifellos auf Grund der unmäßigen Habgier Adafis, aber die bestellten Waren hatten ihren Weg doch noch zu ihm gefunden. Viel ernster war die Situation vor der Küste Kretas.

Einer seiner Spione hatte berichtet, dass die Kreter sich zypriotischer Piraten bedient hatten, um mehrere Handelsschiffe der Hyksos in ihre Gewalt zu bekommen. Eindeutige Beweise gab es nicht, doch sollte Apophis nicht dennoch so schnell wie möglich reagieren?

Die Kriegsflotte unter Admiral Jannas ankerte in Sichtweite der großen Insel, bereit zum Angriff. Doch vor diesem Schlag musste noch dafür gesorgt werden, dass genügend Truppen dorthin gelangten.

Khamudi hasste die Kreter. Hochmütig und von der Bedeutung ihrer Vergangenheit und ihrer Kultur durchdrungen, verhielten sie sich ganz und gar nicht wie Vasallen. Er hatte schon daran gedacht, ein falsches Attentat auf Jannas zu organisieren und als deren Urheber dann die Kreter dingfest zu machen; doch um so etwas ins Werk zu setzen, bedurfte es zu vieler Mitwisser, und der Großschatzmeister konnte sich keinen Fehler leisten.

Den allergrößten Fehler hatten die Kreter selbst begangen. Khamudi kannte Apophis und wusste, dass seine kalte Wut schrecklich sein würde. Einzig die Zerstörung der Insel würde sie besänftigen.

Der König ließ sich von einem neuen Barbier rasieren, der sich bemühte, ein leichtes Zittern zu unterdrücken, als er die Klinge des Rasiermessers über die Wange des Herrn der Welt führte.

»Gute Nachrichten, Khamudi?«

»Die Situation ist heikel, Majestät.«

»Beeil dich, Barbier.«

Der Mann arbeitete hastig und voller Angst vor einer falschen Bewegung weiter. Glücklicherweise ging die Rasur gut aus, und er konnte sich mit seinem Werkzeug zurückziehen.

»Admiral Jannas muss Kreta angreifen«, sagte Khamudi mit Entschiedenheit. »Der Stolz dieser Insel muss bestraft werden.«

»Du hast also sichere Beweise, dass die Kreter unsere Handelsflotte bedrohen.«

»Es kann kein Zweifel mehr daran bestehen.«

»Wir müssen handeln.«

»Ich werde Eure Befehle sofort Admiral Jannas übermitteln.«

»Warte, bis du sie gehört hast... Die Kreter sind harte Krieger. So leicht werden wir sie nicht besiegen.«

Khamudi wunderte sich. »Sie werden unserer Überzahl erliegen!«

»Natürlich, und das wissen sie. Deshalb wird es in ihrem Interesse liegen, meine Forderungen zu erfüllen. Sie werden doppelten Tribut zahlen, mir zweitausend Söldner und fünfzig Schiffe überstellen, und ihre besten Maler werden meinen Palast in Auaris mit Fresken schmücken. Wenn sie eine einzige dieser Bedingungen nicht erfüllen, fühle ich mich beleidigt, und Jannas wird einschreiten.«

Khamudi war hocherfreut.

Eine solche Demütigung würden sich die Kreter nicht gefallen lassen.

Leutselig und von einnehmendem Wesen, kannte Heray, der Aufseher der Getreidespeicher, jeden Thebaner, und gemäß Ahoteps Anweisungen gab er Brot und Bier kostenlos an die ärmsten Familien ab. Dank seiner Wachsamkeit litt niemand Hunger. Und da ihn seine Angestellten verehrten, weil er sie stets respektvoll behandelte, arbeiteten sie auch zu seiner vollsten Zufriedenheit. Nie waren die thebanischen Kornspeicher besser verwaltet worden.

Wer wäre Heray mit Misstrauen begegnet? Er linderte Sorgen und Ängste, entschärfte Konflikte und geizte nicht mit komischen Geschichten, die die trübseligsten Gemüter aufheiterten. Die wohlhabenden Familien fühlten sich geehrt, wenn sie ihn bei sich empfangen durften, und erzählten ihm, was ihnen auf den Nägeln brannte. So hatte er das Vertrauen von Frauen wie von Männern gewonnen, von jungen wie von alten Leuten, von Leichtgläubigen wie von Zweiflern.

»Ich habe das Gefühl, die Stadt hat überhaupt keine Geheimnisse mehr vor dir«, begann Ahotep, als sie mit ihm im Palastgarten spazieren ging, bewacht von Lächler, dem Hund.

»Majestät, ich habe die wichtigsten Befürworter der Kollaboration ausgemacht. Es sind Waschlappen, aber ich muss Euch gestehen, dass ich sehr enttäuscht und beunruhigt bin, denn es sind viel mehr, als ich anfangs glaubte. Theben ist untergraben von Furcht, Egoismus und Feigheit.«

»Das Gegenteil hätte mich überrascht. Jetzt wissen wir mit Sicherheit, dass wir unsere Armee nur im Geheimen bilden können. Ich zähle auf dich. Du musst den Thebanern weismachen, dass wir auf gefährliche Vorstöße jeder Art endgültig verzichtet haben und lammfromm geworden sind. Erkläre ihnen, dass mein einziger Ehrgeiz jetzt darin besteht, ein zweites Kind zu bekommen, ein ruhiges Leben zu führen und mich meiner letzten Privilegien zu erfreuen.«

»Verlasst Euch auf mich, Majestät.«

Lächler witterte irgendetwas. Zuerst spitzte er die Ohren, dann legte er sich plötzlich in Spiellaune flach und mit ausgebreiteten Pfoten auf den Boden und jaulte fröhlich auf, als der kleine Kamose auf ihn zulief.

Als der Hund ihm die Stirn leckte, brach der Junge in Lachen aus. Dann tat er, als bekäme er Angst. »Mama, Mama! Rette mich!«

Ahotep nahm ihn in ihre Arme und hob ihn hoch über ihren Kopf.

»Eines Tages, mein Sohn, werden wir frei sein!«

39

Ahotep kam aus einem Stall, in dem gerade ein Kalb geboren worden war. Als die Mutter begann, das Neugeborene eifrig zu lecken, ging die Königin weiter zu den Feldern, die von ihren Besitzern schon seit einigen Jahren nicht mehr bewirtschaftet wurden. Sorgenvoll ließ sie ihren Blick schweifen. Dank ihrer und Herays Bemühungen hatte sich die Viehzucht in letzter Zeit immerhin etwas besser entwickelt. Auch die Gemüsegärten erholten sich. Wasserträger kamen regelmäßig zur Bewässerung, und der Schlamm, den der Nil bei seinem jährlichen Hochwasser hinterließ, war ein ausgezeichneter, von den Bauern gern verwendeter Dünger. Allmählich sollten sie auch wieder gute Ernten erzielen.

Ahotep wachte auch über die Instandhaltung der Deiche und sorgte dafür, dass neue Rückhaltebecken gebaut wurden, sodass es der Provinz Theben auch in der trockenen Jahreszeit nicht an Wasser mangelte.

»Alles ist bereit, Majestät«, verkündete Heray.

Die Weinbauern hatten gute Arbeit geleistet, der Jahrgang versprach ausgezeichnet zu werden, und Ahotep hatte sich entschlossen, in Gegenwart hoher Würdenträger ein kleines ländliches Fest zu feiern. Trotz der lastenden feindlichen Bedrohung freute sich jedermann an diesem der ständigen Angst abgetrotzten Moment, und man sprach rückhaltlos dem neuen Wein zu. Wie erregend und erfrischend es war, dem Gott der Kelter Dank zu sagen, vergnügt zu plaudern und an die Zukunft zu glauben, und sei es nur diesen einen unbedeutenden Moment lang!

Der Haushofmeister Qaris bat um Ruhe.

»Viele von euch fragen sich verwundert, warum Ihre Majestät Teti die Kleine nicht unter uns weilt. Unsere Herrscherin ist mit ihrer ganzen Seele bei uns, doch ihre angegriffene Gesundheit erlaubt es ihr nicht, den Palast zu verlassen. Sie hat mich beauftragt, euch zu verkünden, dass sie offiziell von allen ihren Ämtern zurücktritt und ihre Tochter Ahotep von jetzt an die Pflichten einer Königin Ägyptens übernimmt.«

Beifallsbekundungen folgten seinen Worten.

Ein hoher Beamter ergriff das Wort. »Wir begrüßen diese Wahl, aber was wird der Pharao Apophis davon halten?«

»In dem offiziellen Schreiben, das eben an ihn abging, bittet seine Dienerin Ahotep untertänigst um seine Einwilligung und verleiht gleichzeitig ihrem Wunsch Ausdruck, er möge auch weiterhin seine schützende Hand über die botmäßige Stadt Theben halten.«

Der Beamte, der zur Fraktion der Kollaborateure gehörte, lächelte erleichtert.

Auf der anderen Seite gab es zahlreiche Bauern, denen diese Geste der Unterwerfung missfiel. Ahotep konnte ihnen nicht die Wahrheit sagen und litt darunter, doch es war absolut notwendig, dass die Bevölkerung Thebens glaubte, die neue Königin habe dem Kampf gegen die Hyksos abgeschworen.

Leute, die zu erkennen gaben, dass ihnen Ahoteps Haltung gegen den Strich ging, wurden von Heray und seinen Agenten aufgesucht. Nach einer Probezeit wurde ihnen nahe gelegt, ihrer Umgebung mit lauter Stimme zu verkünden, dass sie diese elende Stadt Theben verlassen würden, um anderswo ihr Glück zu suchen.

Und sie stießen zu der geheimen Basis am Westufer, wo sie sich bei einer harten Ausbildung bewähren mussten.

Traurig gingen die Festgäste auseinander.

»Geduld, Majestät«, sagte Qaris zu Ahotep, als er deren Missstimmung bemerkte.

»Ist der andere Brief auch abgegangen?«

»Er wurde vom Zoll bei Koptos abgefangen und direkt zum König weitergeleitet. Wie üblich habe ich die Handschrift des verstorbenen Ministers für Landwirtschaft gefälscht und sein Siegel benutzt. Der Verräter meldet Apophis, dass Ihr ganz wie Eure Mutter eine völlig unbedeutende Königin seid, ein Überbleibsel aus vergangenen Zeiten, über das das Volk lächelt. Angesichts Eurer Jugend, Eurer Unerfahrenheit, Eurer Kinderliebe und Eures Mangels an Interesse für Politik braucht man absolut nichts von Euch zu befürchten.«

Wenn Apophis zum Lachen fähig gewesen wäre, hätte er es sich jetzt nicht verkneifen können. Eine Frau… Theben hatte eine Frau als Regentin gewählt und noch dazu ein halbes Kind! Aber was gab es denn dort überhaupt zu regieren? Einen Haufen Hungerleider, halbtot vor Angst vor dem Auftauchen der Hyksosarmee. Wie überrascht würden sie sein, wenn die nubischen Krieger sie überfielen!

Apophis amüsierte die lächerliche Stadt Theben. Nur der eventuelle Zusammenstoß mit Kreta machte ihm ernstlich Sorgen. Wenn er sich zum Zuschlagen entschied, musste es ein entscheidender Schlag sein. Ein Schlag, der all seinen gegenwärtigen und zukünftigen Untertanen bewies, dass nichts und niemand seine Autorität in Frage stellen konnte. Entlang der Insel hatte er seine Schiffe in drei Linien Aufstellung nehmen lassen: Zuerst kamen die Elitebogenschützen und die großen

Schleudern; hinter ihnen die Fußtruppen; und endlich die Frachtschiffe der Heeresleitung. Nach Schätzungen von Jannas waren die Hyksossoldaten den Kretern zahlenmäßig fünffach überlegen.

Dennoch war der König weniger optimistisch als Khamudi. Die Schlacht würde blutig sein, und nach der Landung hatte man es mit der gut befestigten kretischen Hauptstadt zu tun. Apophis bereitete daher bereits eine zweite Angriffswelle vor, bei der er persönlich das Kommando übernehmen würde.

Von der Insel würde nichts übrig bleiben.

Kein Mensch, kein Tier, kein Baum.

»Da bist du ja endlich, Khamudi! Nun, was gibt's?«

»Admiral Jannas hat Eure Forderungen den Kretern überbracht. Sie haben Verhandlungen verlangt. Das hat er natürlich verweigert. Sie haben jetzt vierundzwanzig Stunden Bedenkzeit.«

»Jannas ist manchmal zu entgegenkommend«, sagte der König. »Ist alles für die zweite Angriffswelle bereit?«

»Die Soldaten erwarten Eure Befehle, Majestät.«

Der Afghane war immer noch skeptisch.

»Ein Bericht aus Auaris sagt, dass sich fast die gesamte Kriegsflotte bereitmacht zum Auslaufen.«

»Wohin wollen sie nur?«, fragte der Schnauzbart kopfschüttelnd.

»Es gibt Gerüchte, nach denen die Hyksos beabsichtigen, Kreta zu erobern.«

»Das kann nicht sein! Die Insel gehört zu ihren Verbündeten!«

»Unser Informant berichtet sogar, dass der König sich selbst an die Spitze des Feldzugs setzen wird.«

»Ist dein Informant sauber?«

»Du kennst ihn besser als ich: Er arbeitet im Arsenal von

Auaris, und du hast ihn selbst für uns rekrutiert. Er setzt sein Leben und das seines Boten aufs Spiel, um uns Informationen zu übermitteln.«

Der Schnauzbart biss in eine frische Zwiebel. »Wer wird Ägypten während der Abwesenheit des Königs regieren?«

»Wahrscheinlich sein treuer Khamudi.«

»Und wenn wir versuchen würden, ihn zu töten? Und wenn er weg ist, zetteln wir einen Aufstand der Bauern im Delta an!«

»Das wäre wirklich schön … Aber zu schön, um wahr zu werden, glaubst du nicht? Wenn der König wirklich die Hauptstadt verlässt, wird er dafür sorgen, dass sie ausreichend geschützt ist. Eine wunderbare Falle, oder?«

Dem Schnauzbart fiel es nicht leicht, zuzugeben, dass sein Kamerad Recht hatte, aber es war nicht zu ändern: Mit einer Hand voll Aufständischer konnte man Auaris nicht nehmen.

Teti der Kleinen war es ein ganz besonderes Vergnügen, am Arm ihrer Tochter die Stadt zu besuchen. Sie staunte über die Sauberkeit der Straßen und die Menge des frischen Gemüses auf dem Markt. Jedermann war glücklich, die Königinmutter wieder einmal zu sehen, der es Spaß machte, mit den Leuten zu plaudern und die Küchenutensilien zu bewundern, die eine seit kurzem wiedereröffnete Werkstatt herstellte. Nachdem sie den in Wasser eingeweichten Ton gut geknetet hatten, ließen die Handwerker die Paste in der Sonne trocknen und brannten sie bei niedriger Temperatur. Sie formten Schalen, Vorratsgefäße und Trinkbecher und machten sie durch eine besondere Glasur Wasser undurchlässig.

Die alte Dame interessierte sich auch für die einfachen, aus biegsamen Binsen geflochtenen Deckelkörbe in Rot, Blau oder Gelb. Körbe, die zum Tragen schwerer Gegenstände bestimmt waren, wurden am Grund mit zwei überkreuzten hölzernen Streben verstärkt.

»Wenn Euch dieser rote Korb gefällt, Majestät«, sagte ein Handwerker zur Königinmutter, »erlaubt mir, ihn Euch zum Geschenk zu machen.«

»Dafür bekommst du eine Büchse mit Salbe.«

Teti die Kleine öffnete ihr Geschenk erst im Palast.

Zum Glück war der Korb leer. Gemäß dem von Seqen und Heray benutzten Zeichensystem bedeutete das, dass die Sicherheit des geheimen Stützpunkts unangetastet war und dass die Kollaborateure sich still verhielten. Im gegenteiligen Fall hätte ein kleiner Papyrus die Königinmutter und Ahotep über die zu ergreifenden Maßnahmen ins Bild gesetzt.

»Heute Mittag werde ich ein wenig Weißwein trinken«, erklärte Teti die Kleine. »Der Spaziergang in der Stadt hat mich gestärkt.«

40

Von der Höhe seiner Zitadelle aus beobachtete Apophis die Rückkehr des Admiralsschiffs, dem weitere Schiffe der Kriegsflotte und ein schwer beladener Kauffahrer folgten.

Auf den Kais verhinderten die Ordnungshüter jeglichen Aufruhr. Der König hatte sogar die Jubelrufe untersagt, die seit eh und je die Heimkehr der Matrosen begleiteten. Unter allen Umständen hatten sich die Hyksossoldaten diszipliniert und kampfbereit zu zeigen.

Apophis empfing Jannas im großen Audienzsaal des Palasts, an seiner Seite befand sich ein verdrießlicher Khamudi und hohe Würdenträger.

»Sind die Kreter vernünftig geworden, Admiral?«

»Um Euch zufrieden zu stellen, haben sie ihre Tributzahlungen verdreifacht, und sie werden Euch in den nächsten Wochen die Schiffe schicken, die Ihr verlangt habt. Der König der großen Insel bittet Euch um Entschuldigung und verspricht Euch, dass der bedauernswerte Zwischenfall, der zu unserer Intervention führte, sich nicht wiederholen wird. Unglücklicherweise, sagt er, habe er sich von schlechten Ratgebern beeinflussen lassen. Inzwischen sind diese Ratgeber den wilden Tieren vorgeworfen worden.«

»Und die Künstler?«

»Die besten kretischen Maler stehen Euch zur Verfügung. Sie sind an Bord des Handelsschiffes, des ersten Geschenks Kretas an Euch, das dazu bestimmt ist, seinen Status als treuer Vasall zu besiegeln.«

»Lasst sie hereinkommen.«

Es waren etwa zehn, mit lockigem Haar und angetan mit farbenfrohen Gewändern. Der älteste zählte etwa vierzig Jahre, der jüngste fünfundzwanzig.

»Kniet vor dem König nieder und senkt den Blick!«, befahl Khamudi.

Dank dieser Männer würde Apophis in Auaris jede Spur der ägyptischen Kultur tilgen.

»Ihr werdet meinen Palast nach kretischer Art verzieren. Ich will, dass er schöner wird als der Palast von Knossos, jedes Bild muss auf seine Weise großartig sein. Wenn euch das gelingt, werdet ihr mit dem Leben davonkommen. Wenn nicht, so betrachte ich euer Scheitern als eine Beleidigung meiner Person.«

»Meine Armee steckt noch in den Kinderschuhen«, sagte Seqen zu Ahotep, »aber meine Soldaten werden allmählich richtige Krieger, die es im Nahkampf mit jedem beliebigen Gegner aufnehmen können. Die Lebensbedingungen sind äußerst hart, aber das ist gut so. Denn wer diese Zeit durchsteht, wird noch härter werden.«

Nachdem sie voller Leidenschaft die Liebe genossen hatten, lagen die jungen Eheleute nackt im Schatten einer Sykomore, deren Laub ihnen Schatten und Kühle spendete. Eine leichte Traurigkeit lag wie ein Schleier über dem Blick der Königin.

»Ich verstehe das nicht«, sagte sie. »Meine Mutter hat mir eine Zaubermuschel gegen Unfruchtbarkeit und den bösen Blick gegeben, und doch werde ich nicht schwanger. Isst du genügend Sellerie?«

Seqen lächelte.

»Glaubst du, das habe ich nötig, um dir mein Begehren zu beweisen? Ein einziger Tag ohne dich, und schon verzehre ich mich nach dir!«

»Ich will noch einen Jungen.«

»Das wäre ein großes Glück, aber sollten wir die Entscheidung der Götter nicht akzeptieren?«

»Kamose wird einen Bruder haben, das weiß ich!«

Seqen wagte es nicht, einen weiteren Einwand vorzubringen. Die Zärtlichkeiten seiner Frau ließen ihn in Leidenschaft zu diesem herrlichen Körper entbrennen, der für die Liebe bestimmt schien.

Der kleine Kamose mochte es, sich mit seinem Vater zu balgen, mit Lächler, dem Hund, spazieren zu gehen und sich von seiner Mutter verwöhnen zu lassen, und er liebte all die schönen Geschichten, die man ihm erzählte und in denen stets die Gerechtigkeit obsiegte. Doch was er am meisten liebte, war, mit seiner Großmutter zu spielen. Wenn er ihr Streiche spielte, schimpfte Teti die Kleine ihn nicht aus; sie versuchte vielmehr, ihn ihrerseits in die Falle zu locken, und das neckende Hin und Her endete schließlich in einem großen Heiterkeitsausbruch. Bei solchen Gelegenheiten servierte die Königinmutter der ganzen Familie wohlschmeckende Kuchen, die sie mit unnachahmlichem Können selbst zuzubereiten pflegte.

Im Kontakt mit diesem kleinen Schlingel, einem Ausbund an Lebenskraft, erlebte Teti die Kleine eine zweite Jugend. Ihr Appetit erstaunte den Palastkoch, einen der Agenten Herays, umso mehr, als sie trotz all der Speisen, die sie neuerdings aß, kein Gramm zulegte.

Noch immer voller Stolz und Eleganz zeigte sie sich regelmäßig einmal im Monat auf dem Markt – zur größten Freude des Volkes, das endlich daran zu glauben begann, dass die Stadt der Zerstörung entkommen würde.

Die Körbe, die Teti die Kleine in den Palast mitnahm, waren immer noch leer.

Das von Heray ins Leben gerufene Überwachungssystem erwies sich als äußerst wirkungsvoll; aber die Königinmutter legte auch besonderen Wert darauf, immer wieder an die notwendige Ehrfurcht zu erinnern, die man den Seelen der Verstorbenen in ihrer Nekropole am Westufer schuldete. Teti und Qaris verbreiteten schreckliche Geschichten von Dämonen und Wiedergängern, die jene Unvorsichtigen verschlingen würden, die so tollkühn waren, sich dorthin zu wagen, wo die Toten ruhten.

Nur die Dienerschaft des Palasts – allesamt Anhänger des Widerstands – wusste um Seqens häufige Abwesenheit. Die von Teti und ihrem Haushofmeister fleißig gestreuten Gerüchte festigten den Ruf des jungen Gatten als eines ziemlich leichtsinnigen Menschen, den es nicht im Palast hielt und der sich viel lieber seinen eigentlichen Leidenschaften – der Jagd und dem Fischfang – hingab.

Für die Anhänger der Kollaboration war die Sache klar: In der Herrscherfamilie gab es jedenfalls keinen Mann, der auf Krieg erpicht war, und alle gehorchten ohne Murren den Befehlen der Hyksos. Noch besser: Seit Ahotep das Regierungsgeschäft übernommen hatte, war das Leben für jeden Thebaner besser geworden, und darüber konnte sich niemand beklagen.

Dennoch war der Keramikhändler Chomu unzufrieden. Von

gemischter Herkunft, einem ägyptischen Vater und einer kanaanäischen Mutter, hatte er es schwer gehabt, die Anerkennung seiner Mitbürger zu gewinnen, die sich ihm gegenüber immer eher argwöhnisch und reserviert zeigten. Das Verschwinden seines einflussreichsten Feindes, des Ministers für Landwirtschaft, hatte es Chomu erlaubt, Kontakte zu anderen Händlern zu knüpfen, die ähnlich dachten wie er selbst: Die thebanische Dynastie hatte keinerlei Zukunft, und die südliche Provinz musste endlich ganz und gar dem Hyksoskönig zufallen. Wer sollte der Stadt Amuns neuen Wohlstand bringen, wenn nicht Apophis?

Das Verhalten Ahoteps hatte Chomu und seine Freunde überrascht. Er war davon überzeugt gewesen, dass diese leidenschaftliche, zu tollkühnen Handlungen neigende Frau den Zorn des Königs auf sich ziehen würde, doch die Tatsachen hatten das Gegenteil bewiesen. Nach der Gründung ihrer Familie schien sich die junge Frau in der Tugend der Unterwerfung zu üben.

Außerdem hatten es diejenigen, die sich gegen die Allgewalt der Hyksos empörten, vorgezogen, Theben zu verlassen, wo kein Kollaborateur für seine Äußerungen bestraft wurde. Und weder die alte Königinmutter noch der geisterhafte Seqen würde je die Kraft haben, die Stadt zum Kampf anzustacheln.

Nichts deutete darauf hin, dass in der Asche noch Feuer glimmte. Und doch fühlte Chomu ein gewisses Unbehagen. Dank des bescheidenen wirtschaftlichen Aufschwungs konnte er zwar recht gut sein Leben fristen; aber er fragte sich, warum der König Teti die Kleine und ihre Tochter nicht davongejagt hatte. Seine Freunde antworteten ihm, dass sie die Enklave ordnungsgemäß verwalteten und den neuen Pharao in allen Bereichen zufrieden stellten. Theben war schließlich nur ein Marktflecken in der Provinz, weit weg von Auaris, es zählte nicht zu den Orten, die das Interesse des Königs auf sich zogen.

Jeder hatte genug zu essen – warum sollte man sich da nicht mit dem Wohlwollen der Hyksos zufrieden geben, die die um ihre Existenz kämpfende kleine Stadt offensichtlich fast vergessen hatten?

Chomu knetete nachdenklich seinen roten Bart.

Der König musste von der Existenz eines Mannes wie ihm selbst erfahren, er musste ihm Verantwortlichkeiten übertragen, die seiner Einsatzbereitschaft entsprachen! Aber wie sollte er Apophis kontaktieren? Es war äußerst riskant, die Enklave Theben zu verlassen, und Chomu war kein Liebhaber von Gefahr.

Vorderhand konnte er nur noch mehr Thebaner davon überzeugen, dass es geraten war, sich den Kollaborateuren anzuschließen.

»Bist du sicher, ganz sicher?«, fragte Emheb den Späher.

»Absolut sicher. Es waren zwei nubische Krieger. Sie haben etliche Male den Beobachtungsposten gewechselt, sodass sie die Stadt von verschiedenen Stellen aus eingehend betrachten konnten.«

Also würde wirklich das eintreffen, was Emheb schon lange ängstigte. Die Nubier hatten vor, ihr Territorium über Elephantine hinaus nach Norden auszudehnen.

Edfu, Nekheb, Theben… Leichte Beute, alle drei Städte!

Leicht, aber giftig.

Edfu zu umzingeln hieß, die Hyksos auf den Plan zu rufen. Sobald sie vom Fall der Stadt erfuhren, würden sie Admiral Jannis schicken, mit dem Befehl, die Nubier zu vernichten und den Süden völlig zu zerstören.

Um zu verhindern, dass die Nubier angriffen, musste man den König zu Hilfe rufen, die Intervention Jannas' selbst auslösen! Er würde Emheb und die übrigen Aufständischen enttarnen, die Einwohner Edfus niedermetzeln und die ganze Region, einschließlich Thebens, mit Feuer und Schwert überziehen.

Von den Nubiern vernichtet zu werden oder von den Hyksos… War etwas anderes noch denkbar?

41

Schau, Mama, schau doch! Es ist Graukopf!«

Der kleine Kamose hatte sich mit der Brieftaube angefreundet, die häufig zwischen Edfu und Theben hin und her flog. Sie landete im Palastgarten und ließ sich, stolz auf die vollbrachte Leistung, von dem Jungen streicheln.

Kamose hatte gelernt, den Faden aufzuknüpfen, der eine kleine Papyrusrolle an den rechten Fuß der Taube band. Wenn es der linke Fuß gewesen wäre, hätte Ahotep sofort gewusst, dass der Urheber der Botschafter nicht Emheb war.

Selbstverständlich war der Text in Geheimschrift verfasst und enthielt, dreimal und inmitten von Worten ohne Bedeutung, die Erkennungshieroglyphe der Aufständischen.

Was die Königin las, ließ sie vor Schreck erstarren.

Und Seqen, Teti die Kleine, Qaris und Heray lauschten aufmerksam, als Ahotep ihnen mit erstickter Stimme die verheerende Nachricht Emhebs vorlas.

»Wir haben uns nicht getäuscht«, sagte der König. »Apophis hat Theben bisher nur verschont, um es im Kampf gegen die Nubier als Köder zu benutzen.«

»Sind wir in der Lage, uns den Nubiern zu widersetzen?«, fragte Heray ohne viel Hoffnung.

»Ich habe nur ungefähr hundert richtige Soldaten. Selbst wenn wir Emhebs Männer als Verstärkung bekommen, werden wir beim ersten Zusammenstoß vernichtend geschlagen werden.«

»Kein Volk, sagt man, kommt an Grausamkeit den Nubiern gleich«, bestätigte Qaris. »Wir müssen die Flucht der königlichen Familie vorbereiten.«

»Und die Thebaner?«, rief Ahotep empört.

»Selbst wenn wir versuchen würden, die Stadt zu evakuieren, würden die Bewohner doch sehr schnell gefunden und niedergemacht werden, entweder von den Hyksos oder von den Nubiern oder von allen beiden.«

»Dann sollen sie zu den Waffen greifen und unter unserem Kommando kämpfen!«

»Die Zivilisten sind unfähig, das zu tun«, widersprach Heray. »Vergesst nicht, Majestät, dass die Anhänger der Kollaboration sich weigern werden mitzumachen. Sie werden ihre Mitbürger vielmehr davon zu überzeugen suchen, dass auch sie aufgeben, um ihr Leben zu retten.«

»Qaris hat Recht«, gab Seqen zu. »Ahotep, ihre Mutter und unser Sohn müssen Theben verlassen. Ich werde mich mit meinen Soldaten nach Edfu begeben und an Emhebs Seite kämpfen.«

»Ich bin zu alt und zu müde, um meine Heimatstadt zu verlassen«, sagte Teti die Kleine kategorisch. »Und zudem werde ich versuchen, mit den Besatzern zu verhandeln.«

»Ich werde meinen Mann nicht verlassen«, sagte Ahotep bestimmt.

»Du und Kamose, ihr seid die Zukunft. Mit einer Eskorte werdet ihr euch in der Wüste verstecken und …«

»Sterben wie Feiglinge, weit entfernt von denen, die wir lieben – niemals! Kehr zu unserem geheimen Stützpunkt zurück, Seqen, und bereite deine Soldaten darauf vor, als Krieger zu sterben. Ich antworte Emheb, dass wir zu ihm stoßen, sobald es notwendig wird.«

Tjarudjet hatte auf den begabtesten der kretischen Maler ein Auge geworfen. Der gut aussehende junge Mann stand der kleinen Künstlergruppe vor, die gezwungen worden war, Apophis' Palast auszumalen.

»Darf ich dir beim Arbeiten zuschauen, Minoer?«

»Das kann ich auf den Tod nicht ausstehen.«

Die große, schlanke Eurasierin ließ ihren Finger verführerisch über seine sinnlichen Lippen gleiten.

»Du weißt ganz genau, dass du dem König gehorchen musst und dass der König mein Bruder ist... Er schlägt mir nicht gern etwas ab, wird es aber zweifellos tun, wenn ich den Kopf eines kretischen Künstlers von ihm verlange.«

»Ohne mich wird dieser Palast bleiben, was er ist: ein abscheuliches Gefängnis.«

»Du denkst, du bist unersetzlich, Minoer?«

»Ich bin unersetzlich. Und sobald ich hier fertig bin, kehre ich mit meinen Kameraden nach Hause zurück.«

»Wie naiv du bist!«

Der Künstler wandte sich um und betrachtete die schöne Prinzessin mit der betörenden Stimme aufmerksam. »Warum sagst du das?«

»Weil du niemals nach Kreta zurückkehren wirst. Begreifst du nicht, dass du Eigentum des Königs geworden bist?«

Minos ließ seinen Pinsel los.

Tjarudjet fuhr ihm zärtlich mit der Hand durch das Haar und drückte einen Kuss auf seinen Hals. »Es ist nicht so schlimm, wenn du lernst, dich zu fügen. Ägypten ist ein angenehmes Land, und es liegt an dir, dass der Palast etwas ansehnlicher wird. Außerdem hast du gar nicht das Recht, schlechte Arbeit abzuliefern, denk daran.«

Minos bewegte sich nicht.

»Ich hoffe, du bist kein Knabenliebhaber«, fragte Tjarudjet beunruhigt, während sie den Schurz des Kreters aufknüpfte.

Beim Anblick der Wirkung ihrer Zärtlichkeiten fasste sie sich wieder.

Minos konnte nicht länger widerstehen. Hastig nahm er sie in seine Arme, und sie sanken auf die Steinplatten.

»Es gibt bequemere Orte, um sich kennen zu lernen«, flüsterte sie an seinem Ohr.

»Da du meine Liebesfähigkeit anzweifelst, will ich dir lieber sofort das Gegenteil beweisen.«

Die Zeremonie der Darbringung der Gaben seiner Vasallen hatte noch einmal die Allmacht des Königs und Pharaos Apophis bestärkt. Nachdem sie ihren Herrn mit den Reichtümern ihrer Länder in noch größerem Maß als im letzten Jahr beschenkt hatten, verbeugten sich die Abgesandten der unterworfenen Völker tief vor ihm.

Besonderes Aufsehen hatte der Gesandte Kretas erregt, der mit ausgesuchten Worten Apophis' Größe gerühmt hatte. Der Diplomat hatte hinzugefügt, seine Insel sei stolz darauf, dass ihre besten Künstler den Palast von Auaris ausschmückten, der von nun an als die Mitte der Welt gelten dürfe.

Admiral Jannas hatte in seiner Grußadresse von der militärischen Stärke der Hyksos gesprochen, sowohl an Land wie zu Wasser, und hatte jedem potenziellen Aufrührer damit klargemacht, dass ihn im Fall des geringsten Aufbegehrens der sichere Tod erwartete. Während Jannas' Rede hatte der König den Gesandten Nubiens beobachtet, dessen Gesicht ganz ruhig blieb.

Schließlich hatte der Großschatzmeister Khamudi wie jedes Jahr eine Erhöhung von Steuern und Abgaben angekündigt, unabdingbare Voraussetzung dafür, dass die Sicherheitskräfte weiterhin das Wohl ihrer Untertanen garantieren konnten. Jegliche Zahlungsverzögerung, jeder Betrugsversuch würde schwere Strafen nach sich ziehen. Wenn ein Vasall seinen Pflichten nicht nachkäme, würde es unverzüglich zu einem Einschreiten der Armee kommen.

Kein Diplomat hielt sich gern länger in Auaris auf. Die Allgegenwart der Ordnungskräfte und Wachtruppen schuf eine bedrückende Atmosphäre, und jeder wusste, dass der König jeden Einwohner verschwinden lassen konnte, wenn es ihm gefiel.

Am meisten erleichtert, die Hauptstadt endlich verlassen zu können, war der kretische Gesandte, der trotz der totalen Unterwerfung seines Landes Repressalien fürchtete. Er kannte sowohl Apophis wie Khamudi und Jannas und hatte seinen König davon überzeugt, dass es besser sei, nichts mehr gegen die Hyksos zu unternehmen und alle Bedingungen anzunehmen, die Apophis der Insel diktiert hatte.

Als sein Schiff den Hafen verließ, dachte er etwas wehmütig an den nubischen Diplomaten, der zu Apophis zitiert worden war.

Zweifellos würde er ihn nie wiedersehen.

»Du bist schweigsam gewesen«, sagte Apophis zum Gesandten Nubiens, der trotz all seiner diplomatischen Erfahrung eine trockene Kehle hatte und hin und wieder krampfartig aufstoßen musste.

»Die Zeremonie war unanfechtbar, Majestät, und die Darlegungen waren klar und fehlerlos.«

»Da das Reich jetzt befriedet ist, gedenke ich, mich etwas mehr mit Ägypten und Nubien zu beschäftigen. Ich habe Admiral Jannas und Großschatzmeister Khamudi deshalb mit einer neuen Mission betraut.«

Der Gesandte fuhr zusammen. Hatte die raue Stimme des Königs nicht soeben die Auslöschung des nubischen Volkes verkündet?

»Täusche dich nicht über meine Absichten«, fuhr Apophis

fort. »Da mein Freund und getreuer Untergebener Nedjeh sich loyal verhält und keinen falschen Schritt tut – weshalb sollte ich ihn bestrafen?«

Der Schweiß lief dem Gesandten in großen Tropfen über die Stirn.

In weniger als einem Monat wollte Nedjeh Edfu angreifen, dann Theben nehmen und den König vor vollendete Tatsachen stellen. Er sollte den Norden behalten, die Nubier aber würden den Süden besetzen.

»Die Verwaltung eines Reiches ist eine heikle Kunst«, nahm Apophis den Faden wieder auf. »Trotz des guten Willens der lokalen Behörden kommt es immer wieder zu Unregelmäßigkeiten, oder sogar zu ärgerlichen Akten der Pflichtvergessenheit. Khamudi widmet sich seiner Sache mit ganzem Herzen, und er erträgt diese Unregelmäßigkeiten nicht länger. Eine Volkszählung ist unabdingbar geworden.«

»Eine Volkszählung ...«, stotterte der Gesandte.

»Die Truppen von Admiral Jannas werden sich morgen nach Elephantine auf den Weg machen, wo sie Menschen und Tiere zählen werden, Kopf für Kopf. Danach werden sie dasselbe in Nubien tun, während weitere Soldaten sich um die südlichen Provinzen kümmern. Ich zähle auf die unbedingte Unterstützung meines Dieners Nedjeh.«

»Selbstverständlich könnt Ihr auf mich zählen«, antwortete der Gesandte.

42

Ein Schiff der Hyksos, mein Fürst.«

»Nur eins?«, fragte Emheb verwundert.

»Ja, und nicht sehr groß. Ein Offizier und ein Dutzend Männer sind an Land gegangen. Sie kommen auf uns zu. Wann sollen wir sie töten?«

»Wir rühren sie nicht an, bevor wir nicht wissen, was sie wollen. Wenn ein Schiff vermisst wird, wird Jannas mit äußerster Härte reagieren.«

Emheb war verblüfft. Offensichtlich waren die Hyksos von den Absichten der Nubier unterrichtet worden. Warum schickten sie nicht mehr Verstärkung?

Vielleicht war das hier nur die Vorhut.

Emheb würde es unter Umständen gelingen, sie irrezuführen, indem er ihnen garantierte, dass Edfu sich ihnen unterwarf und ihnen als Basis für die Sperrung der Route nach Nubien dienen würde, aber damit wäre das Problem nur aufgeschoben. Diese Abgesandten kündigten notwendigerweise die Ankunft Jannas' an.

»Der Offizier fragt nach Euch, mein Fürst.«

»Führt ihn zu mir.«

Mehr als zwanzig Hyksoskriegsschiffe mit voller Besatzung waren nilaufwärts an Theben vorbeigesegelt.

Die Straßen der Stadt waren verlassen. Im Palast gelang es keinem, seine Angst zu verbergen. Teti die Kleine spielte noch mit Kamose, aber ohne ihre übliche Begeisterung. Selbst Lächler, der Hund, war nervös.

»Apophis ist immer einen Schritt voraus«, stellte Qaris fest. »Die Nubier hätten ihn nicht herausfordern sollen.«

»Und Theben wird ihren Wahnsinn büßen müssen!«, rief Ahotep.

»Ihr müsst Euch schützen, Majestät«, bat der Haushofmeister. »Geht zum König ans Westufer.«

»Sobald Seqen und seine Männer den Nil überqueren können, werden sie kommen und uns verteidigen.«

Heray platzte keuchend in diese Unterhaltung im Audienzsaal. »Die Hyksos gehen an Land ... Sie werden bald hier sein!«

»Ich werde sie empfangen«, verkündete Teti die Kleine, indem sie den kleinen Kamose auf den Arm nahm. »Sie werden es nicht wagen, einer Großmutter und ihrem Enkel etwas zuleide zu tun.«

»Nein, Mutter. Es ist meine Aufgabe, ihnen gegenüberzutreten.«

Die junge Königin verließ den Palast, um die Abordnung der Hyksos zu empfangen.

Sie würde den Kommandanten bitten, Theben zu verschonen. Was konnte sie im Gegenzug anbieten, außer sich selbst? Zweifellos würde es dem Hyksoskönig gefallen, sie zur Sklavin zu machen. Wenn sie ihn von Angesicht zu Angesicht sah, würden ihr die richtigen Worte einfallen, um ihm zu sagen, was für ein Ungeheuer und Feigling er war.

Es würde sein letzter Kampf werden.

Unerbittlich kamen die Soldaten näher.

Ahotep stand aufrecht im hellen Sonnenschein und versuchte, ihre Angst im Zaum zu halten. Dann fragte sie sich, ob ihre Augen sie trogen. Nein, er war es tatsächlich!

»Fürst Emheb!«

»Ihr habt nichts zu befürchten, Majestät«, murmelte er. »Weder die Nubier noch die Hyksos werden Euch angreifen. Apophis hat eine allgemeine Volkszählung angeordnet, die auch in Nubien durchgeführt werden soll, und Jannas persönlich ist damit beauftragt worden, an der Spitze seiner Truppen.

Nedjeh kann ihm den Gehorsam nicht verweigern. Er sitzt in seiner Hauptstadt fest und muss sich als treuer Untertan seines Herrschers zeigen. Ausgeschlossen, dass er jetzt Edfu und Theben angreift, seine Eroberungsgelüste sind im Keim erstickt. Apophis wird die genaue Zahl der schwarzen Krieger erfahren und ihren König so besser einschätzen können. Was Theben betrifft, so ist es jetzt an mir, diesem unbedeutenden Marktflecken mit der angemessenen Strenge zu begegnen.«

Ahotep wäre Emheb am liebsten um den Hals gefallen, aber sie wusste, dass Dutzende Augenpaare die Szene beobachteten.

»Meine Stadt ist unabhängig!«, rief sie. »Wie konntet Ihr als Ägypter nur so zum Verräter Eures Landes und zum Gefolgsmann der Hyksos werden?«

»Apophis ist unser Pharao, Majestät, und wir alle schulden ihm Gehorsam«, antwortete Emheb mit fester Stimme. »Ich bin nur mit wenigen Soldaten gekommen, die jetzt zur Zählung der Bevölkerung Thebens schreiten werden. Wenn Ihr Euch weigert, uns zu unterstützen, wird sich ein ganzes Regiment mit dieser Aufgabe beschäftigen, nachdem man Euch festgenommen und diejenigen, die sich nicht zählen lassen wollen, deportiert hat.«

Ahotep drehte ihm den Rücken zu. »Die königliche Familie umfasst vier Personen«, erklärte sie voller Verachtung. »Die Königinmutter Teti die Kleine, mein Gemahl Seqen, mein Sohn Kamose und mich selbst. Nach dem Personal im Palast müsst Ihr Qaris fragen, den Haushofmeister. Und mit dem Rest der Bevölkerung müsst Ihr selbst zurechtkommen.«

Hinter einem halb geschlossenen Fensterladen versteckt, hatte Chomu die ganze Auseinandersetzung mitangehört. Sobald die Königin verschwunden war, lief er zu Emheb.

»Ich heiße die ruhmvollen Hyksos willkommen! Mein Name ist Chomu, ich bin Kaufmann und repräsentiere zahlreiche

Thebaner, die den Hyksoskönig verehren und bewundern. Wir sind bereit, Euren Soldaten bei der Zählung zu helfen.«

Seinen Abscheu mit Mühe überwindend, deutete Emheb ein Lächeln an. »Ich ernenne dich hiermit zum örtlichen Helfer der Volkszählung. Du bekommst ein Büro mit zwei Hyksosschreibern, du wirst die offiziellen Erklärungen sammeln und ordnen, und du wirst mir jeden anzeigen, der zu betrügen versucht.«

»Ihr werdet bald die genaue Zahl der Bewohner dieser Stadt erhalten, mein Fürst!«

Mit vor Aufregung glänzenden Lippen wagte Chomu die entscheidende Frage zu stellen: »Werde ich dazu autorisiert sein, den endgültigen Bericht zu unterzeichnen, auf Grund meiner Ergebenheit für den König?«

»Wenn ich mit deiner Arbeit zufrieden bin, warum nicht?«

Nie in seinem Leben hatte Chomu einen Zustand von so reinem Entzücken genossen. Er, der kleine Keramikhändler, nun als offizieller Volkszähler im Dienste des Königs! Hier war endlich die erste Stufe der Treppe erreicht, die zur Stadtverwaltung hinaufführte, aus der er die königliche Familie verjagen würde, damit Theben zu einer wahren Hyksosstadt wurde!

Die Bauern des Deltas erkannten ihre Region nicht wieder. An allen möglichen Stellen waren Soldatenunterkünfte gebaut worden, die die Hütten der Hirten verdrängten, und ein bisher unbekanntes Tier hatte sich breit gemacht: das Wollschaf. Die Hyksos machten es sich als Fleischlieferant zunutze – anders als die Ägypter, die Schweinefleisch schätzten –, wie sie auch wollene Kleidung bevorzugten, statt der ägyptischen Leinwand.

Jeden Tag, stellte der Schnauzbart fest, wurde der Graben zwischen Besatzern und Besetzten größer. Obwohl die Zahl der Kollaborateure immer noch stieg, waren nur wenige von ihnen ehrlich und glaubten wirklich, dass die neue Ordnung der Hyksos für sie tauge. Die meisten versuchten nur, ihr Leben zu retten, und gaben deshalb vor, einen Tyrannen zu verehren, dem offenbar keine Macht der Welt mehr seinen Thron streitig machen konnte.

In diesem Klima der Hoffnungslosigkeit war es nicht leicht, neue Mitglieder des Widerstands zu rekrutieren. Andererseits waren jene, die sich bereit fanden, Apophis zu bekämpfen, zu jedem Opfer bereit und würden vor keiner Gefahr zurückweichen.

Heute hatte der Schnauzbart einen weiteren Misserfolg eingeheimst. Nachdem er einen Monat lang unter Schweinezüchtern gearbeitet hatte, von denen er nicht mehr Lohn erbeten hatte als ein wenig Nahrung, hatte er sich zu erkennen gegeben in der Hoffnung, mindestens einen von ihnen für sich gewinnen zu können. Die fünf Männer hatten ihn zwar ihrer Sympathie versichert, aber sie hatten sich nicht in der Lage gesehen, sich auf ein so tollkühnes Abenteuer einzulassen.

Als sie an dem verlassenen Schuppen vorbeikamen, wo sich der Afghane versteckt hielt, der auf das Ergebnis des neuen Rekrutierungsversuchs seines Freundes wartete, hielt einer der Schweinezüchter plötzlich inne.

»Hyksos sind hier!«

Tatsächlich traten etwa zehn Fußsoldaten im schwarzen Harnisch aus dem Hof, wo die Bauern mit ihren Familien wohnten.

Der Schnauzbart konnte weder fliehen noch den Afghanen warnen. Die Soldaten hatten sie schon ausgemacht und kamen auf sie zu. Er konnte nur noch hoffen, dass man ihn nicht verriet.

»Wir führen die Volkszählung durch«, verkündete der Offizier, ein kräftiger Anatolier. »Eure Namen und die genaue Zahl eurer Tiere. Ach, und noch etwas. Der Verkaufspreis für eure

Schweine ist um die Hälfte gefallen, und die Steuern sind um fünfzig Prozent gestiegen.«

»Ihr wollt uns ruinieren!«

»Das ist nicht mein Problem, mein Guter. Du brauchst es nur so zu machen wie wir und kein Schweinefleisch mehr essen. Sag mal ... Du hast doch in dem Schuppen da drüben nicht etwa jemanden versteckt?«

»Nein, da ist schon lange nichts mehr drin.«

»Wir werden trotzdem nachsehen, nur um sicherzugehen, dass du uns nicht anlügst. Wenn sich das nämlich herausstellen sollte, mein Lieber, wirst du ganz große Schwierigkeiten kriegen.«

»Verteidigt euch, sie wollen euch töten!«, schrie der Schnauzbart in diesem Augenblick. Er hatte sich auf einen Soldaten geworfen und ihm das Genick gebrochen, entriss ihm das Schwert und stieß es seinem nächsten Kameraden in die Brust.

Wutentbrannt holte der Anatolier aus und rammte seine Lanze in den Leib eines Bauern, der noch versucht hatte, ihn zu besänftigen. Mit nichts als ihren Fäusten bewaffnet, stellten die Schweinezüchter für die Hyksos keine ernsthaften Gegner dar. Doch der Kampf dauerte lange genug, dass der Afghane Zeit hatte, sich mit einer Mistgabel zu bewaffnen und wie ein wildes Tier zwischen sie zu fahren.

Er stieß seine Waffe in die Eingeweide des Anatoliers.

Die Soldaten erstarrten vor Verblüffung und reagierten nicht schnell genug. Die beiden Aufständischen, erfahren im Nahkampf, ließen ihnen keine Chance.

Die blutbefleckten Hände des Schnauzbarts zitterten. Der Afghane rang um Atem.

Von den Schweinezüchtern hatte keiner überlebt. Der Afghane tötete den letzten verletzten Hyksos. In blindem Zorn gab der Schnauzbart den Leichen Fußtritte, bis die feindlichen Gesichter kaum mehr zu erkennen waren.

43

Seit er in seiner neuen prunkvollen Amtsstube in Auaris residierte, wo er täglich die Berichte der Volkszähler entgegennahm, hatte Großschatzmeister Khamudi an Leibesumfang beträchtlich zugelegt. Dieser Mann, den seine Untergebenen heimlich »Fürst Dünkel« oder »Raffzahn« nannten, war schwerreich geworden. Er kontrollierte die Produktion der Skarabäen und des Papyrus, zweigte mit Apophis' Einverständnis regelmäßig hohe Summen aus den Steuereinnahmen für seinen privaten Bedarf ab und tat seiner Habgier – die mit einer soliden Portion Geiz gepaart war – überhaupt in keiner Weise Zwang an.

Am Ende von drei mühevollen Jahren kam die Volkszählung allmählich zum Ende. Gemäß Apophis' Weisungen hatten die Hyksossoldaten die entferntesten Winkel Ägyptens und Nubiens aufgesucht, hatten die dicht bevölkerten Gebiete zu wiederholten Malen durchkämmt, sodass ihnen kein Mensch und kein Tier entschlüpft war. Und das Resultat ließ sich sehen: Kein Mensch würde sich den diversen Abgabeverpflichtungen mehr entziehen können.

Nach den Enttäuschungen am Anfang des ganzen Unternehmens hatte Khamudi eine geniale Idee gehabt: die ersten Zählungen in die Hand von lokalen Schreibern zu legen. Im Fall eines Irrtums – der durch offizielle Abgesandte der Hyksos stets ans Licht kam – wurden diese Schreiber auf dem öffentlichen Platz lebendig verbrannt. Die Maßnahme war äußerst effektiv gewesen: Die gebildeten Ägypter hatten sich als hervorragende Helfershelfer erwiesen. Unbarmherzig hatten sie noch den letzten Bauern, der sich in irgendeinem entfernten Winkel auf seinem Fleckchen Erde verkroch, verfolgt und in die Zählungsverzeichnisse aufgenommen.

So konnte Khamudi mit berechtigtem Stolz seinem Herrn und Meister gegenübertreten, der damit beschäftigt war, die neuen Lohnkosten für seine Soldaten und Funktionäre in eine Tabelle einzutragen. Die Sache war ebenso einfach wie wirkungsvoll: Die Löhne von Beamten konnten in dem Maß erhöht werden, wie die Untertanen, die keine Möglichkeit hatten, sich zur Wehr zu setzen, zu immer höheren Abgaben gepresst wurden.

»Majestät, die Volkszählung ist ein voller Erfolg!«

»Um wie viel sind unsere Einnahmen gestiegen?«

»Um über dreißig Prozent! Sogar die Nubier haben wir matt gesetzt. Das heißt nicht, dass Nedjeh uns nicht noch irgendwelche Familienschätze verheimlicht, aber ist das nicht fast verzeihlich?«

»Dafür wirst du den Preis des Weizens erhöhen, dem wir ihm verkaufen. Kein Zwischenfall?«

»Wir haben eine Patrouille verloren, die so unvorsichtig war, im Nil zu baden, an einem Ort, wo es von Krokodilen wimmelt. Man hat nur noch Fleischstücke gefunden, die an Uniformen klebten. Sonst nichts. Wer würde es wagen, sich gegen unsere Armee zu erheben? Sogar die wilden Nubier haben begriffen, dass es besser ist, Admiral Jannas aufs Wort zu gehorchen. Ein weiterer Grund zur Zufriedenheit ist die Vernichtung des Widerstands und die wachsende Zahl der ägyptischen Kollaborateure. Der Fürst von Edfu, Emheb, war selbst ein aktiver Volkszähler. Bei der thebanischen Kampagne wurden doppelt so viele Tiere gezählt als vorher angenommen, und die Besitzer von Schweinen sind von ihm persönlich aufgestöbert worden.«

»Hat er seine eigene Stadt nicht geschützt?«

»Nicht im Geringsten, Majestät! Als wir ihn erst einmal mit dieser offiziellen Mission betraut hatten, wuchsen ihm auf einmal die Flügel der Raffgier. Dank seiner Arbeit werden wir Edfu aussaugen können, bis nichts mehr davon übrig ist.«

»Ernenne ihn zum Oberaufseher für die Steuern der Provinz Theben, und sorge dafür, dass seine Einnahmen ständig steigen. Seine Haltung wird sicher andere ägyptische Würdenträger anfeuern, es ihm gleich zu tun, und so wird der Verfall ihres Volkes beschleunigt.«

Selbst der Afghane war erschöpft.

Seit dem Beginn der Volkszählung war die kleine Gruppe der Aufständischen gezwungen gewesen, sich unaufhörlich zu bewegen und neue Quartiere zu suchen, und dabei mussten sie ständig befürchten, von einer der zahlreichen Hyksospatrouillen aufgegriffen zu werden, die Mittelägypten durchstreiften und keinen noch so abgelegenen Hof links liegen ließen.

Mehrmals hatte ihnen die Wüste als zeitweiliger Aufenthaltsort gedient, aber der Mangel an Lebensmitteln hatte sie immer wieder zurückgetrieben in die Dörfer, deren Bewohner sich feindselig zeigten.

Es war jetzt keine Rede mehr davon, neue Mitglieder zu gewinnen. Man musste überleben.

»Wir halten nicht mehr sehr lange durch«, bekannte der Schnauzbart. »Die Nerven unserer Leute liegen blank. Von allen werden sie gejagt, und die Angst ist ihr ständiger Begleiter. Einige würden am liebsten nach Hause zurückkehren.«

»Dort wird man sie hinrichten.«

»Sie ziehen den Tod einer dauernden Flucht vor.«

»Ich werde versuchen, mit ihnen zu reden. Und wenn es mir nicht gelingt ...«

»Du denkst doch nicht daran, diejenigen, die nicht mehr an die Sache glauben, zu töten?«

»Weißt du eine bessere Lösung?«

Der Afghane hatte Recht. Aber wie konnte man einen Entschluss fassen, der eine solch extreme Grausamkeit erforderte?

»Wenn wir sie gehen lassen«, fuhr der Afghane fort, »werden sie uns verraten. Alles, was wir in diesen letzten Jahren durchgemacht haben, wird umsonst gewesen sein.«

»Es sind unsere Kameraden, nicht unsere Feinde!«

»Wenn sie nicht mehr mitmachen, sind sie gegen uns.«

Einer der Aufständischen gab Alarm. »Ein Bauer kommt auf uns zu.«

»Bekannt?«

»Er hat uns schon einmal Unterschlupf gewährt.«

»Sieh nach, ob ihm Hyksos folgen.«

Der Bauer war allein.

Geschützt von dem Afghanen, der sich hinter einer Tamariske versteckte, willigte der Schnauzbart ein, mit dem Neuankömmling zu sprechen.

»Was willst du?«

»Es ist zu Ende, die Volkszählung ist vorbei! Die Spezialpatrouillen sind wieder nach Auaris gefahren, die Kriegsflotte hat sich in Richtung Delta auf den Weg gemacht. Jetzt sind nur noch die üblichen Besatzungstruppen da. Von heute Abend an könnt ihr bei mir übernachten.«

Theben war ausgeblutet.

Ahotep bedauerte nicht, sich der von Emheb geplanten Vorgehensweise angeschlossen zu haben, doch sie hatte die Bewohner der kleinen Stadt ruiniert. Die neuen Steuern auf die Ernten ließ den Thebanern kaum noch das Lebensminimum, und Ahotep musste ihre ganze Überredungskunst aufbieten, damit sie nicht einfach die Flinte ins Korn warfen.

Teti die Kleine unterstützte sie nach Kräften. Oft begab sie sich auf den Markt und erklärte den Hausfrauen, dass die königliche Familie nicht mehr und nicht weniger zu essen hatte als sie selbst. Und der kleine Kamose bekräftigte laut und deutlich, dass Theben über all seine Feinde triumphieren werde.

Der Keramikhändler Chomu war niedergeschlagen. Er hatte

gehofft, dass die Hyksossoldaten in Theben bleiben und ihn als Stadtvorsteher einsetzen würden, zum Dank dafür, dass er ihnen jene Leute angezeigt hatte, die der Schatzmeisterei ein paar Besitztümer unterschlagen hatten. Emheb hatte ihn zu seiner Arbeit herzlich beglückwünscht und war nach Edfu zurückgekehrt, ohne Königin Ahotep ihres Amtes zu entheben, die tatsächlich all seine Bedingungen akzeptiert hatte.

Was konnte man gegen die Beliebtheit dieser jungen Herrscherin und der Königinmutter tun? Zutiefst enttäuscht, fehlte es Chomu an Argumenten, wenn ihn die Anhänger der Kollaboration um Rat fragten. Ahotep fügte sich schließlich allen Forderungen des Königs.

Heray, der Aufseher der Getreidespeicher, hatte ihn ein wenig mit der Aussicht getröstet, dass es in der Zukunft sicher noch Bedeutendes für ihn zu tun gebe. Seine Verehrung der neuen Herren würde nicht unbemerkt bleiben, umso mehr, als Emhebs Bericht diesen so lobend hervorgehoben habe.

In Wahrheit hatte Emheb sich gehütet, diese Ratte zu erwähnen, deren Aktivität von Heray argwöhnisch beäugt wurde. Früher oder später würde Chomu aus seiner Melancholie erwachen und seine schädlichen Kräfte von neuem entfalten.

In der Region Theben war die Volkszählung noch nicht ganz beendet. Um nicht selbst verdächtigt zu werden, hatte Emheb nicht verhindern können, dass ein Hyksoskommando sich zum Westufer begab, um die Nekropole und deren Umgebung zu inspizieren, obwohl dort angeblich niemand wohnte.

Aber kein Winkel der Erde sollte den Volkszählern entgehen.

Und wenn sie ihren Auftrag ordnungsgemäß ausführten, würden sie den geheimen Stützpunkt entdecken.

44

Graukopf landete auf Seqens Schulter, der ihn streichelte und dann die Botschaft las, die er ihm brachte.

»Die Hyksos nehmen die Nekropole unter die Lupe«, kündigte er seinen Männern an. »Dann müssen sie nur noch darauf kommen, sich die Wüstengegend im Norden anzusehen.«

»Wir greifen sie an und töten sie«, sagte ein junger Krieger großspurig.

»So ein Sieg würde zu nichts führen«, sagte Seqen. »Das Hauptquartier würde bald von dem Verschwinden des Kommandos Wind bekommen, und dann schicken sie uns eine Armee, gegen die wir machtlos sind.«

»Wir können uns doch nicht einfach von ihnen niedermetzeln lassen!«

»Vor allem müssen wir jetzt die Regeln für den Notfall anwenden und dürfen nicht davon abweichen.«

Am Eingang der Totenstadt zögerte der Kommandeur der Hyksoseinheit. Emheb hatte ihm anvertraut, dass kein Ägypter sich mehr an diesen Ort wagte, wo Ungeheuer mit Geierköpfen und Löwentatzen ihr Unwesen trieben. Sie würden ihre Opfer von hinten angreifen, hatte er gesagt, ihnen die Augen ausreißen, den Schädel zertrümmern, ihr Blut trinken und ihnen das Mark aus den Knochen saugen.

Als ehemaliger Pirat hatte der Offizier selbst schon zu viele Gegner niedergemetzelt, um sich vor solchen harmlosen Tieren noch zu fürchten. Doch seine Soldaten waren, obwohl gut bewaffnet, anderer Meinung.

Die strenge Feierlichkeit des Ortes und das drückende Schweigen ließen ein leichtes Unbehagen in ihm aufsteigen.

Als ein Hund bellte, zuckte der Hyksos zusammen.

Einer der Bogenschützen schoss sofort einen Pfeil ab. Er prallte gegen eine Stele, die Grabschänder verfluchte, und der letzte Wächter des großen Friedhofs suchte das Weite.

»Wir werden doch nicht anfangen und auch noch die Toten zählen«, sagte einer der Soldaten.

»Warum die Gräber nicht plündern?«, schlug sein Kamerad vor.

»Also gut, du zuerst.«

»Glaubst du an diese Geschichten von den Ungeheuern?«

»Natürlich nicht! Aber geh du trotzdem voran.«

Der Kommandeur hatte einen guten Blick – was er sah, waren nur kleine Grabmäler, die meisten davon verlassen, einige aufgebrochen … Keine guten Aussichten.

»Niemand, den man hier zählen könnte«, stellte er fest. »Wir sehen uns jetzt den letzten weißen Fleck auf meiner Karte an.«

»Dort ist die Wüste, Kommandeur!«

»Hast du Angst?«

»Es gibt Leute, die sagen, es sei gefährlich, wegen all dieser Ungeheuer, die es da gibt.«

»Kein Ungeheuer kann es mit dreihundert Hyksossoldaten aufnehmen. Vorwärts.«

Von der geheimen Basis war nichts mehr zu erkennen. Seqen hatte dafür gesorgt, dass jede Spur eines Feldlagers verschwunden war. Seine Männer hatten sich gut versteckt, einige hinter den naheliegenden Hügeln in der Wüste, andere in den unterirdischen Gängen, die nicht weit vom Ausbildungslager entfernt gegraben worden waren. Der Pharao selbst und zwei seiner besten Soldaten verbargen sich in einer natürlichen Höhle, von wo sie das ganze Gelände überblicken konnten, ohne selbst gesehen zu werden.

Seqen sah die Aufklärungstrupps der Hyksos, denen die Vorauskommandos und dann der Rest der Truppe zügig folgten.

Sie gingen schnell, wie um das feindliche Gelände bald hinter sich zu bringen.

Plötzlich blieb der Kommandeur stehen und betrachtete den Boden.

»Hoffentlich hat er nicht den Eingang zu einem unterirdischen Gang im Blick«, sagte einer der ägyptischen Soldaten beunruhigt.

»Dort ist kein Eingang«, sagte der König.

Der Offizier hob einen Gegenstand vom Boden auf und schwang ihn hin und her.

»Eins der Holzschwerter, das wir bei den Übungen benutzt haben«, brummte Seqen, wütend wegen dieser Nachlässigkeit, die ihnen allen das Leben kosten konnte.

»Es ist ein Spielzeug, Kommandeur!«, sagte ein Unteroffizier.

»Möglich ... Es ist abgenutzt.«

»Das sind die einzigen Waffen, die die Ägypter haben, um uns zu bekämpfen!«, rief ein Bogenschütze aus und ein allgemeiner Heiterkeitsausbruch folgte seinen Worten.

Der Kommandeur musterte mit zusammengekniffenen Augen noch einmal das Terrain. »Alles durchsuchen!«, befahl er dann.

In den nächsten drei Stunden suchten die Hyksos nach weiteren Gegenständen, die beweisen konnten, dass dieser Ort einst bewohnt gewesen war oder immer noch Bewohner hatte.

Das Ergebnis war negativ. Offenbar war das Spielzeug von einem Sandsturm hierher geweht worden, oder das Kind eines durchziehenden Nomadenstammes hatte es fallen gelassen und vergessen.

»Hier sind wir am Ende des Gebiets«, sagte ein Soldat des Aufklärungstrupps. »Keine Menschenseele.«

»Diese Höhle dort interessiert mich noch. Lasst uns einen Blick hineinwerfen.«

»Sie kommen auf uns zu, Majestät!«

»Behalte die Nerven, Soldat.«

»Wenn sie in die Höhle hereinkommen, sind wir verloren!«

»Du musst Vertrauen haben.«

»Wir können nur noch fliehen!«

»Zu spät. Wir gehen alle zur hinteren Wand, legen uns flach auf den Boden, und kein Wort mehr!«

Am Eingang der Höhle hatte Seqen Tierknochen verstreut. An einigen von ihnen hingen noch Fleischfetzen.

»Da drin ist ein Ungeheuer!«, stellte ein Hyksos fest.

»Kein Ungeheuer, aber bestimmt ein Raubtier«, widersprach der Kommandeur.

»Wenn das hier sein angestammtes Territorium ist, wird es uns angreifen.«

»Wir haben ein ganz einfaches Mittel, um uns Klarheit zu verschaffen… Bogenschützen, Aufstellung nehmen!«

Ein Dutzend Pfeile flog gegen die Hinterwand der Höhle.

Als einer davon die Hand des Soldaten neben ihm durchbohrte, hielt ihm Seqen sofort den Mund zu, damit er nicht unwillkürlich schrie.

Die anderen Pfeile waren zu hoch für ihre Köpfe.

»Das Tier ist ausgeflogen«, sagte einer der Bogenschützen. »Wollen wir warten, bis es zurückkommt?«

»Es wird uns wittern und nicht näher kommen… Und außerdem sind wir nicht deshalb hier, um die wilden Tiere in der Wüste zu zählen! Rückmarsch zum Lager.«

Erleichtert verließ die Abordnung der Hyksos diesen ungastlichen Ort, wo nicht einmal ein eingefleischter Widerstandskämpfer es lange ausgehalten hätte.

In inniger Umarmung und verliebt wie am ersten Tag beobachteten Ahotep und Seqen die Soldaten der neuen ägyptischen Armee, die ihre Zelte aufstellten und ihr Feldlager neu einrichteten.

Die Königin hatte sich eigenhändig um den Verwundeten gekümmert, und alle seine Kameraden hatten der jungen Frau zugejubelt, deren kurze Rede ihren Mut entflammt und ihren Siegeswillen entfacht hatte.

»Die Wüste verleiht uns die Kraft des Gottes Seth«, sagte Ahotep. »Es gab keinen besseren Ort für unseren geheimen Stützpunkt. Aber wir müssen ihn noch besser ausbauen.«

»Wie denn?«, fragte Seqen.

»Unsere Soldaten haben Besseres verdient als einfache Zelte. Wir werden eine Festung bauen, eine Kaserne, Häuser und sogar einen Palast!«

»Ahotep, du …«

»Nie mehr wird ein Hyksos diese Einöde aufsuchen. Lass uns die Bauten vorantreiben mit einem einzigen Losungswort: der Freiheit. In Theben gibt es zu viele Kollaborateure. Wir führen sie so lange hinters Licht, bis wir bereit sind. Dann vernichten wir sie, damit unsere Einheit gewahrt bleibt.«

Seqen hatte nichts hinzuzufügen. Es war genau das, was er selbst seiner Frau hatte vorschlagen wollen.

»Warum bist du das Risiko eingegangen, dich in dieser Höhle zu verstecken, statt in einem der unterirdischen Gänge?«

»Weil ich die Hyksos ankommen und wieder abziehen sehen wollte, um zu wissen, dass meine Leute nicht mehr in Gefahr sind.«

Ahotep zog ihren Mann in die Höhle, wo ihn um ein Haar der Tod ereilt hätte. »Du bist ein richtiger Kommandeur geworden, Seqen, und ich bin stolz auf dich.« Die schöne junge Frau zog ihr Gewand aus und legte sich auf den gestampften Boden. »Ich möchte noch einen Sohn, Liebster!«

45

Es waren nur drei Schreiber, und sie arbeiteten hart, den ganzen Tag lang und noch einen Teil der Nacht. Ihre ständige Wohnstatt war Deir el-Ballas, der geheime Stützpunkt; sie verwalteten die kleine Siedlung, die jetzt aus einem Fort, einer Kaserne, mehreren Häusern und einem bescheidenen Palast bestand.

Der Enthusiasmus, der die Aufständischen beflügelte, verzehnfachte ihre Kräfte. Sie setzten ihr ganzes Vertrauen in das königliche Paar, dessen unverbrüchliche Entschlossenheit sie immer wieder zur Lösung unmöglich scheinender Aufgaben ermutigte.

Die Ziegel waren an Ort und Stelle angefertigt worden; Wasserträger legten unendlich viele Male den Weg zwischen Fluss und Wüste zurück, wo es den Gärtnern des Stützpunkts sogar gelungen war, am Rand der Häuser einen schmalen Streifen Landes urbar zu machen. Dank der Fischer hatten die Soldaten frischen Fisch zu essen, während die Brauerei und die Bäckerei für die Grundnahrungsmittel sorgten. In mondlosen Nächten überquerte eine Abordnung Soldaten den Nil und holte auf dem anderen Ufer eine gewisse Menge getrockneten Fleisches ab.

Essen allein genügte jedoch nicht. Deshalb hatte Ahotep den Schreibern befohlen, eine Schule zu eröffnen, wo die Aufständischen lesen und schreiben lernen konnten. Übermorgen würden einige von ihnen verantwortliche Posten in einem freien Ägypten übernehmen.

Die Königin hatte nur eine einzige Leibwache: Lächler, den Hund, über den keiner lächelte. Zu seiner beeindruckenden Muskelmasse kam bei ihm eine blitzschnelle Reaktionsfähigkeit, die jedem Jagdhund Ehre gemacht hätte. Schelmisch und verspielt, wie er war, liebte er es, sich den Zimmerleuten geräuschlos zu nähern und ihnen seine riesige Pfote zart auf die Schulter zu legen. Den meisten Männern brach der Schweiß aus, bevor Ahoteps Mädchenstimme sie endlich wieder befreite.

Die Handwerker spielten bei der Vorbereitung des Krieges eine entscheidende Rolle. Während die Soldaten unter Seqens Kommando übten, stellten sie Pfeile und Bögen her, Lanzen, Schwerter und Schilde. Doch all das wäre nutzlos gewesen ohne ein Transportmittel: das Schiff.

Dafür hatte die Königin nach und nach Zimmerleute in Dienst genommen, die zur Verschwiegenheit verpflichtet waren wie alle Bewohner des Stützpunkts. Emheb hatte ihr seine besten Leute aus Edfu geschickt. Seine Stadt wurde von den Hyksos nach wie vor als völlig befriedet angesehen, beherrscht von einem unbarmherzigen Kollaborateur, der den Hyksoskönig hingebungsvoll verehrte. Während er für die Hyksos Steuern eintrieb, rüstete auch Emheb heimlich auf und brachte seine Rekruten auf dem verheerten Gelände von Nekheb unter, das er zu neuem Leben erweckte.

Theben, Edfu, Nekheb: Das Holzmodell des Haushofmeisters Qaris zeigte jetzt schon drei ägyptische Städte, die sich der Herrschaft der Hyksos entzogen.

Zum Leitesel ernannt, übernahm Nordwind an der Spitze der Karawane den Transport des Materials, das für die Schiffswerft bestimmt war. Die Esel brachten ohne Murren Holz, Papyrus und Werkzeuge, sie waren so kräftig und geduldig, als wüssten sie, dass sie zu einem alles entscheidenden militärischen Schlag beitrugen.

Für Ahoteps Geschmack ging alles noch viel zu langsam, aber Geduld war nicht ihre Stärke. Erst als die Werft zu arbeiten begann, schien ihr, als hätten sie eine entscheidende Wegstrecke hinter sich gebracht: Wenn die Aufständischen endlich über eine Kriegsflotte verfügten, waren sie nicht mehr an einen einzigen Ort gebunden und konnten vielleicht bald schon einen ersten Angriff wagen.

Die Handwerker arbeiteten im Freien, im Rhythmus von Liedern, deren Worte die Ohren feiner Damen verletzt hätten. Aber der Königin war das gleich. Sie kümmerte sich mehr um das erste Schiff, das gebaut wurde, Träger so vieler Hoffnungen.

Akazienstämme waren zu kleinen Brettern zurechtgeschnitten worden, die die Zimmerleute wie Ziegelsteine aneinander fügten, um die »Mauer« des Bootes zu formen. Sie wurden von langen Bolzen zusammengehalten; dann wurden Löcher gebohrt und feste Taue gespannt, die alles miteinander verbanden.

Mit einer Dechsel formte der Zimmermeister das Stevenruder, während seine Gehilfen sich mit dem Vorsteven und dem Kiel beschäftigten.

Die Königin inspizierte selbst den Rumpf, innen wie außen. Die Arbeit war noch lange nicht beendet, denn die Planken, die schon an Ort und Stelle waren, mussten noch geglättet und kalfatert werden, bis sie völlig wasserundurchlässig geworden waren.

»Seid Ihr zufrieden, Majestät?«

»Kannst du nicht schneller arbeiten?«

»Wir tun, was wir können. Zu schnelles Arbeiten würde dem Material schaden, und wir brauchen solide Schiffe zum Transport unserer Soldaten. Leider habe ich zu wenig erfahrene Techniker, und die Ausbildung von Lehrlingen braucht Zeit, viel Zeit.«

»Wir schaffen es«, versprach die Königin.

Ahoteps Lächeln war für die Zimmerleute die schönste Belohnung. Wenn sie erschien, herrschten Lebensfreude und Schaffenskraft an jedem Arbeitsplatz.

Einer der Handwerker teilte diese Gefühle allerdings nicht. Als er rekrutiert wurde, hatte er nur auf besseren Lohn gehofft und sich nicht vorgestellt, dass ein solcher Stützpunkt überhaupt existieren konnte. Dass sie all das ins Werk gesetzt hatte, zeigte ihm nur, dass Ahotep den Verstand verloren hatte und Theben zugrunde richten würde. Früher oder später würden die Hyksos das Widerstandsnest entdecken, und die Bestrafung würde fürchterlich sein.

Als Zimmermannslehrling von erst zwanzig Jahren hatte er nicht die mindeste Lust, Opfer eines Kampfes zu werden, der von vornherein verloren war. Eine Zeit lang hatte er sich davon zu überzeugen versucht, dass sich Ahoteps Utopie bald von selbst erledigen würde. Doch der geheime Stützpunkt lebte und wuchs, Waffen wurden hergestellt, Soldaten ausgebildet, und jetzt wurde sogar ein Kriegsschiff gebaut!

Mit seinen Vorgesetzten zu sprechen war nutzlos, sie waren alle Parteigänger der Königin.

Der Lehrling musste selbst tätig werden, einen entscheidenden Schlag führen, um eine Katastrophe zu verhindern.

Die Seele des ganzen wahnwitzigen Unternehmens war Ahotep. War sie erst einmal tot, würde selbst Seqen, der sich als ein immer besserer Befehlshaber erwies, seine ganze Macht verlieren. Die Aufständischen würden ihre Basis verlassen, nach Theben zurückkehren und die Hyksos als ihre Herrscher anerkennen.

Er musste Ahotep also töten.

»Majestät, darf ich Euch etwas sehr Merkwürdiges zeigen?«

Die Königin blickte interessiert auf.

»Am Rand der Werft... Ich glaube, Ihr werdet erstaunt sein.«

Ahotep folgte ihm. Sie gingen zwischen sorgfältig aufgestapelten Bretterreihen entlang und kamen zu einem schmalen Platz, der von unbehauenen Stämmen begrenzt wurde.

»Was gibt es hier so Merkwürdiges?«

Der Lehrling schwang einen schweren Holzhammer und einen scharfen Meißel. »Ihr seid eine Gefahr für ganz Theben! Nur Euer Tod kann die Thebaner vor dem Chaos bewahren!« In den Augen des jungen Mannes loderte der Wille zum Mord.

»Du irrst dich. Der Kampf ist die einzige Chance, die wir haben, um zu überleben.«

»Man kann nicht gegen die Hyksos kämpfen, das weiß jeder!«

»Bist du etwa ein Feigling?«

Der Blick des Lehrlings wurde hart. »Wir haben keine andere Wahl, als uns dem König zu unterwerfen ... Ihr klammert Euch an eine Macht, die völlig illusorisch ist!«

»Wenn wir es wirklich wollen, werden wir unsere Freiheit wiedergewinnen.«

»Das stimmt nicht!«

»Du hast Angst, das verstehe ich. Aber eines Tages werden die anderen es sein, die Angst haben.«

»Die Hyksos haben gesiegt ... Warum weigert Ihr Euch, das anzuerkennen?«

»Weil die Freiheitsliebe stärker sein muss als alles andere, egal, unter welchen Umständen.«

»Umso schlimmer für Euch, Majestät. Ihr werdet mit Euren Illusionen sterben.«

Der Lehrling hätte der Königin mit seinem Hammer den Schädel zertrümmert und ihr mit seinem Meißel das Herz durchbohrt. Sie hätte kaum Zeit gehabt zu leiden. Dann wäre der Attentäter nach Koptos geflohen, wo er sich der Hyksosmiliz angeschlossen hätte.

In dem Augenblick jedoch, als er den Arm hob, um zuzuschlagen, legte sich ihm eine schwere Pfote auf die Schulter.

Er drehte sich um.

Lächler hatte sich auf einem Holzstapel vor ihm aufgepflanzt.

Voller Wut darüber, dass seine Herrin bedroht wurde, neigte er den Kopf zur Seite, schlug seine Fangzähne in den Hals des Angreifers und zog ihn zu sich her, ohne sich um seine Schreie zu kümmern, die bald in Todesröcheln übergingen.

46

Der Bericht der kleinen Widerstandsgruppe von Auaris, die unter Lebensgefahr nur einige wenige Informationen weitergeben konnte, war ganz und gar nicht erfreulich. Die Macht des Königs war absolut und unangefochten. Im ganzen Gebiet herrschte die Ordnung der Hyksos, und der geringste Versuch eines Aufstands wurde mit äußerster Grausamkeit unterdrückt. Die Hauptstadt war eine einzige riesige Kaserne, das Ägypten der Götter und Pharaonen lag im Sterben.

Dank der Volkszählung war es Khamudi gelungen, auch die allerärmsten Bauern mit Steuern zu belegen, und die herrschende politische Kaste bereicherte sich ungehindert und schrankenlos und machte immer mehr Ägypter zu Sklaven.

»Wir können jetzt nur noch die Garnison von Herakleopolis angreifen und in Würde sterben, nachdem wir so viele Hyksos wie irgend möglich getötet haben«, sagte der Schnauzbart.

»Lies die Botschaft wenigstens zu Ende«, empfahl der Afghane. »Es ist von Theben die Rede.«

»Theben existiert nicht mehr.«

»Natürlich existiert es. Schließlich ist Königin Ahotep die Nachfolgerin ihrer Mutter geworden, mit Einverständnis der Hyksos und unter ihrer Kontrolle.«

»Was heißt das schon? Diese Dynastie ist ohne jeden Wert.

Ich werde mit unseren Männern sprechen.« Plötzlich kam dem Schnauzbart ein verrückter Gedanke. »Hast du gesagt – Ahotep?«

»Ja, so heißt sie«, bestätigte der Afghane.

»Ahotep … Das bedeutet ›der Mond ist voll‹, und der Mond ist das Erkennungszeichen, das wir schon so lange zu entschlüsseln versuchen!«

»Du denkst, dass diese Ahotep der Kopf einer thebanischen Widerstandsgruppe ist? Sie ist nur eine Frau, mein Bester. Wie kann sie sich überhaupt nur vorstellen, gegen die Hyksos zu kämpfen?«

»Theben ist vielleicht wirklich nicht tot. Vielleicht hat Ahotep ein paar Partisanen um sich gesammelt, die genauso kampfentschlossen sind wie wir! Wir sollten den selbstmörderischen Angriff vergessen und uns stattdessen in den Süden aufmachen!«

»Die feindlichen Linien passieren … das ist unmöglich.«

»Für die ganze Gruppe, ja. Für uns beide allein, nein. Und wenn ich mich nicht geirrt habe, können wir eine Verbindung mit unseren thebanischen Freunden herstellen.«

Zu einem sehr ungenügenden Hochwasser, das längst nicht alle Felder überflutete, kam die Nachlässigkeit der Hyksosverwaltung, die nichts dafür tat, dass die Reservebecken instand gehalten wurden, und die Notspeicher für die Bewohner Oberägyptens nicht rechtzeitig auffüllen ließ.

Dank der von Ahotep ergriffenen Maßnahmen entkamen die Thebaner knapp einer Hungerkatastrophe. Doch wenn das Schicksal sich nicht versöhnlicher zeigte und das nächste Hochwasser wieder so mager ausfiel, würden viele hungers sterben.

Mitte Juli waren viele Kornfelder von Krankheiten heimgesucht und von einer anomalen Feuchtigkeit verheert. Nur die Pflanzungen des November waren von diesem neuen Unglück verschont geblieben. Auf Anordnung der Königin wurden an die Soldaten und Handwerker des geheimen Stützpunkts die meisten Nahrungsmittel verteilt, damit sie mit der Ausbildung und der alltäglichen Arbeit weitermachen konnten.

Chomu, der Keramikhändler, hatte sich von seiner Enttäuschung erholt und fand sich im Palast ein, wo er von Heray, dem Aufseher der Getreidespeicher, empfangen wurde.

»Du willst, dass ich noch eine Milchkuh abtrete! Bald werde ich ruiniert sein.«

»Ich kann nichts dafür, Chomu. So lauten Emhebs Forderungen, der nur das macht, was die Steuervorschriften der Hyksos verlangen. Wir sitzen alle im gleichen Boot, einschließlich der königlichen Familie.«

»König Apophis will nicht, dass wir leiden, sondern dass es uns gut geht!«

»Selbstverständlich, aber Gesetz ist Gesetz. Und Theben macht keine Ausnahme.«

»Man muss an Apophis schreiben und ihm unsere Lage erklären!«

»Die Königin kümmert sich darum, sei ganz beruhigt. Das Wichtigste ist jetzt, dass wir den Befehlen unseres Herrschers gehorchen.«

Musste man diesen zwingenden Ausführungen Herays nicht zustimmen? Chomu war entwaffnet, aber er begriff trotz allem nicht, warum Apophis seine treuen Untertanen in Not und Elend stürzte.

»Ich hoffe, dass die Königin keine ungebührlichen Forderungen stellt...«

»Im Gegenteil, Chomu, ganz im Gegenteil! Seit langer Zeit denkt Ihre Majestät nicht mehr so hochmütig wie einst, sie betrachtet ihre frühere Haltung jetzt als kindisch und eitel. Wir durchleben schwere Zeiten, weil unsere Provinz zu entlegen ist, zu weit von Auaris und dem Zentrum des Reiches entfernt.

Aber ich bin davon überzeugt, es wird sich bald zeigen, dass es richtig war, sich zu unterwerfen.«

»Ja, es ist richtig, Heray, das glaube ich auch … Von Seqen ist neuerdings wenig zu sehen …«

»Ahoteps Gemahl verbringt seine Zeit bei der Jagd und auf dem Land. Er ist ein Heißsporn, den es nie lange zu Hause hält. Bei Hofe ist man nicht unzufrieden damit, denn er bringt uns Wild. Und was ist jetzt mit deiner Kuh?«

»Ich bin stolz darauf, mit dieser Abgabe für den König zur Größe des Hyksosreiches beizutragen«, erklärte Chomu mit geschwellter Brust. »Es ist ein Opfer, aber ein notwendiges Opfer!«

Heray legte dem Kanaanäer die Hand auf die Schulter. »Du bist ein Vorbild für alle Thebaner.«

Das Gesicht des Keramikhändlers rötete sich vor Freude.

Auf dem Heimweg dachte er über das Verhalten Seqens nach. Sicher war die Erklärung Herays plausibel, aber trotzdem … Bei Gelegenheit würde er diesem hitzigen Menschen einmal auf den Zahn fühlen, um ganz sicherzugehen, dass er nicht mit irgendwelchen Bauern ein Komplott schmiedete, das ihn nur lächerlich machen würde.

»Ich werde das Gefühl nicht los, dass Chomu uns noch einmal gefährlich werden kann«, sagte Heray zu Königin Ahotep.

»Weißt du etwas Bestimmtes?«

»Nein, aber er scheint wieder gesund und munter und ebenso entschlossen, uns Schaden zuzufügen.«

»Lass ihn Tag und Nacht überwachen.«

»Wir haben nie aufgehört, ihn zu überwachen, Majestät. Alle Kollaborateure sind namentlich bekannt. Wenn die Zeit gekommen ist, werden sie binnen weniger Minuten festgesetzt.«

»Immer noch keine Nachrichten aus dem Norden?«, fragte Ahotep ihren Haushofmeister Qaris.

»Nein, Majestät. Wahrscheinlich ist keine Widerstandsgruppe mehr übrig.«

»Wenn wir allein sind, werden wir eben allein kämpfen! Die aufopferungsvolle Arbeit des Pharaos Seqen bringt schon Frucht: Wir verfügen gegenwärtig über eine kleine Armee, deren Soldaten in der Lage sind, es mit einem starken Gegner aufzunehmen.«

»Und die Schiffe?«, fragte der Haushofmeister.

»Das erste ist gerade vom Stapel gelaufen, das zweite ist im Bau. Die Zimmerleute sind abgehärtet, sie arbeiten immer besser und schneller.«

»Nach der letzten Nachricht von Emheb haben sich die Aufständischen in Edfu und Nekheb zu einer schlagkräftigen Truppe vereint, Majestät. Von nubischer Seite ist nichts mehr zu befürchten; sie begnügen sich mit dem Territorium, das ihnen von den Hyksos überlassen wurde, und haben keine Lust, sich mit den Regimentern von Admiral Jannas zu messen. Und Emheb wird als perfektes Beispiel eines Kollaborateurs angesehen, der die Kassen der Besatzer füllt und seine eigene Provinz bluten lässt.«

Teti die Kleine platzte in die Versammlung des geheimen Rates, die in dem Saal stattfand, wo das hölzerne Modell aufgestellt worden war.

»Komm schnell, Ahotep! Kamose hat sich verletzt!«

Der kleine Junge hatte sich mit einem Rasiermesser aus dem Toilettenschrank seines Vaters in die rechte Hand geschnitten.

Seine Schreie mussten in der ganzen Stadt zu hören sein, aber die Sache war wirklich schlimm.

»Das ist keine normale Wunde«, sagte Ahotep, während sie versuchte, ihren Sohn zu beruhigen.

»Ein böser Zauber!«, vermutete Teti die Kleine. »Wir können ihn bekämpfen – mit Alaun.«

»Aber nur, wenn etwas davon im Medizinschrank des Palasts bleibt…«

Die Königinmutter machte sich auf die Suche nach dem kostbaren Mittel, und Ahotep wandte sich mit sanfter Strenge an ihren Sohn.

»Die Hand tut dir weh, und du willst allen mitteilen, wie sehr du leidest. Das ist ganz normal. Aber du musst auch gegen den Schmerz kämpfen und dir vornehmen, ihn zu überwinden. Sonst wirst du nie ein Mann.«

Kamose schluckte seine Tränen hinunter und wagte einen Blick auf seine Hand.

»Du und ich«, fuhr die Königin fort, »wir verabscheuen den bösen Zauber, der dir das zugefügt hat. Wir werden ihn seiner Stimme berauben. Deine Großmutter wird uns ein Heilmittel bringen, mit dem wir ihn aus dir heraustreiben. Das Blut hört auf zu fließen, und deine Hand wird stärker sein als je zuvor.«

Mit seinen neun Jahren entschied Kamose über seine Zukunft. Er beschloss, ein stolzer Mann zu werden, kampfentschlossen und bereit zum Sieg.

Das Alaun, von Teti auf die Wunde getupft, erwies sich als außerordentlich wirkungsvoll: Der böse Zauber verschwand, und die erste Verwundung des Sohnes des Pharaos verheilte schnell.

47

Bis Koptos war alles gutgegangen.

Der Afghane und der Schnauzbart hatten die Festungen und Patrouillen der Hyksos gemieden und dafür unendlich viele Umwege in Kauf genommen. Sie hatten Wasser aus den Kanälen getrunken und sich von Kleinwild ernährt, das sie fingen und über dem Feuer brieten; sie waren mit der Langsamkeit von Schildkröten vorwärts gekommen, aber es hatte keinen Zusammenstoß mit Hyksos gegeben.

In einem Hof zu übernachten, wäre zu gefährlich gewesen. In diesem Landesteil konnte man keinem Menschen vertrauen. Auf jedem Weg waren Zöllner und Polizisten. Selbst die Pfade, die durch die Wüste führten, wurden kontrolliert.

»Wir kommen nie durch«, sagte der Schnauzbart seufzend.

»Wir haben noch den Nil.«

»Mit all den Hyksosschiffen! Sobald wir in einem Kahn sitzen, fangen sie uns ab.«

»Ich habe Handelsschiffe mit Waren gesehen«, sagte der Afghane.

»Weizen für Apophis' nubische Verbündete.«

»Wir könnten uns im Frachtraum verstecken und uns auf der Höhe von Theben absetzen.«

»Und wenn die Mannschaft uns entdeckt?«

»Umso schlimmer für sie.«

Die Chancen stehen eins zu zehn, dachte der Schnauzbart. Aber das ist viel besser als nichts.

Der Morgen war von außergewöhnlicher Frische, der Himmel durchsichtig und klar. Kamose spielte mit seinen Kameraden Ball, Teti die Kleine war dabei, süßes Gebäck zuzubereiten; im hellen Glanz der Sonne lebte Theben im Rhythmus seiner alltäglichen Arbeit, und fast konnte man das Damoklesschwert der Zerstörung, das über der Stadt hing, vergessen.

Ahotep stellte eine kleine Frauenfigur auf einen geschnitzten Schminklöffel. Die Figur war von ihrer Mutter nach einem alten Rezept geformt worden. Sie hatte weder Arme noch Beine, und ihre Scham war von drei Nadelstichen gezeichnet. Der Löffel stellte eine nackte Schwimmerin dar, die eine Ente in den Händen hält. Die Schwimmerin war Nut, die Göttin des Himmels, eingetaucht im Ozean des Ursprungs. Sie trug den Gott der Erde, Geb, verkörpert in der Ente. So ließ das Urpaar die verschiedenen Formen des Lebens entstehen, und wenn man die beiden Objekte miteinander verband, beschwor man Fruchtbarkeit.

Ahotep verließ den Palast und ging auf einen Baum mit rosafarbenen Blüten zu, unter den Seqen sich schlafen gelegt hatte. Auf Grund ihrer hodenförmigen Früchte war die Pflanze für ihre aphrodisischen Qualitäten bekannt.

Die Königin kniete nieder und streichelte zärtlich die Stirn des Mannes, den sie jeden Tag mehr liebte.

»Ahotep … du strahlst!«

»Manchmal denke ich an den schmächtigen Jungen, der nicht wagte, sich mir zu nähern … Du bist ein richtiger Krieger geworden, du kannst deine Männer in den Kampf führen.«

»Die Wirklichkeit ist nicht so rosig. Jetzt liegen schon fast zehn Jahre Arbeit und Mühe hinter uns, und wir haben erst eine winzige Armee.«

»Was zählt, ist, dass sie entschlossen ist zu siegen! Fühlst du nicht diesen Siegeswillen in mir?«

Seqen erhob sich und nahm Ahotep in seine Arme. Eng umschlungen legten sie sich zu Füßen des Baumes nieder.

»Endlich«, flüsterte sie ihm ins Ohr, »endlich bin ich wieder schwanger.«

Großschatzmeister Khamudi war noch dicker geworden, und es bereitete ihm immer mehr Schwierigkeiten, sich in seine alten Kleider zu zwängen. Da er jede Art von Verschwendung hasste, trug er sie, bis sie auseinander fielen, bevor er sich vom besten Weber der Hauptstadt – der gehalten war, die wahren Körpermaße seines berühmten Kunden nicht bekannt zu geben – neue Stoffe kommen ließ.

Heute ließ es sich Khamudi nicht nehmen, einen schönen Krapfen mit Kreuzkümmel zum Frühstück zu essen, denn es war ein Feiertag für die Herrschenden in Auaris. Der König hatte versprochen, einen neuen Festtag einzuführen, die Armee hatte Beifall bekundet, und Khamudi hatte ihm nur ausgezeichnete Neuigkeiten zu überbringen. Nubien und Ägypten lagen vor ihrem Herrscher im Staub, jede Form des Widerstands war ausgelöscht. Und der thebanische Minister für Landwirtschaft bestätigte regelmäßig, dass die kleine und immer unbedeutender werdende Stadt nur noch ein einziges rühmliches Ziel kannte: Apophis pünktlich seine Steuern und Abgaben zu zahlen.

Einzig ein kleines, allerdings nicht leicht zu lösendes Problem gab es noch: die Angriffe auf die Karawanen, ausgeführt von Räuberbanden, die zwar zahlenmäßig bedeutungslos, doch sehr beweglich schienen. Auf der Straße zum Wadi Toumilat, zwischen dem östlichen Delta und dem Roten Meer, war es Khamudis Häschern endlich gelungen, etwa zwanzig Beduinen zu fangen, und sie waren von den Hyksos mit besonderer Sorgfalt gefoltert und gepfählt worden. Ihr Tod würde allen anderen eine Lehre sein.

»Reiß dich von deinen Berichten los«, verkündete Yima, seine Frau, »der König ruft nach dir!«

Khamudi beendete sofort seine Geschäfte und begab sich, ohne sich im Mindesten um seine beleibte Gattin zu kümmern, zu seinem von Leibwachen umgebenen Herrn und Meister.

Aus Sicherheitsgründen, aber auch, weil er den Kontakt mit dem Pöbel vermeiden wollte, verließ der Herrscher selten die Zitadelle. Sobald er in den Straßen von Auaris auftauchte, würde eine jubelnde Menge sich um ihn versammeln, die von Khamudi sorgfältig zusammengestellt worden war. Wer dabei ertappt wurde, dass er den Namen des Pharao Apophis nicht laut hinausschrie, wurde in die Kupferminen geschickt.

Der König blieb vor dem Garten eines ägyptischen Kollaborateurs stehen. Der Anblick all dieser Kornblumen, Schwertlilien, Malven, Chrysanthemen und des herrlichen Rittersporns war bezaubernd.

»Das Grundstück wird zerstört«, sagte Apophis mit einer wegwerfenden Geste.

»Jetzt gleich, Majestät?«

»Ich liebe es nicht, mich zu wiederholen, mein Bester.«

Der Großschatzmeister rief die Männer seines Gefolges, die die Blumen zertrampelten und die jungen Triebe erbarmungslos herausrissen.

»Ich will keinen Garten mehr in meiner Hauptstadt sehen«, befahl Apophis, »außer dem in der Zitadelle, für die meine Gemahlin eine Sondererlaubnis erhält. Der Anblick von Blumen macht träge.«

»Wenn Eure Majestät bitte eintreten wollen…«

Yima hatte mit Einverständnis von Apophis' Gattin Tany einen Empfang im Harem zu Ehren des Königs ausgerichtet. Obwohl sie diese unansehnliche und vulgäre Xanthippe gründlich hasste, hörte Yima nicht auf, sie zu loben und zu umschmeicheln, weil sie wusste, wie gefährlich ihre Zornesausbrüche sein konnten. Mit oder ohne Erlaubnis ihres Gatten kannte Tany kein Zögern, wenn es darum ging, missliebige Personen zu beseitigen, und Aberia, die Mörderin, war stets begeistert, wenn sie wieder einmal einen Wehrlosen erdrosseln durfte.

Zum Glück störte nichts die Eintracht zwischen ihrem Mann und dem König, und Yima fühlte sich wohlbeschützt. Nichtsdestoweniger vergaß sie nie, der grässlichen Tany nach dem Mund zu reden, damit ihr ihre Gunst erhalten blieb.

Yima und Khamudi leisteten sich noch immer die ausgeklügeltsten Perversionen; sie wussten, dass Apophis es nicht wagen würde, ihnen Verbote aufzuerlegen, umso mehr, als sie sich am liebsten mit Ägypterinnen vergnügten, die die Arena ihrer sadistischen Spiele niemals lebend verließen.

Apophis musterte den großen Empfangssaal mit seinem Wasserbecken und den bequemen Sesseln. »Wir haben einen schönen Harem hier, Yima.«

»Dafür verdient Eure Gattin das größte Lob, Majestät!«

»Was habt Ihr mir Außergewöhnliches zu zeigen?«

»Einen Tanz, Majestät. Einen lasziven Tanz, den früher die schlecht beleumundeten Frauen in den Bierhäusern aufführten. Heute wird er für Euch allein aufgeführt – von der letzten Erbin der reichsten Familie von Memphis. Wenn Ihr mit ihrer Leistung nicht zufrieden seid, wird sie von Aberia erwürgt.«

»Das ist wirklich amüsant ... dass sie tanzt.«

Sie war achtzehn Jahre alt und von atemberaubender Schönheit.

Aberia riss ihr den Schleier aus dünnem Leinen vom Körper und stieß sie nackt in die Mitte des Raums.

»Zeig uns, was du kannst«, befahl Yima. »Sonst ...«

Das Mädchen schien sich seiner Nacktheit nicht zu schämen. Es stand aufrecht da wie die Statue einer Göttin.

»Tanze!«, stieß Yima mit hysterisch verzerrter Miene hervor.

Als sie versuchte, den Arm der Ägypterin zu ergreifen und sie zu schütteln, erhielt sie eine schallende Ohrfeige.

»Es gibt nichts Verächtlicheres als Euch«, erklärte die Gefangene mit beeindruckender Ruhe. »Beim Totengericht wird die große Fresserin sich Eurer verworfenen Seelen annehmen.«

»Der Stolz dieses unterjochten Volkes ärgert mich«, sagte der König. »Lasst dieses unverschämte Mädchen töten!«

48

Trotz täglicher Massagen und Arzneien zur Verhinderung von Blutungen blieb der königliche Leibarzt besorgt. Die Prognosen für die Geburt waren unbestimmt ausgefallen, die Schwangerschaft entwickelte sich ganz und gar nicht zufriedenstellend. Ahotep hätte die ganze Zeit im Bett bleiben müssen, doch wenn ihr der Arzt das empfahl, entgegnete sie immer: »Alles wird gut gehen. Es wird bald vorbei sein, und ich werde einen zweiten Sohn haben.«

Selbst Teti gelang es nicht, ihre Tochter zur Vernunft zu bringen, die sich jetzt die schwere Aufgabe gestellt hatte, die seit langem nicht mehr arbeitenden Webereien dazu zu bewegen, ihr Handwerk wieder aufzunehmen. Offiziell hieß es, die junge Königin ertrage den Anblick der schlecht angezogenen Thebaner um sie herum nicht länger; in Wahrheit brauchte man Kleidung für die Befreiungsarmee.

Diese wiedererwachte Geschäftigkeit hatte Chomu aufmerksam gemacht. Vor aller Augen stellten die Webereien lange Gewänder, Unterkleider und Tücher her, während nachts Tuniken und Schurze an den geheimen Stützpunkt abgingen. Die Notwendigkeit, die Außenwelt hinters Licht zu führen, führte zur Verlangsamung von Produktion und Auslieferung, doch es war äußerste Vorsicht geboten.

Ahotep hatte selbst vier erfahrene Weberinnen gewonnen, die nichts sehnlicher wünschten, als zur Vernichtung der Hyksos beizutragen. Sie wussten Bescheid, während ihre Lehrmädchen mit der Neueinkleidung des Volkes beschäftigt waren. Auch Chomu war auf seine Kosten gekommen; er hatte zu einem guten Preis einen neuen Laden mieten können.

Als die Königin ihn besuchen wollte, um sich zu vergewissern, dass die Belüftung gut funktionierte und die Arbeiter mit guten Materialien versorgt waren, hielt Heray sie auf.

»Majestät, im Palast fragt man nach Euch.«

»Ist es so dringend?«

»Ich glaube, ja.«

Der Schnauzbart war den Tränen nah. »Theben… Wir sind in Theben! Stell dir das vor, Afghane, wir haben es geschafft!«

»Es ist viel kleiner als Memphis.«

»Diese Stadt wird wachsen, dessen kannst du sicher sein! Nichts verleiht mehr Kräfte als die Freiheit.«

»Vorausgesetzt, es gibt sie noch… Darf ich dich daran erinnern, dass die ganze Region von den Hyksos besetzt ist?«

»Und darf ich dich daran erinnern, dass das Zeichen Ahoteps das Gegenteil verkündet?«

»Reg dich nicht auf, Kamerad. Wir sind den Soldaten entkommen, den Ordnungshütern und den Krokodilen… Wir sollten wachsam bleiben.«

»Gehen wir einfach zum Palast und sagen, wer wir sind!«

»Und wenn Königin Ahotep uns den Hyksos ausliefert?«

Hingerissen vom bisherigen Erfolg ihres Abenteuers, wollte der Schnauzbart nicht an diese Möglichkeit glauben. Doch andererseits wäre es kindisch und unvernünftig gewesen, sie außer Acht zu lassen.

»Ich werde zum Palast gehen«, entschied der Afghane. »Ich gebe eine Erklärung ab wie ein ungeschickter Ausländer. Wenn alles gut geht, passiert gar nichts, und ich kann dich holen. Wenn nicht, musst du fliehen und zu unseren Leuten zurückkehren.«

»Ich kann nicht zulassen, dass du dich einer so großen Gefahr aussetzt!« Der Schnauzbart hatte jedoch keine Zeit, seine Argumente im Einzelnen darzulegen.

Aus dem Schilf tauchten plötzlich ein Dutzend kräftige Männer mit Lanzen auf, die sie umringten.

Innerlich musste der Afghane dem Vorgang Anerkennung zollen. Er war daran gewöhnt, seine Umgebung ständig nach verdächtigen Bewegungen abzusuchen, und hatte die Anwesenheit der Soldaten doch nicht bemerkt. Sie waren so geräuschlos und rasch aufgetaucht, wie es nur gut geschulte Soldaten vermochten.

Der Schnauzbart hatte ähnliche Gedanken.

Ein Kampf kam nicht in Frage.

»Wer seid ihr?«, fragte einer der Thebaner.

»Wir wollen Königin Ahotep sprechen... Wegen dieses Zeichens.«

Der Schnauzbart zeigte die Hieroglyphe des Mondes, die er in seine Handinnenfläche gemalt hatte.

Der Soldat blieb skeptisch. »Aus welchem Grund wollt ihr mit unserer Herrscherin sprechen?«

»Wir haben ihr wichtige Dinge mitzuteilen.«

»Wir fesseln euch die Hände, und ihr folgt uns. Bei der geringsten verdächtigen Bewegung seid ihr tot.«

Sie war die schönste Frau, die der Afghane je gesehen hatte. Ihr glühender Blick fesselte sofort jeden Mann, und dazu gesellten sich Kraft, Sanftmut und Klugheit.

»Ich stamme aus Afghanistan, der Schnauzbart hier ist Ägypter. Wir sind die Führer einer Widerstandsgruppe in Mittelägypten, und wir stehen in Kontakt mit einigen Bewohnern von Auaris.«

Teti der Kleinen und Qaris stockte der Atem, Heray war völlig überrascht, nur Ahotep zuckte nicht mit der Wimper.

»Welchen Grund sollten wir haben, euch das zu glauben? Woher wissen wir, dass ihr keine Hyksosspione seid?«

»Wir werden euch die Namen unserer Männer preisgeben, die Orte, wo sie sich verstecken, und wir werden euch sagen, wo sich die Festungen und Garnisonen der Hyksos befinden.

Wir haben Kämpfer ausgebildet, Waffen geschmiedet, ein Netz von Sympathisanten aufgebaut, aber wir sind nicht in der Lage, uns einen offenen Kampf mit dem Feind zu liefern«, sagte der Schnauzbart. »Immerhin – wir rauben Karawanen aus und beseitigen einen nach dem anderen die Spitzel des Königs, der sich viel besser informiert glaubt, als er in Wahrheit ist.«

Der Afghane und der Schnauzbart redeten, Qaris merkte sich alles. Auf Grund dieser unschätzbaren Informationen würde er sein Modell perfektionieren können. Und ausgehend von den genauen Angaben zu den Befestigungen der Hyksos dachte er bereits an einen Angriffsplan.

»Und wenn sich eure Informationen als Lügen herausstellen?«, fragte Ahotep.

»Wir haben kein anderes Mittel, um Euch zu überzeugen, Majestät.«

»Ich könnte euch den Soldaten der Hyksos ausliefern.«

»Nein, Ihr seid nicht auf ihrer Seite!«, rief der Schnauzbart aus. »Ihr nicht, das ist unmöglich... Im Namen des Pharaos – selbst wenn es auf der Welt keinen Menschen mehr gibt, der das Amt des Pharaos ausübt –, aber ich schwöre, dass wir die Wahrheit sagen! Meine Seele soll verflucht sein, wenn ich lüge!«

Ahotep und Seqen bewunderten einen jener grandiosen Sonnenuntergänge, deren Geheimnis die thebanischen Berge in sich bargen. Bevor die Nacht ihren Triumphzug antrat, leuchtete der Himmel noch einmal auf in Rosa und Orange, und der Fluss glitzerte wie flüssiges Silber.

»Wann nimmst du endlich den Rat des Arztes an und ruhst dich aus?«

»Am Tag nach der Niederkunft, wenn es nötig ist.«

»Der Arzt macht sich wirklich Sorgen, weißt du.«

»Lass ihn reden, Seqen; ich vertraue den Göttern. Geht es mit dem Schiffsbau voran?«

»Zu langsam, viel zu langsam! Die Zimmerleute beklagen sich immer wieder über die schlechte Qualität des Holzes. Es gibt Schwierigkeiten ... Ich denke manchmal ...«

Ahotep legte ihrem Mann den Finger auf den Mund. »Wir haben so viele Ausdrücke, die zwecklos geworden sind, aus unserem Wortschatz gestrichen, ›Zweifel‹ oder ›Entmutigung‹... Sie sprechen von Dingen, die nur freie Völker sich leisten können. Mach einfach weiter mit dem Aufbau unseres geheimen Stützpunktes, und stell dir keine unnötigen Fragen.«

Statt einer Antwort umarmte Seqen stürmisch seine geliebte Frau.

»Du musst dein Ungestüm ein wenig zügeln«, sagte sie lächelnd, »eine kleine Weile ... Aber wenn du erst unser Kind siehst, wirst du es nicht bereuen.«

Seqen streichelte zärtlich ihr pechschwarzes Haar. »Glaubst du wirklich, dass der Schnauzbart und der Afghane aufrichtig sind?«

»Stellen wir sie auf die Probe. Wenn sie Spione sind, wird ihnen früher oder später ein Fehler unterlaufen. Andererseits – wenn es wirklich eine Widerstandsgruppe im Norden gibt, wird uns das bei der Wiedereroberung unseres Landes eine sehr große Hilfe sein.«

»Kleider haben wir immer noch nicht genug, und die Waffen sind kläglich.«

»Ich kümmere mich darum«, versprach Ahotep. »Unsere neuen Gäste werden uns als Verbündete hoffentlich gute Dienste leisten.«

Was die Königin vorhatte, stellte den Pharao zufrieden. Doch plötzlich verdüsterte sich sein Blick. »In der letzten Zeit ist mir irgendjemand gefolgt. In der Wüste konnte ich ihn abschütteln, aber ich bin sicher, dass die Kollaborateure meine Ausflüge langsam merkwürdig finden.«

»Ich werde herausfinden, wer dich beschattet hat«, sagte Ahotep. »Wenn er dem Stützpunkt zu nahe kommt, müssen wir die vereinbarten Sicherheitsmaßnahmen ergreifen.«

49

Wie sein Gefährte sammelte auch der Afghane Feuersteine, helle und dunkle, die härter waren als Metall. Er arbeitete ohne zu murren, aber die Tage wurden ihm lang.

»Wir sind zu Zwangsarbeit verurteilt worden«, sagte er.

»Das glaube ich nicht«, widersprach der Schnauzbart. »Im Gegenteil, man setzt volles Vertrauen in uns.«

Mit den Händen auf den Hüften musterte der Afghane seinen Kameraden vorsichtig. »Kannst du mir erklären, was du damit meinst?«

»Bei uns benutzt man Feuersteine als Rasiermesser und chirurgische Instrumente – und auch als Waffen! Pfeil- und Lanzenspitzen, Dolche, Äxte … Altertümlich, aber billig und wirkungsvoll. Jeder muss glauben, dass wir Kieselsteine sammeln, während wir in Wahrheit im Dienst der Aufrüstung der zukünftigen thebanischen Armee stehen!«

»Warum hat uns das Königin Ahotep nicht gesagt?«

»Weil sie sehen will, ob wir intelligent genug sind, es selbst herauszufinden.«

Chomu trank einen Becher Ziegenmilch. Die Milch war zu bitter, und er spuckte sie wieder aus. Seit einiger Zeit litt er unter Magenschmerzen und schlief schlecht, weil er sich unaufhörlich ein- und dieselbe Frage stellte: Warum vergaß König Apophis seine treuen thebanischen Untertanen? Sie erledigten doch pünktlich ihre Aufgaben, und Emheb hatte ihnen nicht das Geringste vorzuwerfen!

Königin Ahotep schien ungefährlich. Desto mehr Verdruss bereitete ihm Seqen. Deshalb hatte Chomu einem seiner Cousins aufgetragen, den königlichen Gemahl zu beschatten.

»Und?«, fragte er leicht verärgert.

»Seqen jagt und fischt«, sagte der Cousin. »Ich kann ihm nicht überallhin folgen, er würde mich sonst bemerken. Aber die Götter können bezeugen, dass er über unerschöpfliche Kräfte verfügt!«

»Anders gesagt, er hat dich abgehängt.«

»Ach, und wenn schon ... Aber er kennt die Wüste wie seine Westentasche.«

Was für ein Dummkopf!, dachte Chomu. Er ist einfach unfähig, das zu tun, was man ihm aufträgt.

»Du musst weitermachen, Cousin. Ich will mehr wissen.«

»Es ist ziemlich anstrengend ...«

»Ich erhöhe deinen Lohn.«

»Also, wenn das so ist ...«

Der Cousin würde nur den gut sichtbaren Köder abgeben. Ein weiterer Beschatter würde in dem Augenblick die Fährte aufnehmen, wenn Seqen sich in Sicherheit glaubte.

»Habt ihr nicht langsam genug vom Feuersteinsammeln?«, fragte Seqen.

»Wir sammeln so viele, wie nötig sind«, erwiderte der Schnauzbart, »und so lange es nötig ist. Ist es nicht eine wesentliche Aufgabe, Waffen bereitzustellen?«

Der Afghane nickte zustimmend.

Der Pharao fasste seine Einschätzung der beiden Männer zusammen: Der Schnauzbart war enthusiastisch, engagiert, fähig, alle Dinge, die er anfasste, unbedingt zu Ende zu bringen; der Afghane kaltblütig, entschlossen und rau.

Sie bildeten ein Furcht erregendes Duo, das über Jahre hinweg Erfahrungen gesammelt hatte, und man spürte, dass ihr Zusammenhalt sie im Kampf unüberwindlich machen würde.

»Seid ihr gute Jäger?«

»Das sollte man sein, wenn man die Absicht hat, auf besetztem Territorium zu überleben«, entgegnete der Afghane.

»Gut, dann kommt mit.«

Ein Dutzend Bogenschützen blieb dem Trio, das sich nun in der Ostwüste auf den Weg machte, auf den Fersen, falls der Afghane und der Schnauzbart vorhatten, Seqen irgendetwas anzutun.

Die beiden stellten ihm aber lediglich Fragen, und es war klar, dass sie gewisse Vermutungen hegten – jedenfalls schien Seqen für sie mehr zu sein als ein leichtsinniger junger Mann, dessen ganze Leidenschaft aus dem Fischfang und dem Jagen von Wild bestand.

Seqen führte sie zu einer Hütte aus Schilfrohr am Rand der Wüste.

»Tretet ein und seht selbst!«

Die beiden Männer blieben argwöhnisch stehen.

»Was ist da drin?«, fragte der Schnauzbart.

»Die Antwort auf eure Fragen.«

»Wir mögen keine Überraschungen«, erklärte der Afghane. »Im Allgemeinen bedeuten sie für Leute wie uns nichts Gutes.«

»Eure Neugier verdient es, zufrieden gestellt zu werden.«

Misstrauisch um sich blickend, trat der Schnauzbart in die Hütte. Sein Körper war angespannt, und er war bereit, sich gegen jedweden Angreifer zur Wehr zu setzen. Der Afghane hätte sich beim geringsten Zeichen von bösen Absichten auf Seqen gestürzt, obwohl dieser größer und stärker war als er.

Tierdärme.

Dutzende von Tierdärmen verschiedener Größe.

»Hier seht ihr das wichtigste Ergebnis der Jagd«, sagte Seqen. »Ihr versteht, was ich meine?«

Der Pharao und der Afghane maßen einander mit Blicken.

»Wozu sind diese Därme gut?«, fragte der Afghane dann. »Sollen es Saiten für Musikinstrumente werden oder … für Bögen? Feuersteine, Därme … Theben rüstet sich, nicht wahr? Und Ihr seid der Befehlshaber.«

Der Afghane stand Seqen gegenüber, der Schnauzbart hielt sich hinter ihm. Wenn sie ihn gleichzeitig angriffen, musste der König blitzschnell reagieren, um ihren vereinten Kräften zu entkommen. Er hatte es hundertmal geübt.

Der Schnauzbart setzte ein Knie auf den Boden. Der Afghane tat es ihm nach.

»Wir erwarten Euren Befehl.«

Seqen hatte keine Augen für die Pracht der Sterne, die an einem Himmel aus Lapislazuli schimmerten und glänzten. Außer sich vor Sorge durchmaß er mit großen Schritten den Gang im Palast, der zu dem Zimmer führte, wo Ahotep in den Wehen lag.

Der Leibarzt hatte ihm nicht verhohlen, wie pessimistisch er war. Und die drei Hebammen, die so viel Erfahrung hatten, waren ebenfalls äußerst nervös. »Es kann nur entweder die Mutter oder das Kind überleben«, hatte eine von ihnen vorausgesagt.

Bei dem Gedanken, dass er Ahotep verlieren könnte, war der König von schierer Verzweiflung überwältigt worden. Die Kehle war ihm wie zugeschnürt. Ohne die Königin wäre er unfähig, den Kampf fortzusetzen. Sie war die Seele des Kampfes, sie verkörperte die Vereinigung von Magie und Willenskraft. Mit ihr war nichts unmöglich. Ihre Liebe war das Feuer, das ihn belebte, die Luft, die ihn atmen ließ, das Wasser, das er brauchte, um stark zu sein, die Erde, die ihm Halt gab.

Und wenn ihr Kind starb, würde sie daran zerbrechen.

Qaris beugte sich immer wieder mit düsterem Blick über sein Modell, Heray trank Bier, ohne Durst zu haben, Teti die Kleine wachte über den Schlaf des kleinen Kamose. Jeder von ihnen wusste, dass die Zukunft des Landes in diesem kleinen Zimmer auf dem Spiel stand, wo der Gott des Schicksals über Tod oder Leben entschied.

Seqen hatte seine Frau nicht nur immer stärker und tiefer zu lieben gelernt. Er bewunderte sie auch immer mehr. In ihr lebte der Stolz der Königinnen des Alten Reichs, jener goldenen Zeit des Glanzes und der Größe, und wenn Ahotep ihn ansah, war es ihm, als könnte das große Ägypten, wiewohl gedemütigt und erniedrigt, zu neuem Ruhm auferstehen.

Ahotep war fähig, dem Unglück Einhalt zu gebieten.

Dieses Unglück, das sich wie ein riesiger Drachen vor einem Menschen aufbäumte und drohte, ihn unter sich zu begraben. Und Seqen konnte dieser Frau, die er liebte und verehrte, nicht helfen.

Er hatte Lust, seine Empörung laut herauszuschreien, die Ungerechtigkeit anzuklagen und die Götter zu beschwören, damit sie diese Frau nicht im Stich ließen, die sie selbst auf den Thron gesetzt hatten und die in jeder Situation ihres Lebens versucht hatte, ihrem unerforschlichen Willen Genüge zu tun.

Teti die Kleine, unruhig und von zerbrechlicher Gestalt, näherte sich ihrem Schwiegersohn.

»Was auch immer passiert«, versprach er ihr, »ich werde angreifen. Wenigstens wird Theben in Würde sterben.«

Da öffnete sich die Tür der Kammer und eine der Hebammen erschien, das Gesicht von Erschöpfung gezeichnet.

Seqen fasste sie mit beiden Händen an den Schultern. »Du musst es mir sagen!«, verlangte er.

»Ihr habt einen zweiten Sohn. Die Königin lebt, aber sie ist sehr schwach.«

50

Die Statue aus Kalkstein stellte Sesostris I. auf seinem Thron sitzend dar, den Blick zum Himmel erhoben.

»Jetzt!«, kommandierte der König mit seiner rauen Stimme.

Mit einem gewaltigen Schlag enthauptete Khamudi dieses Meisterwerk, das seinen Herrn so aufbrachte.

Es war die zweite alte Statue im Tempel des Gottes Seth, die er zerstörte, in Anwesenheit hoher Würdenträger der Hyksos, die begeistert waren, diese Zeugnisse einer überholten Kultur verschwinden zu sehen.

Apophis näherte sich einer Sphinx mit dem Gesicht von Amenemhet III.

»Ein Steinmetz soll den Namen dieses Monarchen durch den meinen ersetzen«, entschied er. »Genauso wird mit allen Monumenten verfahren, die ich gelten lasse. Sie alle werden in Zukunft nur noch meinen Ruhm verkünden.«

Nur wenige Diener des Apophis hatten das Recht auf ein eigenes Standbild, und wenn es eines gab, so war es grob gearbeitet und mit gelber Farbe überzogen, und der Steinmetz, der es schuf, wusste nichts von den alten Ritualen.

»Warum setzt du dieses verächtliche Lächeln auf?«, fragte der König seine jüngere Schwester Tjarudjet.

»Weil mindestens zwei der hohen Beamten, die sich vor dir niederwerfen, ausgemachte Lügner und Heuchler sind. In der Öffentlichkeit schmeicheln sie dir. Aber was ich im Bett von ihnen höre, ist das Gegenteil.«

»Du arbeitest gut, Schwesterchen. Nenne Khamudi ihre Namen.«

»Nein, nicht ihm. Er missfällt mir über die Maßen.«

»Dann mir selbst.«

»Dir kann ich nichts abschlagen.«

Ohne zu zögern lieferte Tjarudjet die beiden Männer, die sie verführt hatte, um ihre geheimsten Gedanken kennen zu lernen, dem sicheren Tod aus.

»Es scheint, dass du dich in Minos, meinen kretischen Künstler, verliebt hast.«

»Er ist ein erfinderischer und leidenschaftlicher Liebhaber.«

»Wagt er es, mich zu kritisieren?«

»Er denkt an nichts anderes als an seine Kunst… und an meinen Körper.«

»Er soll sich heute Abend bei mir melden.«

»Ich hoffe, du wirst mir mein Lieblingsspielzeug nicht wegnehmen!«

»Noch nicht, glaub mir!«

Der König war mit der neuen Ausstattung seines Palasts nicht unzufrieden. Es gab nichts Ägyptisches mehr daran. Die Malereien reproduzierten vielmehr in allen Einzelheiten die wichtigsten Themen der königlichen Residenz in Knossos, auf Kreta. Ein Detail gefiel ihm besonders: der Sprung eines Akrobaten, der sich vor einem Kampfstier in Sicherheit bringt. Der Mann befand sich über dem Kopf des Tieres, hielt sich mit gestreckten Armen und Beinen an seinem Hals fest und würde hinter seinem Schwanz wieder auf dem Boden aufkommen… wenn der gefährlich wirbelnde Sprung gelang.

Etwas irritierte ihn an dem Bild. Der Maler hatte den Gegenstand so dargestellt, dass man ihn nicht mit Sicherheit identifizieren konnte. Deshalb hatte er den Kreter zu sich befohlen.

Minos zitterte vor Angst.

»Verläuft dein Aufenthalt hier bei uns zu deiner Zufriedenheit?«

»Selbstverständlich, Majestät!«

»Denken deine Kameraden genauso?«

»Keiner von ihnen will nach Kreta zurückkehren!«

»Umso besser, denn das kommt ohnehin nicht in Frage. Eure Arbeit hier ist noch lange nicht beendet. Später werdet ihr meine Paläste in den wichtigsten Städten des Deltas ausmalen.«

Minos verbeugte sich. »Zu viel der Ehre, Majestät.«

»Dass wir uns verstehen – wenn ihr meine Erwartungen enttäuscht, lasse ich nicht mit mir spaßen. Sag mal... Was ist der Sinn dieses merkwürdigen Gartens, unterhalb des Stiers?«

»Das ist das Labyrinth, Majestät. Es gibt nur einen einzigen Eingang und einen einzigen Ausgang. Dieser Ort war einst der Schlupfwinkel eines Ungeheuers mit dem Kopf eines Stieres. Im Innern gibt es so viele verschlungene Wege, dass der unvorsichtige Besucher sich verirrt und sogar den Verstand verliert, wenn er nicht gleich dem Ungeheuer zum Opfer fällt. Nur dem Helden, der den Faden der Ariadne in der Hand hält, kann es gelingen, mit dem Leben davonzukommen.«

»Sehr amüsant... Ich will, dass du mir das malst.«

»Stets zu Diensten, Majestät.«

Seqen drückte Ahotep so fest an sich, dass sie kaum mehr Luft bekam.

»Du bist außer Gefahr, Liebste! Aber du wirst kein weiteres Kind bekommen.«

»Ich wollte zwei Söhne, und jetzt habe ich sie. Wie findest du den zweiten?«

Der Vater betrachtete staunend das pausbäckige Kind, das in seiner Wiege schlief.

»Er ist wunderschön!«

»Er wird Ahmose heißen, ›der vom Mondgott Geborene‹, weil er das Licht der Welt erblickte, als der Vollmond den Zenit erreichte. Wie sein Vater und sein älterer Bruder wird er kein anderes Ziel kennen als die Freiheit und Unabhängigkeit Ägyptens.«

Die junge Mutter überließ sich Seqens Umarmung.

»Ich dachte, ich muss sterben, als ich ihm das Leben gab, und ich konnte nur noch an dich denken... Du hättest weitergekämpft, nicht?«

»Hätten wir ohne dich überhaupt eine Chance? Ich befehlige mutige Soldaten, die bereit sind, für ihr Land ihr Leben zu geben, weil du die Seele und der Zauber dieses Landes bist.«

»Kehr zum geheimen Stützpunkt zurück, Seqen... Es gibt noch so viel zu tun!«

»Unter einer Bedingung: dass du dich gründlich ausruhst.«

»Meine Mutter wird über mich wachen.«

»Sie kann dir ihren Willen nicht aufzwingen! Ich fordere dein Wort, Königin Ägyptens. Wenn du es mir nicht gibst, verlasse ich dieses Zimmer nicht.«

»Du hast mein Wort... Aber es ist das Wort einer Geisel!«

Die Thebaner freuten sich über die glückliche Nachricht: Mutter und Kind waren wohlauf. Eine fürsorgliche Großmutter, eine Königin, die durch ihre beiden Geburten ihre Schönheit nicht verloren hatte, zwei prächtige Knaben und ein Vater, der immer noch hingerissen war von seiner Frau – das war das friedliche Bild der königlichen Familie in der kleinen Stadt Theben.

Ein Bild, das Chomu, den Keramikhändler, nicht zu beruhigen vermochte, denn Seqens Verhalten kam ihm immer noch äußerst verdächtig vor. Man konnte sich für die Jagd und den Fischfang begeistern, aber trotzdem! Am Tag, der der schwierigen Geburt seines Sohnes folgte, schon am frühen Morgen den Nil zu überqueren und die einsame Weite des Westufers zu durchstreifen – solche Wagnisse dafür, dass man mit einem einzigen kläglichen Hasen zurückkehrte!?

Diesmal war Chomu sicher: Seqen gab sich irgendwelchen geheimen Aktivitäten hin. Man musste jeden seiner Schritte überwachen, dann würde die Wahrheit ans Licht kommen.

Seqen hatte Chomus Cousin bemerkt und so getan, als ob er seine Schritte in das ausgetrocknete Tal eines Baches lenkte. Dann war er in seinen eigenen Fußspuren zurückgekehrt und hatte die Richtung zu dem geheimen Stützpunkt eingeschlagen.

Der Kanaanäer, den Chomu zusätzlich als Beschatter angeheuert hatte, wurde fürstlich von ihm entlohnt, und er hatte die Fähigkeit, sich praktisch unsichtbar zu machen. Ahoteps Gemahl befolgte verschiedene Vorsichtsmaßregeln: Er blieb oft stehen, drehte sich um, sah in alle Richtungen, verwischte seine Spuren. Doch der Verfolger entkam allen Fallen, duckte sich oder legte sich im richtigen Moment flach auf den Boden.

So blieb er ihm auf den Fersen.

Auf der Kuppe eines Hügels entdeckte der Kanaanäer das Ziel von Seqens Wanderung: ein Lager zum Zweck der militärischen Ausbildung! Und es war bestimmt keine zufällige Ansammlung von Männern, denn es gab ein Fort, eine Kaserne, Wohnhäuser und sogar einen kleinen Palast!

Also bauten Ahotep und Seqen hier eine geheime Basis, wo sie ihre Armee ausbildeten, die früher oder später einen wahnwitzigen Angriff auf die Hyksos unternehmen würde! So schnell wie möglich musste Chomu benachrichtigt werden …

Als er aufstand, hatte der Kanaanäer den Eindruck, ein schweres Gewicht falle ihm in den Nacken. Ein Gewicht, das ihn zu Boden warf und ihm das Gesicht in den Sand drückte. Seine Schreckensschreie erstickten schnell.

Nachdem er den Spion mit seiner Pfote nach unten gedrückt hatte, schlug Lächler ihm seine Fangzähne in den Nacken. Sicherheitsvorschriften waren Sicherheitsvorschriften, und der treue Hund befolgte sie geübt und mit unerbittlicher Strenge.

51

Der Perser, der sich besonders gut auf Razzien und Massenhinrichtungen verstand, war außer sich. Seit über fünf Jahren verhinderte Khamudi, dieser Heuchler, seine Beförderung und behauptete vor dem König, die blutigen Kommandounternehmen, durch die jeder Aufstand auf dem Territorium der Hyksos im Keim erstickt wurde, seien seiner eigenen Initiative zu verdanken.

Das von Khamudi eingeführte System war von bemerkenswerter Durchschlagskraft: Wer sein Ansehen behalten wollte, musste sich an ihn halten und ihm seine Dienste bezahlen. Außerdem profitierte er von jeder Erhöhung der Abgaben, indem er das Recht der finanziellen Ausbeute für sich beanspruchte. Wer dagegen zu protestieren wagte, konnte sein Gewerbe abschreiben, und wer zu wiederholten Malen protestierte, wurde Opfer eines Unfalls.

Mit Hilfe von etwa dreißig Offizieren aus seinem Land hatte sich der Perser entschlossen, sich Khamudis zu entledigen. Der König sollte nicht erfahren, wer die Täter waren, und sie nicht einmal verdächtigen. Nach dem Abwägen einiger Möglichkeiten war ihnen ein unfehlbarer Plan eingefallen: Sie würden sich einer der Ägypterinnen des Harems bedienen, sobald sich eine Gelegenheit dazu ergab.

Gerade jetzt war es so weit.

Nachdem er ihre ganze Familie umgebracht hatte, hatte Khamudi ein Mädchen von vornehmer Abkunft gedemütigt, indem er sie zunächst in seinem Harem hatte arbeiten lassen; als sie sich unwillig zeigte, hatte er sie zu seiner Fußpflegerin gemacht. Der Großschatzmeister war sehr stolz auf seine gut gepolsterten kleinen Füße, und er zwang seine Sklavin, sie mit äußerster Behutsamkeit und Ehrfurcht zu behandeln, bevor er ihr mit seinen grausamen sexuellen Gelüsten zu Leibe rückte.

Es hatte dem Perser keine Schwierigkeiten gekostet, die junge Ägypterin in ein Werkzeug des Schicksals umzuwandeln. Es war ihr bewusst, dass sie Khamudis Villa nicht lebend verlassen würde, und sie hatte bald in eine Mission eingewilligt, die ihrem schrecklichen Leben noch einmal einen Sinn verleihen würde.

Die Aufstellung der Einnahmen brachte den Großschatzmeister in einen rauschartigen Zustand. In weniger als einem Jahr hatte sich sein Vermögen verdoppelt! Und er hatte nicht die Absicht, es dabei zu belassen. Da keine wichtige kaufmännische Transaktion ohne seine Genehmigung getätigt werden konnte, würde er seine Bestechungssummen, die zwischen dem König und ihm aufgeteilt werden sollten, demnächst kräftig erhöhen.

»Eure Fußpflegerin ist eingetroffen«, meldete ihm sein Verwalter.

»Sie soll hereinkommen.«

Die junge Frau warf sich vor dem Herrn des Hauses nieder.

»Zieh dich aus, Kleine, und leck mir die Füße.«

Unterwürfig, gebrochen, gehorchte die Sklavin dem Befehl.

»Jetzt schneid mir die Nägel. Wenn du mir wehtust, bekommst du die Peitsche zu spüren.«

Khamudi fand fast noch mehr Gefallen an der Betrachtung des unterwürfigen Gehorsams seiner Untergebenen als an der Folterung junger Mädchen, die keine Männer mehr lieben konnten, nachdem sie ihn kennen gelernt hatten.

Die junge Ägypterin öffnete die hölzerne Büchse mit ihrem Handwerkszeug. Sie nahm das Feuersteinmesser heraus, das der Perser ihr gegeben hatte, und dachte an ihre Eltern, deren Tod sie rächen würde. Ein Stich ins Herz, und das Leben des

Folterers war beendet. Mit dem persischen Offizier hatte sie hundertmal geübt, wie sie das Messer führen musste, um sicherzugehen, dass es die richtige Stelle traf.

»Beeil dich, Kleine, ich hasse es, warten zu müssen.«

Nein, nicht ins Herz. Sie musste eine tiefer gelegene Stelle treffen! Bevor er starb, würde ihr Peiniger seine Männlichkeit verlieren.

Die junge Ägypterin kniete sich hin und hob den Blick, um sich die Fratze des Ungeheuers einzuprägen, den sie gleich kastrieren würde.

Das war ihr Verhängnis.

Nie hatte der Oberschatzmeister ein so hasserfülltes Glitzern in den Augen seiner Sklavin gesehen.

Als der mit dem Messer bewaffnete Arm sich seinem Unterleib näherte, hatte er noch genügend Zeit, den Schlag zu parieren; er fühlte nur einen scharfen Schmerz am rechten Oberschenkel.

Mit aller Gewalt schlug er der jungen Frau mit der Faust ins Gesicht.

Halb bewusstlos, mit blutender Nase, ließ sie das Messer los.

Khamudi packte sie an den Haaren. »Du wolltest mich töten, mich, Khamudi! Das hast du dir nicht allein ausgedacht, bestimmt nicht… Ich werde dich mit meinen eigenen Händen foltern, und du wirst mir die Namen deiner Komplizen nennen. Die Namen *aller* deiner Komplizen!«

Der zerrissene Leichnam des Kanaanäers war vor dem thebanischen Palast ausgestellt. Viele Leute hatten sich versammelt, um die fürchterlichen Verletzungen zu bestaunen.

Seqen ergriff das Wort.

»Ich habe ihn in der Wüste gefunden«, erklärte er. »Erkennt ihn jemand?«

Obwohl Chomu an einem großen Muttermal über der entstellten linken Hüfte des Mannes erkannte, dass es der von ihm beauftragte Beschatter war, hütete er sich zu antworten.

»Was ist mit ihm passiert?«, fragte Qaris, der Haushofmeister.

»Ohne Zweifel hat er sich zu weit in die weglose Wüste vorgewagt, und es ist ihm das widerfahren, was allen Unvorsichtigen widerfahren muss: Er ist von Ungeheuern angefallen worden, und sie haben ihn zerfleischt.«

Erschrocken und voller Angst kehrten zahlreiche Thebaner in ihre Häuser zurück.

»Bitte mich nie mehr, Seqen zu beschatten, wenn er auf die Jagd geht«, flüsterte Chomus Cousin. »Ich habe nicht die mindeste Lust, mich von solchen Wüstenungeheuern zerreißen zu lassen.«

Der Anführer der Kollaborateure war erschüttert. Offensichtlich war der unglückselige Verfolger jenen Greifen und Drachen zum Opfer gefallen, die die weglose Einsamkeit am Rand des Niltals bevölkerten.

Irgendwann würden sie auch über Seqen herfallen.

Die großen Hände Aberias schlossen sich um den Hals des Unteroffiziers, der an dem Anschlag auf Khamudi beteiligt war. Es war an diesem Tag ihr fünfzehntes Opfer, und sie hatte es lange leiden lassen, bevor sie ihm den Tod gewährte.

Die Strafmaßnahmen, die der Großschatzmeister mit ausdrücklicher Genehmigung des Königs eingeleitet hatte, waren fürchterlich gewesen. Alle Verschwörer, samt ihren Frauen, ihren Kindern und ihren Tieren waren im Vorhof des Sethtempels hingerichtet worden. Die einen hatte man lebendig verbrannt, andere waren enthauptet worden, wieder andere wurden gesteinigt oder gepfählt.

Khamudi, der vor Schmerzen dauernd laut aufstöhnte, genoss die erneuerte Gunst des Herrschers, der für die beiden hauptsächlichen Schuldigen, den persischen Offizier und die ägyptische Fußpflegerin, eine Sonderbehandlung vorgesehen hatte.

»Wir werden mit dieser irregeleiteten jungen Dame anfangen«, befahl Apophis. »Komm her, mein treuer Freund, und bewundere die neuen Schöpfungen am Fuß der Zitadelle. Sie werden dich deine Wunde vergessen lassen.«

Khamudi entdeckte eine Arena und eine runde Holzkonstruktion ohne Überdachung.

»Holt die Verbrecherin!«, rief der König.

Die Ägypterin war so barbarisch gefoltert worden, dass sie kaum noch in der Lage war zu gehen. Zu Tode erschöpft, lehnte sie sich an die Wand der Arena. Und doch brachte sie noch die Kraft auf, ihren am Geländer der Terrasse lauernden, auf das kommende Schauspiel wartenden Peinigern einen hasserfüllten Blick zuzuwerfen.

Apophis schnipste mit den Fingern.

Ein Kampfstier durchbrach die Barriere an der Arena. Er schnaubte wütend, und seine mächtigen Hufe wirbelten Staub auf.

»Spring über seine Hörner!«, empfahl der König dem Mädchen mit seiner rauen Stimme. »Wenn du das kannst, schenke ich dir das Leben!«

Das schreckliche Tier stürmte mit gesenktem Kopf heran.

Die junge Frau hatte keine Kraft mehr, sich zu retten. Sie konnte nur noch die Augen schließen.

Der persische Offizier begriff nicht. Warum hatte man ihn in dieses kreisförmige Bauwerk geworfen, in dessen Inneren sich verwinkelte Wege abzeichneten, unterbrochen von Lattenzäunen mit engen Durchgängen?

»Geh in mein Labyrinth hinein«, verlangte der König, der auf einer Terrasse über ihm stand, »und versuche, den Ausgang zu finden. Es ist deine einzige Chance, wenn du mit dem Leben davonkommen willst.«

Die Folter hatte der Perser überlebt – aber er hatte die Namen seiner Gefährten preisgegeben, er war impotent geworden und erkannte sein eigenes Gesicht nicht mehr. Man hatte ihm eine Krücke angeboten, auf die er sich stützen konnte. Sein rechtes Bein war lahm, sein linkes schmerzte.

Er machte ein paar Schritte.

Aus dem Boden vor ihm schoss eine Axt herauf, die ihm drei Zehen abhackte.

Brüllend vor Schmerz warf sich der Perser gegen einen Lattenzaun und versuchte dann, um ihn herumzukommen. Doch seine Berührung löste einen Mechanismus aus, der zwei scharfe Schneiden in Bewegung setzte.

Die erste durchschnitt ihm die Flanke, die zweite den Hals.

Und der Mann, der Khamudi hatte töten wollen, vergoss sein Blut in Strömen unter den Augen des Königs und seines treuen Großschatzmeisters.

»Diese beiden Idioten waren wirklich zu nichts nutze«, sagte Apophis. »Nicht einmal für unseren Spaß haben wir sie brauchen können. Die nächsten greifen wir uns, wenn sie noch in gutem Zustand sind. Auf das Schauspiel können wir uns freuen!«

52

Die Flut war so dürftig gewesen, dass der fruchtbare Schlamm nicht für alle Felder der Provinz Theben ausreichen würde. Außerdem würden die Rückhaltebecken schon zu Beginn des nächsten Frühjahrs leer sein. Es herrschte Trockenheit. Auf das gute Herz des Hyksoskönigs konnte man nicht zählen; egal, wie das Wetter sich gestaltete, er würde die Steuern nicht senken.

Der einzige Trost war, dass es eine reiche Gurkenernte gegeben hatte. Doch der größte Teil davon musste an Emheb abgegeben werden, der sie nach Auaris weiterschickte.

An diesem Abend war Seqen völlig niedergeschlagen.

»Wir werden es schaffen«, versprach Ahotep. »Dank der guten Verwaltung von Heray haben wir noch genügend Nahrungsvorräte. Wir werden uns einschränken und auch dieses schwierige Jahr überstehen.«

»Das wird nicht genügen.«

»Was ist am Westufer geschehen?«

»Die Soldaten wollen eine Erhöhung ihres Solds. Wenn sie sie nicht bekommen, werden sie die Waffen niederlegen und nach Theben zurückkehren.«

»Haben sie keine Lust mehr zu kämpfen?«

»Es sind schon zu viele Jahre vergangen, Ahotep. Sie sind davon überzeugt, dass wir es nie wagen werden, die Hyksos anzugreifen. So sehr sie bereit sind, hart zu üben, verlangen sie auch nach besserer Bezahlung.«

»Hast du versucht, ihnen ins Gewissen zu reden?«

»Normalerweise gelingt es mir immer, sie zu beruhigen. Aber diesmal bin ich gescheitert.«

»Verstehen sie denn nicht, dass ihre ganze Anstrengung sehr bald von Erfolg gekrönt sein wird?«

»Qaris hat mir gesagt, dass auch in den Garnisonen von Edfu und Nekheb Protest laut geworden ist. Es ist zu Ende, Ahotep… Wir haben nicht mehr die Mittel, um den Widerstand fortzuführen. In ein paar Tagen müssen wir den geheimen Stützpunkt aufgeben.«

Ahotep verließ den Palast mitten in der Nacht. Es gelang ihr, die eigenen Wachen zu täuschen, sie durchquerte die schlafende Stadt und lief eilig weiter bis zum Rand der bestellten Felder.

Dort, wo das Reich der Wüste begann, hielt sie inne.

Der Herr der Wüste war Seth, und dieser Gott konnte in jedem Augenblick Kräfte von solch barbarischer Grausamkeit entfesseln, dass niemand in der Lage wäre, sich ihnen zu widersetzen. Es gab wirklich schreckliche Ungeheuer dort, und kein vernünftiger Ägypter hätte sich in diese feindselige Gegend gewagt ohne den Schutz des Sonnengottes, der einzig die Kraft hatte, die bösen Wesen fernzuhalten.

Doch Ägypten befand sich im festen Griff der Finsternis, und Ahotep musste sich ihr entgegenstellen, um sie gründlich kennen zu lernen und ihr wenigstens einen Teil ihrer Macht zu nehmen.

Die junge Königin verließ die Welt der Menschen und betrat die Wüste, während sie unablässig die Worte und Sprüche der Weisen hersagte. Ja, dies war das Reich der Gefahr, aber es war auch das Land der Berge, in deren Inneren sich Gold und wertvolle Steine verbargen. Gab es nicht mitten im Unglück auch ein verstecktes Glück zu entdecken?

Ahotep ging in einem ausgetrockneten Bachbett weiter, mit regelmäßigen Schritten, gleichmäßig atmend. Sie trug Ledersandalen, um Verletzungen an den Füßen zu vermeiden, und dank des Mondlichts konnte sie die Unebenheiten der Landschaft gut erkennen.

Um sie herum leises Knistern und Knacken, Pfeiftöne. Ein Fels brach, und kleine Steine stürzten einen Hang hinab. Zum Lachen der Hyänen gesellte sich das Schreien der Eulen, und eine lange Schlange querte in trägem Zickzack den Weg des Eindringlings.

Ahotep folgte ihrem Instinkt, der ihr befahl, weiterzugehen, noch weiter. Ihre Schritte wurden leicht, die Müdigkeit verflog.

Sie gelangte zum Eingang eines schmalen, von bedrohlich steilen Hängen gesäumten Tals. Wenn sie diesen Engpass überwand, schien sie auf immer abgeschnitten von der Welt.

Doch sie überwand ihn und stieg hinab in die tiefste Finsternis, denn das sanfte Licht ihres Schutzgottes reichte nicht bis zum Boden des Abgrunds.

Ein großer Mann erschien, mit hässlichem Gesicht und vorspringender Nase. Er schien in einem hellen Rot zu strahlen und trug einen gelblich glänzenden, heimtückisch schimmernden Dolch, und er ging angriffslustig auf sie zu.

König Apophis… Ja, er war es wirklich, dieser Feigling, der das ägyptische Volk versklavte, dieser Tyrann, gegen den zu kämpfen sie sich geschworen hatte!

Ahotep wich nicht zurück. Sie würde ihren Schwur nicht brechen, auch wenn sie unbewaffnet war!

Sie hob einen Stein auf und schleuderte ihn gegen ihn, aber anscheinend verfehlte er sein Ziel.

Sie warf noch zweimal und war sicher, dass sie ihn getroffen hatte, doch konnte sie ihn nicht daran hindern, weiter auf sie zuzukommen; es gelang ihr nicht einmal, ihm einen Schrei zu entlocken.

Ein Geist… Es war nur ein Geist, ein Ungeheuer aus dem Reich der Finsternis, das gekommen war, sie zu verschlingen!

Eine Flucht war unmöglich.

Da die Steine durch ihn hindurchgeflogen waren, würde auch sie durch ihn hindurchgehen.

Als der Geist nur noch einen Meter von ihr entfernt war, stürzte sich Ahotep mit gesenktem Kopf auf ihn.

Sie hatte das Gefühl, in einen Glutofen einzutreten, deren Flammen mit ungeheurer Gewalt ihr Fleisch aufzehrten. Kurz bevor sie das Bewusstsein verlor, nahm sie einen fernen weichen Schimmer wahr, auf den sie sich mit ihrer ganzen Willenskraft konzentrierte.

Der ferne Schimmer wurde größer. Gleichzeitig nahm der Schmerz ab. Eine orangefarbene Kugel bildete sich und vergrößerte sich so schnell, dass die Nacht bald besiegt war. Ein neuer Tag war geboren, das Morgenrot machte Hunderte von Bäumen sichtbar, an deren langen, schlanken Zweigen kleine, grüne, erfrischend duftende Blüten saßen.

Ein Akaziengehölz... Ein echter Schatz, denn man konnte aus dem Holz dieser Bäume Werkzeug, Öl und eine Substanz zur Reinigung der Luft gewinnen. Ahotep aß ein paar von den gelben, süßen und wohlschmeckenden Früchten.

Am Ausgang des Wäldchens mitten in der Wüste änderte sich der Boden. Da und dort schienen kleine Bäche zu fließen.

Die junge Frau kniete sich hin, um dieses neue Wunder mit der Hand zu berühren: ein aus mehreren Adern bestehendes Silbervorkommen! Silber entstand durch die Vermählung des Mondgottes mit der Göttin der Wüste, unter der Hoheit von Seth, dem Feurigen, der das Metall im Innern der Felsen wachsen ließ.

Seqen konnte seine Soldaten bezahlen, der Widerstand würde reich sein!

Trunken vor Freude machte sich Ahotep auf den Heimweg. Jedes Detail ihres Weges verzeichnete sie sorgfältig in ihrem Gedächtnis.

Am Ausgang des Wüstentals tauchte plötzlich ein Leopard auf, der von einem Felsen aus seine Beute fixierte.

Wohin sollte sie sich wenden?

Doch dann erschien eine Gazelle mit gedrehten Hörnern. Zur großen Überraschung der Königin interessierte sich das Raubtier nicht für das behände Tier. Noch weniger erregte ein herrlicher Steinbock seine Aufmerksamkeit, der als Hieroglyphe für den Begriff der Würde stand.

Ahotep erkannte, als sie langsam und Schritt für Schritt weiterging, dass sich weitere Tiere dort versammelten: eine weiße Antilope, ein Strauß, ein Hase mit langen Ohren, ein Fuchs, ein Schakal, ein Dachs, ein Igel und ein Wiesel. Auf höher liegenden Felsen hatten sich ein Falke und ein Geier niedergelassen.

Die Bewohner der Wüste musterten die Königin. Aber was erwarteten sie von ihr? Sie wusste, dass sie sie nicht weitergehen lassen würden, wenn sie ihr Begehren nicht erfüllte.

Ahotep sammelte sich, ging in sich. Da verstand sie, dass sie ihre magischen Kräfte unter Beweis stellen musste. Indem sie in die Finsternis eingedrungen war, in der sich der Geist des Königs Apophis verbarg, war sie mit dem Bösen in Berührung gekommen. Im Licht der Sonne musste sie jetzt zeigen, dass ihre Seele keinen Schaden genommen hatte und dass sie immer noch, wie es der althergebrachte Ausdruck besagte, »von gerechter Stimme« war.

Deshalb sang sie.

Eine Hymne auf die Wiedergeburt des Lichts, auf das Erscheinen des von den Toten auferstandenen Skarabäus in der geheimnisvollen Gestalt der uranfänglichen Sonne.

Alle Tiere, grausam und scheu, raubgierig und furchtsam, setzten zu einem Tanz an und bildeten einen Kreis um die Königin der Freiheit.

Ihre wunderbare volle Stimme bezauberte sie, und Ahotep nahm ihre Kräfte in sich auf, die ihnen von dem großen Gott verliehen worden waren. Im Unterschied zu den Menschen hat kein Tier jemals seinen himmlischen Ursprung verleugnet.

Bei ihrem wohltönenden, kraftvollen Gesang hatte Ahotep die Augen geschlossen. Als sie sie wieder öffnete, waren die Wüstenbewohner verschwunden. Doch die Spuren ihrer Tatzen und Krallen im Sand zeigten ihr, dass sie nicht geträumt hatte.

Und ihre Gedanken wandten sich voller Dankbarkeit und Verehrung zum göttlichen Licht.

53

Als der Palastbote ein Feld entlangkam, das Chomu gehörte, verstellten ihm Angestellte des Keramikhändlers den Weg.

Hinter ihnen tauchte Chomu auf. »Wohin willst du, mein Freund?«, fragte er.

»Wohin? Aber... wie immer! Ich übergebe die offizielle Post Emhebs Patrouille, damit sie sie weiterleitet nach Auaris.«

»Ich will diese Post sehen!«

Der Bote fuhr auf. »Unmöglich... Das ist völlig unmöglich!«

»Gib sie mir, oder wir brechen dir alle Knochen!«

Es sah nicht so aus, als ob Chomu Spaß machte. Zu seiner größten Verzweiflung sah sich der Bote gezwungen, ihm zu gehorchen.

Es gab nur einen einzigen Brief.

Der Händler erbrach das königliche Siegel und las ihn. Er bestand aus einem langen Lobgesang auf die unendlichen Verdienste, die Apophis sich erworben habe, und dann folgte ein Absatz, in dem der Schreiber bestätigte, dass Theben in einer immer größer werdenden Lethargie versinke.

Als er die Unterschrift las, entfuhr Chomu ein Schrei der Überraschung.

Es war der Name des Ministers für Landwirtschaft, der schon seit Jahren tot und begraben war!

Also war seine Vermutung doch richtig – im Palast wurde gelogen, und es wurden Intrigen geschmiedet... Mit diesem

Beweis in Händen, würde der Kanaanäer keine Mühe mehr haben, die Kollaborateure um sich zu scharen.

»Wo ist Seqen?«

»Auf der Jagd in der Wüste«, antwortete einer der Angestellten.

»Und Ahotep?«

»Im Tempel von Karnak«, sagte ein anderer.

»Sehr gut... Ich weiß jetzt, was wir tun müssen.«

»Und der Bote?«

»Er macht mit den Aufständischen gemeinsame Sache... Tötet ihn!«

Nachdem Ahotep ihm von ihren außerordentlichen Entdeckungen erzählt hatte, war Seqen, von neuer Kraft beseelt, zum Westufer aufgebrochen, um seinen Soldaten gleich die gute Nachricht zu überbringen.

Die Königin aber hatte sich in den Tempel von Karnak begeben, wo sie den Priestern befahl, alle Altäre mit Blumen zu schmücken. »Wir werden ein Ehrenritual zum Gedächtnis unserer Vorfahren abhalten«, erklärte sie, »und ganz besonders zum Gedächtnis der Pharaonen.«

»Majestät... Die Hyksos haben das auf ihrem gesamten Territorium verboten!«, sagte ein Priester bestürzt.

»Wenn du Angst hast, deine Pflicht zu tun, musst du augenblicklich das Heiligtum verlassen. Wenn nicht, gehorche!«

Der Priester verneigte sich schweigend.

»Holt die alten Opfertafeln aus den unterirdischen Anlagen!«

Die Priester brachten Meisterwerke aus Diorit, Granit und Alabaster ans Tageslicht. In Stein hatten die Bildhauer verschiedene Brotsorten dargestellt, Ochsenkeulen und Ochsenseiten, zusammengebundene Gänse, Zwiebeln, Gurken, Kohlköpfe, Granatäpfel, Datteln, Trauben, Feigen, Kuchen, Gefäße mit Wein und Milch. Es war das ewige Festmahl, dessen Geschmack und Duft den Seelen der Verstorbenen auf immaterielle Weise zuteil wurde.

Jede dieser Formen war eine Hieroglyphe, die gelesen und ausgesprochen wurde. Die Priester hatten die Aufgabe, ihnen Leben zu geben, damit sie ihre Wirkung entfalten konnten und die magischen Formeln nicht vergessen wurden.

»Majestät, dort drüben, Rauch … Ein Haus brennt!«

Dort drüben – das war das Zentrum der Stadt.

Der Schnauzbart hatte so viele Stunden Schlaf nachzuholen, dass er einen guten Teil des Tages im Bett blieb, während der Afghane es vorzog, neue Kombinationen für das *senet*-Spiel zu ersinnen, ein Strategiespiel, das alle Ägypter liebten.

Wenn sie nicht auf die Jagd gingen, wohnten die beiden Männer in einem kleinen Haus unweit des Palasts. Nach so vielen Nächten im Freien genossen sie die Bequemlichkeit eines richtigen Bettes und das gute Essen, das eine Nachbarin für sie kochte.

Eigentlich hatte das häusliche Leben durchaus seine guten Seiten, fand der Schnauzbart.

»Ich hab' Durst«, sagte er.

»Du trinkst zu viel Bier«, sagte der Afghane.

»Wenn ich Bier trinke, glaube ich fast, dass die Freiheit keine Illusion ist. Wenn man Waffen herstellt, wird man sie auch benutzen, oder?«

»Weder Ahotep noch ihr Mann sind Zauderer«, gab der Afghane zu. »Aber mit der Palastwache können wir die Hyksos nicht angreifen.«

»Komisch, darüber habe ich auch schon nachgedacht. Also …«

»Also hat die Königin von Theben uns nicht alles gesagt, weil sie uns nur begrenzt vertraut.«

»An ihrer Stelle würde ich nicht anders handeln«, sagte der Schnauzbart.

»Ich auch nicht. Ahotep ist schön, aber auch klug. Einer Frau dieses Kalibers muss man einfach ganz und gar vertrauen. Selbst in meinem Land gibt es niemanden, der ihr gleicht.«

»Vergiss nicht, dass sie verheiratet ist... Verlieb dich nur nicht in sie!«

Plötzlich hob der Afghane wie ein Gefahr witterndes Raubtier den Kopf. Der Schnauzbart, dem die schnellen Reaktionen seines Kampfgefährten nichts Neues waren, erwachte aus seiner Schläfrigkeit.

»Was ist?«

»Da in der Gasse, diese Typen, die es so eilig haben... Sie haben irgendetwas Finsteres vor.«

»Die Ordnungshüter werden sich darum kümmern.«

»Vielleicht auch nicht... Du hast keine Lust, deine Beine wieder mal auszuprobieren?«

»Ein bisschen Bewegung würde uns gut tun!«

Die Gruppe in der Gasse stieß auf eine zweite, dann auf eine dritte, an deren Spitze sich Chomu, der Keramikhändler, befand. Und ihr gemeinsames Ziel schien der Palast zu sein.

»Sie sehen nicht wie Räuber aus«, sagte der Schnauzbart. »Aber sie werden doch nicht...«

»Doch! Ja, natürlich, doch!«

In höchster Eile nahmen sie eine Abkürzung, über die sie den Palast etwas früher erreichten als die Männer, die für die Zusammenarbeit mit den Hyksos eintraten.

Auf der Schwelle saß dösend ein alter Wachmann. Die Lanze lehnte neben ihm an der Wand.

»Zu den Waffen!«, schrie der Schnauzbart. »Der Palast wird angegriffen!«

Es war Herays Amtssitz, den Chomu hatte in Brand setzen lassen, und er bedauerte, dass der Hausbesitzer nicht selbst anwesend gewesen war.

Die Nachbarn waren so fassungslos, dass sie nicht wagten, irgendetwas zu tun.

Als Ahotep eintraf, waren sie noch immer wie versteinert.

»Ist Heray wohlauf?«, fragte sie besorgt.

»Ja«, antwortete eine Witwe, die am ganzen Leib zitterte. »Und es war der Keramikhändler, der das Haus angezündet hat.«

»Und dann? Was hat er dann gemacht?«

»Mit seinen Freunden… Sie haben gesagt, sie wollen den Palast zerstören!«

Ihre beiden Söhne, ihre Mutter, Qaris… Ahotep war am Rand einer Ohnmacht, aber es gelang ihr schnell, ihre Fassung wiederzugewinnen. »Das sind Verräter! Kommt alle mit mir, wir müssen sie aufhalten!«

An der Spitze eines armseligen Häufleins aus alten Männern, Frauen und Kindern, stürmte die Königin zum Palast zurück.

Wenn es ihr nicht gelingen sollte, die ihren zu retten, würde sie Chomu mit ihren eigenen Händen umbringen.

Vor dem Palast hatte sich schon eine aufgebrachte Menge versammelt.

Unter der Leitung des Afghanen und des Schnauzbarts war es den Wachen gelungen, den Angriff wenigstens aufzuhalten. Heray hatte ein paar Bauern zusammentrommeln können, die ihnen zu Hilfe gekommen waren.

»Die Königin!«, schrie einer der Kollaborateure. »Schauen wir, dass wir wegkommen!«

Ein paar Minuten Unentschiedenheit erwiesen sich als fatal für Chomus Anhänger. Heray und der Schnauzbart nutzten die Gelegenheit, um die Rädelsführer unschädlich zu machen, während der Afghane Chomu überwältigte.

»Wagt es nicht, mich anzufassen!«, sagte dieser stöhnend, als er sah, dass die Niederlage besiegelt war.

Ahoteps Blick erschreckte ihn noch mehr als Herays Schwert, dessen Spitze auf seine Brust gerichtet war.

»Du hast Thebaner getötet«, sagte die Königin mit gemessenem Ernst, »und du wolltest die königliche Familie auslöschen. Gibt es ein schlimmeres Verbrechen?«

»Ihr seid für die Widerstandskämpfer, die sich weigern, die Autorität des Hyksoskönigs anzuerkennen... Das ist das schlimmste Verbrechen!«, rief Chomu aus. »Wenn Ihr Euch endlich unterwerft, werde ich bei unserem einen und einzigen Herrscher für Euch die Stimme erheben und ihn bitten, Theben zu verschonen.«

»Du wirst wegen Hochverrats gerichtet werden, Chomu. Und als Feind des Vaterlandes, das dich immer beschützt hat.«

»Ihr begreift es also nicht... dass Ihr selbst schon verurteilt seid, mit den Aufständischen... Ich habe dem König eine Botschaft geschickt. Bald wird er hier sein, und meine Verdienste werden endlich anerkannt.«

54

Ahotep drückte Kamose fest an sich, dann hob sie den kleinen Ahmose auf und überschüttete ihn mit Zärtlichkeiten. Die beiden Kinder hatten gar keine Zeit gehabt, Angst zu haben. Wenn es dem wütenden Mob gelungen wäre, in den Palast einzudringen, wäre Qaris mit ihnen geflohen, während Teti die Kleine, an der Spitze ihrer letzten Getreuen, versucht hätte, die Angreifer aufzuhalten.

»Du darfst nicht die geringste Schwäche zeigen«, empfahl

sie ihrer Tochter. »Diesmal ist Chomu mit seinen Anhängern zu weit gegangen.«

»Noch viel weiter, als du glaubst… Er hat König Apophis benachrichtigt.«

Die Königinmutter erbleichte. »Also… werden die Hyksos sich in Marsch setzen! Ist unsere Armee bereit?«

»Sie wird es sein.«

Laute Schreie ließen die beiden Frauen aufspringen.

Waren das wieder Kollaborateure, die gegen den Palast anrannten?

»Es ist der König«, sagte Qaris beruhigend.

Von einer Brieftaube gewarnt, war Seqen sofort mit seinen Männern von dem geheimen Stützpunkt aufgebrochen. Die Thebaner, erschrocken und entsetzt zunächst, waren nach kurzer Zeit begeistert, als sie Ahoteps Gemahl an der Spitze ihrer Landsleute entdeckten, die sie verschollen glaubten.

Der Pharao stürmte in den Palast.

»Ahotep!«

Sie umarmten sich lange.

»Beruhige dich, die ganze Familie ist wohlauf und in Sicherheit. Aber einige Wachen sind tot… Und wenn der Schnauzbart und der Afghane nicht eingegriffen hätten, hätten Apophis' Anhänger uns alle niedergemacht.«

»Können sie noch Schaden anrichten?«

»Heray kümmert sich um sie. Aber Chomu hat den Hyksos eine Nachricht geschickt.«

»Ich bereite sofort die Verteidigungslinien vor, um ihre erste Angriffswelle zu brechen. Danach werden wir zum Gegenangriff übergehen.«

»Etwas äußerst Wichtiges bleibt noch zu tun. Mutter, bitte kümmere dich darum.«

»Mit dem größten Vergnügen, meine liebe Tochter! Es wird einer der schönsten Tage meines Lebens sein.«

»Richtige Soldaten sind das!«, sagte der Schnauzbart, während er die Männer beobachtete, die Seqen vor dem Palast hatte Aufstellung nehmen lassen.

»Kein Zweifel«, stimmte ihm der Afghane zu. »Gut ausgebildet und diszipliniert ... Das ist es also, was man uns bis jetzt verheimlicht hat: eine Miliz, die auf den Kampf gegen die Hyksos gut vorbereitet ist. Das ist die beste Nachricht seit langem.«

Heray kam auf die beiden Beobachter zu.

»Ihre Majestät wünscht, euch zu sprechen.«

Verlegen machten sich die beiden auf den Weg. Keiner von ihnen wagte es, der Königin ins Gesicht zu blicken, die jetzt ein rotes Zeremonialgewand trug.

»Es ist mir ein Bedürfnis, euch zu danken und euch für eure Tapferkeit zu beglückwünschen. Hiermit ernenne ich euch beide zu Offizieren in der Befreiungsarmee.«

Verwirrt sahen die Geehrten einander an.

»Heute schon«, verkündete die Königin, »werdet ihr alles Weitere erfahren.«

Das Volk von Theben hatte sich vor dem Haupteingang des Tempels von Karnak versammelt. Teti die Kleine sprach mit einer Festigkeit, die manchen überraschte. Ihre Worte wurden von Herolden wiederholt, damit auch den Fernstehenden nichts entging.

»Dank unserer Götter herrscht wieder ein Pharao mit seiner großen königlichen Gemahlin über Theben. Ich verkünde euch allen, die ihr euch hier versammelt habt, dass Seqen offiziell zum König von Ober- und Unterägypten gekrönt worden ist und dass er von Königin Ahotep als ihr rechtmäßiger Gemahl anerkannt wurde. So setzt sich die Abfolge unserer Königshäuser fort, und die Legitimität der Macht ist gewährleistet.«

Nach einem ersten Moment der Überraschung klatschten die Thebaner ihrem Pharao begeistert Beifall, und die Namen des neuen Herrscherpaars wurden in eine Stele eingraviert, die im Tempel, unter dem Schutz Amuns, Aufstellung finden sollte.

Als der Beifall abebbte, ergriff Seqen, der neue Pharao, das Wort.

»Die Anhänger der Kollaboration sind festgenommen worden. Sie werden verurteilt werden. Jetzt aber ist es an der Zeit, uns der schrecklichen Prüfung des Krieges zu stellen. Unsere Armee ist bereit zu kämpfen, doch die Mitwirkung jedes Einzelnen von euch ist bei diesem Kampf unabdingbar. Blut, Tränen, langwierige und leidvolle Auseinandersetzungen – nur das kann ich euch versprechen. Es ist der einzige Weg, der uns noch bleibt: Entweder wir siegen, oder wir werden vollständig vernichtet. Um aber zu siegen, muss Theben von einem einzigen Gedanken beseelt sein, und alle Herzen müssen im selben Rhythmus schlagen. Einigkeit ist das Gebot der Stunde!«

Dieser Rede folgte ein langes Schweigen.

Jeder begriff, dass die lange Epoche der falschen Ruhe zu Ende ging und dass ein fürchterlicher Kampf bevorstand.

Heray schlug sich mit der geballten Faust auf die Brust. »Bis zum Tode verpflichte ich mich, dem Pharao, meinem Land und meinem Volk zu dienen!«

Mit *einer* Stimme nahmen die Thebaner diesen Satz des Fahneneids auf.

Ahoteps Herz öffnete sich weit. Endlich zeigte sich der Keim einer echten Hoffnung.

Das neue Spiel machte dem König der Hyksos viel Spaß. Es war mittlerweile ein großer Gunstbeweis, wenn man eingeladen wurde, neben ihm an der Balustrade Platz zu nehmen, von der aus man den besten Überblick hatte über Arena und Labyrinth, wo die Unglücklichen, die man dazu auserkoren hatte, einen langsamen und qualvollen Tod starben. Dabei zuzusehen gehörte zu den nie langweilig werdenden Vergnügungen des Hofes.

Glücklicherweise mangelte es nicht an Opfern – Versuchspersonen für neue Foltermethoden. Es gab die Ehrgeizlinge, die den König ärgerten, die Liebhaber Tjarudjets, die den fatalen Fehler begingen, sich bei ihr soweit zu vergessen, dass sie den König kritisierten; es gab die Unvorsichtigen, die sich weigerten, sich von Khamudi erpressen zu lassen, die allzu schönen Frauen, die Tanys Neid erweckten, und selbst ein paar robuste, gesunde Unschuldige, die ganz ohne Anlass nach Auaris gebracht wurden, damit der König bei Laune blieb.

Apophis war klar, dass man sehr bald den Feldzug der Eroberung fortsetzen musste; namentlich galt es, Kreta und die umliegenden Inseln zu kolonisieren, und man musste dabei noch radikaler vorgehen als früher. Außerdem musste man einen ganzen Schwarm kleiner asiatischer Königreiche vernichten, die unfähig waren, sich gegen die Hyksos zusammenzuschließen. Die Truppen von Admiral Jannas brauchten Bewegung und Übung, und der Ruhm des Hyksosherrschers musste sich bis in den letzten Winkel des Reiches und darüber hinaus ausbreiten.

Die Stadt Auaris entsprach dem Traum, den er schon immer gehabt hatte: Sie war ein einziges riesiges Militärlager geworden, ein Paradies für Soldaten, denen ägyptische Sklaven dienten. Und dasselbe galt für die wichtigsten Städte des Deltas und des syrisch-palästinischen Gebiets, wo die Ordnung der Hyksos regierte.

Apophis war es gelungen, jener Zivilisation das Rückgrat zu brechen, die die Pyramiden erbaut hatte. Eines Tages würde er auch diese großartigen Denkmäler vernichten, Stein um Stein, um sich ein eigenes Monument errichten zu lassen, das die Bauwerke der Pharaonen noch übertreffen würde.

Als Khamudi sein Schreibzimmer betrat, bemerkte der König sofort die grünliche Gesichtsfarbe des Großschatzmeisters.

»Was fehlt dir?«

»Gestern Abend haben wir – meine Frau und ich – uns mit ein paar Libanesinnen vergnügt, und dann haben wir den Fehler begangen, einen Likör aus ihrem Land zu probieren.«

»Haben sie versucht, euch zu vergiften?«

»Ich glaube nicht, aber die Libanesinnen wären als Opfer des Stiers hübsch anzusehen. Majestät, ich bin gekommen, um Euch einen ernsten Zwischenfall zu melden.«

Apophis runzelte die Brauen. »Ernst … das ist wahrscheinlich ein wenig übertrieben.«

»Urteilt selbst. Ich habe gerade eine Nachricht aus Theben erhalten, mit den einfachen Worten: ›Die Nilpferde hindern den König am Schlafen. Sie machen so viel Lärm, dass es den Bewohnern von Auaris das Trommelfell zerreißt.‹«

»Was soll dieser Blödsinn bedeuten?«

»Es ist eine Geheimbotschaft, die wir mit unserem Informanten, dem Minister für Landwirtschaft, vereinbart haben. Sie bedeutet, dass es Schwierigkeiten gibt.«

»Ein Aufstand in Theben … Ist das nicht eher unwahrscheinlich?«

»Eigentlich schon … Aber die Nachricht klingt dennoch ernst.«

»Versucht dieser armselige Minister nicht einfach, auf sich aufmerksam zu machen?«

»Das kann durchaus sein, Majestät, aber angenommen, er hat Recht … Ist nicht jetzt der Moment gekommen, um Theben ein für allemal zu zerstören?«

»Ich hatte diese kaum noch existierende kleine Stadt völlig vergessen! Wahrscheinlich hat eine Hand voll Habenichtse versucht, Getreide zu stehlen, und dein kleiner Minister versucht, sich bei uns beliebt zu machen, indem er uns davon berichtet … Aber du hast Recht, es wird besser sein, die Sache zu prüfen.«

»Soll ich Jannas schicken?«

Der König bestrich seine mit Pickeln übersäte Nase mit Salbe und bückte sich, um auch seine Knöchel einzureiben, die immer dicker wurden.

»Wir werden vorsichtiger vorgehen und einen Gesandten schicken. Wenn es wirklich ein Aufstand sein sollte, werden die Thebaner ihn töten. Unser Gegenschlag erfolgt blitzschnell, und dann ist es endgültig vorbei mit ihnen. Im anderen Fall wissen wir, dass dein Informant sich Dinge aus den Fingern saugt, und wir suchen uns einen anderen. Es ist nicht nötig, unsere besten Soldaten für so eine Bagatelle einzusetzen. Wir brauchen sie für unsere neuen Eroberungen.«

55

Nur ein Schiff?«, fragte Seqen erstaunt. »Das muss eine Falle sein!«

»Nein, Majestät, offenbar nicht«, sagte Heray. »Die Späher sagen, es ist ein ziviles Schiff ohne Eskorte.«

»Sobald sie anlegen, erledigen wir sie!«

»Darf ich trotzdem zu ein wenig Geduld raten? Selbst wenn sich Soldaten im Zwischendeck verstecken, können es nur wenige sein, und wir haben in jedem Fall leichtes Spiel mit ihnen.«

»Aber wie ist es zu verstehen, dass Apophis so gemäßigt reagiert?«

»Vielleicht stellt er uns ein Ultimatum«, sagte Ahotep nachdenklich.

»Dass wir selbst Theben zerstören sollen und uns ihm anschließend ausliefern? Natürlich, du hast Recht!«

»Es gibt ein einfaches Mittel, um es herauszufinden, Majestät«, schlug der Schnauzbart vor. »Ich könnte an Bord gehen.«

»Warum willst du dein Leben aufs Spiel setzen?«

»Mit dem Afghanen und einer halben Hundertschaft hinter mir fühle ich mich völlig sicher.«

Der Gesandte war der wichtigste Weinhändler von Auaris. Khamudi hatte ihm diese Mission anvertraut in der Hoffnung, dass er nicht lebend zurückkehrte. Wenn er dennoch wieder auftauchte, würde sein Los nicht beneidenswert sein. Denn der Großschatzmeister hatte beschlossen, sich in seiner Abwesenheit seiner Bücher zu bemächtigen und sie mit Beweisen für Veruntreuungen und Unterschlagungen zu spicken, sodass er ihn später als Betrüger überführen und in das Labyrinth schicken konnte. Sein Unternehmen aber würde Khamudi in den Schoß fallen.

Der schon sechzigjährige Weinhändler hasste es zu reisen, vor allem auf einem Schiff. Aber einer vom König selbst befohlenen Mission konnte man sich nicht verweigern. Während der ganzen Fahrt nilaufwärts hatte der frisch gebackene Gesandte halbtot vor Übelkeit in seiner Kabine gelegen, blind für die Schönheiten der Landschaft.

Dass er jetzt in Theben angekommen war, einem langweiligen Marktflecken in einem gottverlassenen Winkel des Hyksosreiches, gab ihm immerhin die Befriedigung, sein Ziel erreicht zu haben. Es gelang ihm, sich zu erheben. Er trank ein wenig Wasser und erklomm die Brücke.

»Ein Abgesandter der Königin von Theben wünscht Euch zu sprechen«, teilte ihm der Hauptmann mit.

»Er soll kommen.«

»Soll ich ihn nach Waffen durchsuchen?«

»Nicht nötig… Niemand würde es wagen, einen Gesandten der Hyksos anzugreifen.«

Als er an Bord kletterte, sah der Schnauzbart sofort, dass sich kein Hyksossoldat hier versteckte. Und nach der Gesichtsfarbe des Diplomaten zu urteilen, würde dieser eine weitere Reise kaum überleben.

»Ich bin der Gesandte des Königs und Pharaos Apophis, unseres allmächtigen Herrschers, und ich bin gekommen, um Eurer Königin eine wichtige Botschaft zu überbringen. Bringt mich unverzüglich zu ihrem Palast.«

Der Hyksos warf einen erstaunten Blick auf den Trupp Soldaten, der am Eingang der Gasse wartete.

»Das ist unsere Schutzmannschaft«, erklärte der Afghane.

»Gibt es hier irgendwelche Unregelmäßigkeiten?«

»Überhaupt keine, aber man kann nie vorsichtig genug sein.«

Es bestand keine Gefahr, dass der Gesandte mit irgendeinem Kollaborateur zusammentraf. Chomu und seine Gefolgsleute waren vor zwei Tagen von Bogenschützen hingerichtet worden, nach einem Prozess, dessen Verlauf nichts ergeben hatte, was zu mildernden Umständen hätte führen können.

Theben erschien ihm arm, aber sauber. Kein Soldat auf den Straßen, alte Männer, die vor ihren Häusern in der Sonne saßen, spielende Kinder, Frauen, die vom Markt kamen, Hunde, die sich um einen Knochen balgten, unter dem Blick einer Katze, die sich vorsichtshalber auf das Dach verzogen hatte… Ganz offensichtlich stellte das bescheidene Städtchen keinerlei Bedrohung für den König dar.

Der nicht mehr ganz neue Palast, der jetzt vor ihm auftauchte, bestärkte den Gesandten in seiner Meinung. Was die beiden vergreisten Wachen betraf, die sich tief verneigten, als er vorbeikam, so hielten sie Lanzen in der Hand, die so krumm und abgestoßen aussahen, dass sie kaum dazu taugen würden, ein heruntergefallenes Halstuch aufzuspießen.

Mit ihren beiden Söhnen an der Hand empfing Ahotep den Diplomaten am Eingang des ärmlichen Audienzsaals.

»Willkommen in Theben. Eure Ankunft ist eine sehr große Ehre für uns. Nie hätten wir sie uns zu erhoffen gewagt. Leider sind unsere Möglichkeiten, Euch zu bewirten, nur bescheiden, doch ich versichere Euch, dass mein Gatte und ich keine Mühe scheuen werden, um Euren Aufenthalt hier möglichst angenehm zu gestalten.«

Ahotep schien so zerbrechlich, dass der Gesandte ganz gerührt war. Er verzichtete auf die großsprecherische Tonart, deren sich jeder gute Hyksos einer besiegten Ägypterin gegenüber befleißigte, und murmelte ein paar Dankesworte.

»Wie lange werdet Ihr Euch hier aufhalten?«

»Gerade so lange, wie nötig ist, um Euch die Botschaft des Königs zu überbringen.«

»Prinz Seqen, mein Gemahl, wird sie mit dem größten Vergnügen entgegennehmen. Kinder, geht jetzt zu eurer Großmutter. Ich muss mich unserem Gast widmen.«

Seqen, eingehüllt in eine Tunika, die schon bessere Tage gesehen hatte, fiel es sehr schwer, seinen Feind geziemend zu begrüßen. Lieber hätte er ihn sofort erwürgt. Doch er unterwarf sich Ahoteps Empfehlung, lieber ein wenig Theater zu spielen und dafür Zeit zu gewinnen.

Der Gesandte fand den Audienzsaal des lächerlichen thebanischen Palasts altmodisch und ziemlich heruntergekommen. »Verlieren wir keine Zeit und kommen wir gleich zur Sache: Der König fühlt sich vom Lärm der Nilpferde gestört. Das begreift Ihr doch, hoffe ich?«

Ahotep begriff, dass Chomu vorsichtig genug war, den Hyksos eine verschlüsselte Mitteilung zukommen zu lassen, deren Sinn allerdings nicht schwer zu verstehen war.

»Im Osten von Theben gibt es tatsächlich einen Weiher, in

dem sich die Nilpferde gern tummeln... Aber wie können diese Geräusche bis nach Auaris dringen?«

»Reden wir nicht um den heißen Brei herum, Prinzessin! Es gibt Aufständische in Theben, nicht wahr?«

Die Königin setzte eine betroffene Miene auf, und Seqen tat es ihr gleich.

»Es gab Unruhen, in der Tat. Eine kleine Gruppe von Fanatikern, geführt von einem Mann, der mit Tongefäßen handelte, namens Chomu.«

»Ich befehle Euch, mir diese Widerstandskämpfer auszuliefern!«

»Wir haben sie hinrichten lassen, auf die Bitte unseres Ministers für Landwirtschaft hin.«

»Aha... Sehr gut. Darf ich ihn selbst zu seiner Empfehlung beglückwünschen?«

»Leider ist er vor kurzem verstorben. Es wird schwer sein, einen geeigneten Ersatz für ihn zu finden. Seine Treue zu unserem König in Auaris war für alle Thebaner vorbildlich.«

»Gut, gut... Seid Ihr sicher, dass kein Aufständischer mehr in dieser Region sein Unwesen treibt?«

»Die öffentlichen Hinrichtungen waren für alle ein abschreckendes Beispiel«, sagte Seqen mit fester Stimme.

»Unser Koch hat Euch ein wohlschmeckendes Mahl zubereitet, mit Fleisch und Kuchen«, sagte Ahotep, die ihr gewinnendstes Lächeln aufgesetzt hatte. »Wir hoffen, dass Ihr uns die Ehre gebt...«

»Selbstverständlich, selbstverständlich... Gibt es auch Wein?«

»Wir haben unseren besten für Euch aufgespart.«

Einen Hyksos in der Hand zu haben und ihn unversehrt laufen lassen zu müssen... Seqen kochte vor Zorn, aber er musste zugeben, dass Ahoteps Strategie richtig war. Von der Demut der Thebaner überzeugt, würde der Gesandte dem König von einer militärischen Intervention abraten. So würden die Zimmerleute genug Zeit haben, das letzte Schiff, das noch in der Werft lag, zu vollenden.

»Der Gesandte ist schon weit, Majestät«, verkündete Qaris. »Der Aufenthalt bei uns scheint ihm sehr viel Vergnügen bereitet zu haben.«

»In der Stadt kein Zwischenfall, Heray?«

»Nein, Majestät. Niemand hat versucht, sich ihm zu nähern, die Bevölkerung ist hundertprozentig auf unserer Seite.«

Die beiden neu ernannten Offiziere der thebanischen Armee trafen den Pharao am Ufer des Nils.

»Ihr habt meine Kinder gerettet«, sagte er zu ihnen, »und dafür werde ich euch auf ewig dankbar sein. Im Krieg werden viele Männer sterben. Wollt ihr in den Kampf ziehen oder in Theben bleiben, um die Palastwache zu befehligen?«

Der Schnauzbart kratzte sich den Kopf.

»Wir haben uns hier recht schön ausgeruht, aber was mich betrifft – ich bin im Norden geboren, und ich würde gern dorthin zurückkehren.«

»Ich bin fremd hier«, sagte der Afghane, »aber ich will erst in mein Land zurückkehren, wenn ich die Hyksos besiegt habe.«

»Ich verstehe … Ihr beide werdet je ein Sturmbataillon kommandieren.«

Der Schnauzbart schien etwas verlegen.

»Wenn man die Palastwache nimmt und die Soldaten dazuzählt, die mit Euch nach Theben gekommen sind – das ist schon etwas, aber doch noch keine richtige Armee. Selbst wenn man die Aufständischen im Norden mit einrechnet, deren Zahl sich nicht erhöht hat, nach allem, was man hört: Unsere Kräfte reichen nicht aus, um den Hyksos richtig eins auszuwischen.«

»Ihr habt noch nicht alles gesehen.«

Ein geheimer Stützpunkt, mit massiven Gebäuden und einer richtigen Armee aus gut ausgebildeten Männern, die sich sehnlich wünschten, endlich in den Kampf zu ziehen – der Afghane und der Schnauzbart machten aus ihrer Verwunderung und ihrer Genugtuung keinen Hehl.

»Fantastisch!«, murmelte der Schnauzbart. »Wir haben also die ganzen Feuersteine nicht umsonst gesammelt.«

»Ich werde euch die anderen Offiziere vorstellen«, sagte Seqen. »Ich will, dass wir immer aus unserem Gemeinschaftsgeist heraus handeln.«

»Vorher, Majestät, erbitten wir noch eine Gunst von Euch: Wir wollen gern mit den Fußtruppen üben, um ihnen ein paar ganz besonders gemeine Tricks für den Nahkampf beizubringen.«

56

Unter den grauen Wolken, die vom Meer herübergezogen waren, wirkte die Festung von Auaris noch düsterer als gewöhnlich. Aber der Gedanke daran, vor Apophis erscheinen zu müssen, bedrückte den Gesandten so sehr, dass er die Augen nicht zum Himmel erhob.

»Bist du gut empfangen worden?«, fragte ihn der König.

»Es hätte nicht besser sein können, Majestät! Theben ist eine arme, wehrlose Stadt, die keinerlei Gefahr darstellt. Prinzessin Ahotep und Prinz Seqen sind einzig mit ihrer kleinen Familie beschäftigt und haben nicht die leiseste Absicht, uns Schaden zuzufügen.«

»Hast du dich mit dem Landwirtschaftsminister unterhalten?«

»Er ist gerade gestorben. Aber Ihr könnt sicher sein, dass der Lärm der Nilpferde Euch nicht mehr stören wird. In der Region ist alles ruhig.«

Apophis streichelte seine Flasche aus blauem Steingut, auf dem die Karte Ägyptens gezeichnet war. Als er Hitze fühlte, setzte er seinen Zeigefinger auf die Provinz Theben, die in einem beruhigenden roten Glanz schimmerte. Aber plötzlich empfand der König eine sonderbare Unruhe. Er ließ nicht los. Und der Schimmer begann zu flackern.

»Du Idiot! Sie haben dich reingelegt!«

»Majestät, ich versichere Euch …«

»Mit einem alten Trottel wie dir wird der Stier leichtes Spiel haben. Das ist nicht sehr amüsant … Also wirst du das Labyrinth kennen lernen.«

Großschatzmeister Khamudi und Admiral Jannas waren zu einer dringenden Lagebesprechung in den Geheimraum der Zitadelle bestellt worden, wo man sicher war, dass kein neugieriger Lauscher das Gespräch mithören konnte.

»Irgendetwas geht in Theben vor«, verkündete der König. »Unser Gesandter hat nichts bemerkt, aber ich bin davon überzeugt, dass es Aufrührer gibt, die im Schatten arbeiten.«

»Meine Informanten haben mir nichts dergleichen berichtet, Majestät«, sagte Jannas. »Die Provinz Theben ist eine der reichsten Ägyptens, doch von ihrer Produktion bekommen wir den Löwenanteil. Vielleicht bereitet sich eine Palastrevolte vor; aber wäre es für uns von Bedeutung, wenn Königin Ahotep von irgendeiner anderen Thebanerin ersetzt würde?«

»Diese Unsicherheit geht mir auf die Nerven – Theben geht mir auf die Nerven! Die Herrschaft der Hyksos darf nirgends auf der Welt in Frage gestellt werden, und vor allem nicht in Ägypten!«

»Wünscht Ihr, dass wir Truppen entsenden?«, fragte Jannas.

»Theben muss zerstört werden«, sagte Apophis mit Entschiedenheit. »Und wir haben auch den Mann, den es für die Arbeit braucht. Emheb soll den Befehl erhalten, diese unerträgliche Stadt dem Erdboden gleichzumachen!«

»Unmöglich, Majestät«, sagte der Hohepriester von Karnak.

»Warum?«, fragte Ahotep erregt.

»Weil die vier Richtungen verschlossen sind. Solange sie sich nicht öffnen, wird jeder Angriff zu totalem Scheitern verurteilt sein.«

Die Königin konnte sich der Botschaft der Götter nicht widersetzen. »Wie kann man die Öffnung bewerkstelligen?«

»Traditionsgemäß regiert das königliche Paar erst wirklich, wenn es das große Papyrusdickicht im Norden Thebens durchquert hat. Doch dort ist alles voller giftiger Schlangen und Krokodile. Wer sich hineinwagt, setzt sein Leben aufs Spiel.«

»Was die Götter wollen, muss ausgeführt werden.«

Trotz des formellen Einspruchs von Teti der Kleinen machten sich König und Königin allein und ohne Waffen auf den Weg, nachdem sie die Kinder ihrer Großmutter anvertraut hatten. Der gefährlichste Ort der ganzen Provinz, der selbst von den erfahrensten Jägern tunlichst vermieden wurde, erwartete sie.

Seqen hatte keinen Moment gezögert. Seine Soldaten waren nervös und voller Ungeduld. Das lange Warten zehrte an ihren Kräften.

Die Königsbarke näherte sich langsam dem riesigen Papyrusdickicht. Dutzende von großen Vögeln flogen auf – die Begleiter Seths.

Ahotep zog einige Papyrusstängel zusammen und rieb sie. Das Geräusch, das die lastende Stille durchdrang, besänftigte die feindlichen Kräfte, die den Eindringlingen bedrohlich auflauerten.

Das Paar drang in das Innere des Dickichts ein, wo am hellichten Tag ein stetiger Dämmer herrschte. Seufzende und klagende Geräusche einer anderen Welt ließen ihnen Angstschauer über den Rücken rieseln.

Und plötzlich richtete sie sich vor ihnen auf, ungeheuer groß und lodernd in ihrem feurigen Glanz! Eine weibliche Königskobra, in den alten Texten »die Zerfleischerin« genannt, »die Göttin der Beständigkeit«, »die im Lichterglanz Strahlende« oder »die erste Mutter, die am Anfang war und die Grenzen des Universums kennt«.

Ahotep hielt dem Blick der Schlange stand. »Du kannst mich töten, aber ich fürchte dich nicht, denn du bist die Herrin der Ohnmacht des Herzens. Gib mir deine Flamme, damit ich zerstöre, um Neues zu schaffen!«

Die Kobra schwankte, vor und zurück, nach links und nach rechts, schlängelte sich dann um einen Papyrusstängel und verschwand.

Ahotep fand sich allein auf ihrer Barke wieder. »Seqen, wo bist du? Antworte mir!«, rief sie.

Das leichte Boot war auf eine kleine Insel im Herzen des Dickichts aufgefahren.

Als der Pharao auf dem festen Boden Schutz suchen wollte, sah er zwei riesige Krokodile auf sich zukommen, vor denen es kein Entrinnen gab.

»Leg dich auf den Boden, Seqen, und beweg dich nicht!«

Der König befolgte den Rat seiner Frau, doch die beiden Echsen konnte er dadurch nicht aufhalten.

Im sicheren Bewusstsein, von ihnen verschlungen zu werden, fixierte Seqen Ahoteps Gesicht und schloss dann die Augen.

Die beiden Ungeheuer umringten den Monarchen, ihr Schlund berührte seinen Kopf. Sie legten ihre Vorderpranken auf seine Schultern und die hinteren Pranken auf seine Handgelenke und huldigten so dem König von Ägypten als einem der ihren, fähig, unvermittelt aus der Tiefe hervorzubrechen und den Gegner zu zermalmen.

»Drei Richtungen sind offen«, stellte der Hohepriester von Karnak fest. »Osten, Westen und Süden. Aber der Norden ist immer noch verschlossen.«

»Welche Prüfung müssen wir noch auf uns nehmen?«, fragte Ahotep.

»Die Texte sagen nichts darüber, Majestät. Die Entscheidung darüber bleibt Euch überlassen.«

»Wir müssen angreifen!«, rief Seqen.

»Unsere Armee wird gen Norden ziehen«, sagte Ahotep, »aber der Norden verweigert uns seine Gunst.«

»Was fordern die Götter also noch?«

»Wir müssen es selbst herausfinden, Seqen. Wenn wir in dieser Hinsicht taub und blind bleiben, werden wir nicht hoffen können, den Sieg davonzutragen.«

»Meine Leute zerren an der Leine. Wenn wir sie allzu straff gespannt halten, wird sie reißen.«

Im Palast wurden sie von Emheb erwartet. Gewöhnlich war er ein ruhiger und bedächtiger Mann, aber jetzt stand ihm die Aufregung ins Gesicht geschrieben.

»Ich habe gerade einen Befehl von Admiral Jannas erhalten, Majestät: Theben soll dem Erdboden gleichgemacht werden!«

»Apophis hat seinem Gesandten also nicht geglaubt … Sind Eure Truppen bereit zu kämpfen?«

»Sie werden schon ungeduldig.«

Heray unterbrach das Gespräch. »Kommt und seht Euch das an, schnell!«

Die Stimme des Aufsehers der Getreidespeicher ließ keinen Widerspruch zu, und so folgten ihm das königliche Paar und Emheb zum Nil.

»Seht Euch diese Eier an!«

»Die Enten haben gerade gelegt«, stellte Emheb fest. »Mindestens drei Wochen zu früh! Das heißt, dass die Flut früher einsetzen wird als gewöhnlich und dass wir unsere Schiffe erst dann auf den Weg bringen können, wenn sich die Raserei des Flusses gelegt hat.«

»Mit anderen Worten«, sagte Seqen seufzend, »wir können nicht sofort angreifen.«

»Wir sollten uns die außerordentlichen Umstände zunutze machen«, schlug Ahotep vor. »Es ist unbedingt nötig, dass wir den Grund erfahren, warum der Norden uns noch immer feindlich gesinnt ist. Du, Emheb, berichte dem Hyksoskönig, was er hören will, sage ihm, dass du den Auftrag zu seiner vollsten Zufriedenheit erledigt hast: Theben ist zerstört, Prinz und Prinzessin sind tot.«

»Wird er mir glauben?«

»Ja, wenn du ihm mein Diadem, mein Herrschaftsgewand und Seqens blutbefleckte Tunika schickst.«

57

Ein wertloses Diadem, ein armseliges Gewand, die Tunika eines Abtrünnigen... Die Reliquien des gewesenen Theben verdienen es nicht, dass man sie aufbewahrt«, entschied der König.

»Der Bericht Emhebs ist äußerst erfreulich«, fügte Khamudi hinzu. »Seine Soldaten haben eine völlig eingeschüchterte Stadt in Brand gesetzt, die nicht einmal gewagt hat, sich zu verteidigen. Alles hat gebrannt, selbst die Leichen. Emheb schlägt vor, an der Stelle der Stadt Amuns eine Kaserne zu errichten.«

»Ausgezeichneter Vorschlag. Schicke trotzdem einen Späher los, der den Bericht bestätigen soll. Und er soll diesen Emheb mitbringen… Ich wünsche, ihn persönlich kennen zu lernen und ihn zu beglückwünschen.«

»Wir brauchen noch ein wenig Geduld, Majestät. Die Flut steigt dieses Jahr außerordentlich schnell, das Wasser ist reißend, und es werden eine Zeit lang keine Schiffe fahren können.«

»Ich habe einen neuen Kandidaten für das Labyrinth«, flüsterte Apophis mit einem tückischen Grinsen.

Apophis hatte seine Flasche aus blauem Steingut konsultiert und war zu dem Ergebnis gekommen, dass das erbarmungswürdige Theben Opfer eines Feuers geworden war.

Zur Verblüffung der Thebaner brannten der Palast und mehrere Wohnhäuser.

»Warum hast du das veranlasst?«, fragte Seqen.

»Weil ein so schrecklicher Gegner wie Apophis über eine Wahrnehmungsfähigkeit verfügt, die die der gewöhnlichen Sterblichen übertrifft«, antwortete Ahotep. »Man musste ihm einen Beweis liefern, selbst aus der Entfernung, dass unsere Stadt tatsächlich zerstört ist.«

Am gleichen Morgen waren Teti die Kleine, Kamose und Ahmose zu dem geheimen Stützpunkt aufgebrochen, wo sie von nun an wohnen würden.

Ahotep und Seqen begaben sich noch einmal zum Tempel in Karnak, wo der Hohepriester sie empfing.

»Ich habe wieder und wieder die Himmelsgegenden studiert. Drei der vier Richtungen sind offen, und es steht günstig für uns. Doch der Norden bleibt hartnäckig verschlossen, und kein Gebet, keine Litanei bringt ihn dazu, sich zu entriegeln.«

»Gibt es nicht eine Kapelle in diesem Tempel, die man nicht betreten kann?«, fragte die Königin.

»Ja, die zentrale Kultstätte Amuns ... Aber Ihr wisst genauso gut wie ich, dass sie sich erst an dem Tag öffnen wird, an dem Ägypten seine Freiheit wiedergewonnen hat.«

»Amun ist der Gott des belebenden Windes, des Nordwindes ... Er selbst verlangt, dass wir jetzt sein Gebot verletzen.«

»Tut das nicht, Majestät! Das hieße, das Schicksal selbst herauszufordern.«

»Ich bin vom Gegenteil überzeugt. Durch Nichtstun halten wir Ägypten in der Sklaverei. Nur Amun kann uns den Weg nach Norden öffnen!«

»Der Herr von Karnak wird Euch zerschmettern!«

»Ich bin nicht seine Feindin.«

Ernst und gesammelt stand Ahotep vor der verschlossenen Tür.

Sie zog den Riegel aus geschnitztem Holz zurück und betete dabei im Stillen zu Amun, dem »Verborgenen«, dem »Herrn der Strahlen«, dem »Gleichmäßigen«, auf dem die Schöpfung beruhte, dass er ihr zu Hilfe kommen möge.

Als die Tür einen Spaltbreit offen stand, schlüpfte die Königin ins Innere der kleinen Kapelle, die nur von einem schwachen Lichtstrahl erhellt war. Sie erkannte das Standbild des Gottes, auf seinem Thron sitzend.

In der rechten Hand hielt Amun ein mit Silber überzogenes Krummschwert mit Elektron-Einlegearbeiten. Auf seiner Brust lag eine goldene Lotosblüte.

»Wir brauchen dein Schwert, o Herr. Es wird uns die Kraft geben, den Herrn der Finsternis zu besiegen.«

Ahotep legte ihre Hand auf die Hand aus Stein, auf die Gefahr hin, sie nicht mehr zurückziehen zu können.

Der Granit war nicht kalt. In ihm kreiste eine unwandelbare Energie.

Als der Gott die Bitte der Königin gewährte, ging von dem Schwert ein intensives Leuchten aus, das die ganze Kapelle erhellte.

Ahotep entfernte sich rückwärts gehend und mit gesenktem Kopf.

Als sie das Schwert des Lichts schwenkte, das so machtvoll strahlte wie die Mittagssonne, verhüllten Seqen und die Priester ihr Gesicht.

»Die Tür der Amunkapelle bleibt bis zum Sieg geschlossen«, verkündete Ahotep. »Doch jetzt ist der Arm des Pharao bewaffnet, und der Weg in den Norden ist offen.«

Vor dem kleinen Palast der Basis am Westufer war ein Garten angelegt worden, der immer schöner wurde. Eine Laube war von Palmen und Tamarisken eingerahmt.

Im Schatten dieser Bäume vergaßen Ahotep und Seqen die Aufregung, die ringsum herrschte, und gaben sich einem Augenblick des Glücks hin. Ihr Gefühl füreinander war umso intensiver, da sie sich bald trennen sollten.

Jeder von ihnen war sich bewusst, was auf dem Spiel stand und was als Nächstes auf sie zukam. Der Pharao musste seine Truppen in den Kampf führen, und die Königin sollte während seiner Abwesenheit Theben regieren.

»Ich habe eine solche Lust zu leben«, bekannte er, während er ihren schönen Körper streichelte, »ich habe eine solche Lust, dich zu lieben, bis uns das hohe Alter ans andere Ufer trägt, ich kann mir nichts anderes vorstellen, als mit dir zusammenzubleiben bis zum Schluss – und selbst der Tod wird uns nicht voneinander trennen.«

»Nein, kein Tod wird uns trennen können«, versprach sie ihm. »Wenn du im Kampf gegen die Finsternis untergehst, wird mein Arm dein Schwert nehmen, und deine Kraft wird mich beseelen. Du wirst der einzige Mann in meinem Leben bleiben, Seqen. Das habe ich geschworen, und ich werde meinen Eid niemals brechen.«

In inniger Umarmung betrachteten sie den unermesslichen Himmel, der sich über ihnen wölbte, und ihre Blicke verloren sich in seiner Weite. Warum hatten die Götter ausgerechnet sie auserkoren, um etwas so Übermenschliches zu vollbringen?

Vom Kasernenhof her tönten barsche Befehle. Die Truppführer legten das gewöhnliche Imponiergehabe an den Tag.

»Ich glaube, ich werde gebraucht«, sagte Seqen.

»Darf ich Euch meinen Sohn vorstellen, Majestät?«, fragte Hauptmann Baba, den der König zum Kommandeur der Truppen aus Nekheb bestellt hatte, während Emheb die Soldaten aus Edfu befehligte.

»Ich bin Ahmas, Sohn der Abana«, erklärte der Junge stolz, »und ich werde viele Hyksos töten!«

»Bist du nicht ein bisschen zu jung für den Krieg?«

»Ich bin in allen Waffenarten bewandert, Majestät, und ich fürchte mich nicht davor, in der ersten Reihe zu kämpfen!«

»Ägypten braucht Männer wie dich, Ahmas, Sohn der Abana.«

Seqen nahm sich ausreichend Zeit, um jedem einzelnen Soldaten ein paar Worte zu sagen. Die Gesichter waren ernst, oft von Angst gezeichnet. Keiner von ihnen verkannte die militärische Stärke der Hyksos, die zudem noch zahlenmäßig überlegen waren. Wer nur ein wenig nachdachte, kam schnell zu dem Schluss, dass die kleine ägyptische Armee zum Untergang verurteilt war. Doch die Gegenwart der Königin hatte manche Furchtsamkeit verjagt, und es war zu keinem Fall von Fahnenflucht gekommen.

Eine kleine Hand zupfte den Pharao am Ärmel.

»Ich will auch in den Krieg ziehen!«

»Ahmose!«

Seqen hob seinen vierjährigen Sohn vom Boden auf.

»Kein Wunder, dass er auf solche Gedanken kommt«, sagte Kamose mit der Selbstgewissheit seiner vierzehn Jahre. »Seit wir hier sind, haben wir jeden Tag mit den Soldaten geübt.«

Der König stellte den Kleinen wieder auf den Boden und drückte beide Söhne fest an sich. »So haben mir zwei Krokodile ihre Kraft übertragen... Und so gebe ich euch die meine. Wenn ich von der Front nicht zurückkehre, setzt ihr mit Hilfe eurer Mutter den Kampf fort. Versprecht ihr mir das?«

Kamose und Ahmose schworen einen feierlichen Eid darauf.

»Aber du kommst doch bald zurück, oder?«, fragte der Kleine.

Khamudi musste auf eine köstliche Nacht verzichten, als Jannas auftauchte. Der Admiral hatte sich gewaltsam Zugang verschafft zu der Villa, wo der Großschatzmeister und seine Frau dabei waren, einigen zu Tode erschrockenen jungen Mädchen ihre perversen Spiele beizubringen.

Jannas widerte die Szene an, doch er zog es vor, so zu tun, als sehe er nichts, da er wusste, dass der König Khamudis ruchlose Praktiken billigte.

Khamudi war schweißüberströmt, und eine Dienerin war dabei, ihn abzutrocknen.

»Was gibt es so Dringendes, Admiral?«

»Unsere Handelsschiffe sind von Piraten angegriffen werden, die von der Insel Thera aus operieren.«

»Im südlichen Teil der Kykladen?«

»Genau.«

»Wir hätten diese Gegend schon längst säubern müssen!«

»Ich glaube, es wäre nicht richtig, den König zu dieser späten Stunde zu wecken, aber Euch musste ich sofort benachrichtigen.«

»Das habt Ihr gut gemacht. Ich dachte, dass diese verfluchten Piraten sich inzwischen beruhigt hätten, aber die Aussicht auf schnellen Gewinn hat sie wohl jede Vorsicht vergessen lassen. Für diesen Fehler werden sie mit dem Leben bezahlen. Und die Kreter auch, wenn sie ihnen auch nur die kleinste Unterstützung haben zukommen lassen. Bevor wir uns morgen in aller Frühe zum Palast begeben – wünscht Ihr nicht vielleicht, eine dieser jungen Schönheiten zu genießen?«

»Bestimmt nicht, Khamudi.«

»Aber es sind wirklich ganz leckere Mädchen … Ihr wisst nicht, was Euch entgeht, Jannas!«

Die kalte Wut des Königs ließ das Blut des Admirals gefrieren.

Er erhielt den Befehl, mit mehreren Schiffen unverzüglich aus Auaris auszulaufen, um die Piraten bis zum letzten Mann zu vernichten.

Khamudi hingegen bekam die Order, Truppen nach dem syrischen Palästina und nach Asien zu entsenden. Der ganzen Welt musste klar gemacht werden, dass niemand sich der Herrschaft der Hyksos widersetzen konnte.

58

Graukopf machte sich mit einer ganzen Brieftaubenmannschaft auf den Weg nach Norden, um den dortigen Aufständischen, mit denen Seqen sich zu verbünden hoffte, seine Botschaften zu überbringen.

An Bord ihrer Schiffe beobachteten die Soldaten, wie die Vögel aufflogen in Richtung Unterägypten, das so nah war und doch so fern und erst durch die Opferung vieler Leben wieder in ihre Hände fallen würde.

Im Inneren des Palasts hatte Ahotep Seqen das Zepter berühren lassen, mit dem sie hoffte, eines Tages ihr Land vermessen zu können; doch erst auf dem Flaggschiff, in Gegenwart all seiner Offiziere, krönte sie ihn mit einem Diadem in Form einer goldenen Uräusschlange. Die weibliche Kobra würde Feuer spucken, damit den Weg des Pharaos erhellen und seine Feinde verbrennen.

Es war natürlich nur ein bescheidener Ersatz für die traditionellen Königskronen, die rote von Unterägypten und die weiße von Oberägypten, die der König der Hyksos gestohlen und wahrscheinlich zerstört hatte.

Qaris und Heray stellten das Holzmodell in der Kabine des Pharaos auf, in der Hoffnung, dass er die Grenzen des befreiten Gebietes jeden Tag ein wenig erweitern würde.

Nun kam der Moment des letzten Kusses, der letzten Umarmung. In diesem Augenblick wäre Ahotep nichts lieber gewesen als lediglich eine liebende Gattin und Mutter zweier prächtiger Knaben zu sein, eine einfache Thebanerin – doch das Reich der Finsternis hatte es anders beschlossen.

»Fahr nach Norden, o Pharao, überwinde die Zollschranke von Koptos und fahr weiter, so weit, wie es möglich ist. Sobald wir von deinen Siegen hören, wird im ganzen Land die Hoffnung wieder erblühen!«

»Schiffe!«, sagte der Zöllner der Hyksos zu seinem Kollegen, der im Schatten einer Palme Siesta hielt.

»Das muss eine Handelsflotte aus dem Norden sein... Sie haben uns nichts gemeldet.«

»Nein, sie kommen von Süden.«

»Du hast zu viel Dattelwein getrunken, mein Guter!«

»Steh auf und sieh selbst... Es sind mehrere!«

Der Zöllner erwachte aus seinem Dämmerzustand, erblickte das Unerhörte und blieb mit offenem Mund stehen.

»Schnell, zu den Booten!«

Die Zöllner von Koptos errichteten in aller Eile eine schwimmende Barriere, deren Anwesenheit allein die Missetäter – wahrscheinlich Nubier – vom Weiterfahren abhalten würde. Denn um wen sollte es sich sonst handeln, wenn nicht um Kaufleute aus dem tiefen Süden, die versuchten, den Zoll zu umgehen?

»Im Namen des Königs Apophis, anhalten!«, brüllte der ranghöchste Zöllner.

Es waren seine letzten Worte. Gleich darauf durchbohrte Seqens Pfeil ihm die Kehle. Der Pharao hatte Wert darauf gelegt, den ersten Hyksos, der sich ihnen in den Weg stellen würde, selbst zu töten.

In wenigen Minuten erledigten die ägyptischen Bogenschützen ihre Gegner und durchbrachen dann mühelos die Zollschranke.

»Wir halten nicht in Koptos?«, fragte Emheb.

»Das Vertrauen, das wir in Titi setzen, ist begrenzt. Er wird sich immer auf die Seite des jeweils Stärkeren schlagen.«

Bei Dendera stieß die Flotte des Pharaos mit zwei Kriegsschiffen der Hyksos zusammen. Diese wurden von dem Angriff völlig überrascht und hatten kaum Zeit, ihren Widerstand zu organisieren, der daher schwach und schwankend blieb.

»Unser zweiter Sieg, Majestät!«, sagte Hauptmann Baba lakonisch.

Auf der Höhe von Abydos waren fünf Hyksosschiffe zu sehen.

Eines von ihnen stellte sich der ägyptischen Vorhut entgegen und wurde schnell besiegt, während die anderen sich über die ganze Breite des Flusses verteilten.

Es war die erste wirkliche Herausforderung für die Befreiungsarmee. Ihrer Überlegenheit allzu sicher, machten die Hyksos den Fehler, ihre Pfeile nicht aus der Deckung heraus abzuschießen, während die Ägypter sich mit Schilden schützten.

Emhebs Schiff stieß in die Flanke eines Feindes, und die Soldaten von Edfu machten sich bereit zum Entern, während die Truppen von Nekheb sich des Hyksoskapitäns bemächtigten und ihn in Fesseln legten. Seine Gefangennahme demoralisierte die feindlichen Matrosen, die jetzt ohne klare Befehle handeln mussten.

»Keiner wird verschont!«, schrie Baba und durchbohrte einen asiatischen Offizier, der seine Soldaten um sich versammelt hatte, mit der Lanze.

Von da an gab es kein Halten mehr. Die von Seqen ausgebildeten Soldaten schlugen den Gegner vernichtend.

»Vier weitere Schiffe für unsere Flotte und eine hübsche Anzahl erbeuteter Waffen«, stellte der Afghane fest, während er sich seinen von Feindesblut geröteten Arm säuberte. »Wir werden langsam eine richtige Armee.«

Graukopf ließ sich auf Qaris' Schulter nieder.

»Eine Botschaft des Pharaos, Majestät!«

»Lies du sie zuerst«, verlangte Ahotep. »Und teile mir nur die guten Nachrichten mit!«

Mit einem Kloß in der Kehle entzifferte Qaris den Text, der von Seqen persönlich verschlüsselt worden war.

»Unsere Armee steht bei Abydos! Und sie haben den dritten Sieg errungen, nach Koptos und Dendera. Die Schlacht war hart, aber unsere Soldaten haben sich vorbildlich geschlagen.«

»Und unsere Verluste?«, fragte Ahotep besorgt.

»Drei Leichtverletzte. Ein Schiff bringt sie zurück.«

»Alles soll für ihre Pflege bereitgemacht werden.«

»Sofort, Majestät.«

Ahotep befehligte persönlich die Soldaten, die am geheimen Stützpunkt geblieben waren. Zuerst waren sie wütend gewesen, dass sie nicht mit ihren Kameraden abfahren konnten, aber jetzt bedauerten sie ihr Schicksal nicht länger. War es nicht eine ehrwürdige Pflicht, der Königin zu gehorchen und den Schutz ihrer Familie zu gewährleisten?

Ohne im Geringsten ihre Anmut und ihre Weiblichkeit zu verlieren, bewies Ahotep ihre Fähigkeit, das Schwert zu führen und den Bogen zu handhaben. Zahlreiche Soldaten hatten sich unversehens und ohne zu begreifen, was ihnen widerfuhr, auf dem Boden wiedergefunden, so geschickt zeigte sich Ahotep in der Kunst des Parierens unerwarteter Angriffe.

Kamose, der inzwischen zu einem jungen Mann herangereift war, nahm mit einem derart glühenden Eifer an den Übungen teil, dass er sich bereits mehrmals verletzt hatte. Er zeigte sich so hart im Nehmen, dass sein kleiner Bruder Ahmose oft darüber erschrocken war. Die Großmutter hatte jedoch vergeblich versucht, Kamose zu verbieten, bei den Übungskämpfen mitzumachen.

»Das ist keine Erziehung!«, beklagte sie sich bei Ahotep.

»Weißt du eine bessere, in Kriegszeiten?«, gab ihre Tochter zurück.

»Nein, natürlich nicht, aber es ist trotzdem keine Erziehung! Die Söhne des Königs müssen die großen Texte kennen lernen und sich eine solide Allgemeinbildung aneignen. Kamose ist mit seiner Lektüre sehr im Rückstand. Deshalb wünsche ich, dass er mindestens eine Stunde abends mit mir arbeitet.«

»Dein Wunsch soll erfüllt werden, Majestät!«

Khamudi war krank.

Seine Haut überzog sich mit Ausschlag, und seine Eingeweide peinigten ihn. Aber den Augenblick, da er Apophis den Inhalt der Botschaften enthüllen musste, die ihm sein neuer thebanischer Informant hatte zukommen lassen, konnte er doch nicht länger hinauszögern.

Zunächst hatte er an eine der Fantasie entsprungene Geschichte gedacht, anlässlich eines unbedeutenden Zwischenfalls an der Grenze bei Koptos; er hatte geglaubt, der Spion mache sich nur wichtig. Doch in den letzten Briefen stand, dass bei Dendera und Abydos Hyksostruppen aufgerieben worden seien.

Wie sollte man eine solche Nachricht dem König überbringen? Und doch mussten sofort Maßnahmen getroffen werden, um die Aufständischen zu stoppen.

Ein Jammer, dass Jannas bei den Kykladeninseln Piraten jagte und die besten Truppen im syrischen Palästina Angst und Schrecken verbreiteten. Doch es standen noch genügend Regimenter in Ägypten, die mit dem Gesindel, das gewagt hatte, sich gegen das Reich zu erheben, aufzuräumen.

Unaufhörlich sandte eine erbarmungslose Sonne ihre glühenden Strahlen gen Auaris, und die Symptome, unter denen der Großschatzmeister litt, verstärkten sich. Es war erst früh am Morgen, und doch schien ihm die Hitze schon unerträglich.

Die Stufen der Zitadelle hinaufzusteigen war eine wahre Qual für ihn.

Als der König ihn empfing, trat Khamudi unwillkürlich Speichel auf die Lippen.

»Nichts ist schrecklicher als der Sommer«, sagte Apophis. »Glücklicherweise ist es durch die dicken Mauern hier etwas frischer als draußen. Du musst mit deinen Kräften haushalten, mein Lieber. Nach deinem Gesicht zu urteilen, sind deine Nächte zu unruhig.«

Khamudi beschloss, ins kalte Wasser zu springen. »Wir sind in Oberägypten angegriffen worden.«

Das Gesicht des Königs verwandelte sich schlagartig und wirkte plötzlich wie die Klinge eines gefährlichen Messers. »Wo genau?«

»Bei Koptos, Dendera und Abydos.«

»Wer sind die Angreifer?«

»Die Thebaner.«

»Wer befehligt sie?«

»Seqen, Königin Ahoteps Gatte. Er nennt sich… Pharao.«

»Fährt er weiter nach Norden?«

»Das weiß ich noch nicht, aber es ist anzunehmen.«

»Dieser Aufstand muss im Blut erstickt werden, und Seqen soll mir ausgeliefert werden, lebendig oder tot.«

59

Von Abydos kommend, war die Befreiungsarmee schon fast zweihundert Kilometer weiter gezogen, ohne auf Gegenwehr zu stoßen. Es war, als hätten die Hyksos die Flucht angetreten, als sie von den ersten Siegen der Thebaner erfuhren.

»Mir ist das nicht geheuer«, sagte Emheb.

»Der Überraschungseffekt war so groß, dass sie völlig den Kopf verloren haben«, war die Erklärung von Hauptmann Baba.

»Sie werden uns nicht mit den kleinen Einheiten angreifen, mit denen sie die Ordnung in den Provinzstädten aufrechterhalten, sondern ihre Truppen an einem bestimmten Punkt zusammenziehen und dann losschlagen«, prophezeite Seqen.

Während dieser Debatte brach urplötzlich ein heftiges Gewitter los. Ein wütender Orkan knickte große Zweige von Bäumen ab, Palmen beugten sich ächzend im Wind, Wüstensand bedeckte in kurzer Zeit die Felder, und wilde Wellen wühlten den Strom auf.

»Wir legen an«, befahl der König.

Der Sturm dauerte mehrere Stunden, in deren Verlauf die Soldaten sich schützten, so gut sie es vermochten, indem sie sich hinhockten und die Köpfe auf die Knie legten. Verhieß der Zorn des Gottes Seth, Apophis' Beschützer, ihnen nicht ein böses Los?

Sobald sich Himmel und Fluss ein wenig beruhigt hatten, begab sich der Schnauzbart auf die Brücke seines Schiffes, um nachzusehen,wie groß die Schäden waren.

Und da sah er sie.

Etwa zwanzig Hyksoskriegsschiffe auf der Höhe der Stadt Cusae.

»Dieses Mal«, sagte er zum Afghanen, der inzwischen auch auf die Brücke gekommen war, »werden wir uns plagen müssen. Die da werden wir nicht überraschen können.«

»Das kommt darauf an. Bestimmt nehmen sie an, dass wir uns gleich auf sie stürzen. Also raten wir dem König, die Taktik zu ändern.«

Die besten ägyptischen Bogenschützen, unter ihnen der junge Ahmas, Sohn der Abana, schossen Hunderte von flammenden Pfeilen ab, in einem Rhythmus, den nur körperlich gestählte Männer durchhalten konnten. Die meisten erreichten ihr Ziel: die Segel, die die Hyksos nicht eingeholt hatten. Da noch immer ein starker Wind ging, standen sie schnell in Flammen, und das Feuer übertrug sich auf die Masten, obwohl die Matrosen alles taten, um den Brand zu ersticken. Da die Schiffe immer paarweise vorrückten, würde keines von ihnen der Zerstörung entgehen.

»Sie werden ans Ufer springen und flüchten«, sagte Hauptmann Baba. »Wir werden sie verfolgen und töten!«

Seqen gab sein Einverständnis, und die Ägypter gingen an Land. Sehr bald würden sie einen Teil von Apophis' Armee ausgelöscht haben.

Mit Streitäxten, Lanzen und Schwertern gelang es ihnen, eine beträchtliche Zahl von Matrosen zu schlagen. Geführt von Baba, sogen die Thebaner begierig die Luft des Sieges in ihre Lungen.

Plötzlich hielten sie inne, und die Triumphschreie blieben ihnen in der Kehle stecken.

»Was ist los?«, fragte Seqen, der rasch nach vorn ging.

»Wir sind in eine Falle getappt!«, rief Emheb.

Eine ganz andere Armee als die, die sie erwartet hatten, stand ihnen gegenüber.

»So was habe ich noch nie gesehen«, stammelte Hauptmann Baba. »Solche Maschinen, solche Tiere ...«

Wagen, von Pferden gezogen. Schwerter aus Bronze, robuster, schlagkräftiger als die der Ägypter, mächtigere Bögen, Rüstungen, Helme ... In all dem war das Hyksosheer unzweifelhaft überlegen.

»Ausgerechnet jetzt sterben zu müssen ...«, sagte der Schnauzbart.

»Wenigstens bleibt uns das weitere Schicksal der Erde erspart«, fügte der Afghane hinzu.

Seqens Soldaten waren zu Tode erschrocken.

»Wir können nur noch fliehen«, sagte Emheb.

»Dann metzeln sie uns nieder wie Feiglinge.«

Der Pharao wandte sich zu seinen Männern.

»Seit so vielen Jahren haben wir jetzt diese Auseinandersetzung erwartet. Apophis hat Angst vor uns! Er glaubt, dass wir wie die Hasen davonlaufen, denn bis heute hat niemand gewagt, es mit seinen Elitetruppen aufzunehmen. Wir werden also die Ersten sein, und wir werden beweisen, dass die Hyksos nicht unbesiegbar sind!«

Alle Soldaten der Befreiungsarmee rissen ihre Waffen hoch zum Zeichen der Zustimmung.

»Vorwärts – Attacke!«, befahl Seqen, indem er das Schwert

Amuns auf die Hyksoswagen richtete, die in einem Durcheinander von Leibern und Pferdehufen zu Boden stürzten.

Doch die erste Linie der Ägypter war bald vernichtet. Asiatische Bogenschützen und Speerwerfer dezimierten die zweite Linie, und Seqen konnte nur unter Aufbietung aller Kräfte verhindern, dass seine Soldaten in Panik auseinander liefen.

Der Pharao trennte einem Wagenlenker den Arm ab und durchschnitt dem Bogenschützen, der neben ihm stand, die Kehle, und dann gelang es ihm, einen Wagen umzustürzen. Dieser unerwartete Erfolg feuerte Hauptmann Baba und die Soldaten von Nekheb an, sodass sie, wenn auch unter schweren eigenen Verlusten, einige weitere Wagen zum Stehen bringen konnten.

Als sie die blutbefleckten Harnische der Hyksos erblickten, begriffen die Ägypter, dass diese Feinde doch nicht unverwundbar waren. Und die beiden Seiten der Schlacht kamen allmählich ins Gleichgewicht.

»An der linken Flanke – da sind unsere eigenen Leute!«, schrie der Schnauzbart, der dabei war, einem Perser den Bauch aufzuschlitzen.

Die Aufständischen des Nordens hatten die Botschaften der Brieftauben erhalten, und jetzt gingen sie zum Angriff über. Die Hyksos waren überrascht, und ihre Reihen schienen in Verwirrung zu geraten.

»Der König!«, schrie Emheb, nachdem er zwei feindliche Anatolier niedergemacht hatte. »Er ist umzingelt!«

Seqen hatte sich mit einer so rasenden Wut auf seine Feinde gestürzt, dass seine Leibgarde ihm nicht folgen konnte. Umgeben von einem Kreis aus Wagen und Fußsoldaten versuchte der Pharao die Angriffe abzuwehren, die von allen Seiten auf ihn einprasselten.

Einem Kanaanäer von kleiner Statur gelang es, sich bis zum König durchzuschlängeln, und er versetzte ihm einen Hieb mit der Streitaxt, der ihn knapp unter dem Auge traf.

Ungeachtet seiner Schmerzen pflanzte Seqen sein Schwert in den Bauch seines Gegners. Doch ein weiterer Kanaanäer trieb dem Monarchen die Klinge seines Dolchs in die Stirn.

Mit blutüberströmtem Gesicht traf der nächste Schwerthieb des Königs ins Leere.

Hauptmann Baba gelang es, die Umzingelung zu durchbrechen. Er tötete den zweiten Kanaanäer und glaubte einen Moment lang, es werde ihm gelingen, Seqen herauszuhauen. Aber eine Lanze durchbohrte seinen Leib, während ein asiatischer Offizier mit seiner schweren Axt den Kopf des Königs spaltete.

Sterbend sank er auf die rechte Seite. Ein Syrer zerschmetterte ihm mit einem schweren Hieb die Nase und tötete ihn mit einem weiteren direkt auf den Hinterkopf.

Den Tod seines Vaters und seines Königs vor Augen, ließ der junge Ahmas rasend vor Wut Pfeil auf Pfeil von seiner Sehne schnellen. Er tötete die Mörder, einen nach dem anderen, während es dem Afghanen und dem Schnauzbart durch einen tollkühnen Ausfall gelang, Seqens Leichnam zu bergen.*

Ahotep suchte vergebens den Himmel ab. Sie wagte es nicht mehr, die Tage zu zählen, die verstrichen waren, seit die Tauben die letzten Nachrichten von der Front gebracht hatten.

Abends, nachdem sie ihre Mutter, ihre Söhne und die Soldaten des Stützpunkts mit beruhigenden Worten zum Ausharren aufgefordert hatte, fühlte sich die Königin völlig erschöpft. Das Ausbleiben der Nachrichten zermürbte sie, und sie hatte niemanden mehr, mit denen sie ihre Sorgen und Leiden teilen konnte.

Die Sonne schien mit unverminderter Kraft, und trotz der Hitze gingen die Soldaten ihren gewöhnlichen Beschäftigun-

* Die Mumie des Pharaos Seqen-en-Ra ist erhalten. Sie ist im Museum von Kairo ausgestellt.

gen nach. Kamose brachte seinem kleinen Bruder bei, wie man mit einem Holzschwert umging, Teti die Kleine las Gebete an Amun, Qaris wachte über die Verwundeten, die die Königin jeden Morgen und jeden Abend besuchte.

»Ein Schiff, Majestät!«, rief Heray. »Ich werde hören, was es Neues gibt!«

»Nein, ich will die Erste sein, die es erfährt!«

Es schien unendlich lange zu dauern, bis es endlich angelegt hatte.

Der Erste, der das Schiff über eine Lauftreppe verließ, war Emheb. Er schien um zehn Jahre gealtert. Mit tief gefurchtem Gesicht trug er das Schwert Amuns und das blutbesudelte königliche Diadem.

Die Königin ging auf ihn zu.

»Wir haben die Stadt Cusae erreicht, Majestät, und dort trafen wir auf ein Eliteregiment der Hyksos. Dank des fast übermenschlichen Mutes des Pharaos ist es ihnen nicht gelungen, uns zu besiegen.«

»Seqen...«

»Der Pharao ist tot, Majestät. Wir haben seinen Leichnam mitgebracht, damit er mumifiziert werden kann. Die Verletzungen sind so schlimm, dass es besser wäre...«

»Ich will ihn sehen. Und die Mumienpriester sollen die Verletzungen auch nicht kaschieren, damit die Nachwelt erfahre, wie dieser Held gestorben ist, der die ersten Schlachten im Befreiungskrieg geführt hat. Sein Name soll auf ewig geehrt sein als der des rechtmäßigen Pharao.«

Die Soldaten des heimatlichen Westufers hatten hinter der jungen Königin Aufstellung genommen, der es jetzt oblag, ihren beiden Söhnen zu erklären, weshalb sie ihren Vater niemals wiedersehen würden.

»Vergebt mir die unbarmherzige Frage, Majestät«, sagte Emheb mit zusammengeschnürter Kehle, »doch Tausende von

Männern warten auf Eure Antwort: Müssen wir dem Hyksoskönig unsere Kapitulation ankündigen, oder werdet Ihr den Kampf fortführen und Euch an die Spitze unserer Armee setzen?«

Ahotep erklomm die Lauftreppe und stand auf dem Schiff. Lange betrachtete sie den grausam gemarterten Leichnam des Mannes, den sie so sehr geliebt hatte und den sie über den Tod hinaus lieben würde.

Sie küsste ihn auf die Stirn und begab sich dann zum Bug des Schiffes, wohin ihr alle Blicke folgten.

»Gebt mir das Schwert Amuns und das Diadem des Königs«, befahl sie Emheb. Dann setzte sie sich das blutige Diadem auf den Kopf und zeigte mit dem Schwert in Richtung Norden. »Sobald wie möglich wird Kamose seinem Vater nachfolgen. Er wird unser neuer Pharao sein. Bis es soweit ist, werde ich die Regentschaft übernehmen, und wir setzen den Kampf gegen das Reich der Finsternis fort. Seqens Seele wird ihren Platz zwischen den Sternen am Himmel finden, und er wird uns vorausgehen auf dem Weg des Lichts.«

Nachwort

Im Laufe seiner langen Geschichte erlebte das pharaonische Ägypten viele Krisen und Invasionen. Wenn die Epoche, die auf das Alte Reich – die Zeit der großen Pyramiden – folgte, auch bis heute noch im Dunkeln liegt, so weiß man desto besser über die Vorgänge Bescheid, die sich in der Zeit des so genannten Mittleren Reichs abspielten.

Diese friedliche Epoche, geprägt von den Geschlechtern der Amenemhet und Sesostris, ist reich an Schöpfungen der Kunst und Literatur, darunter der berühmten *Erzählung des Sinuhe*, die von allen angehenden Schreibern der Zeit studiert wurde. Die Pharaonen bauten erneut Pyramiden und stellten die Stabilität der Gesellschaft wieder her, einer Gesellschaft, die sich auf der Ehrfurcht vor Maat, der Göttin der Ordnung und Gerechtigkeit, gründete.

Doch ein so blühendes Land muss Begehrlichkeiten wecken. Und um 1730 vor Christus zeigte sich die Gefahr im Norden, als die Hyksos nach Ägypten einfielen.

Wer war dieses Volk der Hyksos, deren Name eine Umschreibung des ägyptischen *heka khasut*, »Oberhaupt fremder Gegenden«, darstellt? Noch immer gibt es darüber heftige Debatten, sicher ist jedoch, dass es unter ihnen Kanaanäer gab (Bewohner von Palästina), außerdem Anatolier, Zyprioten, Asiaten und andere. Es war die erste Invasion, die Ägypten erlitt. Erst viel später kamen die Perser, die Griechen, die Römer und schließlich die Araber.

Die Hyksos errichteten das Zentrum ihres Reichs im Nildelta, in Auaris, einem kleinen Marktflecken, der zur mächtigsten Stadt des Mittleren Ostens wurde, ausgestattet mit einer riesenhaften Zitadelle.

Die Besatzung dauerte lange (länger als hundert Jahre), und sie war, wie Ägyptologen annehmen, sehr grausam.

Als die Hyksos sich unter der Herrschaft ihres Königs Apophis* auf dem Höhepunkt ihrer Macht befanden, gab es nur noch an einem einzigen Punkt Widerstand: in der kleinen Stadt Theben, wo es – bei dem heutigen Dorf Karnak – einen schönen, Amun geweihten Tempel gab, der allerdings mit dem gigantischen Bauwerk, das heutige Besucher dort bewundern können, nichts zu tun hat.

Königin Teti die Kleine brauchte viel Mut, um an der Spitze ihrer thebanischen Provinz den Anschein von Unabhängigkeit aufrechtzuerhalten, während sich in nicht allzu weiter Entfernung die feindliche Festung Gebelein befand.

Als der Druck auf Theben fast unerträglich wird und die Stadt kurz vor der Zerstörung zu stehen scheint, ist es eine junge Frau namens Ahotep, die versucht, das Ruder herumzuwerfen. Obwohl die Chance eines Sieges äußerst gering ist, wagt sie es, ihre Landsleute wachzurütteln und für die Freiheit zu begeistern. Ihr ägyptischer Name *lah-hotep* ist aus zwei Wörtern zusammengesetzt. *Lah,* der Mondgott, der auch aggressiv und Schrecken erregend sein kann, und *Hotep,* was »Friede, Ganzheit, Erfüllung« bedeutet. Der Name Ahotep ist somit schon ein Regierungsprogramm; übersetzt kann er bedeuten: »Möge der Gott des Mondes Erfüllung erlangen« – das

* Es ist bestimmt kein Zufall, dass der Name Apophis in den symbolischen Texten des Tals der Könige und in anderen Dokumenten eine furchtbare nächtliche Schlange bezeichnet, die versucht, das Wasser des Nils zu trinken und die Sonnenbarke aufzuhalten, womit sie beabsichtigt, die tägliche Wiederauferstehung des Himmelslichts zu verhindern.

heißt, die himmlische Macht soll die Finsternis durchdringen –, oder: »Krieg und Frieden«.

Drei Männer, drei Thebaner, drei Pharaonen waren für Ahotep wichtig: ihr Ehemann Seqen en-Re und ihre beiden Söhne Kamose und Ahmose. Doch sie allein stand am Beginn der Wiedereroberung ihres Vaterlandes, der Zwei Reiche, Ober- und Unterägypten, scheute vor großen Opfern nicht zurück und verlieh dem Kampf ihre ganze Lebenskraft.

Ahotep – eine ägyptische Johanna von Orléans? In gewisser Weise war sie das tatsächlich, nicht nur, weil sie die Thebaner dazu brachte, eine Befreiungsarmee aufzustellen, sondern weil sie selbst eine bedeutende militärische Rolle spielte – für die sie übrigens die höchste Tapferkeitsauszeichnung in Ägypten bekam, die »Goldfliege«.

Doch Ahotep war viel mehr als eine Kriegerin, denn sie schaffte es, die Grundwerte der pharaonischen Gesellschaft wiedereinzuführen. Seit der Zeit der großen Pyramiden hatte die Frau eine hervorragende Stellung inne und konnte Oberhaupt des Landes oder Hohepriesterin werden. Ahotep übernahm alle hohen Ämter und diente den großen Königinnen des Neuen Reichs – Teje, Gattin von Amenhotep III., oder Nefertari, Frau von Ramses II. – als Vorbild.

Wie für den Historiker ist Ahotep auch für einen Schriftsteller eine faszinierende und unvergessliche Frauenfigur. Weil sie über *heka* verfügte, jene Kraft, die es der Seele erlaubt, den Lauf des Schicksals aufzuhalten und unter dem schweren Gewicht des Unheils nicht ins Wanken zu geraten, konnte sie nein sagen zu Besatzung und Barbarei.

C. J.

Zeittafel

Frühzeit (1. und 2. Dynastie)
3150–2690 v. Chr.

Altes Reich (3.–6. Dynastie)
2690–2180 v. Chr. Die Zeit der großen Pyramiden. Die bekanntesten Pharaonen sind Snofru, Djoser und Cheops.

1. Zwischenzeit (7.–11. Dynastie)
2180–2060 v. Chr.

Mittleres Reich (11. und 12. Dynastie)
2060–1785 v. Chr. Herrschaft der Amenemhet und Sesostris.

2. Zwischenzeit (13.–17. Dynastie)
1785–1570 v. Chr. Invasion und Besatzung der Hyksos.

Neues Reich (18.–20. Dynastie)
1570–1070 v. Chr. Zu den berühmtesten Pharaonen gehören: Hatschepsut, Echnaton, Sethos I., Ramses II. und viele andere.

3. Zwischenzeit (21.–24. Dynastie)
1070–672 v. Chr.

Spätzeit (25.–31. Dynastie)
672–332 v. Chr.

Griechisch-römische Zeit

332 v. Chr.–395 n. Chr. Nach der Eroberung durch Alexander den Großen regieren die Dynastien der Ptolemäer (unter ihnen Kleopatra), dann folgen die römischen Kaiser.

Bibliographie

Abd El-Maksoud, M., und Tell Heboua: *Enquéta archéologique sur la Deuxième Période intermédiaire et le Nouvel Empire à l'extrémité orientale du Delta*, Paris, 1998.

Alt, A. : *Die Herkunft der Hyksos in neuer Sicht*, Leipzig, 1954.

Beckerath, J.: *Untersuchungen zur politischen Geschichte der Zweiten Zwischenzeit in Ägypten*, Glückstadt, 1965.

Bietak, M.: *Avaris. The Capital of the Hyksos. Recent Excavations at Tell el-Bada*, London, 1996.

Ders.: »Hyksos«, in: *Lexikon der Ägyptologie*, 1977.

Bietak, M., und Strouhal, E.: »Die Todesumstände des Pharaos Seqenenre (XVII. Dynastie)«, in: *Annalen des Naturhistorischen Museums*, Wien, 1974.

Caubet, A. (Hrsg.): *L'Acrobate au taureau. Les Découvertes de Tell el-Dab'a et l'Archéologie de la Méditerranée orientale*, Paris, 1999.

Davies, W. V., und Schofield, L. (Hrsg.): *Egypt, the Aegean and the Levant. Interconnections in the Second Millenium BC*, London, 1995.

Gabolde, L.: *Le »Grand Chateau d'Amon« de Sésostris Ier à Karnak*, Paris, 1998.

Gitton, M. : *Les Divines Epouses de la XVIIIème dynastie*, Paris, 1984.

Goedicke, H. : *Studies about Kamose and Ahmose*, Baltimore, 1995.

Habachi, L.: *The Second Stela of Kamose and his Struggle against the Hyksos Ruler and his Capital*, Glückstadt, 1972.

Hayes, W.C.: *The Sceptre of Egypt, II: The Hyksos Period and the New Kingdom*, New York, 1968.

Heinsohn, G.: »Who Were the Hyksos?«, in: *Sesto Congresso Internazionale di Egittologia,* Turin, 1991, 1993.

Helck, W.: *Die Beziehungen Ägyptens zu Vorderasien im 3. und 2. Jahrtausend v. Chr.*, Wiesbaden, 1962.

Janosi, P.: »The Queens Ahhotep I and II and Egypt's Foreign Relations«, in: *The Journal of Ancient Chronology,* 1991–1992.

Kempinski, A.: *Syrien und Palästina in der letzten Phase der Mittelbronze-II-B-Zeit (1650-1750 v. Chr.),* Wiesbaden, 1983.

Labib, P.: *Die Herrschaft der Hyksos in Ägypten und ihr Sturz,* Glückstadt, 1936.

Mayani, Z.: *Les Hyksos et le Monde de la Bible*, Paris, 1956.

Oren, E. D. (Hrsg.): *The Hyksos: New Historical and Archaelogical Perspectives*, Philadelphia, 1997.

Redford, D. B.: »The Hyksos Invasion in History and Tradition«, in: *Orientalia*, 1970.

Robins, G.: »Ahhotep I, II and III«, in: *Göttinger Miszellen*, 56, 1982.

Ryholt, K. S. B.: *The Second Intermediate Period in Egypt*, Kopenhagen, 1997.

Säve-Söderbergh, T.: »The Hyksos in Egypt«, in: *Journal of Egyptian Archaeology*, 37, 1951.

Seipel, W.: »Ahhotep«, in: Lexikon der Ägyptologie I, 1972.

Vandersleyen, C.: »Les deux Ahhotep«, in: *Studien zur altägyptischen Kultur, 8*, 1980.

Ders.: *Les Guerres d'Amosis, fondateur de la XVIIIe dynastie*, Brüssel, 1971.

Ders.: »Kamose«, in : *Lexikon der Ägyptologie, III*, 1978.

Ders.: »Seqenenre«, in: *Lexikon der Ägyptologie, V*, 1984.

Van Seters, J.: *The Hyksos. A New Investigation*, New Haven, 1966.

Vycichl, W.: »Le Nom des Hyksos«, in: *Bulletin de la Société d'Egyptologie de Genève*, 6, 1982.
Wachsmann, S. : *Aegean in the Theban Tombs*, Leuven, 1987.
Weill, R.: *XIIe Dynastie, Royauté de Haute-Egypte e domination Hyksos dans le nord*, Kairo, 1953.

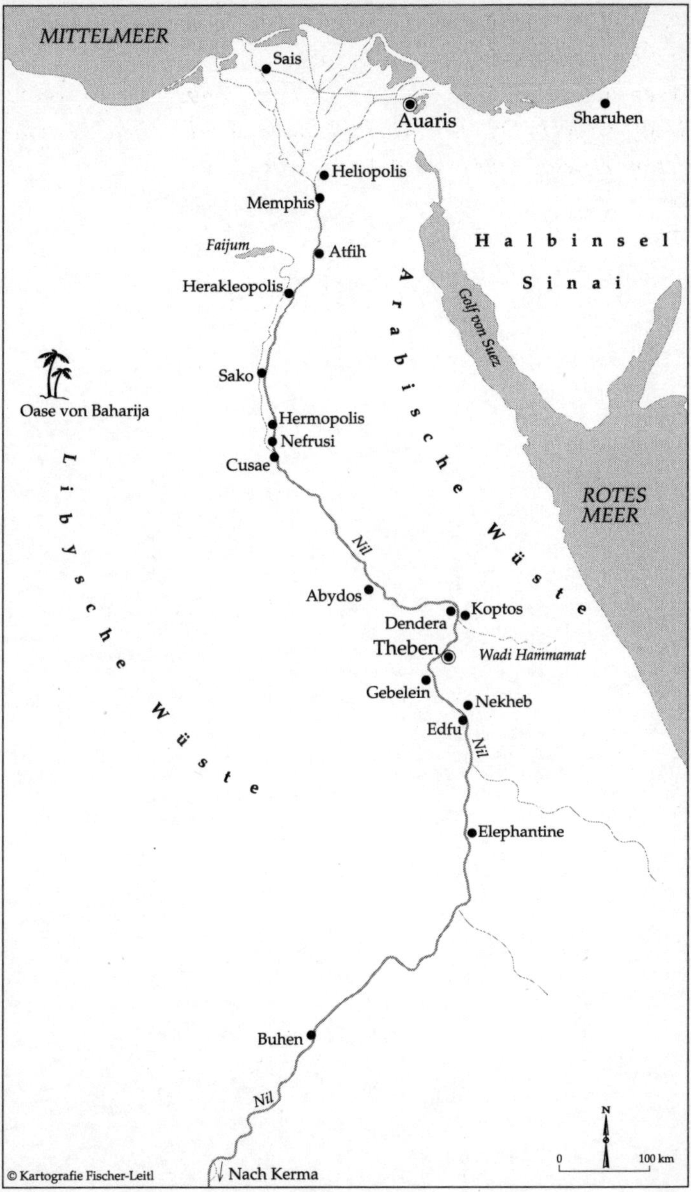
MITTELMEER
Sais
Auaris
Sharuhen
Heliopolis
Memphis
Faijum
Atfih
Herakleopolis
Halbinsel
Sinai
Golf von Suez
Arabische Wüste
Oase von Baharija
Sako
Hermopolis
Nefrusi
Cusae
Libysche Wüste
ROTES MEER
Nil
Abydos
Koptos
Dendera
Theben
Wadi Hammamat
Gebelein
Nekheb
Edfu
Nil
Elephantine
Buhen
Nil
Nach Kerma
N
0
100 km
© Kartografie Fischer-Leitl